现代中国文学史论

崔云伟 著

上海三联书店

目录
CONTENTS

第一辑

作家作品研究

第一章 “生命的飞扬的极致的大欢喜”

——论鲁迅与西方表现主义油画

“窗外的黄昏，窗内许先生低着的头，楼上鲁迅先生的咳嗽声，都搅混在一起了，重续着、埋藏着力量。在痛苦中，在悲哀中，一种对于生的强烈的愿望站得和强烈的火焰那样坚定。”①

——萧　红

“我要建造某种很简单但却不朽的东西的激情是如此强烈。我想我是在与不可避免的命运抗争。”②

——凡·高

“在我的作品中，我试图解释生命和它的意义，并且帮助他人更懂得生命。

病魔和死神像乌鸦一样地停留在我的小床上盯着我，从那以后，整整一生我都摆脱不了。在我的作品中，我是该多么地感谢病魔和死神啊！”③

“我一定要描绘有呼吸、有感觉，并在痛苦和爱情中生活

① 萧红：《回忆鲁迅先生》，张毓茂、阎志宏编：《萧红文集》（第 3 卷），安徽文艺出版社 1997 年版，第 288 页。

② [美]欧文·斯通、吉恩·斯通编：《凡·高自传——凡·高书信选》，澹泊等译，湖南文艺出版社 1991 年版，第 377 页。

③ 蒙克语，见《挪威画家笛·迪·阿内森谈挪威画家蒙克》，裴显亚译。

的人们。”①

——蒙　克

有关“鲁迅与美术”的研究，多年来一直为鲁研界学者所注意。相对于“鲁迅学”这一门显学的整体存在状况而言，这一领域的研究仍然显得较为宁静。从鲁迅作品中，我们可以找到大量的具有丰富视觉审美特性的片段。这与鲁迅对视觉艺术的欣赏大有关系。考察鲁迅的日记、书信，他对绘画、雕塑、书法等都极为欣赏。本文仅只关心鲁迅作品的绘画性。这种绘画性，绝非古典，而是现代崇高的，再深入一点，则更是表现的。它是鲁迅内在心灵、灵魂、精神的表现。在所有现代绘画艺术中，鲁迅最喜欢的莫过于西方表现主义油画了。可以说，它最契合鲁迅的精神气质、性格特点。本文拟就鲁迅作品与表现主义油画作一专论，即题目所言，考察它们之间的关系，借此加深对鲁迅作品的视觉审美特性研究。这种研究同时离不开对鲁迅精神的再度阐释。笔者拟从油画形式语言——线条、笔触、色彩等入手，并最后集中到“意象”上来论述。

一、线条和笔触的形式观照

鲁迅作品中的油画线条充满力量之感。通过对其细致考察，我们可以发现它大致有三种类型。第一种类型，以《好的故事》中一段为代表：

“河边枯柳树下的几株瘦削的一丈红，该是村女种的罢。大红花和斑红花，都在水里面浮动，忽而碎散，拉长了，如缕缕

① 该文为蒙克于1889年所写的一段日记，具体参见［日］土方定一：《爱德华・蒙克——近代人类心灵的肖像画家》，毛良鸿译，《世界美术》1981年第2期。

的胭脂水，然而没有晕。茅屋，狗，塔，村女，云，……也都浮动着。大红花一朵朵全被拉长了，这时是泼刺奔迸的红锦带。带织入狗中，狗织入白云中，白云织入村女中……。在这一瞬间，他们又将退缩了。但斑红花影也已经碎散，伸长，就要织进塔，村女，狗，茅屋，云里去。”①

这一段描写给人印象最强烈的自然是“光与色”，关于这一点将在本文第二节论述油画色彩时述及。此处我们关注的是线条之美。我们注意到其线条是充满动感（“浮动”、“碎散”、“拉长”等），富有韵律（一系列“织入”等），流畅、伸缩自如的（“泼刺奔迸”、“碎散”、“伸长”、“退缩”等），从中不难窥测到鲁迅愉悦的心情。这的确是一篇“好的故事”。第二种类型，以《奔月》中一段为代表：

“他一手拈弓，一手捏着三枝箭，都搭上去，拉了一个满弓，正对着月亮。身子是岩石一般挺立着，眼光直射，闪闪如岩下电，须发开张飘动，像黑色火，这一瞬息，使人仿佛想见他当年射日的雄姿。”②

这一段对“后羿射月”英姿的描写，给人以极其强烈的油画感（雕塑感）。“岩石一般挺立着”意味着线条的刚硬、坚直，然而又不失飘逸、洒脱，“岩下电”、“黑色火”，更加深了“力之美”的感觉。然而这种“力之美”始终存在于人物形体内部，总有一种作势欲出、一触即发之感。其线条不再流畅自如，在看似僵直、滞涩（实则刚硬、坚直）的张力之中，蕴涵了人物无穷的精力，暗示了后羿内心的愤怒，

① 鲁迅：《野草·好的故事》，《鲁迅全集》第2卷，人民文学出版社2005年版，第191页。本书所引《鲁迅全集》为同一版本。

② 鲁迅：《故事新编·奔月》，《鲁迅全集》第2卷，第380页。

隐含了鲁迅对英雄再度复出的欣羡和赞美。第三种类型,以《补天》中的两段为代表:

> “火势并不旺,那芦柴是没有干透的,但居然也烘烘的响,很久很久,终于伸出无数火焰的舌头来,一伸一缩的向上舔,又很久,便合成火焰的重台花,又成了火焰的柱,赫赫的压倒了昆仑山上的红光。大风忽地起来,火柱旋转着发吼,青色的和杂色的石块都一色通红了,饴糖似的流布在裂缝中间,像一条不灭的闪电。
>
> 风和火势卷得伊的头发都四散而且旋转,汗水如瀑布一般奔流,大光焰烘托了伊的身躯,使宇宙间现出最后的肉红色。”①

这是两段有关“女娲补天”壮丽恢宏情景的描绘。就线条表现而言,一开始并没有,尔后终于伸出无数火焰的舌头,“一伸一缩的向上舔”,示人以积极之感,接着汇集成集体的力量,先是“合成火焰的重台花”,后又形成了“火焰的柱”。加之大风催助,“火柱旋转着发吼”,女娲的头发也卷得“四散而且旋转”,“汗水如瀑布一般奔流”,终于形成了“如遭飓风”般的“漩涡”。值得注意的是,这旋转的飓风——“漩涡”的形成,一直是在极端压抑、折磨、斗争之中进行的;在愈挫愈奋的生命伟力(“不灭的闪电”)的爆发中,充分表现了鲁迅的战斗激情。显然,在三种类型中,以第三种类型最具表现特色,其他两种稍逊之。

“漩涡”实际是鲁迅作品的一大意象,它喻示着并不安分的生命。关于这一点,我们将在下文论述,此处仅从其线条意味上着眼。可以说,它以其盘曲扭结、旋转飞腾般的螺旋上升形式,几乎

---

① 鲁迅:《故事新编·补天》,《鲁迅全集》第2卷,第364—365页。

使鲁迅作品油画线条的表现形态达到了一种极致。在某种程度上，它同鲁迅所激赏的又一位表现主义绘画的大师、先驱者——凡·高的名作《星月夜》和《两棵柏树》中的线条有着极大的相似性。《星月夜》(1889、6，油画)，描绘了似火焰一般燃烧的黑色的柏树、在天空中急速翻卷如漩涡状的云彩、金黄明亮宛如太阳的月亮、一盏又一盏闪闪发亮的星星，和下面在平静中沉睡的大地。画中波浪般的曲线再现了向上飞腾的动感，它们从村庄升起，扶摇直上，与天空中漩涡似的线条融为一体。这是凡·高唯一的幻觉性作品，是他在监禁生活期间凭空想象出来的。当凡·高在画太阳与月亮，而特别画出三个明亮的日月，又画云彩在卷起漩涡时，他可能想到了圣经启示录里的情景，因为启示录就有一章叙述龙在袭击怀孕女人。《两棵柏树》(1889、6，油画)，是凡·高在圣·雷米精神病院时作。这个时期，柏树似乎取代了他心爱的主题——向日葵，频频出现在他的作品中(如上图《星月夜》)。这些巨柱似的柏树(想想《补天》中"火焰的柱")，枝丫拥攒，在正午的炎炎烈日或夜晚的金黄弯月的照耀下，仿佛冲腾的黑色火焰(想想《奔月》中"须发开张飘动，像黑色火")。柏树成荫的阴暗小径或许取代了北方哥特式教堂神秘莫测的正厅。就线条表现而言，这些柏树摆脱了天生就的刚直，好似团团巨大的黑色火舌，拔地而起，翻云缭绕，直上云端。自然，在这幅图画中，仍然出现了青里透着粉红色的天空中翻卷着的漩涡——云彩，以及弯曲扭动的紫色的山峦。它们同鲁迅作品中的漩涡，在线条表现形式上，取得了高度一致。

鲁迅作品中的漩涡，不仅具有线条意味，还具有极端强烈的笔触意味。在上文所引《补天》中两段阐述鲁迅作品"漩涡"线条时，已经暗含了鲁迅笔触的曲扭、强韧。如同鲁迅作品版画(木刻)笔触一样，其油画笔触同样自由恣肆、粗犷有力，具有极强的表现性、爆发力。让我们再看《雪》中一段：

“在晴天之下，旋风忽来，便蓬勃地奋飞，在日光中灿灿地生光，如包藏火焰的大雾，旋转而且升腾，弥漫太空，使天空旋转而且升腾地闪烁。”①

这里又出现了集线条、笔触、色彩“三位一体”的“漩涡”意象。从笔触表现来看，它是极端自由奔放的。把如粉如沙的朔雪比喻成“如包藏火焰的大雾”，而且旋转升腾，弥漫太空，并使天空同样发生旋转，成为一个透明的闪闪发光的结晶体，恐怕只有鲁迅——把情感发展到一种极致的人，才会有这样的笔力。在这种意义上，鲁迅创造的激情绝不亚于凡·高。再以《两棵柏树》为例。凡·高运用层层堆叠的旋转向上的笔触，敷涂风景中的柏树——他称之为跳跃在阳光明媚中的“黑色的音符”——的色彩，使整个色彩造成一种逆光效果。随着凡·高后期艺术个性的发展变化，尤其是在他患有癫痫病期间，他的笔触，无论并排涂抹，或层层堆叠，都不再是纵横或斜向的，而是呈旋风的形状，仿佛火焰在燃烧，仿佛宇宙在诞生，仿佛物质在令人眼花缭乱地运动。他的这种笔触，在他的绝笔之作《麦田和乌鸦》(1890.7，油画)中达到了高峰。在绘制这幅山雨欲来风满楼的不祥之作中，凡·高充满了绝望之感。他不再用画笔设色，而是用刮刀上色，从而使形象更加粗犷，奔放不驯。这里，他的刮刀横扫画布，绘出乌云翻卷的天空和一任狂风撼动的麦田，看上去就像一块发红的疮疤，急促而苍劲的黑色线条(笔触)，画出在波浪起伏的麦田上低掠而过的乌鸦。值得注意的是，这幅画的造型十分概括简洁，仿佛一件未完成品，与笔触的粗放有力恰相适应。

从上述鲁迅对油画线条、笔触的熟练运用来看，鲁迅的现代艺

① 鲁迅：《野草·雪》，《鲁迅全集》第2卷，第186页。

术趣味是相当高超的，诚如史沫特莱所言，鲁迅“懂得而且发现各种表现方式的兴趣”[①]。“在那黯然埋藏着的作品中，却满显出作者个人的主观和情绪，尤可以看见他对于笔触，色采和趣味，是怎样的尽力与经心”[②]，这是鲁迅对于陶元庆西洋绘画的评价，其实何尝不也是鲁迅对自己文学作品的评价。陶元庆运用现代艺术的新的形（新的线条和笔触），尤其是新的色，描绘出了他自己的世界。鲁迅何尝不也如是。只不过他们的艺术表现方式不同，鲁迅的更技高一筹。有意思的是，陶元庆本人就是一位深受凡·高、蒙克等表现主义艺术大师深刻影响的西洋画家。鲁迅对表现主义美术的喜爱，与他对陶元庆的赏识，并不是两件孤立的事情，而是有其内在的精神上的联系的。这同时也与鲁迅对汉画像石的欣赏，与对中国文人画的批判有其相通（似）处（关于这一点，由于特别重要，拟另作文专论）。这种现代艺术趣味最终使得鲁迅作品融成特别的丰神，其中蕴含着的丰富的视觉美感是可以深长思之的。

二、冷暖“色彩”的鲜明对立

鲁迅作品色彩的鲜艳夺目、美轮美奂，几乎为学人所共识。但对其现代性、表现性的强调，还未引起充分注意。其实，在鲁迅作品的“油画感”中，并不乏优美、精致、雅洁之作。如《风筝》中一段：

> “故乡的风筝时节，是春二月，倘听到沙沙的风轮声，仰头便能看见一个淡墨色的蟹风筝或嫩蓝色的蜈蚣风筝。”[③]

---

① [美]史沫特莱：《论鲁迅》，黄源译，载1939年12月《刀与笔》月刊（金华）创刊号。

② 鲁迅：《集外集拾遗·〈陶元庆氏西洋绘画展览会目录〉序》，《鲁迅全集》第7卷，第272页。

③ 鲁迅：《野草·风筝》，《鲁迅全集》第2卷，第187页。

这是一幅故乡童年春日温和小景图。“淡墨色”和“嫩蓝色”都是浅色，仿佛不经意间流露出作者对故乡、对童年的渴望。但放置于整篇文章之中，仍给人一种不调和之感。“我”还分明感到了自己正处于“非常的寒威和冷气”之中的“严冬”。“严冬”和“春日”，“寒威”、“冷气”和“温和”，构成了鲜明的对比。（其实，文章一开始就暗含了这种不谐调，“北京的冬季，地上还有积雪，灰黑色的秃树枝丫叉于晴朗的天空中，而远处有一二风筝浮动，在我是一种惊异和悲哀。”）

在《好的故事》里，这种优美、精致、雅洁几乎达到了一种极致（具体参见本文第一节第一处引文，此处从色彩着眼）。画面岂但“美丽、幽雅、有趣”，简直生动、奔放、热烈。这里充满了印象派的光与色，一种流动瞬息的美，而这种美恰恰是在水中进行，天然具有流动性，尤胜于印象派的调色板。最典型的颜色是“红”，一丈红、大红花、斑红花、胭脂水、红锦带等。在色彩学上，这是一种积极的色彩，容易引起热情、兴奋、勇敢、刺激、极端等情感。其次是“白”，是一种“无彩的色”，可以引起洁白、神圣、快乐、光明等感觉。在白底中愈加衬托出景色的鲜艳华美。色块和色块之间，形体和形体之间，相互交融，并无明确界限，只有莫奈的印象派手法才能表现。但它终究只是一个梦，待要凝视，突然惊醒，连一点虹霓色的碎影也捕捉不住，因为窗外仍然是“昏沉的夜”。鲁迅总忘不掉这苦涩、浓重的一笔。

不断有论者指出，鲁迅作品中的“光与色”的描写，十分接近印象派。如上文所析。再如《补天》中一段：

> “伊在这肉红色的天地间走到海边，全身的曲线都消融在淡玫瑰似的光海里，直到身中央才浓成一段纯白。”①

① 鲁迅：《故事新编·补天》，《鲁迅全集》第2卷，第358页。

此段被著名画家张仃惊叹为“很容易让人联想起印象派的色彩”[①]。印象派的一大特征，是对“条件色”而非“固有色”的自由使用。这里，天地本非肉红色，因了女娲肉体的影响；大海本非淡玫瑰色，也是因了女娲肉体的影响，自然还有太阳的照射（“光海”）。在鲁迅笔下，形、线、光、色几乎融为一体，充分表现了人类始母——女娲白里透红的肉体之美。

但是，由以上分析，单单推断出鲁迅对于“光与色”的追求，那就太小看鲁迅使用色彩的能力了。他并不停止于对瞬间视觉丰富的刺激和满足，还要追求光与色中的灵魂。即使莫奈也有一双追求情感与诗意的眼睛。在某种程度上，鲁迅更多地倾向于印象派之后的表现色彩。凡·高、高更、蒙克等就这样进入了他的视野和心灵。

让我们进入《补天》中的另一段：

> “天边的血红的云彩里有一个光芒四射的太阳，如流动的金球包在荒古的熔岩中；那一边，却是一个生铁一般的冷而且白的月亮。”[②]

一边是“光芒四射的太阳”，象征着生命；一边是“冷而且白的月亮”，象征着死亡。仔细分析这一段的色彩，我们至少可以有三个方面的发现：

其一，运用鲜明对比。主要包括：色相对比、纯度对比和冷暖对比。前两个对比最后集中为冷暖对比，并达到一种极致状态。色相对比是由色相间的差别造成的对比。从色相环上看，色相对

---

① 张仃：《鲁迅先生作品中的绘画色彩》，《解放日报》（延安），1942年10月18日。

② 鲁迅：《故事新编·补天》，《鲁迅全集》第2卷，第357页。

比关系的强弱，是由色相间的距离与角度的大小决定的。此处指"红"与"白"的对比。红与白都是两种基本色，它们放在一起极难和谐。按照色彩理论，"色彩运用的目的是为了表达画家的情感。色彩本身无所谓感情，情感的发生只是在人与色彩之间的色彩联想和心理感应。"[①]色彩联想包括具体联想和意义联想。所谓具体联想是指人类感知客观事物均离不开以往的印象和经验，当人们看到某种色彩时，常常会联想到与此色相关联的其他事物。意义联想则紧接着由具体联想而来。红色常常被具体联想为：太阳、火焰、红花、红旗、节日、彩霞、信号、鲜血；意义联想则为：热烈、热情、革命、激奋、欢乐、喜庆、勇武、力量、危险、暴力、野蛮等。白色常常被具体联想为：冰雪、光线、白云、白纸、白昼、白纱、白帆；意义联想则为：纯洁、平静、神圣、朴素、明亮、空灵、轻盈、飘逸、冷清等。由此可知，红与白是两种具有极强紧张力的色彩。在鲁迅作品中，除红与白的对比外，还有诸如红与黑、黑与白等的对比。前者如《铸剑》，后者如《颓败线的颤动》，其色相配列都可以说创造了一种高度的表现性。运用色相对比达到一种极致状态的，如凡·高的《夜晚的咖啡馆》(1888.9，油画)。在此画中，他为了表现夜晚的咖啡馆是一个可以使人堕落、发疯、犯罪的地方，大量采用了红与绿的鲜明对比。主要选用了淡红、血红、酒糟色，与路易十五绿、石青、橄榄绿以及刺眼的青绿色的强烈对比。纯度对比，是指色彩的鲜与灰对比、灰与灰对比、鲜与鲜的对比。高纯度的对比视觉刺激强烈，低纯度的对比视觉刺激比较平和而显出淡雅、朦胧的诗意。此段色彩对比属高纯度的对比，对人的视觉构成强烈争夺。"血红"、"生铁"，几乎把太阳的熔热、月亮的冷硬，提纯到一种极限。同时给人以极其强烈的质感和触感。凡·高、高更都是使用纯度极高

---

① 赵勤国：《绘画形式语言》，黄河出版社2003年版，第75页。

色彩的大师。如凡·高的《向日葵》(1889.1,油画),几乎全部采用明亮的黄色和橙色,使人看了有一种眩晕感。而高更更是直接使用"生色"的大师。在其名作《雅各与天使的格斗》(1888,油画)中,他直接涂抹了鲜艳的红色,用以显示说教之后的幻觉。冷暖对比,就是将自然界中的所有的色彩一律分为冷、暖两个色彩,它们之间构成对比,并存在于画面关系之中。用"冷暖"归纳、组合画面秩序,是条件色色彩语言的显著特点。在绘画表现上,它是使画面生动起来的重要语言。不仅构成一幅画的几个主要色块有冷暖对比,就是每一色块自身之中也是冷暖并存。仔细研究莫奈的《日光下的鲁昂大教堂》(1894,油画),不难发现:冷暖几乎成为作品的细胞,他有意运用冷暖对比造成色彩间的"斗争",使画面产生跳跃、闪烁、丰富的效果。不同于莫奈这幅名作的是,《补天》中的这段描写将冷暖对比拉到了一种极端,突出表现为红与白这两种截然不同的紧张力较强的色相的对比,并通过一系列意象比喻("血红"和"生铁")将这种对比的纯度极大提高,最后发展到一种极致的和临界的状态:极冷和极热,仿佛一不小心就会发生破裂和爆炸。

其二,用色较简省,有类"白描"。众所周知,"白描"是鲁迅文学创作中惯用的手法。用他的话说,即:"有真意,去粉饰,少做作,勿卖弄"[①]。在现代作家中,鲁迅的用笔也算是较为简省的一个。在用色上,他同样循此原则。而他越限制使用自己的颜色,其作品表现就越明确。《补天》中的这一段描写,主色调只有两个:红与白,此外并不搀杂别的颜色,给我们以极其清晰、强烈逼真的视觉感受。两大意象:太阳和月亮,跃然而出。这也正符合色彩学原理,查理·勃郎克就曾说过:"形状和色彩的结合对于创造绘画是必需的,正如男人和女人的结合对于繁殖人类是必需的一样。但

① 鲁迅:《南腔北调集·作文秘诀》,《鲁迅全集》第4卷,第631页。

在结合中形状必须保持对色彩的绝对优势，不然的话，一幅画很快就会解体；这幅画会因过多的色彩而毁灭，正如男人会因过多地沉入女色而灭亡一样。”①用色较为简省的，再如《雪》中一段：

> “雪野中有血红的宝珠山茶，白中隐青的单瓣梅花，深黄的磬口的腊梅花；雪下面还有冷绿的杂草。”②

这一段颜色描写冷暖并陈，分明有序，给人以极其鲜明、清新而不奢侈之感。再如《好的故事》中一段，乍一看光色迷离，实际大量使用了各种红色块（一丈红、大红花、斑红花等），造成整体色调极为生动、奔放、热烈。同凡·高在《向日葵》中使用各种黄一样，充分表达了对生命中美好事物的挚爱。

其三，用直接或间接意象表现。《补天》中的此段描写，直接意象是太阳和月亮，分别表征生命和死亡。此外，还有两个较为分明极富质感和触感的间接意象："血"和"铁"。它们之间同样形成对立，共同表达女娲所处困境。类似间接意象呈现手法，在鲁迅作品中大量存在，典型的如“梦”（《好的故事》、《死火》、《狗的驳诘》、《失掉的好地狱》、《墓碣文》、《颓败线的颤动》、《立论》、《死后》等）、“影”（《影的告别》）、“夜”（《秋夜》）、“火”（《死火》）、“坟墓”（《墓碣文》）、“地狱”（《失掉的好地狱》）等。在一定意义上，它们都可以大致划分为生命、死亡两大意象群落（如色彩中大致划分为冷、暖两大色系一样），共同表现了鲁迅的内在心境。如《求乞者》中连续出现“灰土”意象，象征生命力的受到极端压抑和窒息，表达鲁迅内心

---

① 查理·勃郎克：《艺术构图原理》，巴黎版，1870年，第23页。转引自[美]鲁道夫·阿恩海姆：《艺术与视知觉》，滕守尧、朱疆源译，中国社会科学出版社1984年版，第459—460页。

② 鲁迅：《野草·雪》，《鲁迅全集》第2卷，第185页。

找不到出路的极端抑郁和苦闷。

由以上对《补天》一段的分析，扩而广之到对鲁迅整个作品的考察，我们便不难发现一个饶有趣味的现象，即类似这种在《补天》中存在的冷暖色彩鲜明对立，在鲁迅其他作品中大量存在，而且这种对立往往达到了一种极致。的确，从色调上看，鲁迅作品（典型的如《野草》和《故事新编》）给予人的整体感受，既是阴冷、苍白、压抑的，又是鲜活、飞扬、明亮的。两大色系相互争夺，几成鼎立。（如《补天》中太阳和月亮的对峙，一直到女娲去世，仍然存在。）在绝望和压抑之中，充满着生机和活力、反抗和挑战。这与鲁迅的精神哲学——"反抗绝望"，确有相通之脉。

带着这种见解，让我们进入对《死火》的分析。文章先是描写了"一切冰冷，一切青白"的冰山，然而，在冰谷中，"上下四旁无不冰冷，青白。而一切青白冰上，却有红影无数，纠结如珊瑚网。我俯看脚下，有火焰在。""冰冷，青白"和"红影无数"、"珊瑚网"两大色块发生碰撞、交织、融合，仿佛干将莫邪雌雄双剑的激烈交锋。"这是死火。有炎炎的形，但毫不摇动，全体冰结，像珊瑚枝；尖端还有凝固的黑烟，疑这才从火宅中出，所以枯焦。这样，映在冰的四壁，而且相互反映，化为无量数影，使这冰谷，成红珊瑚色。"文章同时出现红与黑、红与白这两对三大极难和谐色块的对峙，它们并置在一起，引起了剧烈紧张。最后"死火"、"忽而跃起，如红彗星，并我都出冰谷口外"，再次出现红与白的鲜明冷暖对立，并赋予"死火"——"反抗绝望"的生命战士以悲壮的色彩。

三、生命意象·死亡意象·行者意象

鲁迅作品中冷、暖两大色系的对立，在意象上则表现为生命与死亡两大意象群落之间的对立和斗争。生命意象具体表现为漩涡、太阳、火焰等。它们在鲁迅作品中都曾反复出现。如《颓败线的颤动》、《雪》、《补天》中的“漩涡”,《好的故事》、《雪》、《补天》中的“太阳”,《雪》、《死火》、《奔月》中的“火焰”等,上文皆从不同角度或多或少有所论列。死亡意象则具体表现为“月亮”(《补天》)、“坟墓”、“死尸”(《墓碣文》)、“冰谷”(《死火》)、“夜”(《秋夜》)、“影”(《影的告别》)、“灰土”(《求乞者》)、“地狱”(《失掉的好地狱》)等。它们之间构成了激烈斗争,几成水火不容之势。这同样与鲁迅热到发冷,又冷到发热的性格密切相关。与周作人着意于“生活之艺术”:“把生活当作一种艺术,微妙地美地生活”[①]相反,鲁迅总是赤裸裸地让自身的情感、自身的生活直接进入他所创造的艺术作品中,从中实现的是一种“连自己也烧在这里面”[②]的审美理想。在中国现代文学(文化)史上,似乎还没有哪一位作家能够像鲁迅这样将自己的生活完全融注在他的艺术作品中,从而真正实现了人文一致。在真正了解他的人看来,“他的风度,他的语言,他的每一个手势,都放射出一种完整的统一的人所具有的那种难以表达的和谐与魅力。”[③]生命与死亡两大意象群落在鲁迅作品中的精彩描绘,充分证明了鲁迅所建立的整个艺术世界都是他心灵感受中的世界,鲁迅与这个世界中的每一个事物的关系都不仅仅是理智认识的关系,即单纯着眼于主客体关系的“我—它”关系,而是包含着具体感受、具体感情、具体愿望乃至具体实践的融物我为一体的“我—你”关系。不论生命意象还是死亡意象具体幻化为哪种意象,是具体表现为漩涡、太阳、火焰,还是具体表现为月亮、坟墓、死尸,都已经成为鲁迅独特的艺术表征。作为一个特别强调感性渗透的诗性哲学家,鲁迅总是习惯于使用这些在他个人看来已经内

---

① 周作人:《生活之艺术》,载 1924 年 11 月 17 日《语丝》第 1 期,收入《雨天的书》。又见钱理群编:《周作人散文精编》,浙江文艺出版社 1994 年版,第 242 页。

② 鲁迅:《集外集·文艺与政治的歧途》,《鲁迅全集》第 7 卷,第 120 页。

③ 史沫特莱语,见戈宝权辑译:《史沫特莱回忆鲁迅》,载《新文学史料》1980 年第 3 期。

含了丰富审美意蕴的独特意象。这些独特的意象宛如一个个有待破解的密码，期待着与探索它们的学人们发生密切的精神上的对话与交流。

值得注意的是，凡鲁迅作品中出现的几大“生命意象”，在凡·高画作皆出现了。如《星月夜》、《两棵柏树》、《麦田和乌鸦》中翻卷的云彩——“漩涡”意象，《星月夜》、《两棵柏树》中冲腾如黑色“火焰”的丝柏，像“太阳”一样明亮闪烁的《向日葵》，此外属于凡·高独有的生命意象还有盛开的桃花、金黄的麦田、红色的葡萄园、银褐色的橄榄树、洁白的杏花等。这些生命意象都爆发出强韧的“生命之光”。诚如1901年在巴黎伯恩海姆画廊里首次举办凡·高回顾展时维也纳诗人豪夫曼斯达尔所言：“我在那些为命运撕裂的风景、静物、食土豆的几个农夫的画面前，不禁愕然……我不得不承认奇迹般地受到了强烈的冲击。树木，黄色与绿色的地面，残缺石块铺的山丘小路，锡水壶，陶瓷盆，桌子和粗糙的椅子，各自都有了新的生命。那是从没有生命的恐怖的混沌中，从无底的深渊中，向我投射的生命之光。……这些被造物是由对世界绝望而极其恐惧的怀疑中诞生出来的。它们的存在，将永远地穿破虚无、丑恶的裂缝。我确实感觉到，作者为了摆脱恐怖、怀疑和死的痉挛，以这种绘画来回答自己那种人的灵魂。”[①]是的，在凡·高笔下，其生命意象始终没有离开过死亡意象，而是在与它的不懈斗争中表现出来的。凡·高在创制他的生命之作《向日葵》时，时值他身心极度疲劳、憔悴，忧郁和绝望也不时来袭击他；然而越是这样，他越是要表现出生命的充盈和美丽。他说：“我越是耗尽精力，越是患病、疯疯癫癫，越是一个艺术家——创造性的艺术家。……唯一能使我恢复信心和平静的心境的途径，就是更好地创作。即使我的身体垮

① 鲍诗度：《西方现代派美术》，中国青年出版社1993年版，第34—35页。

掉，但我这些画家的手指却变得灵巧自如了。”[①]为了画画，凡·高几乎舍弃了一切，作画已经成为他的一种生命形态。就像鲁迅的“赶紧做”一样，从中凸显出他们两人共同的生命哲学——“反抗绝望”。

而鲁迅作品中的“死亡意象”，则同蒙克笔下的对生之不安、死之恐怖、爱之焦虑的描写有着极大的相通性。蒙克曾自称他的22幅《生命》组画为“生命、爱与死的诗歌”。的确，他对死亡的思考，往往是同对生命、爱情的描绘紧密联结在一起的。在上节我们谈到蒙克的版画《呐喊》时，已注意到它有两个鲜明意象：漩涡和骷髅。在油画《呐喊》中亦有，分别代表生命和死亡两大意象。其中，充斥着面对死亡、荒原般的世界的呐喊（尖叫、呼嚎），那漩涡分明意味着生命的不安。描写“生之不安”的，再如《卡尔约翰街的夕暮》（1893—1894，油画）。它描写了夕暮之时在大街上散步的人群，在蒙克眼中，却变成了一群亡灵。他们或戴着高帽、蒙着面纱，或戴着面具、形似骷髅，鬼影幢幢，走向不可测知的未来。周围灯光，点点如鬼火，照着他们可怖的表情。在蒙克笔下，他们的面孔或形体都发生了严重曲扭，完全是作者内在心灵的外化。描写“死之恐怖”的，在蒙克的画作中占绝大多数。典型的如《女人与死亡》（1894，油画）。的确，再也没有比这更恐怖更惨不忍睹的画面了。美丽的少女的洁白的肉体，拥吻的却是丑陋的骨立的骷髅，而且是那么的主动和自愿，忘情和陶醉，竟看不出丝毫的强迫和就范。左边饰以褐色的长条的粗线，描绘了向上游动的肆无忌惮的精子；右边是两个赤身裸体的婴孩，在做着毫无意义的动作。此图可与《呐喊》媲美。描写“爱之焦虑”的，以《青春期》（1893，油画）最有名。它描绘了一个正处于青春萌动期的女孩，夜半起坐，赤身裸体，双

① ［美］欧文·斯通、吉恩·斯通编：《凡·高自传——凡·高书信选》，第338页。

手交叠在双腿之间(恰好遮住了隐秘部位),眼神中充满了对性(爱情)的渴望和惧怕;一道光线照亮了她的已经快要成熟了的白色的胴体,而墙上却投射了她的巨大而深沉的黑影,仿佛有不祥的预感。在1901年的铜版制作中,则将这一阴影作了无限放大,似乎更加深了女孩内心的不安和恐惧。

但蒙克画作,并不纯然如此。在描绘"生之不安"时,亦有生之欢欣和喜悦。如他为奥斯陆大学制作的巨幅壁画《太阳》(1914),描写清晨太阳冉冉升起的壮观景象。整幅画色彩明亮、灿烂,生机勃勃,过去那种躁动不安的情绪已荡然无存。描写"爱之焦虑"时,亦有爱的欢乐和向往。如《接吻》(1897,油画),把男女之爱——亲吻,刻画得如此生动、自然、纯洁、诱人。我最喜欢1895年铜版一幅,与其他几幅不同的是,他们赤身裸体,优美的线条刻画出了男性肉体的阳刚和女性肉体的柔软,在他们的背后有一扇窗户,这是一扇生命——爱情之窗,在蒙克心灵中,这扇窗户曾几何时也向他展开过。1897—1898年所作木刻三幅,将拥吻男女置于中心,周围刻以生动丰富的曲线,条条颤动如波澜,使他们仿佛处于宇宙爱情磁场之中。而蒙克在竭尽全力描绘出"死之恐怖"时,他不也是在寻求一种解脱之道么?也许越将自己内心的阴暗面表达得淋漓尽致,就越有一种释重之感。

从意象上看,凡·高、蒙克以及鲁迅所酷爱的珂勒惠支,高更等这些世界级的艺术大师们,能够和鲁迅的心灵发生共振,在鲁迅作品中留下痕迹,绝不是偶然的。他们共同对于生命存在、死亡意识乃至爱情幸福的思考,使他们走到了一块。他们也以其充沛的生命意志、不懈的反抗精神,赢得了世人的普遍尊敬和关注。

而鲁迅并不仅停止于刻画生命、死亡两大意象,他还进一步刻画了类似罗丹的雕刻"行走的人"的"行者"意象。仔细考察鲁迅作品所创造的"行者"意象,可以发现大致有两大类型:静者(实蕴动势)和动者(已然行动)。静者如,《秋夜》中"默默地铁似的直刺着奇怪而高的天空"的"枣树";《复仇》中裸着全身,捏着利刃,在广漠的旷野上挺立不动的"沉浸于生命的飞扬的极致的大欢喜中"的男女;《颓败线的颤动》中连"并无词的言语也沉默尽绝"的默默地反抗的"老女人";《腊叶》中虽遭岁月剥蚀但仍明眸善睐的"病叶";《淡淡的血痕中》"屹立着,洞见一切已改和现有的废墟和荒坟,记得一切深广和久远的苦痛,正视一切重叠淤积的凝血,深知一切已死,方生,将生和未生"的"叛逆的猛士"。动者如"我息不下",不知道自已叫什么、从哪里来、到哪里去的"过客";《影的告别》中无地彷徨和"独自远行"的"影";《雪》中"闪闪地旋转升腾着"的"雨的精魂";《死火》中奋起一跃,如红彗星的"死火";《这样的战士》中面对"无物之阵"仍然举起投枪,奋力一掷的"战士";此外,再如"补天"的"女娲","射月"的"后羿","复仇"的"宴之敖者"、"眉间尺","治水"的"大禹","解难"的"墨子"等,皆是活动行走的人。

鲁迅所创造的这些行者意象,自然具有极强的油画性,但更具有强烈的雕塑感。他们的"行动",促使他们有"破框而出"之感。的确,阅读这些"行者"意象,不断让我怀想及罗丹雕刻中的人。如《老娼妇》(1888,青铜)与《颓败线的颤动》中的"老女人",都在叹息着已然衰败的身躯。《行走的人》(1887)、《施洗者圣约翰》(1877,青铜)、《加莱义民》(1884—1886)与《过客》中的人物,同是从远处走来,且再向远方走去,《行走的人》干脆砍掉头及双臂,只突出一个大写的"走"字。此外再如《呐喊》(1899,铜)与《狂人日记》、《长明灯》、《孤独者》中的绝叫,《地狱之门》(1880—1917)与《失掉的好地狱》中的地狱等。这一切都存在着极大的相通(相似)性。我不敢说鲁迅一定是看了这些作品而后去创作,但在创作中受其潜移默化的影响则是必然的。

总之,鲁迅所创造的这些行者意象,如从荒蛮时代中来,面对人类文明制造的种种虚伪和丑恶，不懈地举起了手中的投枪；又好像黑暗王国里突然响起的一声惊雷，震醒了仍然沉睡在混沌麻木中的国民的神经。它既是对生命意象的升华，又是对死亡意象的超越，并在这升华和超越中，迈步走向未来。

第二章 鲁迅与佛陀的同与不同

——由汪卫东《〈野草〉与佛教》所想到的

汪卫东教授《〈野草〉与佛教》最初发表于《中国现代文学研究丛刊》2008年第1期，现收入汪卫东著作《现代转型之痛苦"肉身"：鲁迅思想与文学新论》①第一章第五节之第二小节第1—4部分。该文发表伊始，即引起了我的强烈兴趣。这是因为：一则其时我正对佛教产生极为浓厚的兴趣，很想看到有关这方面的文章，二则我每年都要写作一篇关于历年来鲁迅研究述评的文章，我有责任也有义务将好的文章一网打尽。汪卫东的这篇论文恰恰投合了我这两个方面的需求。事实也恰恰证明，这确实是一篇相当优秀和出色的论文。

汪卫东在这篇文章中指出，走进《野草》之前的鲁迅，正处在他人生最痛苦的深渊，这时的他，与佛教的"苦谛"最为接近。读《野草》，可以真切地感受到鲁迅的自厌与自虐。深味人生之"苦"，并产生"厌离"之心，这两者，已近于佛教之门了。鲁迅进而又由"苦"入"集"，由果而探索致苦之因。《野草》中，鲁迅把自己的困境归于缠绕自身的太多的矛盾。《野草》主体已厌弃于长期矛盾中犹疑惶惑的状态，希望做一次最终的抉择。矛盾，正是"我执"的结果。所

① 汪卫东：《现代转型之痛苦"肉身"：鲁迅思想与文学新论》，北京大学出版社2013年版。

以鲁迅由“苦”、“集”，进入“灭”、“道”，欲求得解脱，首先就要破除“我执”。然而，鲁迅在《野草》中所采取的却是一条激化矛盾的方式，这种近乎休克的疗法，在“我执”的路上愈走愈远了。上穷碧落下黄泉，鲁迅打开矛盾，苦苦追寻，却最终发现真正的自我并不存在。《野草》的自我追问，证成了和佛法相同的结论，那就是“无我”。证得无我，并没有达到佛教所谓了无挂碍、常乐我静①的涅槃境界。对于《野草》，这还非最后解脱，无我之后，最终还要回到生存的人间。以佛教之另一重要解脱法门缘觉乘视之，佛教缘起在深层次上，又有“随顺因缘”之说。于是，《野草》主体由厌弃因缘，又回到因缘，回到了普遍缘起的真实世界。《野草》主体最终还是站在了现实的大地上。

由以上论述可知，汪卫东为了论证鲁迅与佛陀更深层次的精神相遇，主要采用了佛教中的两大解脱法门：声闻乘和缘觉乘，而以声闻乘为第一切入法门。这是非常正确的。这是因为：第一，佛陀当时在菩提树下悟道，即是因为明了四谛法而成为觉者的，即证得了三藐三菩提（正等正觉）；第二，佛成道后，初转法轮，即为阿若憍陈如等五人说四谛法，而使他们五人悟道，成就阿罗汉果位的；第三，佛陀临涅槃时，答复阿难陀四个问题中的第二个问题：“佛陀住世时，我们依佛陀安住，佛陀涅槃后，我们依什么安住”时，说：“我涅槃后，应依四念处安住。”这四念处分别为：身念处：观身不净；受念处：观受是苦；心念处：观心无常；法念处：观法无我。而这四念处即为四谛法中“道”谛中的三十七道品中的前四个道品。佛陀在临涅槃时，于广大佛法中，只说安住于四念处，可见对于声闻乘修道法门的重视。除声闻乘外，佛教还有两大修行法门：缘觉乘与菩萨乘。汪教授在采用声闻乘的同时，还采用了缘觉乘。这

① 一说为：常乐我净。

两乘同属小乘佛教修道法门，菩萨乘则属于大乘修道法门。汪卫东同时采用声闻乘与缘觉乘这两大修行法门，其实已经意在告诉我们：单纯地从任何一乘法门出发，其实是很难完全发现鲁迅与佛陀的相遇与相通的。这也正是汪卫东在主要采取声闻乘之余，再补之以缘觉乘的主要原因(单就与这两块相关的论述文字而言，与声闻乘相关的文字约占五分之四，与缘觉乘相关的文字则约占五分之一)。而这，则引发了我的进一步思考：假如单纯地从声闻乘这一法门出发，中途不再换乘别的法门，一意孤行走到底，我们是会发现鲁迅与佛陀更多的相同之处呢，还是更多的不同之处？我想，或许还会发现更多的不同之处吧？

进入论证之先，让我们再重新回味一下佛陀关于声闻乘、四圣谛的种种说法。当日佛陀在鹿野苑说四谛法，因为憍陈如等五人，由听佛说四谛法的音声而悟道的，所以另起个别名叫作“声闻”，凡属修四谛法门而悟道的，总称为“声闻乘”。“乘”是运载的意义。即是把众生从迷岸运至悟岸的工具，这工具乃指教法，故乘是譬喻而指教法——此即指四圣谛的理法，由闻四圣谛可到达(运载)悟道之彼岸。所谓四圣谛即苦、集、灭、道四法，这是圣智所亲自证验到的四种人生正确真理。所谓“苦谛”，即说明人生多苦的真理，人生有生老病死，人人免不了的痛苦。还有爱别离苦，怨憎会苦，求不得苦，五阴炽盛苦，都是苦的果报。所谓“集谛”，即是说明人生集起贪瞋痴等许多烦恼的“因”，去造种种的不善业，才会招受种种的苦果，故“苦”以“集”为因。所谓“灭谛”，即是指修道所证的圣果，即是烦恼灭除，获得无生(解脱生死)的真理。所谓“道谛”，道就是正道，道有多种，主要的指修习八正道，就会得到最胜智慧(般若)，修善断恶，解脱生死痛苦。以上四谛，“集”为“苦”的根本，此二谛又为流传于世间的因果，知苦而断集，断集以离苦，为声闻乘厌离世间的观行；“灭”为“道”的收获，此二谛即为超出世间的因果，求证灭而修道，由修道以证灭，是为声闻乘修证涅槃的行果。①

由上述佛陀关于声闻乘，尤其是四圣谛的种种说法，对之以1923年之后，鲁迅创作《野草》的实际状况，便会发现，汪卫东对于鲁迅在创作《野草》过程中的“苦”与“集”的描述，是相当准确的。汪卫东指出，走进《野草》之前的鲁迅，正处在他人生最痛苦的深渊，这时的他，与佛教的“苦谛”最为接近。“苦谛”具体表现于《野草》即是鲁迅的自厌与自虐。深味人生之“苦”，并产生“厌离“之心，这两者，已近于佛教之门了。鲁迅进而又由“苦”入“集”，由果而探索致苦之因。那么，“集”是什么呢？或者说，造成鲁迅自厌与自虐的烦恼的深重原因是什么呢？汪卫东认为，这即是缠绕在鲁迅自身上的太多的矛盾。而《野草》主体则早已厌弃于长期矛盾中犹疑惶惑的状态，希望做一次最终的抉择。这些论述都是相当深刻和到位的。据之，我们完全可以作出这样的判断：在四圣谛之“苦”与“集”中，鲁迅与佛陀确实是有其精神相通之处的。我们把这称为之鲁迅与佛陀的“同”。

接下来，按照我们的论述理路，应当是对于鲁迅《野草》中有无“灭谛”与“道谛”的考察。如前所述，此二谛为超出世间的因果，求证灭而修道，由修道以证灭，是为声闻乘修证涅槃的行果。先说“灭谛”。所谓“灭谛”，即是小乘三法印中的“涅槃寂静”（另外两个小乘法印分别是诸行无常和诸法无我，大乘法印则是一实相印或缘起性空）。涅槃有广狭二义，广义的大乘涅槃是圆满寂静（德无不圆，障无不寂），也称圆寂。狭义的二乘涅槃，是择灭义，即以圣智之抉择而断灭烦恼业生。择灭即解脱生死流转，而常住寂静，故

① 以上关于苦、集、灭、道的阐释皆出自圣严法师：《佛学入门手册》，厦门南普陀寺印赠。该书版权页署：内部资料，免费交流。欢迎随缘助印，赠送结缘，功德无量。以下正文中凡有关佛学义理处亦皆参考此书，不再一一注明。想到我写此文，亦是对于佛学义理的一次宣扬，内心甚感欣慰。

称涅槃寂静。二乘人证我空真如，尚有所知障（法执）未断，故有所执，仅能证小乘涅槃。唯佛断我法二执，证无住大涅槃。因佛福智圆满，大悲般若常相辅翼，以般若故，不住世间，以大悲故，亦不住出世间，称为无住涅槃。由此可知小乘的涅槃，与佛果的涅槃不同。但因涅槃的境界是常寂安静的，通称为涅槃寂静。

对之以《野草》，显而易见的是，鲁迅不可能有涅槃寂静的追求。《野草》所呈现给我们的，全然是一个充满动感的世界。①《题辞》中的"野草"，"根本不深，花叶不美，然而吸取露，吸取水，吸取陈死人的血和肉，各各夺取它的生存。""地火"则"在地下运行，奔突；熔岩一旦喷出，将烧尽一切野草，以及乔木，于是并且无可朽腐。"而"我"则"坦然，欣然"，既将大笑，又将歌唱。其中没有一个意象是寂静的。如果说从写作时间上说这是《野草》的最后一篇，还不能够充分说明问题。那么，我们再看看《野草》的第一篇《秋夜》（汪教授把《秋夜》解读为《野草》的序，亦可）。其中充斥着各种各样的动物和植物。哇的一声夜游的恶鸟，撞得玻璃灯罩丁丁地响的小青虫自不必说，连小粉红花都在这冷的夜气中，瑟缩地做着梦，天空都是这样的"奇怪而高"，"仿佛要离开人间而去"，而故事的主角枣树，则"有几枝还低亚着，护定他从打枣的竿梢所得的皮伤，而最直最长的几枝，却已默默地铁似的直刺着奇怪而高的天

① 鲁迅对于动感世界的追求表现在各个方面。从他的审美特质上来说，鲁迅崇尚有力之美。对于自然美，鲁迅欣赏的是"在天空，岩角，大漠，丛莽里是伟美的壮观"的狮虎鹰隼，是"耸立于风沙中的大建筑"，是"蓬勃地奋飞"，"如包藏火焰的大雾"的北方的雪。对于社会美，尤其是对其中的人，他欣赏的是"所遇常抗，所向必动，贵力而尚强，尊己而好战"，"其文章无不函刚健抗拒破坏挑战之声"的拜伦，是世俗的民间的"漂亮活动"的村女的美，而不是故作高雅，"死板板，矜持得可怜"的化为"天女"的梅兰芳的美。对于艺术美，他欣赏的是曹氏父子的清峻通脱，阮籍的狂放，特别是嵇康的敢发议论，以及"并非全是吟风弄月，其中有不平，有讽刺，有攻击，有破坏"的明末小品；欣赏对于北方人民的"生的坚强"和"死的挣扎"的描写已经"力透纸背"的萧红的《生死场》；欣赏"鬼而人，理而情，可怖而可爱的无常"，和"比别的一切鬼魂更美，更强"的复仇女吊。这一切都表明了鲁迅不可能有涅槃寂静的追求。

空，使天空闪闪地鬼睒眼；直刺着天空中圆满的月亮，使月亮窘得发白。”在这看似寂静的秋夜里，又有哪一个意象是纯然寂静的呢？不但不是寂静的，在鲁迅《野草》其他作品中，有的运动感还极其强烈，全篇如《好的故事》、《死火》，片段如《雪》中关于朔方的雪，《颓败线的颤动》中关于“老女人”的极其精彩的描写。

其实，关于鲁迅对于涅槃寂静的描写，《野草》中也并非没有。在《一觉》中就描写了这样一个极其令人神往的世界：“漂渺的名园中，奇花盛开着，红颜的静女正在超然无事地逍遥，鹤唳一声，白云郁然而起……”这一段描写与蔡小石在《拜石山房词》序中对于词中三种境层中的第三境层的描绘极其相似。蔡小石是这样描写这词中的三种境层的：“夫意以曲而善托，调以杳而弥深。始读之则万萼春深，百色妖露，积雪缟地，余霞绮天，一境也。（这是直观感相的渲染）再读之则烟涛澒洞，霜飙飞摇，骏马下坡，泳鳞出水，又一境也。（这是活跃生命的传达）卒读之而皎皎明月，仙仙白云，鸿雁高翔，坠叶如雨，不知其何以冲然而澹，翛然而远也。（这是最高灵境的启示）江顺贻评之曰：‘始境，情胜也。又境，气胜也。终境，格胜也。’”[①]显然，如宗白华先生所言，这三种境层分别代表了三种不同的审美境界和层次。它们从直观感相的模写，活跃生命的传达，一直到了最高灵境的启示。蔡小石在这里显然充分肯定了第三境层，即最高灵境的启示。但是，这究竟只是一个古代中国文化人的见识，却并不是已经作为一个现代中国人的鲁迅的最高认识。鲁迅并没有充分肯定《一觉》中的这段描写，只是以一种不能确定的语气说这种境界自然是使人神往的吧，然而接下来，鲁迅却说：“然而我总记得我活在人间。”这就从根本上否定了对于涅槃寂静

① 蔡小石语，此处参见：宗白华：《中国艺术意境之诞生》，《美学散步》，上海人民出版社1981年版，第75页。中间括号中内容亦为宗白华先生所加。

境界的追求。

由以上论述可知，鲁迅在《野草》中最终并没有通达佛陀所说的悟的彼岸，即没有冲破无明网罗，截断生死根源，证登涅槃彼岸。鲁迅仍然不能忘记人间情怀，仍然站在了坚实的大地上，这是鲁迅与佛陀的最大不同。在这里，鲁迅与佛陀分别表现出了两种不同的超越。如果说佛陀的超越是对于涅槃寂静念兹在兹的执意追求（其实到达最高的涅槃境界，则连这执意也要一块抛弃），我们可以称之为"向上超越"，那么，像鲁迅这种执意活在人间，既不愿意去天堂，也不愿意去地狱，更不愿意去黄金世界，就是要站在坚实的大地上，在无物之阵中一直战斗到死的超越，则可以称之为"向下超越"。[①] 也许有人会说，佛陀成道后，也并没有立即证登涅槃，抛离众生而去，而是也站在了坚实的大地上，通过不断向众生说法，从而普度众生，这岂不是和鲁迅的"向下超越"一样了？其实还是不一样的。上文所说的普度众生，指的是佛教修行法门中的大乘

---

① 关于"向上超越"和"向下超越"的提法，其直接影响来自于伊藤虎丸和汪晖。伊藤虎丸在他的那部极富原创性的著作《鲁迅与终末论——近代现实主义的成立》（李冬木译，三联书店 2008 年版）中，曾经这样发问：鲁迅产生于一个与基督教世界完全不同的世界里，不可能从一种超越的视野看待他所生存的世界，但为什么鲁迅的批判具有如此深刻的性质？最终，他找到了答案，认为在鲁迅的世界里的确存在着一种超越性的视角——但与基督教向上超越不同，鲁迅向下即向"鬼"的方向超越。2008 年，汪晖则在他的文章《鲁迅与向下超越》（《中国文化》2008 年第 1 期）中进一步发挥了这个思想命题。他认为，"鬼"是一个能动的、积极的、包含着巨大潜能的存在，没有它的存在，黑暗世界之黑暗就无以呈现。正是在这个意义上，"鬼"黑暗而又明亮。鲁迅的文学产生于一种自觉，即自觉到时代末日的来临。在这种自觉中产生了以一种"综合的"文学方式批判时代的愿望。就此批判方式而言，鲁迅的文学方式便有了一种宣布末日降临的"革命"意味，而"革命者"则是以"鬼"的方式现身的。由是，汪晖进一步预言：20 世纪日渐远去，鲁迅的幽灵也许能帮助我们重新接近那个时代——不是从"现代"、"启蒙"、"进步"、"左翼"和"革命"等角度去接近，而是从"鬼"、"迷信"的角度去接近，即从"鬼"、"迷信"的角度去重新阐释"现代"、"启蒙"、"进步"、"左翼"和"革命"。我与以上两位论者提法的区别在于：一，在这里，我所说的"向上超越"指的是佛陀的向上超越，而非基督的向上超越。二，同样在这里，我所说的"向下超越"，指的是始终站在坚实的大地上，而非容身于"鬼"和"迷信"之中。

法门：菩萨乘。菩萨乘之不同于同属小乘法门的声闻乘和缘觉乘，即在于菩萨乘是既自利又利他的，而声闻乘和缘觉乘则仅仅谋求自利而已。也正是在这一点上，由于小乘人并不想发菩提心，下化众生，上求佛果，所以被大乘人斥为焦芽败种，不堪造就。但是，不论通过哪个修行法门，即无论是通过声闻乘、缘觉乘，还是菩萨乘，其最终指向都是一样的，即都指向了涅槃寂静，也就是四圣谛中的"灭谛"（小乘、大乘关于涅槃寂静的说法还有不同，参见上述）。而鲁迅则如前所言，是从根本上否定了涅槃寂静的。故而，鲁迅与佛陀是根本不同的，他们都各自代表了一种互不相同的超越模式。

以上论述了鲁迅与佛陀在根本目标上的不同，似乎意味着鲁迅与佛陀在"道谛"上亦是不同的。然而，颇具意味的是，鲁迅与佛陀在"道谛"上却有诸多相似乃至相通之处。佛陀从四圣谛的道谛中，开示出三十七种修习基本圣道的法门，叫作三十七道品，亦称三十七菩提分法。这三十七道品主要包括，四念处：身念处，受念处，心念处，法念处；四正勤：已生恶令断灭，未生恶令不生，未生善令生起，已生善令增长；四神足：欲神足，勤神足，心神足，观神足；五根：信根，进根，念根，定根，慧根；五力：信力，进力，念力，定力，慧力；七菩提分：择法菩提分，精进菩提分，喜菩提分，轻安菩提分，念菩提分，定菩提分，行舍菩提分；八正道：正见，正思惟，正语，正业，正命，正精进，正念，正定。在这三十七道品中，最主要的是修习八正道。佛陀所开示的这八正道，已具有戒定慧三学的次第增进，如正语、正业、正命，就是戒学；正念、正定，就是定学；正见、正思惟，就是慧学；而以正精进为策励戒定慧三学的完成。八正道为圣者解脱的正轨，要求解脱，必须循着此八正道实践力行。鲁迅曾经购买并阅读过大量佛经，对于这三十七道品，尤其是其中的八正道，应该是相当熟悉的。1931 年 3 月 1 日，鲁迅从"内山君乞得弘一上人书一纸”[①]，上书：戒定慧三字。如前所述，这三字即为八正道的精华。但是，鲁迅究竟并非佛教徒，亦并未皈依佛法。鲁迅既然并不赞同佛陀之最终追求：涅槃寂静，自然不会走在实践八正道的路途之上。

那么，鲁迅在道谛之中究竟与哪些义理有着精神上的相通与相遇呢？答案即是佛陀临近涅槃之时，所千叮咛万嘱咐的“四念处”。如前所述，这四念处分别为，身念处：观身不净；受念处：观受是苦；心念处：观心无常；法念处：观法无我。其与鲁迅《野草》的精神联系试述如下：

一、身念处，即观身不净，是以修不净观之慧力，对治“缘身执净”的颠倒妄见。人到死后，尸体腐烂，遍体生蛆，穿筋啮骨，最后成为白骨一堆，这个身体的生存，实在不净，故能观身不净，则贪爱渴想，恋慕艳丽色相等烦恼，自可消除，才能把心安住于道法中。鲁迅《野草》中恰好有这样一篇散文诗《死后》。“我”梦见自己死在道路上，不是死在家里，而是死在路上，可谓死不得其所。独轮车轧轧地从“我”的头边推过，叫得人心烦，还有些牙齿龃。行人踹起黄土来，飞进“我”的鼻孔，使“我”忍不住要打喷嚏。一个蚂蚁爬在“我”的脊梁上，痒痒的。一个青蝇停在“我”的颧骨上，开口便舐“我”的鼻尖，还有几个则聚在“我”的眉毛上。更可恶的是路人们的议论纷纷，连一个人的死亡也难以适合他们的公意。更可笑的还有一个向“我”兜售明板《公羊传》的小伙计，“我”都已经死了还在不断地骚扰“我”。“我”的身体如此不净，任谁都可以来欺负，来议论，来骚扰，“我”真愿意真的死去，连同“我”的运动神经和知觉。《题辞》中的“野草”带有很强的拟人性，它的隐喻意即是战士。它(或他)“根本不深，花叶不美，然而吸取露，吸取水，吸取陈死人的

---

① 鲁迅：《鲁迅日记》，《鲁迅全集》第16卷，第245页。

血和肉，各各夺取它的生存。当生存时，还是将遭践踏，将遭删刈，直至于死亡而朽腐。”试问这样的身体又何净之有？鲁迅之“观身不净”观于此亦可见一斑。

二、受念处，即观受是苦，是以观苦之慧力，对治“缘受执乐”的颠倒妄见。人生是苦的，这世界充满着各种各样的苦。苦既是由“受”而有，那么，知苦而不贪欲乐，就不为境界所转移，则“缘受执乐”的妄见便不能存在了。汪卫东对于鲁迅人生之苦的描述相当准确。正如他所指出的，走进《野草》之前的鲁迅，正处在他人生最痛苦的深渊，这时的他，与佛教的“苦谛”最为接近。“苦谛”具体表现于《野草》即是鲁迅的自厌与自虐。深味人生之“苦”，并产生“厌离“之心，这两者，已近于佛教之门了。汪卫东关于鲁迅之“观受是苦”观，在《〈野草〉与佛教》中已有精彩描写，对此我深表赞同，此处不再赘言。

三、心念处，即观心无常，是以观心无常之慧力，对治“缘心执常”的颠倒妄见。“心”是生命的本质，同时是众生的中心，但心不是固定独存物，而是因缘和合而有的。因缘和合的心物世界，即是五蕴（色、受、想、行、识）世界，五蕴的身心世界是无常的，会坏灭的，故我们的心是无实体的，不过是心理或思唯之因缘关系的发展而已，绝无实体可捉取；而且心之现象，是念念生灭，刹那不住。怎么可以执它为常？由此观心无常之慧力，能使心念远离执常妄见的过患。《野草》关于心念无常的描写，最为精彩的莫过于《死火》。鲁迅自述：“当我幼小的时候，本就爱看快舰激起的浪花，洪炉喷出的烈焰。不但爱看，还想看清。可惜他们都息息变幻，永无定形。虽然凝视又凝视，总不留下怎样一定的迹象。”这种状态即是对于心念生生不息，刹那不住的出色描绘。然而，现今终于得到这样一个凝定了的“心念”——“死火”。它“有炎炎的形，但毫不摇动，全体冰结，像珊瑚枝；尖端还有凝固的黑烟，疑这才从火宅中出，所以枯焦。”但是，就是这种本已凝结了的“心念”，一经我的“温热”助缘，马上“惊醒”过来，而且立即就要发生变化。接下来“死火”必须在“烧完”或“冻灭”两者之间选择其一，而“死火”毫不犹豫地选择了“烧完”，“忽而跃起，如红彗星，并我都出冰谷口外。”这一切的产生、发展乃至突变，几乎都发生在一瞬间，无有丝毫短暂停留。如此这般的世界，我们又怎可执它为常，自以为会有一个真实恒定的世界存在呢？

四、法念处，即观法无我，是以观法无我之慧力，对治“缘法执我”的颠倒妄见。宇宙万法，都是因缘相互依存，我们的身体是五蕴（色、受、想、行、识）四大（地、水、火、风）组合的躯体，一旦四大不调，五蕴离散，生命便死亡。佛说五蕴的“我”是“假我”。不可执为自性的我，统宰用的我。但众生无知，于无我法中，妄执有我，这种妄执叫作“我见”。我见有二：在有情上起执的，名“人我见”，在法上起执的，名“法我见”。也名“我执”和“法执”。有了我见，则有种种偏执烦恼，便不能接受正法。故要使心念安住于道法中，便要以“观法无我”之慧力，消除“缘法执我”的错误。关于鲁迅之首破“我执”，汪卫东已有精彩论说。他认为，《野草》首先不是回避和抛弃矛盾，而是采取了相反的路向，迎难而上，反而进入矛盾之中，把自身所有矛盾都摆出、打开，鲜血淋漓地展现出来，甚而把矛盾的双方进一步激化，推向极端，至于无可退避之境。这已经近乎一种“休克疗法”。求解脱就需破我执，但激化矛盾的方式无疑在我执的路上愈走愈远，《野草》主体为何如此执著于矛盾？绝望后仍寻找自我的努力，与佛教已知的无我背道而驰，但如果最终发现所谓真正的自我并不存在，则最终与佛法殊途而同归。《野草》的追寻，到最后，并没有找到那不可分析之点——真正的自我或实在。它所最终证成的，是和佛法相同的结论，那就是“无我”。关于鲁迅之破“法执”，汪卫东在文中没有重点讲，但其实已经提到，即是他在文中所提到的“缘起性空”。[①] 所谓缘起性空，系指大乘即菩萨乘修习法门。概括地说，缘起是说世间诸法众缘和合而起，同时亦因众缘分散而归于消灭。性空是说众缘合成的诸法，其性本空，没有真实的自体。所谓实相，即是无相。《野草》中最能阐释“缘起性空”这一大乘法印的是《好的故事》。但由于此“四念处”修行纯属小乘中声闻乘修习法门，故而在此只是一提。读者明了其基本意思即可。

由以上论述可知，鲁迅与佛陀在四圣谛之“道谛”中确然有诸多相似乃至相通之处。这相通之处主要表现在对于三十七道品中之“四念处”的理解。也就是说，虽则鲁迅与佛陀在最终追求目标和超越模式上是根本不同的，但是在其他三个圣谛，即“苦谛”、“集谛”与“道谛”上却存在着很大程度上的相似乃至相通。经由四圣谛对于鲁迅与佛陀的精神世界进行一番细致的考察与探索，挖掘出其精神上的相同或不同之处，这绝非无聊之举。相反地，从其相同之处，我们看到的是鲁迅与佛陀的精神相遇，而从其不同之处，我们看到的则是鲁迅与佛陀各自的伟大。鲁迅之为鲁迅，佛陀之为佛陀，他们两者之所以有着各自的伟大，恰恰是因为他们两者有着各自的不同。

① 鲁迅能够深切理解大乘“缘起性空”的佛理，不但与自己的老师章太炎，与北京时期的苦读佛经有着直接的关系，而且也与他早年所接触到的西方存在主义思潮的代表人物如尼采、克尔凯郭尔、叔本华、斯蒂纳、舍斯托夫等的影响密切相关。鲁迅正是集中了如此众多的思想资源才创作出他的极富个性特质的《野草》来的，这本身即是一件特别令人感到惊奇的事件。值得注意的是，鲁迅并不是抽象地、被动地理解或接受这些资源。假如这些资源不与鲁迅自身的遭际发生密切的关联，促使鲁迅形成浓郁的存在体验，引发鲁迅对于诸如黑暗、恐惧、焦虑、绝望、希望、虚妄等的深切思考，这些资源也不过仅仅就是一些外在于人的体验的话语而已。所以，在这里最具关键意义的，恰是鲁迅的本心和自性。鲁迅正是以己为中枢，亦以己为终极，秉持“惟此自性，即造物主”的法则，才最终成就自己“反抗绝望”的思想特质的。而这一切均在《野草》中得到了完美的呈现。

第三章　从《生死场》《后花园》《呼兰河传》看萧红的存在之思

读《萧红传》或查《萧红年谱》，知萧红并没有系统地读过有关存在主义的书籍，不像与她同期的冯至那样自觉地接受过存在主义的思想，甚至撰写过有关存在主义的论文，创作过有着明显存在之思的小说——《伍子胥》。但这并不妨碍萧红自有她的存在之思，并不妨碍她成为一个存在主义者。其中的原因可能有三：一是，萧红独特坎坷的人生经历，“在路上”（流浪）的生存痛苦体验使然。二是，萧红处于20世纪三四十年代（时间）中国的血与火的环境（空间）中，这样独特的时空一下子把人抛向一个不可知的偶然的荒诞的境地（即存在主义的“被抛状态”），迫使作家在关注国家、民族命运的同时，也不得不关注到个人的生存困境，从而引发出存在之思。三是接受了其精神导师——鲁迅的影响。认识到人生的根本虚无，从而执著于现实存在进行绝望的抗战等的鲁迅式的带有存在主义生命哲学色彩的基本命题，在萧红文本中也是同样存在的。下面试从对三个文本的分析来切入萧红的存在之思。

一、生与死的轮回：《生死场》

《生死场》是萧红30年代的作品，也是其成名作。鲁迅曾经为其作过序。这部作品应该说社会现实气息强烈，阶级、国家、民族意识明显，但其中关于“生与死”（时间）和“生死场”（空间）的思考已经使该文本具有了形而上的特质，从当时一般左翼作家文本中超拔了出来。

《生死场》里的人们处于完全不自知的“生与死”的时间轮回中，用文中的话说：“十年前村中的山，山下的小河，而今依旧似十年前，河水静静地在流，山坡随着季节而更换衣裳；大片的村庄生死轮回着和十年前一样。”[①]如果用中国传统的时间观来衡量，那么它处于“人和自然”的时间循环中，但用海德格尔的话说，这里的人们并没有时间观念（意识）。用萨特的话说，他们完全是一种自在的事物性的存在。这种存在从根本上说是偶然的、不可思议的、荒诞的存在，是一个巨大的虚无——但这并不是说它事实上不存在，而是说它缺乏存在的意义、目的和必然性。“死人死了！活人计算着怎样活下去。冬天女人们预备夏季的衣裳；男人们计虑着怎样开始明年的耕种。”[②]在这样的生死轮回、生与死构成的“场”中，人们像牛马一样“在不知觉中忙着栽培自己的痛苦”。[③] 一句“在乡村，人和动物一起忙着生，忙着死……”[④]点明了本文的主题。而这里的“忙着”因为缺乏对于时间性的领悟、观照，从而使生命中的一切行为均成了盲目的热情和无效的劳作。在海德格尔看来，时间性的有无对于存在的意义有着最具根本性的阐释意义。有时间性（意识），则具备了一个本真的人；无时间性（意识），则不能成为一个本真的人，人（其实是非人）处于一种非本真的存在状态。这里的人们处于一个由生死互相交织而成的“场”中，几千年来这几乎

① 萧红：《生死场》，张毓茂、阎志宏编：《萧红文集》第 1 卷，安徽文艺出版社 1997 年版，第 287—288 页。

② 萧红：《生死场》，《萧红文集》第 1 卷，第 258 页。

③ 萧红：《生死场》，《萧红文集》第 1 卷，第 272 页。

④ 萧红：《生死场》，《萧红文集》第 1 卷，第 272 页。

是一个超稳定的空间结构，它将生活在其中的人们的所有生命悲欢苦乐一概加以吸收、消泯，使之最终化为“虚无”，化为“死亡”。而“生死场”中的“乱坟岗子”就是这样的一个空间象征。这里是“死的城廓，没有花香，没有虫鸣，即使有花，即使有虫，那都是唱奏着别离歌，陪伴着说不尽的死者永久的寂寞。”[①]这里“不知晒干多少悲惨的眼泪？永年悲惨的地带，连个乌鸦也不落下。”[②]生死场中人们的最终结局，只能也必然就是“乱坟岗子”。月英死了埋藏在这里，小金枝死了也埋藏在这里，甚至老王婆服毒尚有一丝气息，老赵三第一个本能的反应就是在“乱坟岗子”中给她寻一个位置，好像人活在世上就为了最终找寻一个死亡的结局。

这就是“生死场”中的时空观，然而也正是萧红时空观的透射。正是因为萧红有了明确清晰的时空观，她才得以观照生死场中处于不自觉的状态中的人们。如上文所示，她用“忙着生，忙着死”来概括生死场中人们的生存状态，这恰是萧红的存在之思。关于“忙着”，海德格尔也有精确描述，他干脆把此在（人）的在世的结构整体性，简略称之为“烦”。他认为，人生在世不但“烦忙”于他与世内其他存在者的关系，“烦神”于他与其他存在者的关系，更重要的是人还为他与自身的关系而“烦”。萧红创作这部文本，正是为生死场中人们的生死而烦，同时更为她本人的生死而烦。而这两种烦在文本中是密切融合在一起的，当萧红在写出生死场中人们的生死轮回时，她也正是在寄托自己身世命运的哀思。同时正因为拥有了这种透射，我们才从文本中读到了更多的“生的坚强”和“死的挣扎”[③]，更多的关于此在（人）的思考。在萧红笔下，人命宛如一棵草芥，是不值钱的，得不到什么尊重的。当王婆的孩子小钟被铁犁

① 萧红：《生死场》，《萧红文集》第1卷，第274页。
② 萧红：《生死场》，《萧红文集》第1卷，第281页。
③ 鲁迅：《且介亭杂文二集·萧红作〈生死场〉序》，《鲁迅全集》第6卷，第422页。

撞死的时候，她一看到麦田里的麦子，一滴眼泪都没有淌下；当平儿偷穿了父亲的大毡靴子，王婆便紧追着逼迫平儿当场脱下，使孩子在冰天雪地里不得不赤着脚跑回家；当金枝因为走神错摘了青柿子时，便遭到母亲的无情打骂。因为在“农家无论是菜棵，或是一株茅草也要超过人的价值。”[①]因为“在乡村永久不晓得，永久体验不到灵魂，只有物质来充实她们。”[②]人处于一种“异化”状态中。关于“场”的描述，反映了萧红对于“人在空间中”这一哲学元命题的原始思考。人必定生活于一定的空间之中，然而生活在怎样的空间之中，不同的人有不同的回答。萧红以她作为女性文学家的“细致的观察和越轨的笔致”[③]感知领悟到这是一个由生与死互相交织而成的一张大“网”，一个大“场”。在这个场中，既有着“场”对人们的压抑，也有着人们对“场”的反抗。王婆的服毒，金枝的出走，月英的哀嚎，老赵三的觉醒，二里半的革命等均构成了一幅幅动人的画面。希望尽管是微茫的，但正像鲁迅所言，几个觉醒的人起来，就未必没有打破这“铁屋子”、“生死场”的可能。萧红的这一“人与空间对立”的思考达到了一定的哲学深度。

海德格尔在讲生死时，还特别强调“先行到死”或“本真的为死而在”。在他看来，此在人的最大的最本己的可能性就是死亡，人生在世，不论是谁，都是朝向着死亡这个最终的目标前进。也正是在这个意义上，他干脆把此在人称为“向死的存在”（或“走向死亡的存在”）。但这并不意味着海德格尔要导向消极的虚无厌世主义，恰恰相反，他正是要人们从对“死亡”的积极自觉中先行领悟到生命的荒诞和偶然，从而更加激发起人们面对惨淡、黑暗现实的勇气和对于生命进行自由选择、决断和创造的信心。这种死亡

① 萧红：《生死场》，《萧红文集》第1卷，第244页。
② 萧红：《生死场》，《萧红文集》第1卷，第254页。
③ 鲁迅：《且介亭杂文二集·萧红作〈生死场〉序》，《鲁迅全集》第6卷，第422页。

观促使生命由死向前推，成为一个有限的过程。这个过程因了死亡的存在，呈现出张力，生命的密度同时得以增加。在现代作家中，较早体认到生命的这种必死性和有限性的是鲁迅。从他的《野草》诸多文本中关于对“死亡”的大量描写我们可以体会到。同样，萧红由于自身独特坎坷的情感经历和三四十年代残酷的社会现实，也是深切领悟到了“死亡”的阴影是时刻存在着的。正是由于对“生与死”的深切领悟（这点我们从《生死场》的大量对“生与死”的细节中可以看到），她才像鲁迅一样，以“赶紧做”的精神，促使其创作生命得以赶快释放，从而在短短的九年内创作出近百万字的小说、散文、诗歌，也最终奠定了她在现代文学中的杰出地位。

二、时间意识的觉醒：《后花园》

如果说《生死场》中的人们还没有时间意识的觉醒，那么在《后花园》中就已经出现了这种觉醒。小说中的主人公冯二成子一开始也处于一种不自觉的自在的存在（事物性的存在）之中。他没有时间意识，他生活在“后花园”中，也好比生活在“生死场”中，是一个微不足道的偶然性存在。然而有一天他觉醒了，起因于听到了邻居女儿的笑声。让我们注意一下几个带有时间标志的句子：“有一天下雨了。”①“有一天，冯二成子用一个大盆在院子里洗他自己的衣裳……”②“有一天，他打了一夜梆子。”③这里的“有一天”也就是鲁迅《过客》里的“或一日”，不定哪一天，或一个瞬间，或一个当下，是一个较为模糊的时间概念，但已经开始预示着冯二成子时间意识的觉醒。“——这可奇怪了，怎么像第一天那边住着人。——

① 萧红：《后花园》，《萧红文集》第1卷，第427页。
② 萧红：《后花园》，《萧红文集》第1卷，第428页。
③ 萧红：《后花园》，《萧红文集》第1卷，第428页。

他自己想。”[①]“第二天早晨，雨过天晴了。”[②]“这一天，他实在睡不着……”[③]这几个时间表述都很明确，标志着冯二成子在时间上的新鲜感受，不再无知无识，时间意识开始复活了。而随着时间意识的复活，冯二成子也开始由自在的存在转向自为的存在，也可以说由非本真状态转向本真状态，由非人状态转向人的状态。这里的有无时间意识，恰是一个分水岭。

我们在读《后花园》时，发现萧红自觉地使用了内、外两个视角。文本的一开始，采用的是外视角，萧红得以全知全能地观察后花园中的一切，后花园里五月六月，一派热闹繁荣景象。这里萧红采用了拟人化的手法，从而使后花园中的一切事物变得富有生命起来，宛似一个又一个的此在（人）。这无疑投射了萧红对后花园中事物的喜爱。然而当萧红落笔到后花园中磨房里的磨倌时，萧红的笔触马上冷漠了起来。在她笔下，冯二成子没有时间观念，没有生命意识，完全是一个自在的事物性的存在。只有当萧红由外视角快要转向内视角描写的时候，萧红才开始赋予冯二成子以焦躁，以不安。“这时候，正是人们睡得正熟的时候，而冯二成子就像更焕发了起来。他的梆子就更响了，他拼命地打，他用了全身力量，使那梆子响得爆豆似的。不但如此，那磨房唱了起来了，他大声急呼的。好像他是照着民间所流传的，他是招了鬼了。他有意要把远近的人家都惊动起来，他竟乱打起来，他不把梆子打断了，他不甘心停止似的。”[④]伴随着具有存在主义情绪体悟的焦躁、不安，是时间概念“这时候”的出现。“这时候”即预示着冯二成子开始成为一个具有自为意识的个人。萨特在讲到人的“自为的存在”

① 萧红：《后花园》，《萧红文集》第 1 卷，第 428 页。
② 萧红：《后花园》，《萧红文集》第 1 卷，第 428 页。
③ 萧红：《后花园》，《萧红文集》第 1 卷，第 429 页。
④ 萧红：《后花园》，《萧红文集》第 1 卷，第 426—427 页。

时，指出它是一种(有)意识的存在，纯粹是预谋和意向。它是存在的缺乏，永远只是存在的可能性(能在)，因而必须不断地追寻和选择其可能性。之所以如此，是因为自为的存在即是意识的存在，而意识乃是一种"无"，它具有一种否定、超越和虚无化的功能。这样一来，自为的存在通过不断的自我否定，自我超越，使自身永远处于流动变化之中，而不是停滞在既成不变的状态。因此自为的存在永远不是(无)什么东西，而老是不断地要成为什么东西，老是不断地否定和超越自身，跃向未来。在萨特看来，宇宙万物之中唯有人才有意识，才能自我否定，自我超越，因而唯有人才称得上自为的存在。而人一旦成为自为的存在，就必然会逐步体味到人生在世的荒诞和虚无，从而具有了诸如忧虑、绝望、厌烦、恐怖等的存在主义的情绪体悟。接下来，我们读到了冯二成子的情绪体悟。当他第一次听到邻家女儿的笑声时，他的"心里好不平静"[①]，很慌乱地做着许多事；当他夜里不断听到笑声时，实在睡不着觉，感到"心中十分悲哀"[②]；后来干脆"害了相思病"，为那个邻家的女儿"脸色灰白，眼圈发紫，茶也不想吃，饭也咽不下"[③]；再后来邻居女儿出嫁，冯二成子遭受惨重打击，宛似死了一般"把头伏在梆子上"，"闭了眼睛""一动也不动"[④]……正是这些存在主义的情绪体悟更加促成他成为一个本真的人。与此同时，随着时间意识的觉醒，他开始激活了以往的时光，当晚上睡不着觉时，"他把这两年来的生活都回想了一遍……"[⑤]他甚至"又回想到他更远的幼小的时候去……"[⑥]海德格尔在讲到时间时，把时间分为三段：将来、曾在、

---

① 萧红：《后花园》，《萧红文集》第1卷，第427页。
② 萧红：《后花园》，《萧红文集》第1卷，第429页。
③ 萧红：《后花园》，《萧红文集》第1卷，第433页。
④ 萧红：《后花园》，《萧红文集》第1卷，第433页。
⑤ 萧红：《后花园》，《萧红文集》第1卷，第429页。
⑥ 萧红：《后花园》，《萧红文集》第1卷，第430页。

当前。与传统时间观不同，他认为“将来不晚于曾在”，“曾在不早于当前”，“生存性的本来意义就是将来”，而往事是由明天的光线照亮的。人之所以能够回首看见往事，是因为人生存在往事中。曾在并非简单地过去了，逝去了，化入虚无。曾在凝结在存在上。曾在与存在是实质上连续同一的存在。这里我们看到，萧红对于时间的思索无意中和海德格尔走到了一起。而且，冯二成子也有了自己的存在之思，在送赵老太太回来的路上，他思考了许多，这里面，既有着他对于人为什么活着（存在）的终极发问，有着对于人生活在这个世界上的根本性虚无的存在体验，也有着丰富的对于时间（死亡）意识的思考，而且他也同样领悟到了自己的实际处于的“被抛状态”，“这样广茫茫的人间，让他走到哪方面去呢？是谁让人如此，把人生下来，并不领给他一条路子，就不管他了。”[①]自此，冯二成子彻底完成了一个自为的存在者的姿态。而只有当冯二成子意识到了自己的孤独个体存在的本然处境（这时候一切价值理性均丧失其效用），他才只能依靠他自己，做出属于他自己的自由的选择或决断。接下来，我们看到他选择了寡妇老王作为自己的老婆。这在他先前是并没有意识到要这样做的，只是他主观内心体验使然。这也是对于存在主义的“存在先于本质”（或“是，先于所是”）的最好阐释。因为在萨特看来，人从根本上绝不是事实性存在，他没有固定的本质，他的本质的存在只是一种能在（存在的可能性），他要成为什么，全赖于他对其存在可能性的选择。然而当萧红一旦由内视角重又转入外视角时，我们发现冯二成子又丧失了存在主义的情绪体悟，丧失了对于时间的感觉，重又成为一个自在的事物性的存在或者说处在“自欺”状态之中。他不再自由了，不再选择了，重又“沉沦”于非本真的存在状态中。命运对他

① 萧红：《后花园》，《萧红文集》第1卷，第437页。

的惩罚随之而来，曾经与他共同生活过的老婆、孩子重又离他而去，一切好像没有发生过。

这里，我们发现当萧红采用内视角时，明里是冯二成子在运存在之思，背后则是萧红在说话，于是冯二成子也就转化成了萧红。萧红正是把个人的独特丰富生活经验打在了冯二成子身上，才使我们每一个读者深深地发生了感动。

三、孤独、寂寞的生存体验与反抗绝望的生存勇气：《呼兰河传》

《呼兰河传》作于1940年12月20日，距离《后花园》创作不过8个月，在一定意义上，它仍然是承接着《生死场》、《后花园》中关于时间、空间意识(问题)的再思考，但这些思考的侧重点却在于对萧红存在本体论意义上的孤独、寂寞的生命体验的渲染，和对已经认识到人生的根本性虚无而偏偏要反抗这种绝望的生存的勇气的描写上。孤独、寂寞可以是生活经验性的，也可以是生存意义上的根本性的，《呼兰河传》所凸显的主要是后者。而对生存意义上的根本性绝望的反抗，则成为萧红在其文本中所致力追求的。

小说描写中的呼兰河城布局虽然比较明确，但仍然给人一种漂浮的不真实之感，好比冯至《伍子胥》笔下的"城父"一般。生活在这一空间之中的人们，仍然没有时间观念：

> "生、老、病、死，都没有什么表示。生了就任其自然地长去；长大就长大，长不大也就算了。
>
> 老，老了也没有什么关系，眼花了，就不看；耳聋了，就不听；牙掉了，就整吞；走不动了，就瘫着。这有什么办法，谁老谁活该。
>
> 病，人吃五谷杂粮，谁不生病呢？
>
> 死，这回可是悲哀的事情了，父亲死了儿子哭；儿子死了

母亲哭；哥哥死了一家全哭；嫂子死了，她的娘家人来哭。

（中略）

假若有人问他们，人生是为了什么？他们并不会茫然无所对答的，他们会直截了当地不假思索地说了出来：'人活着是为吃饭穿衣。'

再问他，人死了呢？他们会说：'人死了就完了。'"[①]

可见，不但没有时间观念，连死亡观念（意识）也几乎没有。一切都简简单单地顺乎自然，糊里糊涂地来，糊里糊涂地去。这里的人们处在典型的"非本真的存在状态"之中，这里的城市处于典型的"自欺"状态中。"大泥坑子"就是一个这样的空间象征。"这泥坑子里边淹死过小猪，用泥浆闷死过狗，闷死过猫，鸡和鸭也常常死在这泥坑里边。"[②]同时也闷死了此在（人）的生龙活虎的精神状态。它给当地居民的两条福利，一是可以使居民说长道短，得以消遣；二是可以放心大胆地吃瘟猪肉。这正是萨特所说的此在人逃避自由、逃避选择的"自欺"状态，也即是鲁迅所说的闭上眼睛万事大吉充满着"瞒和骗"的状态。

整个呼兰河城是欺罔的，"我家是荒凉的"、"我家的院子是很荒凉的"（萧红在第四章的第二、三、四、五节句首不断重复着这两句话），然而整个后花园却是热闹非凡的（我们在第三章可以读到大量的描写，可以与小说《后花园》互相映照），于是我们发现了一个两极对立的空间的对立模式：后花园/家或后花园/呼兰河城。就好比是《红楼梦》中的大观园和整个贾府的对立。但正如大观园无法抵抗整个贾府，乃至整个封建朝廷，最终前者为后者所吞噬一

① 萧红：《呼兰河传》，《萧红文集》第2卷，第33—34页。

② 萧红：《呼兰河传》，《萧红文集》第2卷，第23页。

样。后花园的存在也是在整个家庭中乃至整个呼兰河城中，可有可无的，最后不免毁灭。这同时也是萧红对于"人和空间对立"这一哲学命题的再深入思考。这里的两极对立模式实际上是小空间和大空间的对立。充满着生命活力的小空间（后花园），最终被冷漠无情的大空间（家或呼兰河城）挤压成"虚无"了。这满溢着的悲剧意味化成了萧红在《尾声》中的诸多感慨。

这个两极对立的空间模式可以进一步转化为存在主义的另外两种对立模式：本真状态/非本真状态或人/非人。如上文所示，有无时间意识的觉醒，恰是其对立模式的分水岭。我们在第三章描写祖父、我与后花园中的花草一起快乐地嬉笑玩耍时读到了明确的时间意识："我生的时候，祖父已经六十多岁了，我长到四五岁，祖父就快七十了。"[①]但好景不长，后花园最终由存在走向虚无，后花园中的人们：祖父、我、冯歪嘴子以及那些已经拟人化的花草、飞虫们，也在世人的讽刺、打击、践踏下烟消云散了，"留下一片白茫茫大地真干净"。这无疑更加加深了萧红的孤独寂寞的存在体验，也许这个世界的点滴温情只是存在于梦幻之中、文本之中了吧？

那么，除了后花园这个"小空间"，"大空间"中的其他空间有没有存在之思呢？偶或有之。如文中提到的在"跳大神"时："满天星光，满屋月亮，人生何如，为什么这么悲凉。……人生为了什么，才有这样凄凉的夜。"[②]在"放河灯"时，"……唯独到了最后，那河灯流到了极远的下流去的时候，使看河灯的人们，内心里无由地来了空虚。'那河灯，到底是要漂到哪里去呢？'"[③]就是这一点体会到了人生在世的根本性虚无的存在主义的情绪体悟，也很快消失了。那么，认识到人生的根本性虚无，是否就意味着人就可以放弃希望、

① 萧红：《呼兰河传》，《萧红文集》第2卷，第70页。
② 萧红：《呼兰河传》，《萧红文集》第2卷，第48—49页。
③ 萧红：《呼兰河传》，《萧红文集》第2卷，第52页。

自甘堕落了呢？不是的，萧红在这里恰恰是教人们面对从根本上说是虚无的人生和荒诞的存在处境，就像加缪把荒诞视为起点而进一步走向对这荒诞的反抗一样，孤独的个人没有逃避的余地，唯有鼓起自为的存在的勇气，挺身反抗之，才能确证自己的存在，把自己从无意义的深渊中解救出来。这主要体现于萧红对其文本中三个人物的密切关注，即小团圆媳妇、有二伯和冯歪嘴子。前二者处于“大空间”之内、“小空间”之外，后者处于“小空间”之内。如果前二者萧红是以批判、同情的眼光告诉人们不能这么做，那么后者则就是萧红以赞赏的眼光告诉人们就要这样做。小团圆媳妇整个出场，处于一种“受虐”状态，她本是一个生龙活虎的此在（人），可是在婆婆等的压迫、虐待下成了非人，最终以死亡了局。这在某种程度上接续了《生死场》中萧红对于人的“异化”的再思考。有二伯父母早亡，出身凄苦，寄住在别人家里，受别人管制、教训，只能拿别的事物来出气，处于阿Q式的“自欺”状态而不自知，他的跳井和上吊成了众人眼中的游戏和笑料。这突出反映了萧红对于逃避自由、逃避选择的非人的两种态度：同情（“哀其不幸”）和鞭挞（“怒其不争”）。这同样也是对于鲁迅批判国民性思想的一种承接。冯歪嘴子不管周围人的讽刺、打击，勇敢地娶了王大姑娘，勇敢地承担起抚养起两个孩子的义务，在别人眼中他是绝望的，然而他偏偏反抗这种绝望，在萧红笔下是一个有着意识的能够进行自我决断的个人。在这个人物形象身上，无疑凝聚了鲁迅的反抗绝望、执著于现实存在的思想，从而对此在人如何更有意义地生活在这个荒诞的世界上做出了自己的回答。虽然冯歪嘴子说不定哪一天会和冯二成子一样丧失掉对于存在的感受，重新成为非人，但萧红究竟在这个人物身上体现了她对于整个人类的期望。她的孤独、寂寞的存在体验也终于抹上了一层亮色。但同样毋庸置疑的是，萧红笔下这种反抗绝望的人物毕竟是太稀少了。

从以上分析可以看出，萧红文本中蕴藏着丰富的存在思想，在许多方面无意之中与海德格尔、萨特等存在主义生命哲学走到了一块，但萧红在这里表达的却是属于她个人的独异的生命体悟。这些体悟既是通过文学语言形象（而非哲学逻辑推理，像海德格尔、萨特那样）这一独特样式表现出来的，又与萧红作为一个特殊的此在（人）——女性的生存意识密切相关。即便是在成名以后，萧红依然对自己身为弱势群体女性中的一员持一种悲观看法。她说："……女性的天空是低的，羽翼是稀薄的，而身边的累赘又是笨重的！而且多么讨厌呵，女性有着过多的自我牺牲精神。这不是勇敢，倒是怯懦，是在长期的无助的牺牲状态中养成的自甘牺牲的惰性。……"[①]而萧红对女性自身的这种悲剧体验，也自然会影响到她对此在（人）生活在这个荒谬世界上的忧郁、痛苦、绝望、寂寞的生存体验的感悟和体认。我们在读《生死场》、《后花园》、《呼兰河传》时，不时会听到背后一个女性的对于人生绝望、痛苦、无奈的叹息。而萧红对于女性生存的惨烈描写尤其动人。《生死场》中的月英、金枝、老王婆，《呼兰河传》中的小团圆媳妇，《小城三月》中的翠姨，无一不打上萧红作为女性的思考。甚至可以说萧红对女性的思考是和其对存在的思考同步进行的。当萧红在诉说着女性的悲剧时，她也正在诉说着作为此在（人）的存在论意义上的更为根本的悲剧。在萧红之后，冯至于 1942 年冬天写成存在主义的中篇小说——《伍子胥》，钱钟书于 1946 年写成存在主义的长篇小说——《围城》，加上中国存在主义文学的先驱鲁迅，他们都共同构成了中国现代文学史上的一种现象，即西方存在主义哲学同中国现代文学的联姻。萧红在其中发挥着重要作用。萧红之不同于他们，正在于她是一名女性，虽然不如男性具有强大的逻辑思辨能

① 聂绀弩：《在西安》，《萧红文集》第 3 卷，第 410—411 页。

力，但却有极强的文学性感悟能力。这也许即是萧红所作存在思考的独特性所在吧。而对存在的思考，不仅使萧红文本超拔于当时一般左翼作家文本，还区别于自己早期的一些单纯描写社会阶级斗争的作品，从而具有了更加丰富的哲学内涵及永恒意味，从而对当代人的当代生活发生了启示意义。萧红也由此而成为中国现代文学史上继鲁迅之后的又一位存在主义文学创作大家。但就是这样一位在写作前途上被鲁迅誉为"更有希望"[①]的才女，不幸于1941年1月22日客死香港，命运仅仅给了她31年的时间，其中才9年的创作生命，其才华还未充分发挥就与世长辞了，这不能不让人为之惋惜和痛悼。

① 许广平：《追忆萧红》，《萧红文集》第3卷，第376页。

第四章　一个村庄和一个世界

——论《马桥词典》的“中心”问题

阅读《马桥词典》，觉此情境，“恍如天造地设，呈于象，感于目，会于心。意中之言，而口不能言，口能言之，而意又不可解”①。这就在无形之中增大了评论的难度。的确，它的扑朔迷离，恍兮惚兮，使之具有了多重解读的方向。但每一种方向又似乎并不可能完全揭示真正意义上的马桥。好在，本文并不打算穷究马桥的全部奥妙，只拟就一“中心”问题集中探讨，并试图以此揭开马桥神秘面纱之一角。

一、从两棵树说起

“为两棵树立传”，这是韩少功在《马桥词典·枫鬼》里说的一句饶有趣味的话。在我们的惯性思维里，向来以人类为中心，又有谁会想到为两棵枫树立传呢？

为两棵枫树立传，意味着两棵枫树是有其价值和意义的。“没有大树的村寨就像一个家没有家长，或者一个脑袋没有眼睛，让人怎么也看不顺眼，总觉得少了一种中心。马桥的中心就是两棵枫树。”（《马桥词典·枫鬼》）

① （清）叶燮：《原诗》。

从存在论而言，无论在中国还是在西方传统文化价值体系里，两棵枫树都毫无意义。它们只是一种被忽略的存在。在中国传统文化价值体系里，发展到极端，一切都是为了一个抽象的“天理”，连人的主体性都被淹没了，更何况说两棵枫树呢。在西方传统文化价值体系中，虽则发展到近代，开始注重人的主体性，但对于人之外的其他事物，仍然只是一种使用和被使用的关系，枫树作为枫树自身的价值和意义并未得到呈现。为了使两棵枫树具有意义，我们必须另换一种眼光。

韩少功主要是从与传统小说相区别的意义上谈的。他首先厘清了“意义”的来源，并得出了属于自己的“意义观”。他说：“不能进入传统小说的东西，通常是‘没有意义’的东西。但是，在神权独大的时候，科学是没有意义的；在人类独大的时候，自然是没有意义的；在政治独大的时候，爱情是没有意义的；在金钱独大的时候，唯美也是没有意义的。我怀疑世上的万物其实在意义上具有完全同格的地位，之所以有时候一部分事物显得‘没有意义’，只不过是被作者的意义观所筛弃，也被读者的意义观所抵制，不能进入人们趣味的兴奋区。显然，意义观不是与生俱来一成不变的本能，恰恰相反，它们只是一时的时尚、习惯以及文化倾向——常常体现为小说本身对我们的定型塑造。也就是说，隐藏在小说传统中的意识形态，正在通过我们才不断完成着它的自我复制。”并表明：“我的记忆和想象，不是专门为传统准备的。于是，我经常希望从主线因果中跳出来，旁顾一些似乎毫无意义的事物，比方说关注一块石头，强调一颗星星，研究一个乏善可陈的雨天，端详一个微不足道而且我似乎从不认识也永远不会认识的背影。”(《马桥词典·枫鬼》)这是一段非常奇妙的阐述，可以说打破了我们的某些看似牢不可破的思维惯性。

这样我们就可以以“两棵枫树”为“中心”，展现一个活生生的

"马桥",继而展现一个活生生的"世界"。同理,我们也可以以一块石头、一颗星星等一切看似毫不起眼、毫不相关的东西为"中心",来展现一个活生生的"马桥",继而展现一个活生生的"世界"。其实从海德格尔哲学存在论的观点出发,与其说以以上事物为中心,倒不如说以它们为"集合点"或"交叉点"。因为在海德格尔看来,每一被描绘、被言说的事物,都是宇宙间无穷联系的聚焦点或者说集合点;正是这种集合才使一事物成其为该事物,才使得存在者(beings)得以存在(being)。这样,我们也就可以说,每一事物,每一被描绘、被言说的事物,都是一个涵盖无限关联的宇宙,此一事物之不同于彼一事物的特点,只在于此一事物是从此一独特的集合点集合着全宇宙的无限关联,彼一事物是从彼一独特的集合点集合着全宇宙的无限关联。它们在描绘"马桥",继而描绘"世界",即唯一的无限性相互关联着的"宇宙"上,其价值和意义以及地位,是平等的。在众生平等的世界中,还有什么是绝对意义上的"中心"呢?这是一个值得讨论的问题。

二、政治中心神话的破灭

既然可以以"两棵枫树"为中心,那么也可以以一个"马桥"为中心,以此来显现一个"世界"。马桥就是一个无穷宇宙的联接点或展示口。在这样的存在论意义上的价值体系里,马桥以及生活于其中的每个人,每个物,都是有其存在的价值和意义的。本义、罗伯、万玉、盐早、复查等,这一个个微末的人都鲜活了。连两头牛——"三毛"和"洪老板",以及两棵枫树,都清楚地展现在我们眼前。我们不得不正视他(它)们的存在,重新考虑他(它)们的意义。

但在《马桥词典》里,马桥所处的时代决定了马桥并不是真正传统意义上的中心。真正的中心是政治文化意识形态,它的代表符号是小说中万玉所一再提到的"公社何部长"。传统意义上的马桥处于边缘，然而正是这种边缘构成了对所谓政治中心神话的解构。

在《马桥词典》中，我们可以看到三种话语形态：以“公社何部长”为代表的政治话语形态，以“本义”、“罗伯”等为代表的马桥民间话语形态和以“我”、“牟继生”等知青为代表的知识分子话语形态。最后一种话语形态，其能量最小，用马桥人的话说，最缺乏“格”，最没有“话份”。一来知青并不代表当时真正意义上的知识分子，他们本来就缺乏真正知识分子所应具有的独立自省意识。二来他们是被政治机器驱使到农村来进行思想改造的一群，处于政治话语和民间话语的夹缝之中，又怎么能指望他们的成长和强大呢？他们只是马桥的一群匆匆过客，除了留下一个已然变味的能指“三秒”，什么也没有留下，连一条曾经对他们发生过很深感情的老狗“黄皮”也不记得他们。他们对马桥的影响基本上等于零。

那么，以公社何部长等为代表的政治话语形态对马桥的影响呢？情况并不比知青话语好多少。作为村党支部书记的本义，其先在身份是马桥这个伦理社会的民间代表。这个先在身份在很大程度上决定了他的“前理解结构”，他不可能不对政治发生“主观偏见”。他本来可以在专署一步步向上爬，但他“晕街”，他宁愿放弃仕途上的发达，回到更加符合他的生活习惯、欣赏趣味的安乐窝。他已经习惯了马桥千百年来所积淀的一套价值准则。有许多政策通过他的口向马桥村民传达就变了味，比如他把“纲”误解成“桩”，村民也就深信不疑。而在另一位民间文化伦理的代表罗伯那里，竟然会对一个已经被当时政治意识形态宣判为有罪的土匪“马疤子”表示极大的同情，被作为知青的“我”提醒之后还不知道因何反动。他让万玉去当哲学模范，仅仅因为万玉腰细干不了活。万玉在平时稍不如意，就说“何部长从不做好事”，以发泄他对政治的本能厌恶。“何部长”对于他俨然成了当时政治意识形态的神话符码。村民对毛主席语录的任意挪用，比如“毛主席说，今年的油茶长得很好”等(《马桥词典·满天红》)，也同样令人叹为观止。这一切无一不在表明马桥人在有意无意之间总是抵抗着政治意识形态的侵扰，而他们表面上对政治意识形态的附和，总是最终演变成一场闹剧。他们争夺土豪洪老板的斗争，纯系个人私利，非为苦大仇深。一场貌似严肃的阶级斗争蜕变成了村民之间的一场无谓械斗(《马桥词典·洪老板》)。生活在民间自如状态中的马桥人，受政治意识形态的影响终归有限。传统意义上的政治中心神话，在顽固保守的马桥人这边，是破灭了。

三、新的遮蔽和澄明

“真理是非真理。在作为真理的非遮蔽性中同时存在并获得着另一个双重禁止的‘非’。真理如此发生是作为澄明和双重遮蔽的对立。真理是原初的抗争，其中敞开以任何一种方式产生了显示为和作为存在者的万物出现于此，由此万物隐退自身。”①这是海德格尔的一段晦涩难懂的话。大意是：所谓真理在抗争中显现，这抗争即对遮蔽的抗争，所以真理的显现是一次去蔽；但是这一次去蔽既和此前的遮蔽对立，又造成此后澄明的遮蔽；所以，真理的产生是在双重的遮蔽中进行的，真理并非绝对真理，即非真理。另一方面，真理既然是存在者的一次澄明，这种澄明是以存在者自身的形式显现的，所以，当真理“显像”之后便使存在以在者形式出现，“自在之物”变为“显现之物”，超验的万物便“隐退自身”，人们所看到的这显现的此在就代替了存在。但是，存在者不会消失，它还要为自己的显现而抗争，它要与新的遮蔽斗争，为新的显现抗辩，并

① [德]海德格尔：《诗·语言·思》，彭富春译，戴晖校，文化艺术出版社 1991 年版，第 58 页。

且在历史中无限地展开着。①

回到我们所要论述的马桥上来。在政治文化意识形态看来，马桥是一个被遮蔽的存在。而在韩少功看来，他之所以创作《马桥词典》，恰是一次对于马桥的“去蔽”。是他在背后通过小说文本击碎了政治中心神话。然而，他在《马桥词典》中对于马桥的种种叙述、描写、议论、说明以至考证，是不是在一定程度上又造成了对于马桥的又一次新的遮蔽（加上前一次的遮蔽，可以称之为“双重遮蔽”）？假如真是这样的话，就需要我们进行再一次地澄明，促使马桥的意义再一次地显现。在这里，我们似乎是从韩少功在《马桥词典》中止步的地方出发。他的终点就是我们的起点。

让我们再次回到对于“中心”问题的探讨上来。韩少功在《马桥词典》中击碎了两种话语形态，保留了一种话语形态，即马桥民间话语。这是否就意味着韩少功将以马桥为中心呢？对于这一点，小说中有这样一段描写：“十里有三音。对远处任何地方，长乐人一律称为‘开边’，双龙人一律称‘口边’，铜锣峒人一律称‘西（发上声）边’，马桥人则称‘夷（发去声）边’——无论是指平江县、长沙、武汉还是美国，没有什么区别。弹棉花的，收皮子的，下放崽和下放干部，都是‘夷边’来的人。‘文化大革命’，印度支那打仗，还有本义在专署养了两年马，都是‘夷边’的事。我怀疑他们从来有一种位居中心的感觉，有一种深藏内心的自大和自信。他们凭什么把这些穷村寨以外的地方看作夷？”（《马桥词典·夷边》）可以说，韩少功对于马桥人的以中心自比，也是心自存疑的。但存疑归存疑，他仍然将马桥视为中心。比如他在文中，巧妙运用马桥智慧“归元（归完）”的思想，完成了对这篇小说的杰出建构（《马桥词典·归元（归完）》、《马桥词典·官路》），对“火焰”（《马桥词典·火

① 鲁原：《文学批评学》，山东文艺出版社 2002 年版，第 86—87 页。

焰》)、“梦婆”(《马桥词典·梦婆》)等的现代解说也颇有心得,从中透露出对马桥智慧及其价值准则的暗羡。实际上这也是必然的,他总是在一边揭示着什么,另一边又在遮蔽着什么。问题的关键在于我们要把这被遮蔽的什么再度呈现出来。

四、马桥不是马桥

马桥不是马桥,这并不是一句故作玄虚的话。前一个马桥是作为存在者的马桥,后一个马桥是作为话语建构的马桥。虽则前者只能通过后者显现,但两者显然并不完全一样。前马桥仅作为唯一无限性宇宙的联接点,后马桥则往往不自觉地以中心自居。这句话较为简明地回答了第三节中所提出的问题。《马桥词典》在某种程度上遮盖了真正意义上的马桥,即作为存在者存在的马桥。

这是否表明韩少功缺少存在论的眼光?情况恰恰与之相反。他的以马桥为中心,实在是迫不得已,勉为其难,否则他将无以成文,无法复原(尽管复原是不可能的)他想象中的马桥,也无法对抗强大的政治中心神话,而这恰是他的现实意旨所在。但是,这并不意味着可以以一个中心来对抗继而替代另一个中心。存在论意义上的马桥,可以是一个中心,也可以并不是一个中心。甚至可以说,存在论意义上的任何东西——比如说“两棵枫树”,都可以说是中心,也并非中心。中心的无所不在,实际上也等于取消了自身。真正意义上的马桥仍然仅只是马桥,仅此而已。“万物皆如其本然”,成为自身之所是。这让人想起一句古老的禅语,“老僧三十年前来参禅时,见山是山,见水是水。及至后来,亲见知识,见山不是山,见水不是水。而今得个休歇处,依前见山只是山,见水只是水。”[①]

---

① (唐)青原惟信语,转引[日]阿部正雄:《禅与西方思想》,上海译文出版社1989年版,第8页。

韩少功对马桥进行种种叙述、描写、议论、说明以至考证,其目的在于促使其从当时所谓的大一统政治格局中解放出来。如此马桥成为马桥,成为独立于当时政治中心的存在。但马桥仍然不是马桥,如本节上文所论。这一点其实也已为韩少功所悟,小说中已经透露出此中消息。正如韩少功试图通过一个语词“白话”,来实现对于整个马桥方言所建构的马桥世界乃至整部小说的翻转。他其实也已认识到,建立在整个小说文本方言话语系统中的马桥,也仅是话语系统中的马桥,还不是真实的马桥。要达到真实的马桥或马桥的真实,实需要我们不断地去蔽、领悟和澄明。这是一个无穷无尽的过程。但是这离马桥只是马桥,还有一步之遥。只有我们从根本上把马桥及其马桥之外的其他一切事物,看作是一个统一的整体无限性宇宙,以这样的眼光来审视马桥,马桥才只是马桥,枫树才只是枫树。但很可能这只是灵光一瞥,只有道行极深的人才可亲证。

至此,问题基本得到了澄清,但意犹未尽,似乎还有几句要说的话。

五、马桥一世界

佛语云:一花一世界,一沙一天国。同理,马桥也可以是一世界,一天国。但这是怎样的世界和天国,是“被使用的世界”(the world to be used),还是“我们与之相遇的世界”(the world to be met),是“我—它”(I — it)的世界,还是“我—你”(I — thou)的世界。[①] 显然,真正意义上的马桥,只能是后者,“我—你”的世界。这

---

① 这是奥地利宗教哲学家马丁·布伯(Martin Buber, 1878 - 1965)按照人的生活态度把世界分成的两种。布伯所谓“我—它”的范畴指一种把世界万物(包括人在内)当作使用对象的态度;所谓“我—你”指一种把他人他物看作具有与自己同样独立自由的主体性的态度,这是一种以仁爱相持、互为主体的态度,一种“万物一体”、“民胞物与”的态度。

种世界的最大特点就是“人与存在的契合(Entsprechen)”,人能够以“仁爱”、“仁慈”之心沟通万物,达到“我—你”之间在心灵深处的“直接性相遇”。“一切真实的生活乃是相遇”(All real living is meeting.)[①],这恰是人生的最高意义。

韩少功笔下的马桥达到这一意义了吗?我们希望是,但并不苛求它一定是。因为这对于目前的人类来说,还只是一个梦想。我们绝大多数人至今还生活在“被使用的世界”里。我们不能苛求自己,也就不能苛求韩少功。但我们仍然期待诗人的出现。因为“诗人就是听到事物之本然的人”[②]。可是,在这普遍物化、上帝缺席的“贫乏的时代”[③]里,能够通达神性,和上帝“相遇”的诗人在哪里呢?

---

① [德]马丁·布伯:I and Thou [M]. English Edition by charles scribners, 1958. P11.

② [德]Heidegger. Reading Heidegger [M]. Indiana University Press, 1933. P185.

③ [德]海德格尔:《诗·语言·思》,第82页。

第二辑

文学史研究

第五章　两本文学史和两种文学史观

——兼谈文学史"个人写作"的文体构想

摆在我面前的是两本文学史。一本是钱理群的《1948：天地玄黄》，一本是洪子诚的《1956：百花时代》。我试图要分析出这两本文学史的"同中有异"。同自然是指它们共同取法于《万历十五年》和《十九世纪文学主流》的写法，不需多论；异则是要发现在这两本文学史后面实则隐藏着两种不同的文学史观在做支撑。何以见得？借用"新历史主义"的批评理论的某些观点，先对中国历史进行一番新的考察。

一、对《史记》及其"后学"的一种新的解读

司马迁做《史记》，"究天人之际，通古今之变，成一家之言"。对这部上承《春秋》，下接"二十四史"伟大历史"经典"，运用新历史主义的观点考察、分析，可以发现：《史记》是一部"文本的历史化"和"历史的文本化"的双重建构之作。

司马迁所处的时代，上古历史早已渺茫。他作《史记》遂沿用上古史官作法，将上古神话改写成历史。如他在开宗明义第一篇《五帝本纪》中，便把黄帝、颛顼、帝喾、帝尧、帝舜、大禹等神话中角色，一一改写成历史人物，而诸神形迹遂演变（转换）成"历史事件"。此即典型的"文本的历史化"。

另一方面"历史的文本化"在《史记》中同样存在，其表现也很突出。比如对于"鸿门宴"和"垓下之战"的描写，除了保留下来这两个历史事件曾经真切发生过的历史轮廓外，还增加了大量栩栩如生的细节描写，这就运用了"虚构"和"想象"[①]，带有了极其明显的文学（文本）色彩。而《史记》的这种"历史的文本化"的写法，正是对《春秋》"微言大义"之法的一种延伸和拓展。《史记》在一定程度上，更加靠近了"史实"，逼近了"历史语境"。从上古史官职能到孔子修《春秋》，司马迁撰《史记》，其历史精神始终是考信实录，直言不讳，善恶无隐的。

但是，对于由《史记》开创的这种"文本的历史化"和"历史的文本化"的史传传统，其"后学"却一分为二，各自继承了一半。以班固为代表的正史，抛弃了"历史的文本化"，单取"文本的历史化"，从一定的意义上又回到了《春秋》但又决非单纯"微言大义"的写法。走了一个所谓"否定之否定"的圈子。以后的所谓"正史"的写法，实际上继承的是班固的传统，而非太史公笔法。而"历史的文本化"则主要为野史所取。常读野史，不难体会到这一点。这两个方向的文本，典型的如《三国志》和《三国演义》。当然这种二分法也不是绝对的，正如野史中有正史，正史中亦有野史的影子，"历史的文本化"和"文本的历史化"这两种写法有时也是相互交织的。

值得注意的是，鲁迅是非常欣赏"野史"的，相反非常讨厌"正史"，以为所谓"正史"不过"帝王家谱"罢了。中国的正史，发展至二十四史，其间的粉饰、涂抹、歪曲，为统治者立言，已经离真正的"史实"本身很远了。有时反而不如野史，这倒不失为一面可资借鉴的镜子。

---

① 这里的"虚构"和"想象"，新历史主义理论大师海登·怀特在关于"元历史"中有所解释，具体详见下文。

综上所述，可列图表如下：

《春秋》——《史记》{ 历史的文本化——野史（为鲁迅所欣赏，文本如《三国演义》）
文本的历史化——正史（为班固所继承，文本如《三国志》）

二、钱理群的适应和洪子诚的不适应：对《万历十五年》的考察，引发两种不同的文学史观

阅读钱理群的《1948：天地玄黄》和洪子诚的《1956：百花时代》的前言、后记及其正文，有一个有趣的发现，即钱理群在写《1948：天地玄黄》时感觉很适应，与多年来一直苦苦追求而未得的“文学史结构方式”[①]的构想不谋而合，因此感到很适应，“兴奋不已”[②]。而洪子诚却与之相反，表现出了一种不适应，据他说，“1956年的这一册，却没有能贯彻这个意图（笔者注：即使此书有较高可读性的要求）。作者是个很枯燥的人。和作者过去的书那样，这一本也是毫无生动活泼可言。说到底，‘灵气’不是可以要有就有的东西。意识到这一点，却没有办法改变，这是让人很觉遗憾的事。”[③]而我以为事情似乎并不这样简单，并不全是有灵气没灵气的事，或许还与他们两人背后各有不同的文学史观的原因有关。[④] 欲考

---

① 钱理群：《我怎样想与写这本书？——代后记》，钱理群《1948：天地玄黄》，山东教育出版社1998年版，第324页。

② 钱理群：《我怎样想与写这本书？——代后记》，钱理群《1948：天地玄黄》，第320页。

③ 洪子诚：《后记：续“简短的前言”》，洪子诚《1956：百花时代》，山东教育出版社1998年版，第302页。

④ 钱理群和洪子诚个人性情上的差异，对于撰构文学史而言，当然并不是一件可有可无的事。相反地，这是一个很有深度的命题。这涉及到对于创构文学史的主体——文学史家的理解。有关于他们两人的专辑研究，见《世纪论语》（贺雄飞主编，吉林文史出版社2000年版）中：吴晓东的《钱理群的文学史观》、孔庆东的《我看钱理群》、摩罗的《半佛半魔钱理群》、钱理群的《生命的两次相遇——我与鲁迅的〈腊叶〉》和孟繁华的《当代中国文学研究的学术化——洪子诚的意义与启示》、旷新年的《君子儒：洪子诚的意义》、张志忠的《学科建设与研究个性——论洪子诚兼谈当代文学研究》、杨鼎川的《一种批评话语的成功实践——评洪子诚的两本书》。以上论著对认识、理解钱理群和洪子诚其人（如性情）其文（如文学史）都大有帮助，我亦从中获益匪浅。

察这一点，先从对《万历十五年》的分析入手。因为这两本书共同取法于《万历十五年》的写法，考察它也就弄清了这两本书的本质不同。

《万历十五年》在刚出版时，曾经遇到过这样一个出版困境。即该书既非纯正学术著作，又非纯正通俗读物。“所以商业性质的书局说，你（笔者注：指《万历十五年》的作者黄仁宇）的文章提及宫廷生活，妃嫔间恩怨，虽有一定兴趣，但是又因海瑞，牵涉明朝财政；因为李贽，提到中国思想，应属学术著作。大学出版社则认为这书既不像断代史，也不像专题论文，又缺乏分析与解剖，实在是不伦不类，也不愿承印。”[①]那么为何“不伦不类”呢？用黄仁宇的话说，即是：《万历十五年》在各方面讲，都在两者之间。哪两者之间呢？我以为是在“历史”和“文本”之间。这本书即处于“历史”和“文本”的夹缝之中求生存，既是历史与文本“杂交”的结果，也是历史与文本“商讨”的结果。《万历十五年》可以说在有意无意之间继承了太史公“历史的文本化”的传统，开了当代此类写法的先河。

再分析一下洪子诚和钱理群的文学史观。洪子诚认为，“‘历史’是可以被处理为条分缕析、一目了然的”，[②]而且他在作《1956：百花时代》时认为最重要的也许是“能整理、保留更多一点的材料，供读者了解当时的状况，能稍稍接近‘历史’”。[③] 这是一种典型的传统历史观，是对《春秋》《史记》，尤其是班固《汉书》所谓“正史”写法的一种回应。可以语之为：文本的历史化。

而钱理群在作《1948：天地玄黄》时，则以一种巨大的主体热情

---

① 黄仁宇：《〈万历十五年〉和我的“大”历史观》，黄仁宇：《万历十五年》，生活·读书·新知三联书店 1997 年版，第 265 页。

② 洪子诚：《简短的前言》，洪子诚《1956：百花时代》，第 3 页。

③ 洪子诚：《简短的前言》，洪子诚《1956：百花时代》，第 4 页。此外，洪子诚还就文学史中的材料问题，说过“以增加我们‘靠近’‘历史’的可能性”的话，见《中国当代文学史·前言》，北京大学出版社 1999 年版，第 5 页。本文专论《1956：百花时代》，对于此本专著暂不论。

投入,带有很大的情绪特征。读他的《1948:天地玄黄·楔子》:

> "……正是午夜时分,历史刚刚进入1948年。北京大学教授、诗人冯至突然从梦中醒来,在万籁俱寂中,听到邻近有人在咳嗽,咳嗽的声音时而激烈,时而缓和,直到天色朦胧发亮了,才渐渐平息下去。冯至却怎么也睡不着了,他想:这声音在冬夜里也许到处都是吧。只是人们都在睡眠,注意不到罢了。但是,人们不正是可以从这声音里'感到一个生存者是怎样孤寂地在贫寒的冬夜里挣扎'吗?——诗人想了很多,很久。……"①

你会感到那么浓烈的文学化特征,简直像诗一样纯,像散文一样美②。这不恰恰是一种典型的"历史的文本化"的写法吗?

由此,我们再返过来看洪子诚写作时的不适应和钱理群写作时的"兴奋不已",其背后不正是隐藏着两种不同的文学史观吗?当然,他们的这种不同也不是绝对的,他们最为共同的一点还是相信一个真真实实的曾经发生过的客观"史实"的存在。③

---

① 钱理群:《楔子》,钱理群《1948:天地玄黄》,第1页。

② 钱理群自己则说是像"报告文学",见《学魂重铸》中《学术自述》一文,文汇出版社1999年版,第228页。但我觉得不及像诗、散文或散文诗的描述更准确。

③ 关于这一点下文还要予以论述。此处预先指明,对于钱理群和洪子诚这一代人,要想让他们放弃对于客观历史真实发生的信仰,是极为困难的。尽管钱理群曾宣扬:"我不以任何事物为归宿",但诚如吴晓东所说:"钱理群的文学史观中,仍有一种追求历史的本真性的执著,即相信有那么一种真实的历史存在。这就意味着,他在确立了怀疑主义的基本立场,打破了决定论和本质主义的历史观之后,仍有其最后的支撑,那就是对本真历史存在的信仰。"(吴晓东:《钱理群的文学史观》,《世纪论语》,第333页。)而洪子诚也曾明言:"虽然重视历史的文本性质,重视它的'写作'层面,但在看待历史与小说的关系上,仍会采取谨慎的态度。这是因为,我们仍然信仰历史叙述的非虚构性,对真实、真相、本质仍存在不轻易放弃的信仰。设想一下,如果这点'信仰'也放弃了,那可不是好玩的。那可能会失去'安身立命'的根基,我们长期培育的探索的动力,也会失去。"(洪子诚:《问题与方法——中国当代文学史研究讲稿》,生活·读书·新知三联书店2002年版,第24页。)

综上所述，可列图表如下：[①]

《万历十五年》（历史的文本化）	洪子诚的《1956：百花时代》	不适应——传统历史观（文本的历史化）
	钱理群的《1948：天地玄黄》	适应——“新历史主义”历史观（历史的文本化）

这样就和上图接了起来，构成了一个精神上的联系（轨迹）。

值得注意的是，我并不想臧否这两种不同的文学史观（应该说它们都互有长短），而仅仅认为钱理群式的个人化文学史写作，似应更加发扬，以同传统历史主义的写法争一雌雄，真正构成“文学史文体写作”（钱理群称之为“文学史叙述学”）上的两大格局（模式）。

三、新历史主义的文学史观：“个人化”文学史写作的前景及设想

新历史主义就其归属来言，属于后现代主义思潮，当然具有“解构”的特征。但它同样也具有“建构”的特征，其理论大师格林布拉特称之为一种“文化诗学”。即新历史主义的起点和立足点是历史研究，但其目的和归宿却是文学与文化。从这个意义上讲，

① 尽管为了表述方便，我在这里分别将洪子诚和钱理群的这两本文学史专著作了大致的划分，但也仅大致而已，实际情况要更加复杂，并非如此判然分离。不可否认的是，对于像洪子诚这样一位处于学术前沿的文学史大家，不可能不关注新历史主义理论的种种说法。他在《问题与方法》之第二讲《立场和方法》中，曾就这一理论做过详细的阐发，把握极为精到。但同样不可否认的是，多年来的文学史研究，使他无法忘却作为一个文学史家所应具有的道德责任，他在其《1956：百花时代》中所采取的基本历史观仍然是传统历史观，即文本的历史化的写法。其实就是采取了所谓“新历史主义”历史观写法的钱理群，难道就放弃了传统历史观的信仰了吗？尽管他愿意做文学史结构方式和叙述方式方面的实验（他称之为“文学史叙述学”），极为关注历史的“写作”、“叙述”层面，但他绝不放弃历史真实的存在。他在语及《1948：天地玄黄》时，说：“本书在文学史的叙述方式上，将具有典型意义的历史细节置于比较重要的地位，追求报告文学那样的丰富而具体、生动的典型现象（人物与事件）与细节的描述，以及由此产生的现场感；但又同时严格拒绝任何虚构，要求每一细节都有具体的历史根据。”（《学魂重铸》之《学术自述》，第228页。）

用新历史主义作为一种文学史观来建构文学史，就成为一种可能。

新历史主义是一个庞杂的思想理论体系，那么在建构文学史时应当吸收哪些方面呢？结合钱理群的《1948：天地玄黄》，我认为大致有以下两点：

（一）话语理论和文本层面

福柯的话语理论是新历史主义的理论支柱之一。福柯认为，历史是一种千差万别的话语活动，话语是对于某一特定的认知领域和认识活动的语言表达。所谓历史的表述都是经过具有约束性的话语规则的选择和排斥以后的产物，而历史的真实性、统一性、连续性实质上只是语言阐释活动的产物。“传统形式的历史，承担起‘记忆’往日丰碑的作用，将它们转变为文献，……而在我们这个时代，历史成了将文献转变为丰碑的东西。过去在这个领域中，历史是破译人们留下的印迹；可是现在，它则要调集大堆的材料，将它们分类，找出它们之间的相互联系，使它们形成整体。”①因此，福柯要做的，并不是想复原昔日的历史，而是对历史进行重新解释，用新的话语表述，在表述过程中赋予它新的意义。

而从文本层面上讲，我们所能接触到的历史，都只能是具体的、文本化了的历史。历史不再是主体面对的客观存在，它只是主体运动的过程；历史不再是过去的事实，它只是文本的形式。总之，传统的、大写的、单数的历史（History）变成了小写的、复数的“历史”（histories）。作为新历史主义的文学批评家自然也就无法再“接受文化、艺术、政治活动只‘反映’底层经济生产模式的说法；相反地，他们认为文学、艺术也‘参与’了当时的历史现场，与社会

① 转引自盛宁：《二十世纪美国文论》，北京大学出版社 1994 年版，第 189 页。

相互推动，对社会进化、变化，发挥其潜移默化，甚至挑战刺激的功能。”[1]

芒特罗斯则进一步把新历史主义的特征表述为：文本的历史性和历史的文本性。所谓“文本的历史性”，是指一切文本（包括文字的文本和广义的社会大文本）都具有特定的文化性和社会性；而所谓“历史的文本性”则包括两层意思：一指如果没有保存下来的文本，我们就无法了解一个社会的真正的、完整的过去；二指这些文本在转变成“文献”、成为历史学家撰写历史的基础的时候，它们本身将再次充当文本阐释的媒介。[2] 实际上，有关于“文本的历史性”，传统历史主义也是相信的，所以我在论述上文“文本的历史化”时，将之归于传统历史观；而有关新历史主义最典型的特征则是“历史的文本性”，即把历史亦等同于话语，等同于文本，让他们在同一个层面上接受审视和检阅。

由上论述，将文学史看成一种话语，一种文本历史，从而也就具有了将文学史不断进行重写（改写）的多种可能。返观钱理群的《1948：天地玄黄》，我认为这是运用话语理论对文学史进行成功改写的一个范例。最明显的一点，是将以前在其他文学史中视为非文学的日记作为“文本”进入了文学史，并放之于开头，赋予其重大象征意义，而且丝毫不觉得勉强，反而很自然贴切。这里明显接受了德里达“文本之外一无所有”（即一切皆文本）及“互文性”（即任凭意识自由自在地在文本与文本之间穿行）的影响。你不能不承认，这是对文学史的一种新型写法。

---

① 廖炳惠：《新历史观与莎士比亚研究》，张京媛编《新历史主义与文学批评》，北京大学出版社1993年版，第256页。

② 转引自盛宁：《人文困惑与反思——西方后现代主义思潮批判》，生活·读书·新知三联书店1997年版，第156—157页。

(二)“元历史”和“话语转喻论”①

这两个概念皆由海登·怀特提出。所谓“元历史”即是对于历史话语的讨论,所探讨的即是什么是历史话语的本质、历史话语与文学话语如何相互转换等一系列史学理论问题。怀特认为,“历史”应该是“被写下来的”、“供人阅读的”历史话语,关于过去的资料本身并不是历史的知识,它只是所谓“档案性”的资料,只有使它化为历史话语的题材,将它纳入某种意义的结构,这些关于过去的资料和源于过去的知识才能变成“历史”。而“被写下来”和“供人阅读”这两大特点,则决定了“历史”与其他的文字不再具有根本性区别的文本特性。

这样,每一部历史文本都呈现为叙述话语的形式,它包括一定数量的“素材”和对这些素材作出解释的理论概念,它还必须具备表现这一切的一个叙述结构,也就是用语言把一系列的历史事实贯穿起来,以形成与所叙述的历史事实相对应的一个文字符号结构,叙述结构的作用则是让这些历史事实看上去像自然有序地发生在过去。

但是,怀特强调指出,在这个历史文本的表层之下,还存在着一个“潜在的深层结构”,而且这个历史文本的深层结构“本质上是诗性的”,“具有语言的特性”,它是一个先于批评的、用以说明“历史”阐释究意是怎么回事的认知范式。所谓历史的深层结构是诗性的,即是说历史从根本上不能脱离想象这个动因;说历史具有语言的特性,即是说历史在本质上是一种语言的阐释,它不能不带有一切语言构成物所共有的虚构性。

如果说怀特在《元历史》中所强调的仅仅是历史修撰离不开想

① 下文中关于“元历史”和“话语转喻论”的阐释具体参见盛宁《人文困惑与反思——西方后现代主义思潮批判》,第164—170页。

象，历史叙述和历史文本不可避免地带有虚构的成分，那么，他在《话语转喻论》中则又大大地向前跨了一步，断然将历史与文学等量齐观。他认为，史学家与文学家所感兴趣的事件可能不同，然而他们的话语形式以及他们的写作目的则往往一样，他们用以构成各种话语的技巧和手段也往往大体相同。这与钱理群的说法，“事实上对于一个文学史家，每一次文学史写作实践，不仅要考虑描述内容，也要努力探寻与其内容相适应的形式——文学史结构与叙述方式（包括叙述视角，叙述语调等等），这一点与作家的创作并无实质区别”[①]的说法大致相同。而怀特又进一步断言，历史作为一种虚构形式，与小说作为历史真实的再现，可以说是半斤八两，不分轩轾。用公式表示即：历史 = 小说。

返观《1948：天地玄黄》，不难发现钱理群也采用了大量的文学“虚构”与“想象”[②]，比如冬夜里的一声咳嗽和对于朱自清参加中文系新年晚会的想象。这即是将文学史的写作当作文学的文体写作来对待了。而这种文体写作则更多地带有“个人化”特征。我们在讨论钱理群的《1948：天地玄黄》时似应对文学史的“个人化”写法引起更多的注意（这里的“个人化”文学史写作并不仅仅指由单个人撰写，而是指具有个人鲜明特征的撰写）。那么，将来的“个人化”文学史写作将会怎样呢？首先可以肯定的是，“个人化”文学史写作将会呈现出更加丰富多彩、个性特征鲜明的多元格局。其次，这种文学史完全可以写得像小说、散文，甚或诗歌、戏剧，这不仅取决于所写文学史本身的客观体式要求，更取决于写作者的个人才

---

① 钱理群：《我怎样想与写这本书？——代后记》，钱理群《1948：天地玄黄》，第 324 页。洪子诚也有类似说法，“历史叙述与小说写作其实并非井水不犯河水，‘真实’与‘虚构’并不是界限分明。”（《问题与方法》，第 22 页）可以互参。

② 尽管钱理群一再表明一切历史细节的描写“都有具体的历史根据”（《学魂重铸》之《学术自述》，第 228 页），但仍然无法避免一定程度上的“想象”和“虚构”。这从根本上是由历史的深层结构是诗性的，并具有语言的特性所决定。

情，更适于哪种文体写作。比如钱理群的《1948：天地玄黄》，写得像一部长篇文化散文或散文诗，显然他更适合于散文或散文诗的文学史文体写作方式。诸如此类，皆可以想象。

那么，文学史是否应该写得是（注意，不是像）小说，就像怀特的公式“历史＝小说”那样呢？我认为不是的，《1948：天地玄黄》也不等同于小说。这里还有一个“底线”或曰“度”的问题，即我们在进行文学史写作时无论如何也不能取消对于宏大叙述、本质规律的追寻，不能对那个曾经实实在在地发生过的“历史事件”（或曰“史实”）置若罔闻。那么，在不违反、不超越这一“度”的前提下，个人化文学史写作的自由度空间主要表现在哪些方面呢？我以为主要有以下两点：一是可以对所发生的文学史现象做种种阐释和理解，打上主体的烙印，但不能否定此现象的发生；二是可以采用诗性、文学性的语言，来更加清楚、形象地描述（叙述）这一“历史史实”，而不致“虚构”、“想象”得没了边界。而小说是可以完全虚构，不顾客观真实发生过的史实的，比如前一段时间上演的各种所谓《戏说……》剧，它们不能叫作历史，而是历史剧文学创作。

我对钱理群的《1948：天地玄黄》深为赞许的是，尽管在细节上采用了很多的文学虚构和想象，作者却竭力做到了从整体上论从史出，一切是那么有声有色，而又贴切自然、真实可信。当然能够写得这么声情并茂，而又不违背历史真实，也是很不容易的，需得“大手笔”才能做到。

第三辑

史料研究

第六章　林贤治《人间鲁迅》中的史料失误

林贤治先生的《人间鲁迅》厚达 76 万字，是迄今为止我所见到的最厚的一本鲁迅传记。这部著作塑造了一个充满着人间情怀、处于生老病苦之中、始终与周围环境作着不懈斗争的精神界之战士，从中我们可以深切感受到林先生的诗心与史笔。但是，笔者在阅读这部著作的过程中，也不期然而然地发现了诸多史料上的失误，特作整理如下，以期引起林先生的留意，并与学界同仁共同探讨。[①]

一

鲁迅的祖父周福清科场行贿，是晚清一大科场案。关于此事，林著的描述基本上是正确的，但有两处细节尚不准确。

一处，林著在叙述周福清仕途经历时，说到周福清“后来外放知县，由于同僚的排挤，结果他被勒令退职，改充为教官”。[②] 这里

---

① 笔者所看到的林贤治《人间鲁迅》版本，系第四版，人民文学出版社 2010 年 9 月北京第 1 版，2013 年 1 月第 2 次印刷，印数 7001—10000。这表明该著十分畅销，作为一部学术著作，发行量与阅读量都已相当可观。但是，在这部学术畅销书中，截至 2013 年 1 月，却还存在着诸多史料上的失误。这就急需引起著者足够的重视。笔者撰写此文，即是期望著者在下一次该著再版或再次印刷时能够予以及时修正，从而使该著发挥出更大的社会效应和文化效应。

② 林贤治：《人间鲁迅》，人民文学出版社 2010 年版，第 26 页。

需要注意的是，周福清被勒令退职的原因，并非单纯地由于“同僚的排挤”（这当然也是一个非常重要的原因），而主要是由于他的顶头上司两江总督沈葆桢的参劾。据朱正先生考证，这位总督系正途进士出身，一代名臣。《清史稿》卷第 413 本传说他“清望冠时，力任艰钜，兵略吏治并卓”。做他的部属可并不是一件容易的事情。《清史稿》本传说，“葆桢精核吏事，沉尚严肃，属吏懔懔奉职，宿将骄蹇者绳以法，不稍假借。”周福清就是遇到了这样一位很难伺候的长官。中国第一历史档案馆编的《清代档案史料丛编》第九辑中收有关周福清的档案材料 15 件，第一件就是光绪四年正月二十四日（1878 年 2 月 25 日）沈葆桢参劾周福清等州县官的奏折。沈葆桢参劾的“不职之州县等官”共 12 名，从正五品的同知、知州起，直到未入流的典史。其中即行革职的 9 人，考语如“心地巧滑”，“操守平常”，“既愚且诈”，“品行卑污”，“性好招摇”，“溺于嗜好”等等，这些都是革职的理由。另外“识昏才庸”，“年衰气惰”的两名是勒令休致。末一名是“金溪县知县周福清，办事颟顸而文理尚优”，处分是“归部改选教职”。在 12 人中，周福清是唯一在考语中还提到优点的（文理尚优），也是处分最轻的一个。[①] 所以，在叙述周福清仕途经历时，为更加准确起见，除需写明周福清遭受“同僚的排挤”之外，还应加上他所遭受的“上司的参劾”一节。因为很显然，在中国古代的官僚政治中，上司的意志、好恶几乎是决定一切的。

另一处，林著在叙述周福清具体行贿细节时，这样写：“周福清赶先来到苏州，当他打听得殷如璋的来船已向阊门码头泊定，便立即写了一封亲笔信，除了写明那五家应试子弟以外，还特意加上‘小儿第八’，并将洋银一万元的钱票附入封套，差遣陶阿顺去船上

① 以上所引资料悉见朱正：《周福清科场案述略》，《鲁迅研究月刊》1998 年第 4 期。又见朱正：《鲁迅回忆录正误》（增订本），人民文学出版社 2006 年版。

呈递。”[①]这里说有“洋银一万元的银票”，其实是不对的。这是一个不小的关节，因为假如要是真有这洋银一万元的银票的话，那周福清恐怕真要斩立决了。据浙江巡抚崧骏关于此案的最后一道奏折，其中在关于洋银一万元处写的是“空票一纸”，也就是说，这是一个写有凭票发洋银一万元的纸条，而并非一张真实的有价票券。崧骏在这道奏折中，在提出具体处理意见时，更进一步说“其所开洋票，系属自写虚赃，与议单文券不同，且财未与人，未便计赃科罪”。亦是在强调这只是空票一纸，和货真价实的议单文券是有区别的。崧骏之所以这样写，其目的是在于为周福清减免刑罚。应当说，这个目的也基本算是达到了。尽管后来光绪皇帝认为应该重办，将周福清判为“斩监候”，但却为后来周福清的进一步判决，第二年下发上谕“著免勾”，并被最终释放留下了可以融通的空间。[②]

二

鲁迅是什么时候得胃病的？林著认为是鲁迅在南京上学读《天演论》时，说这时“这个重精神而轻物质的少年人，对于生命以物质形式寄存的躯体并不介意；加以平时多吃辣椒，胃痛便发生了。”[③]这是该著第一次提到鲁迅的胃病，给人的感觉和印象就是鲁迅的胃病就是在这时开始发生的。

实际上，鲁迅得胃病的时间还要比这再往前提一段时间，而原因也并不是因为吃辣椒(当然吃辣椒也确实加重了胃痛)。据周海婴回忆，“父亲致命于肺病，但在生前经常折磨他的却是胃病。但

---

① 林贤治：《人间鲁迅》，第 27 页。

② 此处关于崧骏的奏折等，具体参见朱正：《一个人的呐喊：鲁迅 1881—1936》之第二章《从小康人家坠入困顿》，十月文艺出版社 2007 年版，第 15—17 页。

③ 林贤治：《人间鲁迅》，第 60 页。

这胃病并不是因与章士钊打笔仗才发作的。听叔叔周建人讲，父亲年轻时本来很健壮，难得见他生病。他得胃病最早的起因是少年时代赶乡考。考场距家颇远，有钱人家的考生雇了乌篷船去，而父亲家贫，只能靠步行。入场时间又在半夜，要在家里吃了晚饭赶去，随身还得带考篮，上面放着笔墨砚台和食物、小板凳之类。而同伴中大都二十多岁，有的已是他的叔叔辈，他们腿长跑得快，加之出发前有个同伴定要先洗了脚再走，等洗完脚又听说考场门快要关了，因此大家只能大步奔跑。这可苦了父亲，他年少跑不快，只能一路硬拼着。但他刚刚吃饱了饭，哪里经得住这种剧烈的运动？由此落下了病根。"①这里的"少年时代赶乡考"，指的是鲁迅在南京上学期间曾经有一次回到绍兴家中，正好赶上十一月初六县考的日子，遂在母亲及众多亲友的劝告下终于参加了考试。就在这次唯一的一次赶考中，鲁迅不小心落下了胃病。自此以后，胃痛就时不时地袭击鲁迅了。鲁迅参加乡考的这个时间是在他于南京阅读《天演论》之前。

三

鲁迅在日本留学时，曾发生过著名的吴稚晖大战公使蔡钧的事件。后吴稚晖被押解回国，在途经日本皇城外的河边时，跳了下去，后被救起。关于这段往事，林著曾经从鲁迅的视角出发，这样发问："就拿有名的吴稚晖来说，姑不论在成城事件中是否有过在清朝公使面前下跪的事实，后来的跳水便很可怀疑是不是一种姿态，因为那城河水浅他不会不知道的。这样一些国民，难道是可信赖的么？"②

---

① 周海婴：《鲁迅与我七十年》，南海出版公司 2001 年版，第 11 页。

② 林贤治：《人间鲁迅》，第 84 页。

这段话的意思是，吴稚晖明明知道日本“城河水浅”淹不死人，他却偏偏往下跳，这就有了弄虚作假、沽名钓誉之嫌。鲁迅非常厌恶这种姿态。由吴出发，鲁迅想到了一批国民，都是这样的不真诚，所以是不可信赖的。

这段话总体的意思是很好的。鲁迅确实很讨厌吴稚晖，也确实认为吴稚晖的跳水就是一种做戏，一种姿态。但鲁迅却并不认为日本的城河水是浅的，证据就是鲁迅自己的文章。他在《因太炎先生想起的二三事》中就已经明确指出“其实是日本的御沟并不狭小，但当警官护送之际，却即使并未‘面目上露’，也一定要被捞起的”。[①] 鲁迅的意思是，日本的城河水并不浅，如果不加施救，跳下去是会淹死人的，但这种情况不会发生，因为警官在护送之际，是一定会将其打捞上来的。吴稚晖的做戏之处，在于他明知道会被救，才演出跳水一幕，而并非因为明知道水浅，他才敢于跳水的。

四

1903 年，鲁迅在《浙江潮》第 5 期、第 9 期上发表《斯巴达之魂》。这是鲁迅第一篇用铅字排印在期刊上发表的文章，鲁迅的文学活动亦由此正式发端。

关于这篇小说的基本内容，林著是这样描述的：“公元前 480 年，古希腊的斯巴达三百勇士坚守要隘温泉门，抗击波斯数万侵略军，终因众寡悬殊，全部壮烈牺牲。只有一人因患目疾未曾参加战斗，得以幸免归来。回家后，妻子涙烈娜引为奇耻，乃至以死诤谏。将军柏撒纽闻悉死讯，大为感动，于是特建了纪念碑，作为斯巴达国魂的象征。”[②]

---

① 鲁迅：《且介亭杂文末编·因太炎先生而想起的二三事》，《鲁迅全集》第 6 卷，第 578 页。

② 林贤治：《人间鲁迅》，第 84—85 页。

这里有一个笔误，主人公“涘烈娜”误写为“涙烈娜”。她的丈夫即那个因患目疾没有参加战斗的武士，名叫亚里士多德。林著关于这篇小说的失误之处即在于漏掉了关于亚里士多德的诸多描述。读《斯巴达之魂》，我们发现涘烈娜自杀后，还有如下内容：在涘烈娜的追求者克力泰士的申诉下，亚里士多德作为一名临阵脱逃者遭到了政府通缉。第二年，斯巴达军和波斯军在浦累皆展开大战。斯巴达军大获全胜。克力泰士在打扫战场时突然发现了亚里士多德壮烈战死的遗骸，原来亚里士多德背负着死无葬身之地的懦夫的恶名也投入了战斗。柏撒纽将军说：按照斯巴达军人的传统，不能为他营葬，但是他毕竟有着斯巴达武士的灵魂。这时，克力泰士报告了亚里士多德战死的真正原因：是因其妻涘烈娜以死谏！接下来即是林著所说，将军得知这种情况，大为感动，于是特为涘烈娜建了纪念碑，作为斯巴达国魂的象征。我认为，关于亚里士多德的这一段描写在全文中亦属精彩之笔，是必不可少的。知错就改、迷途知返也是一种难能可贵的品质。这一段描写和涘烈娜的愤而自杀一样，都是很能激动人心的。否则，只写涘烈娜的自杀，而只字不再提亚里士多德，会给没有看过《斯巴达之魂》的读者造成这样一种错觉：亚里士多德始终就是一个懦夫。而这并不符合鲁迅文章原意。

五

1925—1926 年，许广平曾以“平林”笔名在鲁迅主编的《国民新报》副刊上发表过三篇文章，分别是：1925 年 12 月 12 日在《国民新报副刊(乙刊)》第 8 号发表《同行者》一文；1926 年 2 月 23 日在《国民新报副刊(乙刊)》第 70 号发表《风子是我的爱……》一文；1926 年 3 月 4 日在《国民新报副刊(乙刊)》第 79 号发表《结婚的筵宴》一文。前两者已收入《许广平文集》[①]第1卷，后者为《许广平文集》所未收的集外佚文。

林著在关于这三篇文章的描述方面是有失误的。首先，林著只提到了两篇文章：《风子是我的爱……》和《同行者》，而漏掉了《结婚的筵宴》一文。这三篇文章不但都署名“平林”，更为主要的是它们都讲述了同一个主题：婚姻恋爱问题。因此，这三篇文章应为一组文章，是不能有所遗漏的。其次，林著搞错了《同行者》发表的时间，误为1925年10月12日，实际应为1925年12月12日，差了整整两个月的时间。第三，也是最为重要的一点，林著所引述的《风子是我的爱……》中的一节，并不是最初发表于《国民新报副刊(乙刊)》第70号上的《风子是我的爱……》一文，而是《许广平文集》第1卷中的《风子是我的爱》一文。那么，《许广平文集》第1卷中的《风子是我的爱》一文又是来自于哪里的呢？来自于1985年1月《鲁迅研究动态》上的《风子是我的爱》一文。这1985年1月《鲁迅研究动态》上的《风子是我的爱》一文和1926年2月23日在《国民新报副刊(乙刊)》第70号上发表的《风子是我的爱……》一文，是不是同一篇文章呢？据孙玉石先生考证，它们不是同一篇文章，它们在文字上有着许多修改的差异。林著在此处关于《风子是我的爱……》的引文是这样的：“不自量也罢！不相当也罢！同类也罢！异类也罢！合法也罢！不合法也罢！这都于我们不相干，于你们无关系，总之，风子是我的爱……”[②]显然，这是从《许广平文集》第1卷中引来的，同时也是从1985年1月《鲁迅研究动态》上的《风子是我的爱》中引来的。而在1926年2月23日在《国民新报副刊(乙刊)》第70号上发表的《风子是我的爱……》中，关于这一段的引文是这样

① 许广平：《许广平文集》，海婴编，江苏文艺出版社1998年版。

② 林贤治：《人间鲁迅》，第408页。

的:"不自量也罢,不相当也罢,同类也罢,异类也罢,合法也罢,不合法也罢,这都于我们不相干,于你们无关系!总之:风子是我的爱……"从这两段文字上看,主要是标点符号的差异,虽不影响原意,但两者毕竟是不同的。在这里,我很赞同孙玉石先生的意见,即:我们作鲁迅、许广平爱情关系方面的研究,特别是涉及对于鲁迅与许广平之间爱情关系发展过程的研究,应该依据的是 1926 年 2 月 23 日《国民新报副刊(乙刊)》第 70 号所发表《风子是我的爱……》原文,而不应该依据后来 1985 年第 1 期《鲁迅研究动态》发表,收入 1998 年 1 月版《许广平文集》里的《风子是我的爱》一文。林著亦应如是。[①]

林著为什么会出现这样的失误呢?这主要是因为著者本人没有查看原刊,而可能只是看到了手边的《许广平文集》第 1 卷的缘故。所以,著者只知道许广平以"平林"的笔名发表了两篇文章,而漏掉了《结婚的筵宴》一文,搞错了《同行者》发表的时间(这一处亦有可能是笔误),并且不知道《风子是我的爱……》一文最初即已于 1926 年 2 月 23 日发表在了《国民新报副刊(乙刊)》第 70 号上。当然也就无法直接参考原文,而只能参考手边的《许广平文集》了。

顺便一提的是,朱正先生《一个人的呐喊:鲁迅 1881—1936》在叙述《风子是我的爱……》[②]时,所采用的引文亦是引自《许广平文集》第 1 卷,同时也是从 1985 年 1 月《鲁迅研究动态》上的《风子是我的爱》中引来的。这当然也是不够确切的,也应以 1926 年 2 月 23 日在《国民新报副刊(乙刊)》第 70 号上发表的《风子是我的爱……》一文为准。

六

林语堂曾称鲁迅为"白象"。鲁迅非常喜欢这个称呼,不但认

---

① 以上内容具体参见孙玉石:《许广平〈风子是我的爱……〉初刊及修改》,《鲁迅研究月刊》2012 年第 9 期。

② 朱正:《一个人的呐喊:鲁迅 1881—1936》,第 167 页。

同它，还把它移赠给自己的孩子海婴，叫他为"小红象"，并自编自导了一首小红象的儿歌。

关于"白象"，学术界向来都认为这是林语堂对于鲁迅的一种赞誉。林著亦这样认为，说："称鲁迅为'白象'，也是来源于这篇短文（笔者注：指林语堂《鲁迅》一文），那分明是指可珍惜的异类。"[①]

但是，关于"白象"却还有其更为本源的说法，却一直不为鲁研界所知。"白象"英语单词为"White elephant"。它在印度、斯里兰卡（旧称锡兰）、泰国、缅甸等国被视为神圣不可侵犯的动物，人们从不会让它劳作。据说要饲养一头"white elephant"花费惊人。所以从前中亚的国王对看不顺眼的大臣就赐给白象，使他为饲养御赐的白象而倾家荡产。源于这一典故，"white elephant"一词后来就演变成为比其价值或效用所需费用庞大而不成比例者，或虽然不需要但难于处理之物品了。

关于该词，《韦氏字典》的解释有：

1. 字面意思：神圣不可侵犯的动物。

2. A. a property requiring much care and expense and yielding little profit. 需要昂贵保养费用但收益很少。

B. an object no longer of value to its owner but of value to others. 对于所有者无用但是对于他人有用的东西。

C. something of little or no value. 没用，没有价值的东西，无用的东西，累赘物，负担。

《牛津词典》的解释为：

1. A thing that is useless and no longer needed, although it may have cost a lot of money. 昂贵而无用之物。

例如：The new office block has become an expensive white

① 林贤治：《人间鲁迅》，第 614 页。

elephant. 这座新办公大楼成了昂贵的摆设。

2. From the story that in Siam (now Thailand), the king would give a white elephant as a present to somebody that he did not like. That person would have to spend all their money on looking after the rare animal. 源自下面的故事：在今泰国，国王总是赐给他不喜欢的人一头白象。这个人就得花掉所有的钱饲养这只稀有动物。

由此可见，英语世界对于这一词语的解释只有《韦氏字典》关于“白象”的第一个意思带有褒义意味，其他的则多倾向于贬义。但是《韦氏字典》中的这第一个意思毕竟只是字面上的意思，从其本源典故来看，这一词语带有更多的贬义，则是确实的。林语堂作为英语翻译大家，不大可能不知道这一典故的来源，也不大可能不知道这一词语所暗含的贬义。也许他真正的意思就是鲁迅就是一种“昂贵而无用之物”。对于中国绝大部分平庸的人来说，难道鲁迅不正是这样一种珍稀动物吗？

七

鲁迅晚年特别喜欢一幅“大风中的女人”的木刻画。关于此事，林著这样描写：“还有一幅木刻画，小得和纸烟包里的商标画差不多，是鲁迅放在枕边不断拿出来自赏的。画面上，一个诗人手捏诗卷在朗诵，地面盛开着红玫瑰；远方，一个穿大长裙子飞散着头发的女人在大风里跑。她是谁？她在追逐什么？爱情？春天？谁知道她在追逐什么？鲁迅有那么多画，为什么单单选了这张放在床上呢？……萧红不得其解，曾经问过许广平，许广平也不知道。鲁迅有他自己心灵的隐秘。或许，每个人都有着自己的心灵的隐秘。”①

---

① 林贤治：《人间鲁迅》，第 767 页。

林著的这一段描写显然采自萧红的《回忆鲁迅先生》。在这篇文章中，萧红回忆道："在病中，鲁迅先生不看报，不看书，只是安静地躺着。但有一张小画是鲁迅先生放在床边上不断看着的。那张画，鲁迅先生未生病时，和许多画一道拿给大家看过的，小得和纸烟包里抽出来的那画片差不多。那上边画着一个穿大长裙子飞散着头发的女人在大风里边跑，在她旁边的地面上还有小小的红玫瑰花的花朵。记得是一张苏联某画家着色的木刻。鲁迅先生有很多画，为什么只选择了这张放在枕边？许先生告诉我的，她也不知道鲁迅先生为什么常常看这小画。"[①]

从林著描写来看，著者似不知道这幅"大风中的女人"叫什么画名，又系何人所作。其实这幅当时许广平不知道、萧红亦不知道的木刻画，早在1986年即由戈宝权先生考证出来。[②] 据戈宝权先生考证，鲁迅生前特别喜欢并经常置于枕边的这幅小得和纸烟包里的商标差不多的木刻画，是一幅名叫《哈菲兹抒情诗集首页》的套色木刻插图，由苏联木刻家毕珂夫所作。毕珂夫何许人也？鲁迅为什么会收藏他的作品？鲁迅收藏了他的哪些作品？借助于李允经先生的《鲁迅和毕珂夫》，略做介绍如下。

毕珂夫，本名米哈伊尔·伊凡诺维奇·毕珂夫，1903年生于莫斯科。1930年毕业于莫斯科高等艺术学院，是法复尔斯基的学生。(鲁迅也很喜欢法复尔斯基的作品，曾收藏有他的版画作品12幅。)他先后为"学园"出版社、国家文学出版社、儿童出版社和苏联作家出版社刻制文学作品插图和从事书籍装帧工作。其代表作有1933年为雨果的小说《海上劳工》和1934年为波斯古诗人哈菲兹的《抒情诗集》以及1935年为《古希腊抒情诗集》所作的木刻插图。

---

① 萧红：《回忆鲁迅先生》，张毓茂、阎志宏编：《萧红文集》第3卷，安徽文艺出版社1997年版，第291页。

② 具体参见戈宝权：《鲁迅病中珍爱的一幅画》，《人民日报》1986年3月13日。

鲁迅之所以收藏毕珂夫作品，一方面是自己确实喜欢，以毕珂夫为代表的苏联版画确实在某种层面上深深契合了鲁迅的审美趣味；另一方面，也是更为主要原因，在于毕珂夫的版画可以拿来为我所用，用之于鲁迅所着力培养的中国现代新兴木刻。这正好投合了鲁迅关于如何发展新兴木刻的基本理路："采用外国的良规，加以发挥，使我们的作品更加丰满是一条路；择取中国的遗产，融合新机，使将来的作品别开生面也是一条路。"[①]这"外国的良规"，即是指在基础方面注重素描功力和人体研究，在构图方面讲究远近透视，在刻法上注意明暗层次等。这些都是可资利用的"欧洲的新法"[②]。毕珂夫的作品当然也包括在其中。

鲁迅先后三次收到毕珂夫的版画原拓共 13 幅。

第一次是 1933 年 8 月 20 日，得曹靖华所寄毕珂夫木刻 11 幅。次年初，鲁迅从中选了他为孚尔玛诺夫所作《叛变》刻成的插图五幅和《革命的各战线》一幅，收入《引玉集》。

第二次收到的是 1936 年 3 月 2 日，由寓居苏联的德国美术评论家艾丁格尔寄赠的毕珂夫所作《哈菲兹抒情诗集首页》插图。这就是鲁迅收藏毕珂夫这幅"大风中的女人"作品的具体来源。

第三次，是鲁迅和许广平在 1936 年 2 月 23 日，在上海参观苏联版画展览会时订购，后由苏联领事馆赠送的毕珂夫之作《拜拜诺娃画像》。[③]

接下来，我们重点介绍一下《哈菲兹抒情诗集首页》插图。这幅插图，右下角描绘了一丛在地面上盛开着的鲜花，即大家都提到的红玫瑰。左部的大半和右上角分别描绘了两个姿态优美的人：

---

① 鲁迅：《且介亭杂文·〈木刻纪程〉小引》，《鲁迅全集》第 6 卷，第 50 页。

② 鲁迅：《书信·350204 致李桦》，《鲁迅全集》第 13 卷，第 373 页。

③ 以上内容具体参见李允经：《鲁迅和毕珂夫》，《鲁迅与中外美术》，陕西人民出版社 1992 年版，第 324、325 页。

左边的一个，是一手持书、一手抚胸，正在低头吟哦陷入沉思的诗人，所指或许就是波斯诗人哈菲兹；右边的一个，是正在大风中奔跑着的，两手抚弄着被大风吹散了的头发，并且身穿披肩和套裙的女人。（李允经先生说这姿态优美的两个人是两个女人，但我怎么看其中一位也不是女人，而或许正是诗人哈兹菲本人：一个男人。）天空作为整个画面的背景，疏朗而开阔，上面点缀着几颗闪闪发光的星星，其大如玫瑰花瓣，正好和右下角的玫瑰花丛形成呼应。

从技法上看，该图整体构思新颖别致，视觉安排和谐有序，人物体态优美传神，刀法简练稚拙而不失大气。而在意境上，该图也极其富有东方美学风味，主要表现为：一、动静结合。巧妙设置了一个沉思的诗人（静）和一个奔跑的女人（动）。这动静结合同时亦表现为阴阳互补：一个男性和一个女性。二、虚实相生。该图巧妙地把天空作为其背景，并通过闪闪发光的星星将天空暗示出来。天空的浩淼和地面的繁盛形成了一组矛盾着的二元对立。三、韵味无穷。大致看来，该图各个重要组成部分皆有象征意蕴。大风中的女人代表着青春（或者说是活力），沉思的诗人代表着智慧（或者说是理性），玫瑰花丛代表着幸福（或者说是爱情），无尽的星空则代表着空灵（或者说是提升）。该图如空中之音、相中之色、水中之月、镜中之象，言有尽而意无穷，无怪鲁迅先生生前极为喜欢，反复品之而不尽。

八

《海燕》是鲁迅晚年所特别看重的一个刊物。在谈到《海燕》的出版时，林著这样说："对于杂志，他（笔者注：指鲁迅）还是很想由自己来办，就像当年办《莽原》一样。这时，恰好萧军和聂绀弩都写信给他说要办刊物，他担心这样会分散火力，便建议他们同胡风合在一起来办。大家同意了。于是，聂绀弩找曹聚仁出面负担编辑和出版的法律责任，虚拟了‘史青文’的假名字做编辑人，‘海燕文艺社’发行，总代售则是‘群众图书公司’。解决有关‘钻网’的必要的技术性问题之后，由胡风把稿子集合，刊物很快就出来了——《海燕》。”①

这里所说的大部分事实都对，但有两处搞错了。第一处，林著说总代售处是“群众图书公司”，而查《海燕》原刊，总代售处则是“群众杂志公司”，该公司位于上海四马路中市。显然，林著将“群众杂志公司”误写为“群众图书公司”了。第二处，林著说在《海燕》出版第1期时，聂绀弩就找来了曹聚仁出面负担编辑和出版的法律责任，而查《海燕》原刊，第1期只标明了编辑人：史青文（如上所述，这是一个假名），出版者：海燕文艺社（位于上海兆丰路入和里八号），总代售：群众杂志公司，分售处：全国各大书店等信息，没有提到曹聚仁的名字，更未提到由他发行。曹聚仁作为发行人出现在《海燕》第2期的版权页上。第2期版权页上的信息有：编辑人：耳耶（笔者注：即聂绀弩），发行人：曹聚仁，总代售：群众杂志公司，分售处：全国各大书店等。由此看来，《海燕》出版第1期时，曹聚仁并没有加入。他是在《海燕》出版第2期时才加入的。

关于此事，胡风在《鲁迅书信注释》中回忆说：“第一期出版后，租界捕房要总代售书店标出发行人来。曹聚仁听到后找聂绀弩，愿当发行人。实际上他是想在《海燕》上发表文章。第二期写上了‘发行人曹聚仁’。国民党马上找他谈话，他把《海燕》的作者编者都说了，并声明退出不当发行人。《海燕》也被禁了。致曹聚仁信（1936年2月21日）中所说的‘一点小事情’，就是这件事，指出了他不得不有所顾虑的苦心孤诣。”②这就再次证明了，在《海燕》出版

① 林贤治：《人间鲁迅》，第816页。

② 胡风：《胡风全集》第7卷，湖北人民出版社1999年版，第29—30页。

第 1 期时，曹聚仁并没有加入，他是在《海燕》出版第 2 期时才作为发行人加入的。但是在这里，胡风也有一个史料上的失误，即：这事是聂绀弩主动找曹聚仁帮忙的，而不是曹聚仁主动来找聂绀弩的。据聂绀弩在 1946 年所写的《论乌鸦》一文中说："十一年前的一个年底年初，鲁迅和胡风、萧军、萧红等合办一个刊物：《海燕》。校对、排版以及别的杂事由我担任，对外算是我编。但不要我做发行人，发行人要有住址，大家不愿把我的地址公开。可是别的人却不容易找，不是人家不敢，就是我们不愿。一晚，我走到曹先生的住处附近，忽然想起他的住址本来是公开的；他自己就在办刊物，当一个文艺刊物的发行，在他理解刊物性质的人，该不会认为怎么危险，于是鬼使神差，立刻去拜访他。他答应了，并且谈得很相洽，我一面兴高采烈的通知鲁迅他们，一面就在刊物上印上'发行人曹聚仁'字样。谁知刊物送到书店之后，他来说他没有答应，叫书店把他的名字勾去。他又到巡捕房去告密，说这刊物是谁办的，谁编的，如何危险，以致我找到别人去声请发行，巡捕房也不准许了。他还在《申报》登广告，说我们怎样窃他的大名。又写信到鲁迅那里去剖白，《鲁迅书简》里有一封答他的信，就是和他谈这事的。总之，那刊物因此之故，只出了两期就寿终了，而这刊物的主持人，我告诉过他，是鲁迅。他就是这样尊敬鲁迅的！"[①]由此，也就不存在胡风的推测：曹聚仁之所以愿意充当发行人，是想在《海燕》上发表文章。曹聚仁自己也办刊物，似不必借助《海燕》。

通过对比上述胡风与聂绀弩关于曹聚仁的两则史料，我们还可以发现在这两者之间存在着一个重大的不同，即：胡风认为是国民党先找曹聚仁谈话，曹聚仁才道出实情的；而聂绀弩却认为，是曹聚仁怕承担风险出尔反尔，主动跑到巡捕房去告密，所以才导致

---

① 聂绀弩：《聂绀弩全集》第 1 卷，武汉出版社 2004 年版，第 331—332 页。

了《海燕》的寿终的。假如是前者，那还情有可原；假如是后者，那当然性质是极其严重的，因为不论在任何时候，告密者的行为都是极其卑劣的。

林著所采纳的是前一种说法。林著说："《海燕》第2期出版后，政府有关方面就马上找曹聚仁算账了。这时，曹聚仁不得不把他知道的关于刊物的情况说了，并且声明不做它的发行人。"[①]这当然是可以的，这样一来曹聚仁的罪名就轻多了。

林著关于《海燕》还有一处失误。即：在谈到曹聚仁给鲁迅写信解释情况，鲁迅亦去信予以答复之后，紧接着只是写了这样一句："他（笔者注：指鲁迅）是始终把仇恨投向统治者社会的。"[②]这就给人造成这样一种印象，就是关于《海燕》夭折这事，鲁迅并没有怪罪曹聚仁，他怪的只是统治阶级的法网实在是太严密了。但按之实际却并非如此，鲁迅其实并没有完全谅解曹聚仁。因为鲁迅的《半夏小集》之五，就是直接讽刺曹的。该文说：

"A：B，我们当你是一个可靠的好人，所以几种关于革命的事情，都没有瞒了你。你怎么竟向敌人告密去了？

B：岂有此理！怎么是告密！我说出来，是因为他们问了我呀。

A：你不能推说不知道吗？

B：什么话！我一生没有说过谎，我不是这种靠不住的人！"[③]

凡《海燕》同仁，是一看就知道这说的是谁。有意思的是，就第一段来说，鲁迅所采取的是聂绀弩的告密说。而第二段曹氏辩解，则显然又倾向了胡风的说法。最后一句话，则显然系曹氏自辩，漏洞百出，强词夺理，完全流入了诡辩。

---

① 林贤治：《人间鲁迅》，第817页。
② 林贤治：《人间鲁迅》，第817页。
③ 鲁迅：《且介亭杂文末编·半夏小集》，《鲁迅全集》第6卷，第618页。

九

在《鲁迅全集》中，有两篇为冯雪峰所代写的稿子。一篇为《答托洛斯基派的信》，一篇为《论现在我们的文学运动》。

对于前一封信，林著这样描写道："冯雪峰回到自己的寓所，立即代鲁迅拟了一封回信。写好以后，便约了胡风夜里一道去见鲁迅。这时，鲁迅的病情很严重，静静地躺在床上不能动弹，听得冯雪峰念完以后，没有说什么，点点头算是表示同意。他从中注重的只能是大的方面，实在无暇顾及任何细节了。"①这个描述是很对的。因为其中有冯雪峰对于陈仲山（即陈其昌）的一些不实之词。如果鲁迅亲自回信，以鲁迅的为人，是绝不会随便诬人为"为日本侵略者所欢迎"的。

但是，对于下一篇文章即《论现在我们的文学运动》，林著的描写就欠妥了。关于该文，林著是这样写的："第二天夜晚，冯雪峰带上稿子（笔者注：即《论现在我们的文学运动》），又约了胡风一道去见鲁迅，念给鲁迅听。鲁迅依然没有说话，只略略点了点头。"②而实际上，鲁迅对于这篇文章是并不满意的。鲁迅当时的反应，是尽管点了点头，表示了同意，但同时也略略现出了一点不耐烦的神色的。

关于此事，前后两次都与冯雪峰一块同行拜访鲁迅的胡风在他的文章《鲁迅先生》一文里有着详细的描述。他说：

"冯雪峰回去后，觉得对口号本身也得提出点理论根据来。于是又拟了《论现在我们的文学运动》，又约我一道去念给鲁迅听了。鲁迅显得比昨晚更衰弱一些，更没有力气说什么，只是点了点头，

① 林贤治：《人间鲁迅》，第 827—828 页。
② 林贤治：《人间鲁迅》，第 828 页。

表示了同意，但略略现出了一点不耐烦的神色。一道出来后，雪峰马上对我说：鲁迅还是不行，不如高尔基；高尔基那些政论，都是党派给他的秘书写的，他只是签一个名。……

到病情好转，恢复了常态生活和工作的时候，我提了一句：‘雪峰模仿周先生的语气倒很像……’鲁迅淡淡地笑了一笑，说：‘我看一点也不像。’”①

由此看来，鲁迅对于《论现在我们的文学运动》这篇文章是不满意的。其实，他对于上一篇《答托洛斯基派的信》更不满意。《答信》发表以后，陈其昌又来一信对鲁迅进行了严厉的质问和反驳，而鲁迅并未再次撰文反击。鲁迅可能是觉得上一篇文章已经很对不住人家，人家这次来反驳，也在情理之中，自己也就默默地受了这一箭吧。

十

1936 年 5 月 31 日《鲁迅日记》载：“下午史君引邓医生来诊，言甚危，明甫译语。”②史君即史沫特莱，明甫即茅盾。这句话说的是史沫特莱请来了美国邓医生前来为鲁迅诊病，邓医生检查完后，认为鲁迅病情严重，整个过程由茅盾翻译。

关于此事，林著共有两处失误。一处，林著在谈到邓医生是怎样被请来的时，这样说：“冯雪峰找到茅盾，让他通知史沫特莱，转请她的治肺病的专家朋友立即前来为鲁迅诊治，但是事先并没有告诉他，大家都认为，他是决不会同意的。因为前不久，史沫特莱也曾向他提起过这意见，结果不能实行。他的病一直由须藤诊治，一旦请别人诊断，就等于不信任须藤了，他觉得有失朋友之道。当

① 转引自朱正：《一个人的呐喊：鲁迅 1881—1936》，第 350 页。

② 鲁迅：《鲁迅日记》，《鲁迅全集》第 16 卷，第 609 页。

史沫特莱把邓医师请来后，许广平仍旧怕鲁迅拒绝，不敢上楼对他说，只好请冯雪峰先谈。冯雪峰把一切都推到史沫特莱身上，说她实在太热情，而且医生既已请来，就让看看也没什么的，否则太使她为难了。他听了，皱了一下眉头，也就同意了。”[①]另一处，在诊断完毕，邓医生告诉史沫特莱鲁迅病情严重之后，林著这样说：“医生走后，作为临时翻译的茅盾把医生的诊断，以及住院的建议告诉了鲁迅，甚至把如果是欧洲人，则早已死掉了之类的话也都说了，大家都觉得没有隐瞒的必要，反而以为，告诉实情会增强他对于身体的信心，同时也可以由此使他真正重视治疗。可是他不相信，他说大家骗他，就算做医生的说得严重一点也不是什么可骇怪的事。接着，他简直用了责问的口气说：‘当别的人正在斗争，吃苦，死，而你们却要我在床上安安静静地躺上一年，对吗？’”[②]

上述所引两处皆与当事人茅盾的叙述有所不同。茅盾在《我和鲁迅的接触》中详细讲述了这一事件的整个过程：

“她（史沫特莱）认为鲁迅得的是肺病。她有两个朋友，都是肺病专家，一个是德国人，一个是美国人，都是很可靠的。她要我转告鲁迅，让这两个专家诊一下。但鲁迅不同意，因为鲁迅一向由须藤医生诊治，一旦又请别人诊断，似乎不信任须藤了，鲁迅觉得这不是待朋友之道。……许广平也曾劝过鲁迅，可否叫这两位医生来诊断一下，但鲁迅坚不同意。

1936 年 4 月，冯雪峰从陕北回上海，他帮同许广平说服了鲁迅。五月末的一天，冯雪峰找我，要我立即找史沫特莱转请那两位医生。我给史沫特莱打电话，恰巧一打就通了。史沫特莱说她马上去找医生，叫我先到鲁迅家等候。我到鲁迅家不久，史沫特莱同

---

① 林贤治：《人间鲁迅》，第 847 页。

② 林贤治：《人间鲁迅》，第 847—848 页。

D 医生也到了。我在楼下接待他们。D 医生问：'病人懂几国文字?'史沫特莱说：'日文很好，德文可以看书，不懂英文。'医生说那我们用英语交谈吧。上了二楼，D 医生听诊以后，走到史面前，那时鲁迅躺在床上，面向窗，史和我站在窗前。史问大夫病情如何，大夫回答说：'严重。'史又问严重到什么程度？医生答：'恐怕过不了年。'史沫特莱这时忍不住流下眼泪。医生又说，鲁迅不光有肺病，还有其他病，需要详细检查。他建议找一个设备好的外国人办的医院，开个病房，由他诊治，只借用该医院的设备；病人如同意，马上就可以办。医生先走了。我同史沫特莱商量，我们只能把大夫说的住院详细检查的话告诉鲁迅，其他的话只能悄悄的告诉许广平。于是我就这样对鲁迅说了，可是鲁迅不信，他说你们骗我，大夫一定说得很严重，我看见史沫特莱哭了。"①

对比茅盾说法，可以发现：

第一，茅盾认为，邓医生之能够被请来给鲁迅诊病，早在 1936 年 4 月冯雪峰即帮助许广平做通了鲁迅的思想工作。到 5 月底，冯雪峰就请茅盾打电话给史沫特莱，史再转请邓医生来给鲁迅治病了。这中间至少经过了一个月的时间。而林著却说，一直到 5 月底，史沫特莱把邓医生请到鲁迅家中来了，由于事先没有告诉鲁迅，许广平仍怕鲁迅拒绝，只好请冯雪峰先做工作，冯雪峰则把一切归之于史沫特莱太热情，鲁迅在不得已的情况下终于接受了诊治。

第二，茅盾认为，邓医生诊断完后，随即用英语告诉史沫特莱鲁迅病情严重，并建议由他诊治。邓走后，茅盾只是把大夫说的住院详细检查的话告诉鲁迅，其他的话则悄悄地告诉了许广平。可

① 转引自朱正：《鲁迅与他的三个美国朋友》，《鲁迅的人脉》，东方出版中心 2010 年版，第 169—170 页。

是鲁迅不信，鲁迅认为大夫说得一定很严重，证据是他看见史沫特莱哭了。林著却说，茅盾当时即把邓医生所说的话全部毫无保留地告诉了鲁迅，并没有请许广平转告。而鲁迅却并不相信，但这回不相信的却是大夫说他的病情很严重，他认为他的病没有那样严重，在别人还在战斗，吃苦，死时，他不能安安静静地躺在床上什么也不做。

那么到底谁说的对呢？我认为，茅盾经过全过程，作为亲历事件的当事人，其回忆应是相当可靠的。至于鲁迅又是怎样知道病情的实际情况的，如鲁迅在他的文章《死》中所知道的，我想这大概就是事后在鲁迅的一再追问下，由许广平代为传达的。而实际上，这样的话也确实只有许广平传达最为合适。

十一

林著还有几处笔误亦需指明。如下：

林著在提到鲁迅对于周作人的评价时，曾有这样一段："对于周作人送李大钊之子李荣华赴日留学一事，他表示赞赏，对周建人说，在这个时候能做别人不肯做的事，可见是同情革命的。"[①]这里的李荣华疑为"李葆华"之误。查钱理群《周作人传》，该书写道："周作人还和他的朋友们一起，保护了先烈的遗孤。先是让李大钊的长子李葆华住在周作人家中，后又将其送往日本留学。"[②]可见，被送往日本留学的是李葆华，而非李荣华。林著在这里可能出现了笔误。

另一处出现笔误的地方在于该著第 726 页，在提到 1934 年 2 月蒋介石在江西南昌发动的"新生活运动"时，林著误写为"新文化

---

① 林贤治：《人间鲁迅》，第 860 页。

② 钱理群：《周作人传》，华文出版社 2013 年版，第 275 页。

运动”。

还有一处，则明显系错别字。在第793页，鲁迅所作赠许寿裳的七律：曾惊秋肃临天下，敢遣春温上笔端。林著误将“遣”字写为“遗”。这些都希望该书再版时能够改正过来。

第七章　鲁迅与西方表现主义美术关系略考

目前美术理论界对于西方表现主义美术有两种理解：广义的和狭义的。广义的西方表现主义美术是指在绘画、雕塑等美术中许多采用了各式各样的表现手法并具有强烈的表现特征的现代美术流派。狭义的西方表现主义美术则专指在20世纪初期德国画坛上甚为活跃的一种现代绘画流派。考虑到笔者的研究对象——鲁迅的特殊性，笔者在此所采用的是对于广义上的西方表现主义美术①（以下简称表现主义美术）的理解。

据《鲁迅日记》载，1912年7月11日，“收小包一，内P. Gauguin：《Noa　Noa》……各一册……夜读皋庚所著书，以为甚美；此外典籍之涉及印象宗者，亦渴欲见之。”P. Gauguin，即日记中所说的皋庚，今译高更，表现主义美术的重要先驱者之一。《Noa　Noa》，今译《诺阿　诺阿》，系为高更所作。这是一本自传性的游记，全书共分六章。内容有对塔希提岛自然风光的描绘，有对当地土著风情的记录，有对岛上神话传说的解释，还有高更对资本主义社会的尖锐批判。书中还附有12幅木刻插图，是德·蒙弗莱德（de Monfreid）根

① 这种广义上的表现主义美术，其代表人物主要有：塞尚、凡·高、高更、比亚兹莱、克里姆特、马蒂斯、毕加索、罗丹、布朗库西、蒙克、恩索尔、鲁奥、凯尔希纳、赫克尔、诺尔德、珂珂式加、康定斯基、蒙德里安、珂勒惠支、格罗斯、波菊尼、杜桑、米罗、达利等。本文所述只限于那些与鲁迅发生了密切精神联系的人物。

据高更的画所作。这是目前在《鲁迅日记》中所发现的有关表现主义美术的最早记录，恐怕也是民国以来在中国思想文化界有关表现主义美术的最早记录之一。

在《鲁迅日记》中还有下述记载，堪可注意。1912 年 8 月 16 日，“得二弟所寄 V. van Gogh:《Briefe》一册”。该书为德文，凡·高《书信集》。同年，9 月 20 日，“收二弟所寄《绥山画传》一册”。该书为德文《塞尚画传》。德国迈耶尔—格拉夫编。内收图画四十幅。1910 年慕尼黑佩珀出版社增订版。同年，11 月 23 日，“晚得二弟所寄书三包，……J. Meier — Graeve:《Vincent Van Gogh》一册”。该书为《文森特·凡·高》，画集。德国迈耶尔—格拉夫编。内收作品五十幅。1912 年慕尼黑佩珀出版社出版。1913 年 3 月 9 日、5 月 18 日，均“收二弟所寄德文《近世画人传》二册”。此书为德文《现代插图画家传记丛书》。其一为《爱德华·蒙克》。慕尼黑—莱比锡佩珀出版社出版。同年 8 月 8 日，“收相摸屋书店信，……，又小包一个，内德文《印象画派述》一册”。该书为讲演集。匈牙利拉扎尔(B. Lazar)著。内收拉扎尔在布达佩斯大学的讲演稿六篇，并附插画三十二幅。1913 年莱比锡—柏林托伊布纳出版社出版。这几则史料中所提到的塞尚、凡·高、高更、蒙克等皆为表现主义美术的重要先驱者。①

以上史料充分表明，在民国初年，鲁迅即使不是最早，也是较早关注表现主义美术的重要人物之一。

鲁迅在正式发表的文章中第一次提到表现主义的画家，是 1919 年的《热风·随感录五十三》。在这篇文章中，鲁迅说：“后期印象派(Postimpressionism)的绘画，在今日总还不算十分陈旧；其中的大人物如 Cezanne 与 Van Gogh 等，也是十九世纪后半的人，

① 行文中有关鲁迅日记的内容仅写明日记具体时间，不再注释。

最迟的到一九零六年也故去了。二十世纪才是十九年初头，好像还没有新派兴起。立方派（Cubism）未来派（Futurism）的主张，虽然新奇，却尚未能确立基础；而且在中国，又怕未必能够理解。"[①]这里提到了后期印象派的塞尚、凡·高，以及之后的立体派、未来派。值得注意的是鲁迅对于他们的评价。这时鲁迅已经全然认识到塞尚与凡·高在美术史上的突出地位。由于鲁迅所处的时代亦是现代美术的发展期，故而鲁迅此时能够拥有这样的看法，眼光已属不凡。对于立体派和未来派，鲁迅虽然已经留心到他们的存在，但是对于他们是否能够在美术史上站稳脚跟，并在中国有人理解，基本抱持怀疑的态度。从鲁迅的上述话语以及鲁迅早在 1912 年就开始购读表现主义的美术作品和美术书籍的行为中，我们还可以得到一个非常重要的确认，这就是鲁迅在创作他的极富表现主义个性的小说、散文、散文诗、杂文之前，是读过表现主义的美术书籍，看过表现主义的美术作品，并受其影响。这同时为分析鲁迅作品中的表现主义的视觉美感提供了一种可能前提。

应该说，鲁迅对表现主义美术的详细理解和接受，主要来源于他所翻译的 5 部（篇）日本译文，分别是 1924 年发表并于同年出版的厨川白村的《苦闷的象征》，1924—1925 年发表并于 1925 年出版的厨川白村的《出了象牙之塔》，1928 年发表并于 1929 年出版的板垣鹰穗的《近代美术史潮论》，1929 年 4 月出版的《壁下译丛》中的片山孤村的《表现主义》和 1929 年 6 月 21 日发表于《朝花旬刊》第 1 卷第 3 期上的山岸光宣的《表现主义的诸相》。下面即详细分析这 5 部（篇）日本译文，考察鲁迅对表现主义美术的理解和接受的范围和程度（广度和深度）。

① 鲁迅：《热风·随感录五十三》，《鲁迅全集》第 1 卷，第 357 页。

《苦闷的象征》，就其题目而言，亦可称为“苦闷的表现”[①]。该著主论文艺，所举例证多系文学作品，尤其是西方近代文学作品，如左拉和陀斯妥耶夫基斯的小说，斯特林堡和易卜生的戏剧（厨川白村称之为戏曲），以及波德莱尔的诗歌等；亦有少量美术作品，如意大利文艺复兴时期著名画家达·芬奇的《蒙娜丽莎的微笑》等。尽管该著主论文艺，文学多而美术少，并非专论美术，所举美术作品中亦没有一件作品属于表现主义美术，但该著仍然成为鲁迅理解与接受表现主义美术的重要理论基石。主要原因在于：一、该著所述西方近代文学中的代表人物——陀斯妥耶夫基斯、斯特林堡、易卜生、波德莱尔等，亦为表现主义文学中的杰出代表。表现主义文学虽则并不等同于表现主义美术，但是它们在表现主义文艺的基本原理上则是相通的。二、该著所采取的理论资源——尼采、叔本华、柏格森、克罗齐、弗洛伊德等的哲学，亦是表现主义美术的重要理论基石。

该著的核心观点是“生命力受了压抑而生的苦闷懊恼乃是文艺的根柢，而其表现法乃是广义的象征主义”[②]。在对这一观点进行具体阐释时，著者所依据的理论资源主要是柏格森的“创造的进化”哲学，克罗齐的“表现乃是艺术的一切”说和弗洛伊德的精神分析学说。该著十分重视生命力和个性的表现，认为“生命的力者，就像在机关车上的锅炉里，有着猛烈的爆发性，危险性，破坏性，突进性的蒸汽力似的东西”[③]，“自己生命的表现，也就是个性的表现，个性的表现，便是创造的生活”[④]，“这样的生命力的显现，是超绝了

① [日]厨川白村：《苦闷的象征》，《鲁迅译文全集》第 2 卷，福建教育出版社 2008 年版，第 238 页。本文所引鲁迅译文皆出自这一版本，下同。
② [日]厨川白村：《苦闷的象征》，《鲁迅译文全集》第 2 卷，第 234 页。
③ [日]厨川白村：《苦闷的象征》，《鲁迅译文全集》第 2 卷，第 226 页。
④ [日]厨川白村：《苦闷的象征》，《鲁迅译文全集》第 2 卷，第 226 页。

利害的念头，离了善恶邪正的估价，脱却道德的批评和因袭的束缚而带着一意只要飞跃和突进的倾向”①。该著同时认为我们的人生充满着各种各样的痛苦：人间苦、社会苦、劳动苦等等，也就充满着各种各样的压抑。这种压抑常常迫使我们“在减削个人自由的国家至上主义面前低头，在抹杀创造创作生活的资本万能主义膝下下跪”②。而“无压抑，即无生命的飞跃”③，文艺则是解决由这压抑而生的“苦闷和懊恼”的灵丹妙药，“是纯然的生命的表现；是能够全然离了外界的压抑和强制，站在绝对自由的心境上，表现出个性来的唯一的世界。”④简言之，文艺即是“严肃而且沉痛的人间苦的象征”⑤。

在谈到近时之所谓德国表现主义时，著者认为“要之就在以文艺作品为不仅是从外界受来的印象的再现，乃是将蓄在作家的内心的东西，向外面表现出去。……艺术到底是表现，是创造，不是自然的再现，也不是摹写。”⑥这一段论述可以说极为准确地把握住了表现主义的基本特征。著者甚至认为：“客观主义的极致，即与主观主义一致，理想主义的极致，也与现实主义合一”⑦，这与康定斯基的“内在需要”理论——当我们一切从内在需要出发时，“一个艺术家采用的是写实的还是抽象的形式，其意义是无关紧要的”⑧；“现实主义 = 抽象主义，抽象主义 = 现实主义。极端的外部差异，

① ［日］厨川白村：《苦闷的象征》，《鲁迅译文全集》第 2 卷，第 227 页。
② ［日］厨川白村：《苦闷的象征》，《鲁迅译文全集》第 2 卷，第 227 页。
③ ［日］厨川白村：《苦闷的象征》，《鲁迅译文全集》第 2 卷，第 229 页。
④ ［日］厨川白村：《苦闷的象征》，《鲁迅译文全集》第 2 卷，第 230 页。
⑤ ［日］厨川白村：《苦闷的象征》，《鲁迅译文全集》第 2 卷，第 238 页。
⑥ ［日］厨川白村：《苦闷的象征》，《鲁迅译文全集》第 2 卷，第 242 页。
⑦ ［日］厨川白村：《苦闷的象征》，《鲁迅译文全集》第 2 卷，第 242 页。
⑧ ［俄］康定斯基：《关于形式问题》，见康定斯基：《康定斯基：文论与作品》，查立译，中国社会科学出版社 2003 年版，第 61 页。

能转变成最大的内在相等”[1],又是极其相似的。

厨川白村在他的另一部名作《出了象牙之塔》中,首先强调了“自己表现”的重要性。他认为,所谓“艺术底天才”,就是那些完全剥去了虚伪和伶俐的装饰,将纯真无杂的生命之火红艳艳地燃烧着自己,完全按照自己的本来面目投给世间的人。[2] 所谓“艺术的表现”,其奥妙“就在通过了作家所有的生命的内容而表现。倘不是将作家所有的生命的内容,即生命力这东西,移附在所描写的东西里,就不成其为艺术底表现”。[3] 所谓艺术,也就成了这样的事,即:“表现出真的个性,捕捉了自然人生的姿态,将这些在作品上给与生命而写出来。”[4]从中可以发现,著者在这里关于艺术、艺术家、个性、生命力、艺术表现等的诸多看法,有力回应和延展了其在《苦闷的象征》中的核心论点。这种特别重视和强调生命力的“艺术表现”理论对于鲁迅也产生了极为深刻的影响。所谓“站在沙漠上,看看飞沙走石,乐则大笑,悲则大叫,愤则大骂”[5],所谓“在无边的旷野上,在凛冽的天宇下,闪闪地旋转升腾着的是雨的精魂”[6],正是鲁迅全生命地投入的表示。值得注意的是,著者还将这一观点,移用到了漫画上。他在论及“漫画式的表现”时,说“大的笑的阴荫里,有着大的悲。不是大哭的人,也不能大笑。……倘不是笑里有泪,有义愤,有公愤,而且有锐敏的深刻痛烈的对于人生的观照,则称为漫画这一种艺术,是不能成功的。”[7]联系著者对于漫画本质的理解——“凡漫画的本质,都在于里面含有严肃的‘人生的批评’,

① 同上,第 59—60 页。

② [日]厨川白村:《出了象牙之塔》,《鲁迅译文全集》第 2 卷,第 303 页。

③ [日]厨川白村:《出了象牙之塔》,《鲁迅译文全集》第 2 卷,第 364 页。

④ [日]厨川白村:《出了象牙之塔》,《鲁迅译文全集》第 2 卷,第 365 页。

⑤ 鲁迅:《华盖集·题记》,《鲁迅全集》第 3 卷,第 4 页。

⑥ 鲁迅:《野草·雪》,《鲁迅全集》第 2 卷,第 186 页。

⑦ [日]厨川白村:《出了象牙之塔》,《鲁迅译文全集》第 2 卷,第 381 页。

而外面却装着笑这一点上。那真意，是悲哀，是讽骂，是愤慨，但在表面上，则有绰然的余裕，而仗着滑稽和嘲笑，来传那真意的”[①]，可知著者对于漫画“表现性”的论述是相当深刻的。这种论述同样适用于表现主义的漫画。这种对于漫画的理解也对鲁迅的创作产生了极为深刻的影响。

《近代美术史潮论》之第八章《理想主义与形式主义》，首先介绍了表现主义的雕刻家罗丹。与一般美术史论家不同，板垣鹰穗一方面强调了罗丹雕刻手法的高强，另一方面又着意指出，在罗丹的作品中还展现出的一种“特殊的思想底表现”[②]。笔者正是在这种意义上将罗丹划归为表现主义的雕刻大师的。罗丹将这两方面的艺术要素，即一方面是他的“绘画底的技巧的高强”，另一方面是他的“特殊的思想底表现”，非常精妙地组合起来的作品，是《巴尔扎克》。著者说：“为纪念那以中夜而兴，从事创作为常习的文豪巴尔札克的风采计，罗丹便作了穿着寝衣模样的巴尔札克。乱发的头，运思的眼——这里所表现的神奇地强烈深刻的大诗人的风采，和被着从肩到足的长寝衣的身躯一同，成为浑然的一个巨大的幻像。在那理想化了的增强了深刻的性格描写上，结构虽然大胆，却很感得纪念品底的效果。然而，这样大胆的尝试，却收得如此成功的缘故，究竟在那里呢？——这不消说，是在绘画底手法上的他的技巧的高强。只要单取巴尔札克的脸面来一想，便明白他的技巧的优秀，是怎样有益于这诗人的性格描写了。恰如用了著力的又粗又少的笔触，描成大体的油画的肖像一般的大胆，使巴尔札克的性格，强而深地显现出来。虽说已经增强了观念描写，但将生命给与作品者，也纯粹地还是造形底的表现。”[③]这段描述可以说是极为

① [日]厨川白村：《出了象牙之塔》，《鲁迅译文全集》第 2 卷，第 380 页。
② [日]板垣鹰穗：《近代美术史潮论》，《鲁迅译文全集》第 3 卷，第 366 页。
③ [日]板垣鹰穗：《近代美术史潮论》，《鲁迅译文全集》第 3 卷，第 368 页。

精确地把握住了这部作品的艺术精髓。该章还将罗丹的《巴尔扎克》与克林该尔的《贝多芬》进行了比较，发现了隐藏在这两大艺术作品背后的法德两国不同的“艺术意欲”。该章略有遗憾的是，仅仅附有《行走的人》（鲁迅译为《行步的人》）、《巴尔扎克之首》等少量罗丹杰作。倘能再将罗丹的《地狱之门》或《加莱义民》附上，就更好了。

第九章《最近的主导倾向》则集中介绍了表现主义美术。该章首先从里格尔（Alogis Riegl）的“艺术意欲”说的角度，将十九世纪以来的欧洲艺术分为南北两大系统。南方系统以法国为中心，加上意大利、西班牙；北方系统以德国为中心，加上荷兰、瑞士、挪威、俄罗斯。从而将南方系统统一于“纯造形底的艺术意欲”，将北方系统统一于“思想本位的艺术意欲”。南方系统始祖是塞尚、高更和雷诺阿，北方系统始祖是凡·高、蒙克和霍德勒。下文分三段予以详述。

第一段详述了法国的塞尚、高更，以及受塞尚影响的立体派的毕加索和受高更影响的野兽派的马蒂斯。著者高度赞赏塞尚是“一切画家中最像画家的画家”，指出：“在绥珊（即塞尚，笔者注）的艺术上，主要的题目有二。就是画面的构图的‘综合底统一’和为表现物体的体积起见的‘面的结构’。”“和要捕捉物体的外底的现象的印象派，恰相反对，他想将物体的造形底地内在底的约束，表现出来。其致力于统一画面和结构物体的‘面’，就都为了对于这目的。由他而表现的画像，其实，这东西本身，便是整然的一个造形底的世界。”[1]但是对于毕加索，这位深受塞尚影响的立体派大师，著者的评价就明显偏低了。著者指出，立体派的绘画过于追求“物的立体底表现”，过于崇奉塞尚的话——“在自然界，一切皆以

① ［日］板垣鹰穗：《近代美术史潮论》，《鲁迅译文全集》第3卷，第393页。

球体,圆锥体,圆柱体为本而形成”,明显是将塞尚的艺术硬化为一个“教义”了。[①] 著者亦高度评价了高更,指出他的绘画在“求得画面的装饰底的效果”,“从南国的自然景物的简素的情形,和有色人种的皮色和服饰,造出一种雅净的织纹一流的图案来。”[②]他一生中的大作《我们从哪里来?我们是谁?我们往哪里去?》,其构想是“纯全的壁画风”,其风格则是纯然的象征主义。与对毕加索的贬低不同,著者对于高更的后学马蒂斯则予以了热情洋溢的评价,认为“恰如看见质地美艳而彩色鲜明的东洋磁器似的他的画,乃在求得色彩的装饰底效果。将物体还元为色彩,而以工艺品一流的味道示人,是他的绘画的主眼。”[③]著者最后作了这样的盖棺论定:“他们的努力,到处总不离造形的世界。要以纯造形底的技巧之高强示人的他们的艺术意欲,到处总都是法兰西风。”[④]以上评价可以说都是相当准确的。

第二段详述了北方系统的先驱者凡·高、蒙克和在德国兴起的表现主义美术运动。著者高度评价了凡·高和他的艺术,认为“热情底地亢奋了的自然的情形,是他的世界。这倒是他的心眼所见的超自然底的世界。一切的现象,在这里是起伏,交错,燃烧。白日的光使万物亢奋而辉煌,树木喘息着,大地战栗着。那又厚又浓,从颜料筒中挤了出来的颜料的强有力!再没有能如望诃霍(即凡·高,笔者注)那样,能捕自然的泼辣的生命的作家了。他的绘画,是已经超过了造形底的东西的世界,而表现着隐藏在那深处的深的‘力’。”[⑤]这些评价即使放到今天也是相当前卫和准确的。

---

① [日]板垣鹰穗:《近代美术史潮论》,《鲁迅译文全集》第3卷,第393页。
② [日]板垣鹰穗:《近代美术史潮论》,《鲁迅译文全集》第3卷,第396页。
③ [日]板垣鹰穗:《近代美术史潮论》,《鲁迅译文全集》第3卷,第397页。
④ [日]板垣鹰穗:《近代美术史潮论》,《鲁迅译文全集》第3卷,第397页。
⑤ [日]板垣鹰穗:《近代美术史潮论》,《鲁迅译文全集》第3卷,第398页。

凡·高对于生命的伟力的强调和表现,时常会使人想起鲁迅在《颓败线的颤动》中所描写的那位处于可怕的孤独和绝望中,并发出激烈的然而无言的反抗的“老女人”。即使鲁迅在创作他的这部名作之前,没有看过凡·高的绘画,但是在他们的艺术作品中所散发出的这种“生命的飞扬的极致的大欢喜”的精神内涵却是极其相似的。对于蒙克的艺术,著者亦进行了热情洋溢的评价。著者首先指出,在蒙克的天性中,有着一种阴郁的性质,这与蒙克童年的不幸——“有着狂信者一般虔敬的父亲,和因肺病而夭亡的母亲”[①]有着很大的关系。蒙克的特殊的嗜好,是“以幽暗的心绪,观察浊世的情形,将隐伏在人间生活的深处的惨淡的实相,用短刀直入底的简捷,剜了出来”。[②] “恋爱生活”和“死”则是蒙克酷爱的主题,从中蒙克写出了“人间底的冲动和恐怖”。蒙克艺术所特有的这种“精神底阴郁”——对于现世的形而上学底的恐怖——的表现,正是使他所以成为表现主义之祖的缘故。[③] 著者并对德国表现主义美术运动——从桥梁派到新艺术家协会再到青骑士派,作出了自己的评价。著者对桥梁派的评价尚可,对于其中的几位代表人物,如凯尔希纳、诺尔德、沛息斯坦因、罗特鲁夫等,亦无什么恶感,但对青骑士派就不那么客气了。对于康定斯基、保罗·克利、马尔克等这些现今在美术史已有定评和好评的画家,评价甚低。对于乔治·格罗斯、奥托·迪克斯这两位在美术史上亦有相当地位的漫画家,竟直斥他们为“恶趣味的作家”。柯柯施卡亦是德国表现主义美术运动中一员健将。他在现代美术史上亦有相当的地位。著者对他亦无好感,说他徒然继承了凡·高的风格,只有表现的粗疏。这些评价均对鲁迅的表现主义美术观产生了甚深的影响。

---

① [日]板垣鹰穗:《近代美术史潮论》,《鲁迅译文全集》第3卷,第398页。

② [日]板垣鹰穗:《近代美术史潮论》,《鲁迅译文全集》第3卷,第398页。

③ [日]板垣鹰穗:《近代美术史潮论》,《鲁迅译文全集》第3卷,第400页。

最后一段讲述了意大利和俄罗斯的美术，其中包括对于未来派的评价。著者对未来派的评价，亦并不高。他首先否认了未来派的纯艺术主旨，指出未来派的实质是一种致力于打破传统的极端的社会运动。未来派画家所寻求的东西，是运动的大胆的表现法。“那盛行尝试的，是将一件事故的种种情形，或物体运动的种种状态，‘同时底’地，作为一个的造形底表象，表现出来。那结果，便连只是荒唐无稽的——带些恶作剧模样的——‘尝试’，也在其中出现了，然而有时也有收了相当的效果的兴味颇深的作品。”[①]未来派的艺术确实呈现出上述状况，其在创新上的追求是值得肯定的，但是这种创新的方式究竟在美术史上占有多大的艺术价值，则是很难说的。与对未来派艺术的评价相反，著者在谈到北方系统中俄罗斯的画家哈盖勒和绥盖勒时，笔触就禁不住又热情洋溢起来。他特别肯定了绥盖勒的艺术风格，将之喻为俄罗斯的蒙克。指出他的题材，亦是讽刺浊世的生活的。在他的一系列作品中，可以窥见鬼气而阴森的观念的表现。著者对于北方系统、对于蒙克的情有独钟可见一斑。这种特殊的爱好和评价亦使鲁迅产生了对于蒙克相当程度上的好感。

该章还附有表现主义的美术插图多幅，如塞尚的《静物》、《博徒》、《风景》，凡·高的《风景》，蒙克的《病娃》，毕加索的《拭足的女》、《斑衣小丑》、《两场》、《比爱罗》，勃拉克的《静物》，马蒂斯的《女》，柯柯施卡的《自画像》，沛息斯坦因的《木雕》，罗特鲁夫的《自画像》，康定斯基的《白色的中心》，马尔克的《马》等，但是没有凡·高的《向日葵》，高更的《我们从哪里来？我们是谁？我们往哪里去？》，蒙克的《呐喊》等，这是颇为遗憾的。

由上述论述可知，鲁迅对于表现主义美术的接受是相当全面

① [日]板垣鹰穗：《近代美术史潮论》，《鲁迅译文全集》第3卷，第406页。

的。但是由于该著为美术史论著，就总体而言，描述多而评价少，故而尚缺乏从理论上的深入论证。

从理论上来进行深入论证的则是片山孤村的《表现主义》和山岸光宣的《表现主义的诸相》。值得注意的是，这两篇文章并不单指表现主义的美术，还包括其他领域的表现主义的艺术。片氏的《表现主义》，论述层次繁多，分别涉及表现主义[①]的起源、世界观、人生观、社会观、艺术观等。关于表现主义的起源，指出了其与非战论者的渊源，所谓非战论者，即是"对于战争的背景的物质文明，机械底世界观，唯物论，资本主义等的反抗。积极底地说出来，则就是精神和灵魂之力的高唱；自我，个性，主观的尊重。"[②]这里的心灵、精神、自我、个性、主观、内界、灵魂等，是全体一致的。关于表现主义的世界观，该文认为"乃是一世纪前的罗曼派的世界观的复活。因此他们之中，也有流于神秘教，降神术，Occultismus（心灵教）的。而近代心理学所发见的潜在意识的奇诡，精神病底现象，性及色情的变态等，尤为表现派作家所窥伺着的题材。又，尼采和伯格森的影响，则将现实解作运动，发生，生生化化，也见于想要将这表现出来的努力上"[③]。既指出其与既往浪漫派的相通，又指出其与近代心理学（弗洛伊德的精神分析学）和哲学（尼采、柏格森的生命哲学）的密不可分的联系。论述相当之深刻。关于表现主义的社会观，论者指出表现派开首就提倡非战论、平和主义、国际主义，自然其中就会有许多民主主义者和社会主义者。但是在表现派的文艺之士中，往往个人主义的倾向也很显著。关于表现主义的艺术论，指出它"原是后期印象派以后的造形美术，尤其是绘画

① 在该文中，表现主义有时又称表现派。论者没有对这两个概念加以严格的区分。
② [日]片山孤村：《表现主义》，《壁下译丛》，《鲁迅译文全集》第4卷，第23页。
③ [日]片山孤村：《表现主义》，《壁下译丛》，《鲁迅译文全集》第4卷，第25页。

的倾向的总称"[①]，这派的画家，是"和自然派，印象派正相反的极端的主观主义者"[②]，他们"不甘于自然或印象的再现，想借了自然或印象以表现自己的内界，或者竭力要表现自然的'精神'"[③]，他们抛开了一切自然的模仿，抛开了生出空间的错觉来的远近画法，"艺术的真，不是和外界的一致，而是和艺术家的内界的一致，'艺术是现(表现)，不是再现'(Kunst ist Gabe, nicht Wiedergabe)了"[④]。这些把握都相当之准确。在论及表现主义的整体艺术特征时，既指出它与新浪漫派的同与不同，又指出它与象征主义的不同，从而更好地将表现主义的特征突出出来。在谈到表现主义的创作特点时，指出："最要紧的事，是表现派将他们所要表现的'精神'(心灵，灵魂，万有的本体，核心)，解释为运动，跃进，突进和冲动。……表现派的作品是爆发底，突进底，跃动底，锐角底，畸形底，而给人以不调和之感者，就为此。自然物体的变形和改造——在有着真的艺术底，表现底冲动的艺术家，也是不得已的内心的要求。"[⑤]这种看法较为简洁明了地阐释了表现主义的艺术追求和创作风貌形成的内在原因。值得注意的是，论者在阐述表现主义的各个方面时，并没有一味地说好，而是在基本肯定表现主义的基础之上，也指出了表现主义的某些缺失。如论者指出："表现派的表现手段，即言语所易于陷入的弊端，是正如一个批评家所言，是夸张癖，'极端癖'。其实他们的文章也太强烈，太浓厚，至少，在我们外国人，是很有难于懂得的地方。"[⑥]这就指出了表现主义的一大缺点：使人不懂。鲁迅说："伟大也要有人懂"，不懂至少是表现主义的一大缺

① [日]片山孤村：《表现主义》，《壁下译丛》，《鲁迅译文全集》第4卷，第26页。
② [日]片山孤村：《表现主义》，《壁下译丛》，《鲁迅译文全集》第4卷，第27页。
③ [日]片山孤村：《表现主义》，《壁下译丛》，《鲁迅译文全集》第4卷，第26页。
④ [日]片山孤村：《表现主义》，《壁下译丛》，《鲁迅译文全集》第4卷，第26页。
⑤ [日]片山孤村：《表现主义》，《壁下译丛》，《鲁迅译文全集》第4卷，第27页。
⑥ [日]片山孤村：《表现主义》，《壁下译丛》，《鲁迅译文全集》第4卷，第28页。

失，是不能不引起足够充分的注意的。

山氏的《表现主义的诸相》，单从题目上看，就知绝不单是表现主义美术，而是几乎涵盖了表现主义艺术的各个领域。而且它关于表现主义的各个方面，几乎都可以令人想起鲁迅。该文认为，“表现主义排斥物质主义，也一并排斥近代文明的一切”①，这与鲁迅早期“掊物质而张灵明”的思想颇为一致。该文还认为，“表现派的诗人，是终至于要再成为理想家，不，简直是空想家，非官能而是精神，非观察而是思索，非演绎而是归纳，非从特殊而从普遍来出发了。那精神，即事物本身，便成了艺术的对象。所以表现主义，和印象主义似的以外界的观察为主者，是极端地相对立的。表现主义因为将精神作为标语，那结果，则惟以精神为真是现实底的东西，加以尊崇，而于外界的事物，却任意对付，毫不介意。从而尊重空想，神秘，幻觉，也正是自然之势”②。这同片氏一样准确把握住了表现主义的基本特质，也与鲁迅早年对“精神界之战士”的呼唤有某些相通之处。该文还论述了表现主义的政治倾向性，指出：“表现主义虽排斥自然主义的技巧，但在反抗现在的国家组织，和社会主义有着密切的关系之点，却和自然主义相同。假如以用了冷静的同情的眼睛，观察穷人的不幸者，为自然主义，则盛传社会主义底政治思想者，是表现主义。表现主义大抵是极端的倾向艺术，不是为艺术的艺术。”③“自然主义的社会诗人，虽然对于贫者，倾注同情；但大抵是站在有产者的立脚地上的。然而表现派的诗人，却公然信奉社会主义，打破现存的经济组织”④，而因为尊便捷，

① ［日］山岸光宣：《表现主义的诸相》，《译文补编》，《鲁迅译文全集》第8卷，第316页。
② ［日］山岸光宣：《表现主义的诸相》，《译文补编》，《鲁迅译文全集》第8卷，第316页。
③ ［日］山岸光宣：《表现主义的诸相》，《译文补编》，《鲁迅译文全集》第8卷，第320页。
④ ［日］山岸光宣：《表现主义的诸相》，《译文补编》，《鲁迅译文全集》第8卷，第320页。

所以“在作品中，往往鼓吹着直接行动”[1]。这与鲁迅30年代倾向左翼、崇仰无产阶级革命正相吻合。该文还对表现主义艺术的独异之处进行了探究，如对表现主义戏剧的分析有独到之处，说“表现剧的人物，往往并无姓名，是因为普遍化的倾向，走到极端，漠视了个性化的缘故”[2]，其主角也往往是“忏悔者，忍从者，真理的探究者”[3]等，这些论述都不禁让人想起鲁迅的《过客》。该文亦在肯定表现主义的基础上指出了表现主义的某些缺失。主要有：一、“难解者颇多”[4]；二、“过于极端”[5]。概之，由鲁迅所翻译的这两位日本文艺理论家的文章，在世纪初的中国，可以说是极为全面、准确地从理论上阐述了表现主义的特点。鲁迅对它们的理解自然也是极为全面、深刻、准确的。

鲁迅翻译、编辑、出版或发表上述5部(篇)日本译文，还只是日常生活中鲁迅与表现主义美术活动的一部分。应当说，即使鲁迅亲自翻译了这5部(篇)日文，也还不能够证明鲁迅完全接受了表现主义美术。只有参之以鲁迅与表现主义美术活动的其他部分，我们才能够更加全面深入地了解鲁迅和表现主义美术的真正关系。那么，参之以其他活动，鲁迅与表现主义美术之间的关系究竟如何呢？我们发现，鲁迅对表现主义美术是极其欣赏的，他对表现主义美术所投入的热情和精力，也几乎可以说是不遗余力的。这些活动[6]主要包括：

第一，购买、收藏表现主义的美术作品和美术书籍(包括画论、

① [日]山岸光宣：《表现主义的诸相》，《译文补编》，《鲁迅译文全集》第8卷，第321页。
② [日]山岸光宣：《表现主义的诸相》，《译文补编》，《鲁迅译文全集》第8卷，第319页。
③ [日]山岸光宣：《表现主义的诸相》，《译文补编》，《鲁迅译文全集》第8卷，第322页。
④ [日]山岸光宣：《表现主义的诸相》，《译文补编》，《鲁迅译文全集》第8卷，第319页。
⑤ [日]山岸光宣：《表现主义的诸相》，《译文补编》，《鲁迅译文全集》第8卷，第323页。
⑥ 因鲁迅翻译、编辑、出版或发表与表现主义相关的专著或论文前已详述，故而为叙述简洁起见，此处不再将之包括在内。

画史、画集、画册、画帖、散页、原拓等)。[①] 如:

1912 年 9 月 20 日,收周作人所寄《绥山画传》一册。该书为德文,《塞尚画传》,内收图画四十幅。1932 年 7 月 28 日、9 月 8 日、10 月 9 日,去内山书店分别购买《塞尚大画集》(一)、(三)、(二)。

1912 年 8 月 16 日,得周作人寄自日本 V. van Gogh《Briefe》一册。该书为德文,凡·高《书信集》。11 月 23 日,晚得周作人所寄书三包,其中一册是 J. Meier — Graeve《Vincent Van Gogh》。该书为《文森特·凡·高》,画集,内收作品五十幅。1930 年 10 月 19 日得诗荃寄《文森特·凡·高画帖》。1931 年 4 月 11 日去内山书店买《凡·高画集》,7 月 25 日从丸善书店寄来《文森特·凡·高》。1933 年 5 月 8 日、7 月 8 日、9 月 13 日、10 月 6 日去内山书店分别购买《凡·高大画集》(一)、(二)、(三)、(四)。

1912 年 7 月 11 日,收到 P. Gauguin《Noa Noa》一册。该书为高更《诺阿 诺阿》,自传性游记。1932 年 4 月 28 日,买日译本《诺阿 诺阿》一本。1933 年 4 月 29 日,得增田君所寄法文原文《Noa Noa》一本,10 月 28 日从丸善书店购来法文原本《高更版画集》一部二本。

1913 年 3 月 9 日、5 月 18 日,收周作人所寄德文《近世画人传》二册。此书为德文《现代插图画家传记丛书》,其中一册为《爱德华·蒙克》。1931 年 5 月 4 日,收诗荃寄自德国《爱德华·蒙克版画艺术》。

1930 年 7 月 15 日,收诗荃寄自德国凯绥·珂勒惠支画集 5 种。1931 年 4 月 7 日托史沫特莱寄珂勒惠支 100 马克买版画,5 月 24 日收珂勒惠支版画 12 枚,6 月 23 日得诗荃寄珂勒惠支画选一

---

① 为叙述方便起见,以下排列方式按照画家顺序排列,排列顺序分别为塞尚、凡·高、高更、蒙克、珂勒惠支、罗丹、比亚兹莱、麦绥莱勒、格罗斯。鲁迅所购买并收藏的表现主义的美术作品和美术书籍,尚不止以上这些。但上述作品已足可看出鲁迅对于表现主义美术的嗜好和倾心。

帖,7月24日得珂勒惠支作版画10枚。1934年4月14日、7月19日,分别得由商务印书馆代购之《珂勒惠支新作集》和《凯绥·珂勒惠支作品集》。

1925年2月3日,买《罗丹之艺术》一本。该书为英文版,原名《The Art of Rodin》,1918年纽约波尼和利夫莱特出版社出版,《现代丛书》之一。

1924年4月4日,收丸善书店寄来《比亚兹来传》一本。1925年10月6日,往商务馆买《奥布里·比亚兹莱的艺术》二本,画册。该书为英文版,原名《Art of Beardsley》。

1930年10月28日,收到从德国寄来的《麦绥莱勒连环图画集》,共六本,分别为《理想》《我的祷告》《没有字的故事》《太阳》《工作》和《一个人的受难》。

1929年12月20日,下午往内山书店买《无产阶级的画家乔治·格罗斯》(传记)一本。1930年3月8日,夜收诗荃寄自德国《格罗斯绘画》、《统治阶级的新面目》。1930年5月3日,收诗荃所寄《格罗斯素描集》、《统治阶级的新面目》(画册);同时所收到的《背景》中,收格罗斯为皮斯卡托尔剧场上演《帅克》所作素描画17幅。1930年7月15日,收诗荃所寄格罗斯画集《用画笔和剪刀》。1930年9月23日,又收《乔·格罗斯》画集一本。1930年10月7日,再收《乔治·格罗斯》画集一册。1930年11月10日,下午收诗荃所寄《爱情至上》,画册,内收格罗斯素描画60幅。1930年12月2日,午后往瀛环书店买《艺术在危险中》(德文)。该书含论文三篇,格罗斯等著。1931年1月15日,上午往瀛寰图书公司买《空座位的旅客》,德文,小说集,丹麦尼克索著,内附格罗斯插图12幅。1931年5月15日,托商务印书馆自德国购得格罗斯所作《席勒剧本〈群盗〉警句图》画帖(系原作)。1931年8月13日,购得格罗斯画册《庸人的镜子》一本。1932年6月7日,托曹靖华自苏联购得

《G. Grosz 画集》一本。1934 年 7 月 19 日，又购得格罗斯画册《庸人的镜子》一本。

1929 年 4 月 7 日上午往内山书店买《表现主义的雕刻》一本，11 月 14 日下午往内山书店买《表现派图案集》一本。1931 年 12 月 29 日，下午得诗荃所寄《表现派的农民画》一本。

此外，除上文所译 5 部(篇)日文外，鲁迅还购买了其他许多有关表现主义美术理论(或评论)的外文专著，如：

1926 年 1 月 4 日，得张凤举赠 H. Bahr：Expressionismus(德文，奥地利赫尔曼・巴尔著《表现主义》)一本；

1929 年 12 月 5 日，购《康定斯基艺术论》(日文，俄国康定斯基著)一本；

1930 年 10 月 9 日，得方仁所寄《艺术之一瞥——表现主义，未来主义，立体主义》(德文，德国瓦尔登著)一本；

1932 年 8 月 30 日，夜诗荃来自柏林，赠《立体主义》(德文，德国屈佩尔斯著)一本等。

或许由于精力所限，鲁迅并未将这些外文全部译成汉语，但是其中的基本内容鲁迅应该是非常清楚的。这部分著作中比较著名是赫尔曼・巴尔的《表现主义》和康定斯基的《康定斯基艺术论》。这两本著作都是表现主义美术的理论基础，即使以现在的眼光而论，它们的观点也是相当现代和前卫的。

第二，编辑、出版表现主义画集。据资料统计：

鲁迅自己成立出版机构和自费印刷的表现主义画集，计有：

《比亚兹莱画选》，作《小引》。1929 年出版。

《梅斐尔德木刻〈士敏土之图〉》，作《序》。1930 年出版。

《凯绥・珂勒惠支版画选集》，作《序目》，并请史沫特莱作《序》。1936 年出版。

鲁迅准备编印出版，由于种种原因未能如愿出版的表现主义

画集,计有:

《你的姐妹》木刻组画,梅斐尔德作,已写好《小引》,设计好封面,未出。

《诺阿　诺阿》,法国后期印象派画家保罗·高更在塔希堤岛上的创作札记,有版画插图,已登广告,未出。

《E·蒙克画集》,已于病中编好,未出。

《德国木刻画选集》,资料已搜集全,未出。

《罗丹雕刻选集》,列入计划,未出。①

第三,发表表现主义美术作品。较为著名的有:

1931 年 9 月,在《北斗》创刊号发表珂勒惠支的《牺牲》。1932 年 11 月,在《文学月报》第 1 卷第 4 期选发珂勒惠支的木刻组画《无产者》中的两幅。1933 年 4 月,在《现代》第 2 卷第 6 期再一次刊出珂勒惠支的《牺牲》。1935 年 10 月,在《译文》发表珂勒惠支的木刻《纪念李卜克内西》(又译《生者之于死者》)。1936 年,在《中国呼声》选发珂勒惠支的《农民战争》之五《反抗》。

1928 年 9 月 20 日,在《奔流》月刊第 1 卷第 4 期发表金溟若的译文——日本有岛武郎的论文《叛逆者——关于罗丹的考察》。为了配合这篇论文,特地刊载 4 幅罗丹作品,分别是:《亚当》《思想者》《塌鼻男子》《圣约翰》。由于这 4 幅作品题名全部错误,故而 1928 年 10 月 30 日又在《奔流》月刊第 1 卷第 5 期上予以重登。

第四,举办表现主义画展并作介绍。如:

1930 年 10 月 4 日,举办"世界版画展览会"。鲁迅将所藏苏德等国版画 70 多幅参加展出。

1932 年五六月间,参加举办"德国作家版画展"。展品有珂勒

① 此处据王观泉《战斗一生的最后十年》资料辑出,见《鲁迅与美术》,上海人民美术出版社 1979 年版,第 46—49 页。在鲁迅翻译和编辑出版的表现主义画集中,笔者没有计入比利时麦绥莱勒的木刻集《一个人的受难》,因为这是一部写实之作。

惠支、梅斐尔德、格罗兹等人作品百余幅。鲁迅在这之前作有《介绍德国作家版画展》和《德国作家版画展延期举行真像》等文，并借与镜框及珍藏的名画。

1933 年 10 月 14 日、15 日，举办“德俄木刻展览会”。共展出作品 40 幅。

1933 年 12 月 2 日、3 日，举办“俄法书籍插画展览会”。展品 40 幅，主要为苏联版画，杂以少量法国版画。[①]

在《介绍德国作家版画展》一文中，鲁迅说：“例如亚尔启本珂(Archipenko)，珂珂式加(O. Kokoschka)，法宁该尔(L. Feininger)，沛息斯坦因(M. Pechstein)，都是只要知道一点现代艺术的人，就很熟识的人物。此外还有当表现派文学运动之际，和文学家一同协力的霍夫曼(L. Von Hofmann)，梅特那(L. Meidner)的作品。至于新的战斗的作家如珂勒惠支夫人(K. Kollwitz)，格罗斯(G. Grosz)，梅斐尔德(C. Meffert)，那是连留心文学的人也就知道的，更可以无须多说的了。”[②]这里所提到的艺术家几乎无例外都是表现主义美术运动的中坚人物，足见鲁迅对表现主义美术所倾注的热情。

然而，同样是鲁迅，几乎在同一时段，又在演讲、书信中极力反对 19 世纪末以来的“欧洲的各个新派画”。1930 年 2 月 21 日，鲁迅在上海中华艺术大学给青年学生们所作的讲演中说：“欧洲的各个新派画有一个共同倾向，就是崇尚怪异。”“新派画的作品，几乎非知识分子不能知其存意。因此绘画成了画家的专利品，和大众绝缘，这是艺术的不幸。”“新派画破坏有余，建设不足。”等等。相

---

① 此处据王观泉《良师益友》资料辑出，见《鲁迅与美术》，第 136—137 页，但增加 1932 年五六月间参加举办“德国作家版画展”一次，共计 4 次。

② 鲁迅：《集外集拾遗补编·介绍德国作家版画展》，《鲁迅全集》第 8 卷，第 360—361 页。

反地，他在演讲中极力推崇"写实主义"，在讲到未来派的夸大不实之后，说"最近有恢复写实主义的倾向，这是必然的归趋"，显然对"写实主义"寄予极大的希望和肯定。[①] 1934年6月2日，鲁迅又在给郑振铎的信中，这样说："盖中国艺术家，一向喜欢介绍欧洲十九世纪末之怪画，一怪，即便于胡为，于是畸形怪相，遂弥漫于画苑。"[②]联系上文，这里的"怪画"所指即是19世纪末以来的"欧洲的各个新派画"。这就给人造成了这样一种印象，即：鲁迅把19世纪末以来的欧洲的所有画派，如印象派、后期印象派、野兽派、立体派、表现派、构成派、未来派、达达主义、超现实主义等等，尽皆予以全盘否定了。而根据笔者对于表现主义美术的界定，表现主义美术似乎也处在了鲁迅的否定之列。

但是，事实真是这样的吗？在这里，恰恰是最需要进行一番细致辨析的。即：鲁迅在这里所说的"新派画"，究竟是指全部的欧洲新派画，还是特指其中的某一两个派别。当我们真正静下心来，再次深入细读鲁迅在中国艺术大学的讲演后，我们发现鲁迅在这里所说的新派画，所指其实相当明确，即是他几乎从来就很少给予过好评的未来派[③]。鲁迅所说："未来派的理论更为夸大。他们画中所表现的，都是画家观察对象的一刹那的行动记录。如《裙边小狗》,《奔马》等都有几十条腿。因为狗和马在奔跑的时候，看上去不止四条腿。此说虽有几分道理，毕竟过于夸大了。这种画法，我以为并非解放，而是解体。因为事实上狗和马等都只有四条腿。"[④]即为明证。而且，遍查整个讲演，在鲁迅所举的所谓新派画中，所

① 刘汝醴：《鲁迅在中华艺术大学讲演记录》，王观泉：《鲁迅美术系年》，人民美术出版社1979年版，第45页。

② 鲁迅：《鲁迅书信·340602致郑振铎》，《鲁迅全集》第13卷，第133页。

③ 鲁迅给予未来派的仅有的一次好评，是夸奖它的作者的认真态度（鲁迅：《集外集拾遗·今春的两种感想》，《鲁迅全集》第7卷，第408页）。其他的评论则多系否定。

④ 刘汝醴：《鲁迅在中华艺术大学讲演记录》，王观泉：《鲁迅美术系年》，第45页。

举也只有这一个派别。鲁迅对未来派的批判，其实并不止这一处。他对未来派的批判，往往是和对于立体派的批判一块进行的。早在1919年，鲁迅即认为“立方派（Cubism）未来派（Futurism）的主张，虽然新奇，却尚未能确立基础；而且在中国，又怕未必能够理解。”[①]就已经指出了这两大派别的弊端：刻意求新，使人不懂。这与鲁迅在中华艺术大学的讲演中所指出的新派画的缺失：“崇尚怪异”，“几乎非知识分子不能知其存意”，是一致的。1932年11月22日，鲁迅在面对北平辅仁大学的学生们进行讲演时，再次批判了未来派的使人“看不懂”：“以前欧洲有所谓未来派艺术。未来派的艺术是看不懂的东西。但看不懂也并非一定是看者知识太浅，实在是它根本上就看不懂。”[②]1934年4月12日，鲁迅在致姚克的信中，再次对立体派、未来派进行了批判，指出当时的美术青年，好大喜功，喜看未来派、立体派的作品，而不肯正正经经地作画，刻苦用功。所作画则人面必歪，脸色多绿。[③] 这又与前面鲁迅所批判的“新派画破坏有余，建设不足”，是一致的。而在不到两个月后，鲁迅在致郑振铎的信中，就谈到了他对于“十九世纪末之怪画”的看法。显然，这里所指的“怪画”，亦有明确所指，即是未来派与立体派。

值得注意的是，鲁迅对于未来派与立体派的看法，还并不仅仅直接来自于他的直觉与感悟，间接地说，它还与鲁迅所翻译的上述几部（篇）日本译文有着很大的关系。如在《近代美术史潮论》中，板垣鹰穗对于立体派与未来派的评价就很低。这不但在很大程度上印证了鲁迅早在1919年就有的对于立体派与未来派的看法，而且也深刻影响了在这之后鲁迅对于这两个派别的看法。片山孤村

① 鲁迅：《热风·随感录五十三》，《鲁迅全集》第1卷，第357页。

② 鲁迅：《集外集拾遗·今春的两种感想》，《鲁迅全集》第7卷，第408页。

③ 鲁迅：《鲁迅书信·340412致姚克》，《鲁迅全集》第13卷，第75页。

的《表现主义》和山岸光宣的《表现主义的诸相》，也都指出了表现主义的某些缺失：过于极端，使人不懂等。这都深刻影响了鲁迅的表现主义美术观。

由上观之，鲁迅并没有轻易地否定表现主义美术，他所否定的只是其中的两个派别：立体派和未来派。我们不能轻易地由鲁迅对这两个派别的否定，扩大上升到鲁迅对于整个表现主义美术的否定。事实上，即使是在表现主义美术内部，各个派别之间互相否定、互相排斥的现象也屡见不鲜。不但前派排斥后派，后派为了站稳脚跟，也对前派采取了更为激烈的否定。从一定程度上讲，西方现代艺术的发展就是一个自我否定、自啮其身的过程。鉴于表现主义美术内部的复杂状况，各个美术史论者或艺术评论家，都发表了各自不同的看法。赞赏者有之，反对者亦有之。所以，当鲁迅面对表现主义美术的各个派别时，不管是有所偏嗜，还是有所厌恶，也就都在情理之中了。

由此出发，我们甚至还发现了一个被隐藏起来的极其重要的命题——鲁迅对表现主义美术的欣赏是有其选择性的。即：鲁迅最喜欢凡·高、高更、蒙克、罗丹、珂勒惠支、梅斐尔德、麦绥莱勒等这些尚以写实为底或有扎实写实功力的大师级的表现主义先驱者和同路人的作品，并和他们发生了精神上的甚深融和；对于德国表现派的代表人物如亚尔启本珂、珂珂式加、法宁该尔、沛息斯坦因等的作品，鲁迅也是喜欢的，只不过就其程度而言，没有上述几位大师更能引起鲁迅思想与精神上的共鸣；而对于立体派、未来派、达达主义等这些在现代艺术领域中常以极端和激烈著称的绘画流派，鲁迅则是极其厌恶的，如上文所述，鲁迅对于19世纪以来的欧洲各个新派画的批评意见，具体所指正是它们。

综上所论，就总体而言，鲁迅对于表现主义美术仍然是极其欣赏的。这种欣赏甚至可以用透入骨髓来加以形容。既然鲁迅理解和接受表现主义美术如此广泛而且深入，那么表现主义美术也必然会对鲁迅发生影响。其最大最深的影响自然是对于鲁迅作品的影响。而这则需要另文专论了。

第四辑

争鸣

第八章　鲁迅研究中的引文注释问题

——说说《“他者伦理”、“身体思维”和“三个鲁迅”——论〈示众〉》中的“硬伤”

鲁迅研究中的引文注释，本来不应当成为一个问题，但近年来却日益成为一个不容忽视的问题。最近读到一篇文章：《“他者伦理”、“身体思维”和“三个鲁迅”——论〈示众〉》①，偶然发现该文在引文注释方面存在着诸多严重失误，堪称“硬伤”累累。笔者在深感震惊之余，觉得很有必要将之公诸学界。自忖并非故意与作者为难，倘能于学风有利，更是绝大的好事。下文即是对其引文注释中的失误所作的一个系统整理：

一、所引鲁迅文章及其注释的失误。研究鲁迅，当然要引用鲁迅的文章。既然引用，当然就要遵从鲁迅原著，这本是一个非常简单的道理。然而，实际情况却并非如此。该文在此方面的失误主要有：

1. 第 1 个注释，原文引文为：“拿‘残酷’做娱乐，拿‘他人的苦’做赏玩，做慰安，自己的本领只是‘幸免’”。作者注释为：鲁迅：《暴民的政治》，《鲁迅全集》（第 1 卷），第 369 页，人民文学出版社 1981 年版（下同）。

---

① 周保欣：《“他者伦理”、“身体思维”和“三个鲁迅”——论〈示众〉》，《文学评论》2014 年第 3 期。

经查，原文引文有误，“做慰安”之后的标点应为“。”，而不应为“，”。注释明显错了。这段引文出处应为《暴君的臣民》，而非《暴民的政治》，后者明显系作者杜撰。注释页码也错了，经查应为《鲁迅全集》第 1 卷第 366 页，而非第 369 页。为准确起见，亦应注明这段话所在文章的所在集子：《热风》。这个注释即应改为：鲁迅：《热风·随感录六十五　暴君的臣民》，《鲁迅全集》（第 1 卷），第 366 页。

值得注意的是，该文在所有引用鲁迅文章的注释中所标明的引文页码几乎全部错了。为何错得这样离谱，恐怕只有作者自己心里明白。

2. 第 2 个注释，原文引文为：“暴君治下的臣民，大抵比暴君更暴”。作者注释为：鲁迅：《暴民的政治》，《鲁迅全集》（第 1 卷），第 369 页，人民文学出版社 1981 年版。

经查，原文引文无误，但注释错了。出处同上，应为《暴君的臣民》，页码也错了，应为《鲁迅全集》第 1 卷第 366 页。此注释即应改为：鲁迅：《热风·随感录六十五　暴君的臣民》，《鲁迅全集》（第 1 卷），第 366 页。

3. 第 4 个注释，原文引文为：“沙聚之帮，由是转为人国”。作者注释为：鲁迅：《文化偏至论》，《鲁迅全集》（第 1 卷），第 58 页。

经查，原文引文中的“帮”显然错了，应为“邦”。正文中该段引文往下数第 4 行再次提到“沙聚之帮”，其中的“帮”亦是“邦”之误。注释页码错了，经查应为《鲁迅全集》第 1 卷第 56 页。此注释即应改为：鲁迅：《坟·文化偏至论》，《鲁迅全集》（第 1 卷），第 56 页。

4. 第 5 个注释，原文引文为：“道德这事，必须普遍，人人应做，人人能行，又于自他两利，才有存在的价值。”作者注释为：鲁迅：《我之节烈观》，《鲁迅全集》（第 1 卷），第 122 页。

经查，原文引文无误，注释页码错了，应为《鲁迅全集》第 1 卷第119页。此注释即应改为：鲁迅：《坟·我之节烈观》,《鲁迅全集》(第1卷),第119页。

5. 第6个注释,原文引文为："在我们这单有'我',单想'取彼',单要由我喝尽了一切空间时间的酒的思想界上,实没有插足的余地"。作者注释为：鲁迅：《圣武》,《鲁迅全集》(第1卷),第359页。

经查,原文引文无误。注释错了,应为：鲁迅：《热风·随感录五十九"圣武"》,《鲁迅全集》(第1卷),第356页。这里的"圣武"是必须加引号的,因为原文即如此。

6. 第9个注释,原文引文为："自己被人凌虐,但也可以凌虐别人;自己被人吃,但也可以吃别人"。作者注释为：鲁迅：《坟·灯下漫笔》,《鲁迅全集》(第1卷),第220页。

经查,原文引文无误,注释页码错了,应为《鲁迅全集》第1卷第215页。值得注意的是,这里作者特意标明了《灯下漫笔》这篇文章来源于论文集《坟》,这是很好的。凡是征引鲁迅原文,皆应注明其所在的集子,这已经成为鲁迅研究中的一个通例。

7. 第11个注释,原文引文为："现在的文艺,就在写我们自己的社会,连我们自己也写进去;在小说里可以发见社会,也可以发见我们自己;以前的文艺,如隔岸观火,没有什么切身关系"。作者注释为：鲁迅：《文艺与政治的歧途》,《鲁迅全集》(第7卷),第114页。

经查,原文引文无误,注释页码错了,应为《鲁迅全集》第7卷第118页。此注释即应改为：鲁迅：《集外集·文艺与政治的歧途》,《鲁迅全集》(第7卷),第118页。

8. 第13个注释,原文引文为："凡是愚弱的国民,即使体格如何健全,如何茁壮,也只能做毫无意义的示众的材料和看客,病死多少是不必以为不幸的。"作者注释为：鲁迅：《〈呐喊〉自序》,《鲁迅全集》(第 1 卷),第 417、418 页。

经查,原文引文无误。注释有误,应为:鲁迅:《呐喊·自序》,《鲁迅全集》(第 1 卷),第 417 页。

9. 第 14 个注释,原文引文为:“对于中国一部分人们的相貌,我也逐渐感到一种不满,就是他们每看见不常见的事件或华丽的女人,听到有些醉心的说话的时候,下巴总要慢慢挂下,将嘴张了开来。这实在不大雅观;仿佛精神上缺少着一件神秘机件。”作者注释为:鲁迅:《略论中国人的脸》,《鲁迅全集》(第 3 卷),第 417 页。

经查,原文引文有误,主要错在最后一段话:“仿佛精神上缺少着一件神秘机件”,应为“仿佛精神上缺少着一样什么机件”。注释页码亦有误,应为《鲁迅全集》第 3 卷第 413 页。此注释即应改为:鲁迅:《而已集·略论中国人的脸》,《鲁迅全集》(第 3 卷),第 413 页。

10. 第 15 个注释,原文引文为:“发国人之内曜,人各有己,不随风波,而中国亦以立”。作者注释为:鲁迅:《破恶声论》,《鲁迅全集》(第 8 卷),第 24 页。

经查,原文引文无误,注释页码错了,应为《鲁迅全集》第 8 卷第 25 页。此注释即应改为:鲁迅:《集外集拾遗补编·破恶声论》,《鲁迅全集》(第 8 卷),第 25 页。

11. 第 16 个注释,原文引文为:“你们可以改了,从真心改起!要晓得将来容不得吃人的人,活在世上。”“你们要不改,自己也会吃尽。即使生得多,也会给真的人除灭了。”作者注释为:鲁迅:《狂人日记》,《鲁迅全集》(第 1 卷),第 431 页。

经查,原文引文有误,“也会给真的人除灭了”之后的“。”应去掉。注释页码错了,应为《鲁迅全集》第 1 卷第 430—431 页。此注释即应改为:鲁迅:《呐喊·狂人日记》,《鲁迅全集》(第 1 卷),第

430—431 页。

12. 第 18 个注释，原文引文为："明哲之士，反省于内面者深"。作者注释为：鲁迅：《文化偏至论》，《鲁迅全集》（第 1 卷），第 56 页。

经查，原文引文无误，注释页码错了，应为《鲁迅全集》第 1 卷第 54 页。此注释即应改为：鲁迅：《坟·文化偏至论》，《鲁迅全集》（第 1 卷），第 54 页。

13. 第 19 个注释，原文引文为："首在审己，亦必知人，比较既周，爰生自觉"。作者注释为：鲁迅：《摩罗诗力说》，《鲁迅全集》（第 1 卷），第 67 页。

经查，原文引文无误，注释页码错了，应为《鲁迅全集》第 1 卷第 65 页。此注释即应改为：鲁迅：《坟·摩罗诗力说》，《鲁迅全集》（第 1 卷），第 65 页。

14. 第 20 个注释，原文引文为："所以此后最要紧的是改革国民性，否则，无论是专制，是共和，是什么什么，招牌虽换，货色照旧，全不行的。"作者注释为：鲁迅：《两地书·八》，《鲁迅全集》第 11 卷，第 27 页。

经查，原文引文无误，注释页码错了，应为《鲁迅全集》第 11 卷第 31 页。此注释即应改为：鲁迅：《两地书·八》，《鲁迅全集》（第 11 卷），第 31 页。值得注意的是，该注标出了《两地书》中某封书信的具体封数，这是很好的。这在很大程度上方便了读者的查询。依此惯例，第 25 个和第 26 个注释，因与《两地书》相关，亦应标出其相应封数。

15. 第 23 个注释，原文引文为："我有四年多，曾经常常，——几乎是每天，出入于质铺和药店里，年纪可是忘却了，总之是药店的柜台正和我一样高，质铺的是比我高一倍，我从一倍高的柜台外送上衣服或首饰去，在侮蔑里接了钱，再到一样高的柜台上给我久病的父亲去买药。有谁从小康人家而坠入困顿的么，我以为在这途路中，大概可以看见世人的真面目。”作者注释为：鲁迅：《〈呐喊〉自序》，《鲁迅全集》（第1卷），第416页。

经查，原文引文有误，应在“再到一样高的柜台上给我久病的父亲去买药。”和“有谁从小康人家而坠入困顿的么”这两段话中间加上“……”。因为在这两段话中间还有一大段文字，虽然作者未曾引用，但为尊重原作起见，加上省略号还是很有必要的，否则会让不熟悉鲁迅原文的人误以为鲁迅原文即如此。注释亦有误，应为：鲁迅：《呐喊·自序》，《鲁迅全集》（第1卷），第415页。

16. 第24个注释，原文引文为：“人类是欢喜看看戏的，文学家自己来做戏给人家看，或是绑出去砍头，或是在最近墙脚下枪毙，都可以热闹一下子。且如上海巡捕用棒打人，大家围着去看，他们自己虽然不愿意挨打，但看见人家挨打，倒觉得颇有趣的。文学家便是用自己的皮肉在挨打的啦！”作者注释为：鲁迅：《文艺与政治的歧途》，《鲁迅全集》（第7卷），第115页。

经查，原文引文无误，注释页码错了，应为《鲁迅全集》第7卷第119—120页。此注释即应改为：鲁迅：《集外集·文艺与政治的歧途》，《鲁迅全集》（第7卷），第119—120页。

17. 第25个注释，原文引文为：“其实，我的意见原也一时不容易了然，因为其中本包含有许多矛盾，教我自己说，或者是人道主义与个人主义这两种思想的消长起伏罢。所以我忽而爱人，忽而憎人。”作者注释为：鲁迅：《两地书》，《鲁迅全集》（第11卷），第77页。

经查，原文引文有误，“因为其中本包含有许多矛盾”，应为“因为其中本含有许多矛盾”，中间没有“包”字。再者，应将“忽而憎人”后的“。”去掉。注释有误，应为：鲁迅：《两地书·二四》，《鲁迅全集》（第11卷），第79页。

18. 第26个注释,原文引文为:“我愤激的话多,有时几乎说:‘宁我负人,毋人负我’”,“然而自己也往往觉得太过,实行上或者且正与所说的相反”。作者注释为:鲁迅:《两地书》,《鲁迅全集》(第11卷),第196页。

经查,原文引文有误,应为:“我愤激的话多,有时几乎说:‘宁我负人,毋人负我。’然而自己也往往觉得太过,实行上或者且正与所说的相反。”这本是一段完整的话,不必将之强行分开。注释亦有误,应为:鲁迅:《两地书·七三》,《鲁迅全集》(第11卷),第198页。

19. 第27个注释,原文引文为:“让他们怨恨去,我也一个都不宽恕!”作者注释为:鲁迅:《死》,《鲁迅全集》(第6卷),第619页。

经查,原文引文有误,最后一个标点符号“!”应为“。”。注释亦有误,应为:鲁迅:《且介亭杂文末编·死》,《鲁迅全集》(第6卷),第612页。

20. 第28个注释,原文引文为:“别人允许给你的事物,不要当真的”。“损着别人的牙眼却反对报复,主张宽容的人,万无和他接近。”作者注释为:鲁迅:《死》,《鲁迅全集》(第6卷),第619页。

经查,原文引文有误,应为:“别人应许给你的事物,不可当真。”“损着别人的牙眼,却反对报复,主张宽容的人,万勿和他接近。”注释亦有误,应为:鲁迅:《且介亭杂文末编·死》,《鲁迅全集》(第6卷),第612页。

二、所引鲁迅研究资料及其注释的失误。研究鲁迅,还要征引诸多鲁迅研究学人的论著。对于这些论著,自然也要忠实于他们的著作,这也是自不待言的。该文在这方面的失误主要有:

1. 第7个注释,原文引文为:“鲁迅的文学运动的目的,就是恢复中国民族的‘爱和诚’,就是恢复民族的伦理性”;“革命在鲁迅那里，并不仅仅是从满族手中夺取政治权力，而是把中国民族从奴隶状态中解放出来，恢复‘爱和诚’的手段”。作者注释为：伊藤虎丸：《鲁迅与日本人——亚洲的近代与“个”的思想》，第 85 页，河北教育出版社 2000 年版。

经查，原文引文有误，应为：“鲁迅的文学运动，其目的就是以恢复这里所说的‘爱和诚’，就是恢复民族的伦理性”；“革命在鲁迅那里，并不仅仅是从满族手中夺取政治权力，而是把中国民族从奴隶状态下解放出来，恢复‘爱和诚’的手段”。注释则应当将译者李冬木先生加上去。

2. 第 10 个注释，系间接引用，作者注释为：中国社会科学院文学研究所鲁迅研究室编：《1913—1983 鲁迅研究学术论著资料汇编》第 1 编，第 962 页，中国文联出版公司 1987 年版。

经查，原文引文无误。但注释不全，应将原作者注出来。所引《1913—1983 鲁迅研究学术论著资料汇编》应是第 1 卷，不能称为第 1 编。此注即应改为：徐永泊：《鲁迅的〈示众〉》，原载 1934 年 5 月 2 日《晨报》（上海），现载中国社会科学院文学研究所鲁迅研究室编：《1913—1983 鲁迅研究学术论著资料汇编》第 1 卷，第 962 页，中国文联出版公司 1987 年版。

3. 第 21 个注释，原文引文为：“我们可以把《呐喊》、《彷徨》与《故事新编》中的许多小说都看作是《示众》的生发与展开”。作者注释为：钱理群：《走进当代的鲁迅》，第 5 页，北京大学出版社 1999 年版。

经查，原文引文有误，应在“我们”和“可以”中间加上“甚至”二字。

三、所引其他理论资源或研究资料及其注释的失误。研究鲁迅，当然要具备多方面的知识结构和理论资源。因此，鲁迅研究自然会涉及到诸如政治、经济、哲学、艺术甚至天文、地理等诸方面的论著。对于这些论著，亦应予以充分的尊重。该文在此方面的失误主要有：

1. 第3个注释，原文引文为："夫今日中国之事，其可为太息流涕者，亦多矣。而人心涣散，各顾己私，无护念同种忠君爱国之诚，最可哀痛。"作者注释为：王栻主编：《严复集》，第73页，中华书局1986年版。

经查，原文引文有误，"亦多矣"应为"亦已多矣"，中间少一"已"字。注释不全，应当注为：王栻主编：《严复集》，第一册《诗文（上）》，第73页，中华书局1986年版。这第一册《诗文（上）》是必不可少的，否则读者还是不知道该段文字出自五册《严复集》中的哪一册。

2. 第12个注释，原文引文为："群体中的个人不但在行动上和他本人有着本质的区别，甚至在完全失去独立性之前，他的思想和感情就已经发生了变化，这种变化是如此深刻，它可以让一个守财奴变得挥霍无度，把怀疑论者改造成信徒，把老实人变成罪犯，把懦夫变成豪杰"。作者注释为：[法]古斯塔夫·勒庞：《乌合之众——大众心理研究》，第22、23页，中央编译出版社2000年版。

经查，原文引文有误。"区别"应为"差别"。"发生了变化"之后的标点原文是"，"，但不应是"，"，而应是"。"。查该书另一相同译者版本：广西师范大学出版社2011年6月第2版，第57—58页，该处标点为"。"。书名标点有误，应为：《乌合之众：大众心理研究》。注释不全，应当将译者冯克利先生加上。这不但是对译者的尊重，而且《乌合之众》也确实有着不同的版本。版本不同，翻译自然也就不同。所以，注明译者是很有必要的。值得注意的是，作者在这里特意标明了原著者古斯塔夫·勒庞的国籍：法国，这当然是很有必要的。但这样一来，为统一起见，第7个注释中的著者伊藤虎丸先生亦应注明其国籍：日本。

3. 第22个注释，原文引文为："天下最可厌、可憎、可鄙之人，莫过于旁观者"。作者注释为：梁启超：《呵旁观者》，《新民丛报》1900年2月20日。

经查，原文引文无误，但注释明显有误，篇名错了，出处亦错了，应为：梁启超：《呵旁观者文》，《清议报》第36册1900年2月20日。

四、正文中其他加引号但未曾注释的引用的失误。主要有：

1. 该文所在期刊第56页中，在引用伊藤虎丸的"爱和诚"的说法时，将之改写为"爱与诚"。尽管两者的意思相同，但是既然我们引用的是伊藤虎丸的说法，我们还是应当尊重原作者、原译者的意见，即应当将"爱与诚"一律还原为"爱和诚"。

2. 该文所在期刊第58页中，在引用"无主名无意识的杀人团"时，中间漏掉一个"的"字，这就不准确了。应当将这一"的"字补上，而且最好加上注释，即注为：鲁迅：《坟·我之节烈观》，《鲁迅全集》(第1卷)，第124页。

3. 该文所在期刊第56页中，将"人为刀俎，我为鱼肉"改写为"我为刀俎，他为鱼肉"，以突出人的自利行为，这是对的。但在这里，我认为更好的改法是"我为刀俎，人为鱼肉"，这个改法较之"我为刀俎，他为鱼肉"更加古典化，也文雅得多。

综上所述，该文共有28个注释和引文，出现问题的即有26个，失误率高达92.8%，这还不包括其他3个未曾加注的失误。这就不是一般的不够严谨，而呈现出一种相当粗率的作风和极其不负责任的态度。造成这种情况的最为直接的原因即在于学术态度上的不够认真和严肃，而"不认真"也是鲁迅所经常指摘的中国国民性之一种。由"不认真"所造成的危害其实是相当大的，鲁迅即说："中国有许多事情都只剩下一个空名和假样，就为了不认真的缘故。"[①]我

① 鲁迅：《花边文学·〈如此广州〉读后感》，《鲁迅全集》第5卷，第461页。

相信，作者在撰写这篇论文时，肯定是下了相当大的心力的。然而由于这种极不认真的作风，使得这篇文章所本该具有的严肃性和严谨性，被消解得几乎一无是处。如果再往深处挖掘，造成这种情况的根本原因则是当前日益浮躁化、功利化的学术风气。不知从何时起，整个学界的学术风气开始变得日益浮躁、功利起来。学校为片面追求科研成果、获奖成果数量及层次，课题申报、基地申报数量及层次，而掀起一股股大放学术卫星的浪潮。在这股“学术大跃进”的浪潮中，本该认认真真、老老实实呆在书桌旁、田野间做着清苦学问的知识分子，逐渐放弃了“十年磨一剑”的学术精神，开始曲意奉承起“体制内”的规则与潜规则，越来越信奉“书中自有千钟粟、书中自有黄金屋、书中自有颜如玉”，越来越成为一批又一批“精致的利己主义者”，学术风气由之变得江河日下，以至有今日浮躁化与功利化之害。值得重视的是，类似本文所例举的这种情况并非特例，而是带有一定的普遍性。历览历年来的鲁迅研究，所发现的引文注释错误亦是所在多有。这种错误所带来的直接后果就是读者对于作者的不信任：既然作者连最基本的文献资料都做不到扎实可靠，凭什么让读者相信你的价值判断呢？为了避免这种“空名”和“假样”，这种“浮躁”和“功利”，我们只有从最基本的“认真”做起，重新回到学术的本质，还学界以一个清洁的天空。只有这样，鲁迅研究中的引文注释问题才有望得到根本解决。

第九章　2011—2015 年鲁迅研究中的争鸣

一、鲁迅作品争鸣

一、《狂人日记》中的“吃人”意象来自于日本学者芳贺矢一的《国民性十论》吗？

2012 年，李冬木撰文《明治时代“食人”言说与鲁迅的〈狂人日记〉》[①]提出，作为《狂人日记》中的核心意象，“吃人”是在日本明治时代相关讨论的“知识”背景下被创造出来的，或者说明治时代关于“吃人”的言说为《狂人日记》的创作提供了一个“母题”。具体说来，鲁迅之所以悟到中国人尚是食人民族，并继而创作出《狂人日记》，可能与他所“偶阅”到的日本明治时期芳贺矢一的《国民性十论》这部书大有关系。在芳贺的这部书中，提到了大量关于“支那食人”的记录，其中取自《资治通鉴》的有 3 例。如此一来，在关于《狂人日记》这篇作品的“知识”层面上，我们已经大抵可以领略到“周树人”成长为“鲁迅”的路径，或许还可将之视为“近代”在“鲁迅”这一个体身上发生重构的又一例证。

2013 年，李冬木再次撰文《芳贺矢一〈国民性十论〉与周氏兄

① 李冬木：《明治时代“食人”言说与鲁迅的〈狂人日记〉》，《文学评论》2012 年第 1 期。

弟》[1],继续从知识层面上重新阐发了他的观点,认为《国民性十论》是周作人关于日本文学史、文化史、民俗史乃至国民性的重要入门书之一,他对日本文学研究、论述和翻译多有该书留下的指南痕迹。鲁迅对《国民性十论》的参考,主要体现在由芳贺矢一对日本国民性的阐释而关注中国国民性,尤其对中国历史上"吃人"事实的注意,促成了《狂人日记》"吃人"主题意象的生成。研究此书与周氏兄弟的关系,不仅有助于解读周氏兄弟的知识结构及《狂人日记》的生成机制,亦有助于将近现代文学的研究视野从狭隘的"一国史观"拓展到整个近代跨国界的处在不断流动、转换、生成状态的广阔的"知层"。

李文发表以后,引起诸多争议。2013 年,王彬彬、祁晓明、崔云伟[2]皆发表文章对之提出质疑,其中尤以王彬彬文章的影响为最大。

王文认为,李冬木要完成上述证明,就要同时做两件事:让鲁迅与司马光的《资治通鉴》脱钩和让鲁迅与芳贺矢一的《国民性十论》挂钩。事实上,李冬木所谓《国民性十论》在周作人著作中留下了"指南"的痕迹,也只是一种主观臆断。就算周作人读过并受《国民性十论》的影响,也不意味着鲁迅读过并受其影响。至于鲁迅有没有读过《通鉴》,按照李文的逻辑,还要进一步查考周作人藏书中有无《通鉴》,而这一块李文却没有加以证明。王文同时认为,李冬木所作的研究、考证,其实假定了这样一个前提,即:有关中国历史上人吃人的记载,只存在于两种书中,一种是中国的《通鉴》,一种

① 李冬木:《芳贺矢一〈国民性十论〉与周氏兄弟》,《山东社会科学》2013 年第 7 期。

② 王彬彬:《鲁迅研究中的实证问题——以李冬木论〈狂人日记〉文章为例》,《中国现代文学研究丛刊》2013 年第 4 期。祁晓明:《〈狂人日记〉"吃人"意象生成的知识背景》,《文学评论》2013 年第 4 期。崔云伟、刘增人:《2012 年鲁迅作品研究中的几个亮点》,《泰山学院学报》2013 年第 5 期。

是日本的《国民性十论》；鲁迅只能从其中之一里获得中国人吃人的信息，二者非此即彼。但这样的前提，是绝不成立的。鲁迅关于"吃人"的知识完全来自于本土书籍，与日本的《国民性十论》没有关系。正视鲁迅所受的异域影响是非常必要的，夸大这种影响却是不必要的。同时，更为重要的是，实证的研究方法，固然有不容置疑的合理性。但是，实证也很容易变成"虚证"，一不小心就会陷入谬误。

祁文认为，日本的"食人"言说，肇端于江户前期的原益轩，完成于江户后期的古贺侗庵。由中国历史上的"食人"以阐释中、日文化差异，也是江户各个时期儒学、国学者们的常谈，并为明治时代的学者所继承，构成了日本"食人"言说的知识背景。无论是对《资治通鉴》等文献中"食人"事例的发现，还是将其导入国民性的阐释，都是江户时代"食人"言说的延续和发挥。李冬木关于鲁迅《狂人日记》"吃人"意象是在明治时代"文明开化"背景下创造出来的，芳贺矢一《国民性十论》与之有决定性关联的推论，不能成立。

崔文则从论述逻辑上对李文提出了质疑。他指出，同是鲁迅少提或不提的书，论者一方面断定《通鉴》离鲁迅远，而另一方面却又断定《国民性十论》离鲁迅近。论者的逻辑在这里其实是很难说得通的。

2014年周南①再次发表文章，对于李冬木和王彬彬的文章均进行了细致的辨析。她认为，鲁迅获取吃人信息来源于中国，主要得自古书记载，这根本无需争论。李冬木不厌其烦地罗列明治时代"食人"言说的大量文献、铺陈其背景成因，还原了当年鲁迅置身其中的那个历史现场，为《狂人日记》研究展现了符合其主题思想产生的那个文化场域。李冬木将《狂人日记》研究纳入日本明治时

① 周南：《〈狂人日记〉"吃人"意象生成及相关问题》，《东岳论丛》2014年第8期。

代的“支那食人”言说，以及由此切入国民性研究话语框架，以后者作为《狂人日记》诞生的外国现代思想文化背景，这是“狂人学史”实质性研究推进。在《狂人日记》所包含的三个层面的真实：生活真实、科学真实和象征性真实中，李冬木主要是涉及到了前两个层面的真实，而没有触及象征层面的真实。在象征层面上，鲁迅对于“吃人”意象的发现，已经超出了进化论人类学，进入了对于中国文化的批判。《狂人日记》在象征意义上的这一鲁迅思想，日本的人类学和国民性研究都没法提供可资借鉴与模仿的东西。因而，李冬木的结论：《狂人日记》从主题到形式皆诞生于借鉴与模仿，引起鲁研界的争论，也就自在情理之中了。

二、阿Q生命中的“六个瞬间”是阿Q革命“觉醒”的契机，还是阿Q精神胜利法之所以能够成为胜利法则的事实依据？

2011年，汪晖发表《阿Q生命中的六个瞬间》①（以下简称《瞬间》），试图对《阿Q正传》做出新的阅读。文章认为：1. 在阿Q的生命中，存在着六个卑微的瞬间，分别是：“失败的苦痛”与“无可适从”；性与饥饿；“无聊”；死。鲁迅对阿Q生命中的这些隐秘瞬间的描写，是对“精神胜利法”失效的可能性的发掘；他对本能、直觉的观察，也是对于超越外界注视的目光是否能够产生新的意识的探索。失败感、无所适从、无聊、恐惧和自我的片刻丧失，在这里也都可以帮助我们理解阿Q是否会成为革命党这一问题。鲁迅对于革命的描述，革命和不准革命，造反的本能与只要有革命就会有阿Q这样的革命党的暗示，都在这样的细节和叙述里找到了根据。《阿Q正传》中的六个瞬间，也是阿Q“觉醒”的契机。在理解了这些瞬间之后，我们重读小说的小序，以及作者关于阿Q不能入传的四个

① 汪晖：《阿Q生命中的六个瞬间——纪念作为开端的辛亥革命》，《现代中文学刊》2011年第3期。

理由,对于这篇小说就会产生新的理解。这是一个开放的经典,与其说《阿Q正传》创造了一个精神胜利法的典型,不如说提示了突破精神胜利法的契机。这些契机正是无数中国人最终会参与到革命中来的预言,正是这些卑微的瞬间,将作为一个活生生的人的阿Q镌刻在空洞的深处,就像寄居于我们身体中的"鬼"一样,难以驱除。2. 在《阿Q正传》中,鲁迅试图抓住阿Q生命中的六个瞬间,通过对精神胜利法的诊断和展示,激发人们"向下超越"——即向着他们的直觉和本能所展示的现实关系超越、向着非历史的领域超越。革命不可能停留在直觉和本能的范畴里,但直觉和本能不但透露了真实的需求和真实的关系,而且也直白地表达了改变这一关系的愿望。因此,不是向上超越,即摆脱本能、直觉,进入历史的谱系,而是向下超越,潜入鬼的世界,深化和穿越本能和直觉,获得对于被历史谱系所压抑的谱系的把握,进而展现世界的总体性。在"久没有所谓中华民国"的世界里,如果说《阿Q正传》是对作为开端的辛亥革命的一个探索,那么,这个开端也就存在于向下超越的可能性和必要性之中——这是生命的完成,也是一个完全不同的世界观的诞生。在这个意义上,《阿Q正传》是中国革命开端时代的寓言。

《瞬间》发表以后,谭桂林[①]随即与之展开商榷,认为《瞬间》无论是在对阿Q的"革命性"的评价上,还是在对《阿Q正传》这一经典文本的解读上,都存在着一些令人疑惑的问题。从鲁迅研究史的角度看,《瞬间》对阿Q"革命性"的内容与意义的发掘,其深广程度并没有超越当年陈涌的论述,《瞬间》的意义在于它从欲望、本能这种个体的深层心理因素探讨和分析了阿Q"革命性"的内在逻

---

① 谭桂林:《如何评价"阿Q式的革命"并与汪晖先生商榷》,《鲁迅研究月刊》2011年第10期。

辑。在《阿Q正传》中，阿Q的欲望、本能与直觉始终是与他的精神胜利法联系在一起的，是精神胜利法之所以能够成为胜利法则的事实依据。鲁迅的目的在于通过这些欲望、本能和直觉的精神化解，突出国民灵魂中的精神胜利法的无所不能。鲁迅对于阿Q的欲望、本能和直觉体现出的所谓“革命性”始终保持的是一种清醒而深刻的批判精神。针对汪晖“向下超越”的观点，谭桂林认为，这个论断本身即已包含着无法圆成的矛盾性，这个“完全不同的世界观的诞生”只是汪晖自己的哲学沉思的结果，而与鲁迅无关，不应该以“鲁迅试图”的表达方式，嫁接到鲁迅的头上。在谭桂林看来，鲁迅笔下的革命主要有两种：一是民族国家现实生存中实际发生了的革命事件，一是鲁迅心目中对于革命的一个纯粹理想形式。鲁迅心目中的辛亥革命应是一场“人性革命”，而非如汪晖所言的“道德革命”。“人性革命”是一个永远的、不断的革命过程，它不会也不可能通过某种具体的政治秩序和社会制度的变革就能毕其功于一役，因而鲁迅的“人性革命”理念乃是一种纯粹的革命理念，不是任何现实的具体的革命事件可以取代和圆成的。最后，针对新左翼文学思潮对于鲁迅资源的利用问题，谭桂林指出：往往对鲁迅的思想材料越是熟悉，对鲁迅的理解越是深刻，对鲁迅的情感与人格的联系越是真挚丰富，而努力将鲁迅的思想纳入到自己的思维轨迹中时，这种鲁迅资源的利用也就距离鲁迅越远，对于复杂而丰满的鲁迅思想的简约与遮蔽也就越加显著。这显然是针对《瞬间》而言的。

三、鲁迅在《青年必读书》中的言论过于激烈吗？

鲁迅的《青年必读书》刚在《京报副刊》发表之时，即招来激烈的反对。这种反对至今未息，其理由大致可以分成两类：不客气的斥之为“卖国”，客气的斥之为“贬低中国文化”。2013年，王富仁[①]

① 王富仁：《语言的艺术——鲁迅〈青年必读书〉赏析》，《文艺争鸣》2013年第7期。

撰文认为,只要我们认为当今青年读书的意义是为了更多地了解人生,丰富自己的人生经验和人生知识,提高自己人生的自觉性,从而改善自己的人生,只要我们承认当今青年所面对的是"社会人生",是"实人生",那么,我们就不难理解为什么鲁迅说"我看中国书时,总觉得就沉静下去,与实人生离开"。只要我们不是从"面子"上着眼,不是在任何情况下都只能说中国的"好话",只能说外国的"坏话",而是真正从关心当时知识青年成长和发展的角度,那么,我们对于鲁迅所说"读外国书……就与人生接触""想做点事"也是不难理解的。既然鲁迅认为青年读书的意义主要在于丰富自己的人生知识和经验,主要在于能够接触人生,想做事、会做事;既然鲁迅认为读中国书"就沉静下去",不想做事,也不会做事;既然鲁迅认为读外国书"就与人生接触"、"想做点事",那么,鲁迅认为中国青年"要少——或者竟不——看中国书,多看外国书",不也就是顺理成章的吗?《青年必读书》虽然短小,但却不只是,甚至也主要不是一个判断,一个结论,不是仅仅告诉我们要"少看或不看中国书""多看外国书",而是一个具有自己的所指和能指的全部内容的"结构"。它是动态的,不是静态的,因而也是有自己的动能的,是在当今中国青年成长和发展需要的基础上通过这种需要得出的一个具体结论。《青年必读书》就其自身形态而言,本身就呈现出与"文化爱国主义"相对峙、对立的状态,就是对于文化爱国主义以"中国书"、"中国文化"为本位的文化观进行的一次公开的挑战。《青年必读书》不但充分呈现了鲁迅的"自己的经验",同时也暗示着一个自己的论敌;不但表现了一种以"人"为本位的文化观,同时也隐含了它的对立面——文化爱国主义的文化观。二者通过对立相得益彰、通过辩驳相互发明,从而大大拓展了《青年必读书》的思想内涵。时世不论发生怎样的变化,外国文化和中国文化的关系无论发生怎样的变化,但《青年必读书》所昭示给我们的这样一个理念则是不变的：青年应该看哪些书？“要少——或者竟不——看”那些让你“觉得就沉静下去，与实人生离开”的书，“多看”让你“就与人生接触，想做点事”的书。

四、学界关于《上海文艺之一瞥》的时间、地点、版本等的“共识”对吗？

《上海文艺之一瞥》是鲁迅的一次重要演讲。80多年过去了，学界甚至连这次演讲的时间、地点、版本等最基本的问题都没有搞清楚。2014年，魏建、周文[①]认为，关于学界所形成的一则共识，即：“二心集版”是鲁迅在“文艺新闻版”的基础上“略加修改”而成的版本的说法，其实是不正确的。这两个版本的差别在于“作者”的不同。关于学界所形成的另一则共识，即：“二心集版”的演讲时间“八月十二日”是鲁迅记错了的说法，其实也是站不住脚的。因为谁也不能排除鲁迅在8月12日以同样的话题又做了一次演讲。7月20日和8月12日这两个演讲时间的存在，本来就包含着鲁迅以同一题目分别做了两次演讲的可能。再从演讲的不同地点即“暑期学校”和“社会科学研究会”的相关资料来看，两次演讲的可能性就更大了。《上海文艺之一瞥》除了上述两个版本之外，还有一个“日文版”，即郭沫若在日本所看到的版本。郭又将之节译为中文，可称之为“郭译日文版”。通过细致比对这三个版本，论者发现，鲁迅对《上海文艺之一瞥》的修改距离演讲并未相隔很长的时间，因此，断言鲁迅误记演讲日期甚或地点，从人的记忆机制的角度来说要冒很大的风险。同时，从“郭译日文版”与“二心集版”的差别亦可以看出，鲁迅修改后的定稿不是对其演讲内容的精准再现，从某种程度上说，应是更深一层的再创作。论者继而对“文艺

① 魏建、周文：《〈上海文艺之一瞥〉的谜团及其国外版本》，《鲁迅研究月刊》2014年第7期。

新闻版”等演讲笔录稿进行了正名，指出从还原演讲历史现场、体验鲁迅演讲原味的角度来说，“文艺新闻版”要优于“二心集版”。并认为，对鲁迅演讲的研究应充分利用那些最初发表的他人之记录稿，而不能唯鲁迅修订稿是从，只有这样我们才能走近真实而丰富的历史现场。

五、鲁迅杂文妨碍了人们的“言论自由”吗？

1993 年，李欧梵在其《“批评空间”的开创》[①]中，提出这样一个命题：鲁迅的杂文集《伪自由书》“是否为‘公共空间’争得自由”？“他的作品是否有助于公共空间的开拓”？反过来说，他的作品是否妨碍了言论自由？并作出这样的解答：鲁迅在公共空间的开拓方面并没有作出太大的贡献。鲁迅的杂文显得有些“小气”。鲁迅并不珍惜也不注意报纸本身的社会文化功用和价值，而且对于言论自由这个问题，他认为根本不存在。鲁迅的问题在于他为了怕送掉性命而没有“说开去”。李欧梵还责怪鲁迅杂文表现出一种“两极化的心态”，认为正是这种心态逐渐导致了鲁迅政治上的偏激化，从而不能容许“公共空间”的存在。

对此，2014 年袁良骏发表文章[②]予以猛烈抨击。他首先从 20 世纪 30 年代黑暗龌龊的中国现实谈起，指出在这样的“白色恐怖”下，谈何“自由”，又谈何拓展“公共空间”。即使像鲁迅这样的著名作家，也根本没有什么言论自由。李欧梵不向蒋介石要“公共空间”、“自由天地”，却向鲁迅大要特要，似乎中国当时没有“自由天地”、“公共空间”，都是鲁迅之罪。这样的逻辑不能成立。即使就事论事，李欧梵的言论也根本无法成立。没有“自由、平等、博爱”，

① 李欧梵：《“批评空间”的开创——从〈申报·自由谈〉谈起》，《二十一世纪》（香港），1993 年第 10 期。又见王晓明主编：《批评空间的开创》，上海东方出版中心 1998 年版。

② 袁良骏：《驳世纪之交否定鲁迅的几个论点》，《辽宁大学学报》2014 年第 6 期。

奢谈什么“公共空间”？广大中国劳苦大众呻吟在死亡线上，有什么“公共空间”？显而易见，在言论不能自由、动辄得咎的环境中，什么“公共空间”之类的高调是唱不起来的。至于责怪鲁迅有什么“两极分化的心态”，也根本不能成立。莫非蒋介石们的乱杀乱捕不是“两极分化的心态”，倒是反对他们乱捕乱杀的鲁迅却成了什么“两极分化的心态”吗？

六、在《鲁迅〈故乡〉阅读史》中，关于《故乡》与“现代中国的文学空间”和“国民国家想象”之间的联系紧密吗？

藤井省三《鲁迅〈故乡〉阅读史》在中国出版以来，学界对之好评如潮。2014 年，张全之[①]一反众议，认为该书有着十分重要的缺憾，概括起来即：局部分析十分精彩，但整体构架存在瑕疵。他认为，无论是探求“现代中国的文学空间”，还是考察中国文学中的“民族国家想象”，《故乡》都不是一个好的案例。为什么是《故乡》的阅读史，而不是其他作品？《故乡》的特殊性表现在哪里？《故乡》被重构、被改写，与其他作品有什么不同？这些疑问在该书中始终没有得到解决，这就暴露出该书在构思和写作中的巨大漏洞。藤井试图通过《故乡》这一个案的考察，寻找现代中国文学空间的演化轨迹及其对读者阅读产生的引导或制约作用。但是，相对于“现代中国的文学空间”这一庞大的概念而言，《故乡》这一文本的支撑力显然是不够的。该书借用安德森《想象的共同体》的理论框架，形成了一个“两面”支撑“一点”的论述结构。所谓“两面”就是《故乡》阅读史的两个部分：专业文人对《故乡》的阅读和中学语文教学对《故乡》的阅读，“一点”就是“国民国家想象”。但是这一结构看似严谨，实际处于分离状态。“两面”无法支撑“一点”，结果就使“国民国家想象”这一核心点处于悬置状态。

① 张全之：《对〈鲁迅〈故乡〉阅读史〉的阅读与思考》，《粤海风》2014 年第 4 期。

七、《藤野先生》是回忆性散文还是小说？

《藤野先生》是回忆性散文还是小说，早在2006年就是一个论争的热点。日本学者大村泉和中国学者王吉鹏、黄乔生皆发表了极为精彩的观点①。2011年，潘世圣②再度发表文章，认为围绕鲁迅"弃医从文"的自身叙述，中日两国学界的"阅读"和"阐释"呈现出不同的形态。竹内好提出"弃医从文"叙述中存在"传说化"倾向，具有某些"虚构"要素；这一思考路向延伸到其国语教科书，是将收录的《藤野先生》定位为"小说"。其间既有学术研究的"证真"、"证伪"问题，更有文化传统、文学意识和思考路向的制约，比如日本独特的"私小说"观念。总之，中日研究者围绕《藤野先生》的分歧，除了事实认定以外，背后还潜藏着中日两国在文学文化观念以及思维逻辑上的差异。而且，日本学界自竹内好以来的意见和实践对中国的"鲁迅叙述"和"鲁迅阐释"也是具有良性刺激和启发意义的。

二、鲁迅思想争鸣

一、鲁迅与孔子之间只有差异性，没有通连性吗？

2010年王得后出版专著《鲁迅与孔子》③，着重指出了鲁迅与孔子的重大不同和根本差异。他认为，孔子的伟大，在掌握着人际关系中君臣、父子、夫妇这三个根本关系，在人际关系中定位人的社会地位，规范人的社会生活。孔子的这三种关系，是封闭性的、家长制的、服从性的，抹杀个性、扭曲人性的，甚至于达到"君要臣

---

① 具体参见崔云伟、刘增人：《2006年鲁迅研究综述》，《鲁迅研究月刊》2007年第9期。又见，崔云伟、刘增人：《2001—2010：鲁迅研究述评》，中国社会科学出版社2014年版，第173—175页。

② 潘世圣：《事实·虚构·叙述——〈藤野先生〉阅读与日本的文化观念》，《华东师范大学学报》2011年第1期。

③ 王得后：《鲁迅与孔子》，人民文学出版社2010年版。

死不得不死，父要子亡不得不亡”，男的随意三妻四妾，休妻，而女性只能“从一而终”，守寡，乃至殉夫的地步。而鲁迅的伟大在“立人”，为“立人”掌握着人一要生存并不是苟活，二要温饱并不是奢侈，三要发展并不是放纵；在以人的每个个体的生存为本位，然后在人际关系中定位人的社会地位、社会生活，发展个性。而且，生存、温饱和发展，是开放性的，有最广阔的自主性的选择空间，独立的、平等的，最切合人性与人情；“不是苟活”，“不是奢侈”，“不是放纵”，在更高的层次追求“幸福的度日，合理的做人”，追求“理想的人性”。

对于鲁迅与孔子的这种差异性研究，2014 年冯光廉发表文章①，首先予以高度的赞赏和充分的肯定，认为若忽视或低估这一点，不仅难以对鲁迅与孔子作出公正的评价，而且还会产生不良的影响。但同时，冯光廉亦认为，从学术探讨的全面性完整性辩证性考虑，我们还应该研究他们之间的另一面，即通连性的一面。对此，冯光廉指出，孔子的仁爱思想与鲁迅的人道精神是相通的，他们都积极入世，并且都特别重视人的道德品格修养。我们应摆脱鲁迅与孔子一去一来二元对立思维的束缚，正确面对鲁迅与孔子我们都需要的重大命题。我们应该积极吸收孔子调节各种社会关系、制衡社会结构、稳定社会秩序的思维模式中的合理成分，并将其与鲁迅的不断革新、不断创造、不断发展的精神特质有机结合起来，在稳定中求发展求创新，在发展中求稳定求有序，将稳定性秩序性和发展性改革性有机地统一起来，使我们的社会既稳定和谐有序，又充满生机活力。我们研究鲁迅与孔子思想的异同，其根本目的在于综合创新，建设有中国特色的新文化。就总体而言，我们在进行文化综合创新时，应以鲁迅等所倡导的中国现代文化精神

① 冯光廉：《鲁迅与孔子研究的另一面》，《鲁迅研究月刊》2014 年第 8 期。

为思想核心和发展方向，建设以广大民众为主体的独立平等、自由民主、公平正义的现代社会，培养全面发展的现代人格。在这种总的精神方向的指引下，积极吸收孔子学说的诸多有益部分。论者自言，目前学术界对于鲁迅与孔子思想的通连性研究还较薄弱，就此发表见解，实际上是对鲁迅与孔子命题的一种补充。因为只有将异与同、对立性与统一性有机地结合起来进行研究，才能逐步通向对鲁迅与孔子的全面把握和完整认识。

二、21 世纪，我们还需要鲁迅吗？

新世纪以来，鲁迅过时论时有发生。更有论者叫嚣：21 世纪是孔子的世纪，是儒家的世纪，鲁迅不但应当从中学语文教材中滚出，更应从中国社会、中国文化、中国人的精神中清除掉。其实，鲁迅在他自己的文章中，亦非常强烈地希望他以及他所创造的文字，在无情的历史进化中共同消失。可是，在今天，他的文字以及在他的文字中所蕴藏着的无限丰富的思想，却仍然没有从现代中国人的心中疏离乃至远去。鲁迅和他的思想仍在世人的争议里，活在人们的精神世界中。2013 年，钱理群、汪卫东、张福贵分别发表文章再次肯定了鲁迅对于当代中国的价值与意义。

钱理群[①]认为，鲁迅在整个中国的思想文化体系当中，是处在边缘位置，他始终是少数也是异数。鲁迅是中国思想中现代文化的一个建构者，同时又是解构者。这在中国思想界是非常之少的。鲁迅在今天的意义可以概括为三个“拒绝收编”：拒绝被体制收编，拒绝被一切文化体系收编，也不想收编他人。鲁迅在今天的中国，是特别稀少的。当一个人倒霉的时候，一个人处在绝境的时候，就是接近鲁迅的最佳时期。鲁迅始终关注人的精神问题，这在当下中国还具有特别重要的意义，因为现在这个社会批判能力基本没

---

① 钱理群：《我们今天为什么需要鲁迅》，《社会科学论坛》2013 年第 4 期。

有了。我们不仅不能把鲁迅、胡适对立起来,也不能把鲁迅和孔子对立起来。鲁迅当然也有他的根本弱点。鲁迅的局限,可能就是中国文化的局限。如果他有毛病或不足的话,可能是中国文化本身的问题。所以,如果我们真要对鲁迅进行批判,就很有可能要涉及到对整个中国文化的重新反省,这是一个更加艰巨的任务。

汪卫东①则指出,作为20世纪中国知识分子,鲁迅生存于艰难现代转型的20世纪中国,他面临的时代共同问题是救亡图存和现代转型,面对这一时代共同难题,其所关注的,是现代转型的精神基础问题,故提出"首在立人"、"尊个性而张精神",并试图通过引进崭新的文艺,为现代精神的形成提供深度资源。20世纪,并没有随着21世纪的到来而结束,中国仍然处在近代以来艰难的现代转型之中,鲁迅曾经面对的共同时代问题,仍然是我们的问题,而且,随着中国现代转型的进一步深入,其所揭示的现代转型的精神基础问题,越来越成为关键。在这一现代转型中,以批判国民性为核心的鲁迅思想与文学,仍然是我们有待进一步发掘的现代精神资源。

2010年阎真撰文②认为,鲁迅主要的价值表达并不具有超历史的普适性意义,其有效性不能够脱离具体历史条件而绝对化。鲁迅当年对中国传统文化的决绝性否定,尽管有着最充分的历史合理性,但在总体格局上,这种否定已不再适应今日中国的历史要求。至于国民性,由于鲁迅给予其太多的负面影响和评价,在今天已经不能够再从宏观上准确描述中国人的精神面貌。鲁迅的文化姿态尽管有着最充分的历史合理性,但与今日中国的历史要求即生存利益之间,已经产生了深刻的裂痕,或者说历史性的价值错

① 汪卫东:《21世纪,还需要鲁迅吗?》,《北京科技大学学报》2013年第4期。
② 阎真:《鲁迅:不同历史现场的价值错位》,《天津社会科学》2010年第3期。

位，不再能够与当下现实有效接轨，并进行有效描述，因此在相当大的程度上失去了历史的依据。

对此，张福贵撰文[①]指出，这里有两个问题需要进一步辨析。第一，人类思想并不总是以推陈出新来获得发展的，只要思想与环境相适应，不管这一思想的渊源和历史有多么长久，都仍然具有实际价值。扬弃是创新，延续也具有新的意义，否则就不会有恒久弥新和古为今用之说。第二，鲁迅对于中国传统文化的否定和对国民性的反思批判，与当下中国的现实要求是否已经错位并失去了历史的依据？对于这一问题的不同回答实质上是对社会文化态势的不同研判。此外，以鲁迅等为代表的五四新文化运动的先驱者与其说是反传统，毋宁说是以现代价值为指归来改造传统。在从传统到现代的这一现代性进程中，必然伴随着对传统资源的批判、筛选与扬弃。正是着眼于现代性必然带来的“历史的中断”，所以五四是成功的文化断裂。五四一代已出色地完成了时代交给他们的任务，后人需要做的就是要从五四再出发，往前走，完成五四未竟的现代性进程。而且，五四新文化应该并且已经成为中华文化大传统中不可或缺的重要组成部分。

三、鲁迅对自己的民族“刨根论劣”是中华民族的不幸吗？

2014 年王宏甲撰文《在圣彼得堡怀想阅读》[②]，其中有句道：“在我看来，俄罗斯人毕竟没有对自己民族刨根论劣，这是值得庆幸的。”李春林在读过该文之后，觉得此处隐含着这样的潜台词：鲁迅一生从事的重要工作之一就是批判国民性，即所谓“刨根论劣”，这是中华民族的不幸。事实真是这样的吗？俄罗斯人没有对自己的民族刨根论劣吗？鲁迅对自己的民族刨根论劣是中华民族的不

① 张福贵：《鲁迅研究的三种范式与当下的价值选择》，《中国社会科学》2013 年第 11 期。

② 王宏甲：《在圣彼得堡怀想阅读》，《文艺报》2014 年 6 月 13 日。

幸吗？

为了解决这个问题，李春林特意比较了中俄两位大师鲁迅与索洛古勃[①]，发现鲁迅与索洛古勃都是敢于对自己民族“刨根论劣”的伟大作家，他们塑造了反映本民族劣根性的典型性格：阿Q与彼列多诺夫。两者有许多共性：明显的精神胜利倾向；愚昧无知，信守正统；强烈的自愿为奴意识；毫无特操；卑怯；盲目地崇尚暴力。两者的差异也表现在诸多方面，主要是一为“卑怯的‘末人’”，一为“卑劣的小鬼”。同时，鲁迅的“狂人”与彼列多诺夫也有明显的可比性：都是被迫害狂，但彼列多诺夫同时又是迫害狂。“吃人”与“告密”是《狂人日记》与《卑劣的小鬼》两部作品的关键词，也是两个对应的意象，它们包孕着甚为深刻的文化内容；同时两作又都深蕴着“救救孩子”的深意。两位作家在用多种创作方法塑造民族的典型性格时，都给与人物的生成环境以充分的描写，从民族性格的否定性出发，进而彻底否定了性格的生成环境，从而昭示出未来革命的必然性乃至暴烈性，尽管鲁迅写的是一场失败了的革命，索洛古勃是在以后的《创造的传奇》中更为全面地预言了革命。索洛古勃以及其他诸多俄罗斯作家的创作表明，俄罗斯人是敢于对自己的民族刨根论劣的。中国和俄罗斯都拥有敢于对自己民族“刨根论劣”的伟大作家，这才是值得庆幸的，而不是相反。

四、鲁迅的思想特质是一种“反现代性的现代性”吗？

2010年，汪晖在《声之善恶：什么是启蒙——重读鲁迅的〈破恶声论〉》中，针对鲁迅的思想特质，得出这样一个结论：“鲁迅是中国现代思想的一个重要标志。他是一个反启蒙主义的启蒙者、一个反世界主义的国际主义者、一个反民族主义却捍卫民族文化的

① 李春林：《阿Q、“狂人”与彼列多诺夫——鲁迅与索洛古勃比较研究之三》，《山东师范大学学报》2014年第4期。

人物、一个反现代的现代人物。"归根结底也就是说,鲁迅的思想特质是一种"反现代性的现代性"。具体说来,就是"追求现代,但同时批判这个现代"。[①]

2012年,谭桂林[②]对此提出质疑。他认为,首先,在鲁迅的心目中,屠杀"现代"的最主要的敌人,就是中国传统的封建主义和宗法家族礼教。鲁迅对于它们的批判是终其一生、不遗余力的,而对"以众暴寡"、"物质主义"等所谓"现代性"问题的批判却是在具体的语境中阐发的具有时段性的思想观点。其次,鲁迅对于现代中国社会的现代性追求的思考,主要集中为三个要点,即人的解放、民权的确立和白话文的运用。这三个有关现代性的观点,是鲁迅在自己的文章中谈得最多且终生不渝地追求与捍卫着的。倒是"物质主义"、"以众暴寡"等等西方工业化发达以来所出现的现代性的异化现象,鲁迅在"五四"以后就较少提及。再次,我们应该在五四新文化运动这样一个时间基点上来看鲁迅的现代性思想。鲁迅对中国社会和文学的影响,是从五四新文化运动开始的,因而我们整体性地考察鲁迅思想的时间基点就不能不放在这一伟大的时代。而从这一时间基点来看鲁迅的现代性思想,鲁迅就不是一个反现代性的思想家,他本身就是现代性的标志,也是中国社会现代性追求的热烈的鼓吹者和战士。

五、鲁迅1927年的"革命文学"论是"无产阶级革命文学"论吗?

鲁迅对"革命文学"的批判并不是从1928年才开始的,事实上他1927年就对此有过集中尖锐的批判。关于这一点,研究者都是有所了解的,但是既往研究普遍将鲁迅这两个时期的观点做了同

① 汪晖:《声之善恶:什么是启蒙——重读鲁迅的〈破恶声论〉》,《开放时代》2010年第10期。

② 谭桂林:《评汪晖近期的鲁迅思想研究》,《中国现代文学研究丛刊》2012年第8期。

质化处理,不加区分地进行前后互证。

2012 年,邱焕星[①]撰文指出,鲁迅 1927 年所批判的"革命文学",事实上更多泛指的是"国民革命文学",并非 1928 年特指的"无产阶级革命文学"。清党之前的批判,鲁迅重在指出"文学"之于"革命"的无力,以及广州的"革命精神已经浮滑"。清党之后,鲁迅批判了以革命文学社和吴稚晖为代表的"革命文学"和"革命文学家",认为他们蜕变成了"革"人之"命"的杀人工具,从而彻底否定了"革命文学"和"国民革命"的合法性。总之,鲁迅 1927 年的"国民革命文学"否定论并非一般的"文学论",而是他评价国民革命状况以及自己在革命时代位置的"状况论"。从中亦不难看出,鲁迅对真正的"革命"和"革命文学"的判断,始终是以"革命人"为中心的。鲁迅心目中的真正的"革命",其实是一种"大革命",它背后是一种"永远革命"的精神。正是在这种"永远革命"的意义上,鲁迅本质上是一个真正的"革命人"。

无独有偶,龙永干[②]亦认为,鲁迅广州时期遭遇的"革命文学"与 1928 年所遭遇的"革命文学"截然不同,其主流不过是政治新贵的"宣传品"。他对"革命文学"的否定不仅是对"革命文学"虚伪卑劣的揭露,更是对广州革命蜕变的批判和对文学本质价值的维护。同时,广州经历让其本就摇摇欲坠的"进化论"思想轰毁,也让其独特的"革命文学观"得以生成。

六、鲁迅对辛亥革命的评价:认同,还是批判?

2011 年,在关于鲁迅对辛亥革命的评价问题上,出现了两种不同的声音。一种持肯定态度,仍然高度认同于鲁迅的评价;一种持批判态度,不再认同于鲁迅的评价,并指出了鲁迅评价中的不足。

① 邱焕星:《鲁迅 1927 年的"国民革命文学"否定论》,《中国现代文学研究丛刊》2012 年第 2 期。

② 龙永干:《鲁迅广州时期与"革命文学"的遭遇及其它》,《求索》2012 年第 9 期。

刘家鸣[①]指出，辛亥革命时期，鲁迅积极参与绍兴光复活动，以后更是着力颂扬孙中山和辛亥革命。可以说，辛亥革命一直是鲁迅内心深层的情结。这情结常常触动鲁迅回顾、思考和探究，并且把反思所得在作品和书信中表达出来。作为一名辛亥革命的亲历者，鲁迅从直觉到感知，认识到这场革命并不成功，并不彻底。辛亥革命不成功的原因在于：一、革命成果被反动派篡夺了；二、革命党人蜕化变质，新建的共和政体蜕变为专制政权；三、革命党缺乏自己的武装力量，没有组建革命军队；四、没有很好地宣传和发动人民群众，缺少广泛的思想启蒙以唤起民众的觉悟，主动积极地参加革命。上述言论可以归结为一个中心思想：坚决反对专制，必须革除奴性。而这正是鲁迅毕生努力奋斗的目标。

与刘家鸣不同，丁辉[②]则认为，对于辛亥革命，鲁迅基本上只是个旁观者。"旁观者"的身份固然使鲁迅比身当其事者保持了更多的清醒与理智，但也容易让鲁迅对资产阶级民主革命进行反思时少了一份"同情之了解"。鲁迅关于辛亥革命的诸多言论是作为文学家、思想家的鲁迅对辛亥前后复杂的历史状况的深刻洞察与揭示，然这些言论却不可以拿过来作为辛亥革命失败的证据。鲁迅思想的一个重要特点是长期关注"人心"或者说"国民性"的问题，绝少从制度层面看待中国道路问题。这使得鲁迅对辛亥革命在制度上或者说程序上结束了皇权专制，奠定了中国现代政治文明基础的伟大意义认识不足。鲁迅的很多小说长期以来一直是在"对辛亥革命失败的反思"的意义上被理解和阐释着。其实，这样的理解和阐释既包含了对辛亥革命本身性质与任务的误解，也包含了对鲁迅此类小说本身的误解。

---

① 刘家鸣：《鲁迅回顾和评议辛亥革命》，《鲁迅研究月刊》2011 年第 9 期。

② 丁辉：《鲁迅与辛亥革命的评价问题》，《湘潭大学学报》2011 年第 3 期。

七、鲁迅对京派的批判毫无可议之处吗?

1934 年前后发生的京、海派论争是中国现代文学史上一个有重大影响的事件。在这场争论中,一般的学者所采取的都是鲁迅的立场,往往以鲁迅的是非为是非。2013 年,周仁政①撰文指出,鲁迅对京派的批判虽带有一定的概括性和针对性,但也带有一定的吹毛求疵的性质。而这一切,则又决定于二者的政治立场。20 世纪 30 年代,沈从文所代表的京派实则是一个典型的自由主义文学群体,胡适一直都是他们的精神领袖。而上海时期的鲁迅则是决绝于自由主义的。他对自由主义的批判在任何情况下都会上升到政治的高度,表现出势不两立的姿态。从 1930 年代各种与鲁迅有关的文学论争来看,鲁迅的批判都是一种高屋建瓴的“独断”,从而使其多有一种“上纲上线”的敏锐。这在激进主义者看来,无异于痛快淋漓的针砭,而在自由主义者看来,则恰是“抓住一点,不及其余”的刻薄。回看京、海派论争的事实,鲁迅的批判逻辑是严密无间的,但在沈从文等看来,也无异于说趣打诨之类。这反映了两者价值立场的差异。道不同不足与谋,鲁迅的意气和沈从文的愚顽足见一斑。尽管鲁迅所看到的海派与沈从文眼中的海派实则相差无间,但是鲁迅绝不会认同沈从文的批判,因为在 1930 年代的上海政治已然决定着文学了。贯穿于京、海派论争始终,鲁迅与沈从文的批判中还有一个共同的对象——“老京派”周作人等。但是,鲁迅眼中的“京海杂烩”与沈从文眼中“邪僻”的京海文学却不可同日而语。鲁迅的判断并无舛误,问题在于沈从文式的“京派”与周作人式的“老京派”是否等量齐观他无意深究,更不在意于沈从文在京、海派论争中的反复申说。

八、韩石山眼中的“鲁迅要害”真的是鲁迅的要害吗?

---

① 周仁政:《鲁迅与京派:一场论争的前后》,《鲁迅研究月刊》2013 年第 3 期。

近年来，韩石山发表了一系列攻击鲁迅的言论[①]，袁良骏[②]将之概括为：第一，鲁迅根本不是什么五四新文化运动、新文学运动的旗手和主将；第二，诬蔑鲁迅阴狠、毒辣、心灵污秽，对鲁迅搞“挖心战术”；第三，诬蔑鲁迅和毛泽东一起发动了“文化大革命”；第四，抽象肯定，具体否定，几乎全面否定鲁迅的代表作。总之，韩石山之“反鲁”，不是枝枝节节，而是总体的彻底否定，彻底打垮，他抓的都是他眼中的“鲁迅要害”。但真是这样的吗？2011—2012 年房向东对之进行了猛烈的批判。

针对韩石山的观点：英美国家，要比日本文明一些，因此，留学英美的人，也要比所谓“法日派”强一些；鲁迅是留学日本的，所以事事不如留学英美的胡适和徐志摩。房向东[③]指出，说英美这两个国家比日本要文明一些，进步一些，民主一些等等，大体还说得过去。但如果说因为英美文明一些，所以留学英美的人就要比留学日本和法国的人更代表先进，或占有更多的公理，这样的逻辑就只能是狗屁逻辑了。我们评论人事得失，还是要回到具体人，具体事，抛开某些预设的个人、团体、社会环境，而真正回到当时的语境中去理解，只有这样，才有可能逼近正确。否则，不是从事实出发，而是以这个派、那个派来立论，就只能是扯蛋，是一派胡言乱语。

关于鲁迅与中共之间的关系，到底是利用还是自愿，房向东[④]坚持认为，鲁迅是利用不了的，是鲁迅自己愿意与共产党合作。在鲁迅精神世界中有两个基点：一是痛恨上层社会的堕落，二是同情下层社会的不幸。因为前者，鲁迅不可能与当权者搞到一起；因为

---

① 韩石山：《少不读鲁迅，老不读胡适》，中国友谊出版社 2005 年版。

② 袁良骏：《“反鲁英雄”韩石山、苏雪林比较论》，《民族魂》2011 年春季号。

③ 房向东：《“法日派”和“英美派”——韩石山关于鲁迅的“胡言乱语”批判之二》，《民族魂》2011 年春季号。

④ 房向东：《鲁迅与中共：“利用”还是自愿？——韩石山关于鲁迅的“胡言乱语”批判之四》，《民族魂》2011 年秋季号。

后者，鲁迅与共产党搞到一起就成了一个必然。如果说鲁迅有什么政治倾向的话，那就是人一生不和当权者合作，一生都是用批判的眼光来看统治者。鲁迅是天生的反对派，而且是特立独行的反对派。

针对韩石山所说，"文革"中只有两本语录可以打架，一本是《毛主席语录》，另一本就是《鲁迅语录》。房向东[①]指出，"文革"中，《鲁迅语录》确实存在，但它与《毛主席语录》是不可同日而语的。用《鲁迅语录》来抗衡《毛主席语录》是不可能的。针对韩石山所说，鲁迅的这一套，还有不少人信着，尤其文化界，信的人还很多。信了鲁迅那一套，肯定建不成一个文明祥和的社会。信了鲁迅的那一套，有人再发动"文化大革命"，还是能发动起来的。要建设一个文明社会、现代社会，必须从思想上清除鲁迅那一套。房向东认为，他所理解的鲁迅的"这一套"，亦即鲁迅的精神要素，主要包括：1. 鲁迅的斗争精神和批判精神；2. 同情下层社会不幸，痛恨上层社会堕落；3. "睁了眼看"；4. 反对虚伪和貌似公正。据之，房向东反问：鲁迅的"这一套"价值体系，如何不能建设"一个文明祥和的社会"？鲁迅的批判哲学，鲁迅对"瞒和骗"的揭露，鲁迅的对劳苦大众的同情，鲁迅对虚伪的上层社会的抨击，如何就会导致"文化大革命"的再次发动？总之，韩石山基本上不加论证地诬蔑鲁迅和毛泽东一起发动"文革"，全都是信口雌黄，是"著名作家的胡言乱语"。要鲁迅为"文革"负责，或是把鲁迅诬蔑为"文革"的思想源泉，这都是极为荒唐的。

三、鲁迅生平争鸣

一、鲁迅和"左联"有意掩盖了"龙华二十四烈士事件"的真相吗？

① 房向东：《毛泽东与鲁迅一起发动"文革"？》，《民族魂》2012 年夏季号。

2005年许锡强发表《“‘左联’五烈士”案情新探》[①]，认为历史上并无鲁迅他们所“宣传”的所谓“‘左联五烈士’案件”，有的只是当时新闻媒介作过“报道”的“‘龙华二十四烈士’案件”；以鲁迅为首的左联，却在这一事件发生之后，即从“龙华二十四烈士”中抽出五位青年作家，进行所谓的“左联五烈士”纪念活动，从而造成了从“龙华二十四烈士”向“左联五烈士”的转换。2011年，曹振华《关于从“左联五烈士”向“龙华二十四烈士”的还原》[②]对之进行了批驳。

曹文认为，许文所指出的《为了忘却的记念》中的“叙述矛盾”其实并不存在，建立在这一误读基础之上的上述论点则是对于鲁迅与“左联五烈士事件”的一种歪曲。事实情况是：中共党史上的“龙华二十四烈士事件”，牺牲者是在反对王明而集会时被告密，从而遭国民党当局逮捕杀害，故对事件真相的揭露和对暴政的抗议长时间受到来自国共双方当权者的禁锢阻挠；而二十四烈士之中的柔石等五位是左翼作家，鲁迅和“左联”冒着生命危险悼念同志和朋友被害，揭露事实真相，使“左联五烈士事件”造成的影响远大于“龙华二十四烈士事件”。这并非鲁迅和“左联”有意掩盖“龙华二十四烈士事件”真相，而是在当时的历史条件下，向外界揭露真相的唯一途径。这就提醒我们：“左联五烈士事件”作为整个过程的开端和标志，其历史意义是不容置疑的，从“左联五烈士事件”到“龙华二十四烈士事件”的还原不是要否定“左联五烈士事件”，而是要从新的历史角度确认“左联五烈士事件”与“龙华二十四烈士事件”的历史关系。

二、鲁迅收受国民党津贴事关鲁迅人格吗？

近年来，关于“鲁迅收受国民党津贴”一事，不断为某些学人有

---

① 许锡强：《“‘左联’五烈士”案情新探》，《南京师范大学文学院学报》2005年第4期。

② 曹振华：《关于从“左联五烈士”向“龙华二十四烈士”的还原——兼谈所谓〈为了忘却的记念〉的“叙述矛盾”》，《山东大学学报》2011年第1期。

意提及,甚至上升到人格的高度,以图达到贬损鲁迅并借此推销自己的目的。2009 年孙乃修即在网络上发表《看鲁迅骨头之硬软》[①]一文,以发现新大陆似的口吻宣称"鲁迅钻营和领取蒋介石政府的津贴长达四年之久",污蔑"鲁迅能够拿到国民党蒋介石政府这笔津贴,并非这个政府主动给他的,而是他通过各种人去幕后活动、向党国权力人物说情才得到的。"又信口雌黄地说:鲁迅对国民党"党化教育无异议,对屠刀亦无抗议",根本没法与胡适相比;鲁迅"拿了政府津贴,观点马上不同";鲁迅拿了津贴还不承认,心虚说谎;鲁迅性格"缺点钙或缺点男人骨头",等等。

2011 年,孙可为[②]对其进行了有力批驳,并对"鲁迅收受国民党津贴"一事进行了细致的史料钩沉和详实的辩论剖析。他认为,所谓"国民政府大学院"在当时并没有特别强烈的政治色彩。鲁迅接受大学院聘任经历了一个从拒绝到犹豫再到接受的过程。其接受津贴的主观动因在于:第一,符合鲁迅一贯的人生哲学,即"一要生存,二要温饱,三要发展"。第二,接受津贴也符合鲁迅当时的实际需要,可以济鲁迅稿酬、版税等一时不能及时寄来之穷。第三,接受津贴的条件符合当时鲁迅能够接受的范围。不用去坐班,且可以自由著作,解决了鲁迅的种种顾虑。受聘期间鲁迅对于国民党的态度仍以大"骂"为主,并未因此而有所顾忌。鲁迅所得津贴则主要用于:一,连同稿费、版税收入,支持他专心写作,取得了极其丰硕的成果。二,根据写作和研究的需要,购置了大量书籍资料。三,热情资助青年从事文艺活动,不遗余力地推动中国文学艺术的发展。四,无私救助妇女、青年、朋友,帮助他们走出困境。以上四个方面已经接近津贴全部所得,可以说是全部"取之于社会用

① 孙乃修:《看鲁迅骨头之硬软》,张耀杰摘编整理,铁血网,2009。

② 孙可为:《关于"鲁迅收受国民党津贴"的钩沉与论析》,《绍兴鲁迅研究 2011》,上海文艺出版社 2011 年版。

之于社会”了。鲁迅之被裁撤，主要原因在于其软硬不吃，拒绝了蒋介石的拉拢和利用，自然激起了国民党的忌恨。

三、1923 年 7 月羽太重久真的在北京看见鲁迅与羽太信子拥抱在一起吗？

1989 年 2 月 20 日周作人的儿子周丰一在写给鲍耀明的一封信中，说他的舅舅羽太重久 1923 年 7 月在北京八道湾居住时，亲眼看到“‘哥哥’(笔者注：即鲁迅)与弟妹(笔者注：即羽太信子)在榻榻米上拥抱在一起”，第二天又把此事告诉“弟弟”(笔者注：即周作人)，这才发生了兄弟失和事件。由此，羽太重久就成了周氏兄弟决裂原因的现场目击证人。那么，事情究竟是怎样的？

2013 年，日本学者中岛长文[①]考证，这仅仅只是一个谣言。据鲁迅日记、周作人日记，中岛发现，重久在 1919 年 8 月至 1922 年 7 月确曾在北京八道湾周家居住三年左右，但是他在 1922 年 7 月之后就回国了，当他再次来到北京时已是 1923 年的年末，而周氏兄弟失和事件发生于 1923 年 7 月 18 日、19 日。由是观之，这时远在日本的重久是不可能作为目击证人亲眼看到鲁迅与羽太发生亲密关系的。发生七月事件之后，在周氏兄弟各自的日记里重久也没有出现，也没有他从日本来北京的记载。那么，重久为什么又会被当作意外事件的目击证人呢？中岛认为有如下原因：第一，他几次长时间作为周家门客。第二，这种说法的出现，并不那么早，大约是在日本战败以后。第三，与战后的历史很有关系，而这对鲁、周两家影响很大。周丰一一家作为卖国贼的家人在建国后备尝艰辛。他们将他们的屈辱感、愤怒感、怨恨之心等都汇集在这个具有攻击性的流言里了。实际上，这个流言就是建立在完全否定鲁迅人格的基础之上的。

---

① ［日］中岛长文：《羽太重久看见了什么？》，白海君译，《鲁迅研究月刊》2013 年第 5 期。

四、鲁迅与表妹琴姑的初恋存在还是不存在？

鲁迅与表妹琴姑的相恋，是20世纪90年代以后鲁迅研究领域争论的一大热点。李允经、马蹄疾、张恩和、吴作桥、纪维周等学人皆有相关论说，或则予以肯定，或则予以否定，褒贬不一，形同水火。

2011年张梦阳[①]发表文章认为，鲁迅与琴姑的相恋是存在的，是有史实根据的。据其考察，鲁迅与琴姑有据可查的往事，共有三次：1. 1893年10月，祖父科场案发，鲁迅和二弟周作人前往皇甫庄舅父家避难；2. 1894年初春，小舅父一家曾经到鲁迅寄居的小皋埠去过；3. 1896年10月12日，鲁迅父亲去世，举行了七天葬礼。张梦阳继而认为，我们不能因为“鲁迅在他300余万字的文章中，300余万言的书信中”没有提及琴姑（吴作桥语），就由此而断定琴姑及她与少年鲁迅的情感不存在。琴姑的死肯定对鲁迅的情感生活产生了极为深刻的影响，这当是没有疑义的。

但是2011年纪维周[②]亦再度发表文章，再次否认了鲁迅与琴姑的相恋。其主要根据仍然如前述吴作桥所说，没有任何证据证明他们之间是相恋的。看来这桩悬而未决的公案，还要再继续争论下去。

五、衍太太是少年鲁迅的梦中“情人”吗？

绍兴是鲁迅的出生地，鲁迅的青少年时代便在此度过。在这里，鲁迅经历过幸福，更经历过痛苦。家道中落之后，亲族之间的凉薄、势利和有意无意的造谣中伤，S城人的鄙俗、庸陋和有意无意的诈骗豪夺均给鲁迅留下了深重的精神创伤。在对鲁迅构成伤害的众多人员中，衍太太堪称最为典型的一个。2013年，张显凤撰文[③]，

① 张梦阳：《琴姑的死与鲁迅的情感生活》，《武汉大学学报（人文科学版）》2011年第5期。
② 纪维周：《鲁迅与琴姑轶闻为误传》，《世纪》2011年第6期。
③ 张显凤：《母亲的缺席与隐秘的伤痛——再读〈朝花夕拾〉》，《鲁迅研究月刊》2013年第3期。

从鲁迅在《朝花夕拾》中唯独缺少了对于母亲的回忆出发，认为“母亲”的缺席直接导致了鲁迅将恋母情感不自觉地移向了衍太太，从而使其具备了代理母亲与准情人的双重特征。衍太太由是成为少年鲁迅隐秘的移情对象，并最终对其人生产生了巨大影响。该文对于鲁迅心理以及鲁迅与衍太太关系的描述，尽皆大异于前人。但是，实际情况真是这样的吗？

2014 年王国杰[①]对其提出了猛烈的批评。他认为，综合《朝花夕拾》中的诸多事例，不难看出鲁迅对衍太太并没有好印象。大概是鲁迅回忆中运用的双重视角：童年视角和成人视角，扰乱了张显凤的判断。鲁迅常去衍太太家，并非源于他对衍太太的性幻想，而是周衍生更受孩子们的欢迎。鲁迅既已熟知衍太太的为人，又怎么可能对她产生情人心理。鲁迅称呼其为“衍太太”，实际已经暗喻了其品质的恶劣。鲁迅外出求学亦并非因为什么“俄狄浦斯式的移情及其幻灭”，确是由于家境困顿至极，加之受到谣言攻击，伤了自尊。母亲形象亦并非如张显凤所说是缺席的，而是一直存在，隐藏在细节处或故事背后。她对少年鲁迅的生活产生了重大的影响。鲁迅在小说中也没有表达怨恨母亲的情绪。王国杰继而对张文所显示的文风提出了尖锐的批评，指出当前学术界仍然存在着一种对于西方新潮理论的盲目跟从和胡乱套用倾向，张文即是其中的一个典型。这种浮躁的学术风气，不利于学术研究的健康发展。学术研究理当尊重史料，并以史料为基础，小心求证，让史料与文本相互印证学术观点。

六、鲁迅与许广平的婚姻关系是非法的吗？

一段时间以来，鲁迅和许广平之间的关系突然成为学术界争

① 王国杰：《衍太太是少年鲁迅的梦中“情人”吗？——与张显凤商榷》，《社会科学论坛》2014 年第 3 期。

论的焦点问题之一。张耀杰、周楠本、葛涛皆发表了针锋相对的看法[①]。他们的争论主要集中为三个方面：第一，判断鲁迅与许广平的关系当依何法；第二，鲁迅与许广平的关系是重婚、通奸、同居还是合法婚姻；第三，鲁迅不与朱安离婚是因为鲁迅道德高尚不愿意抛弃无辜的朱安还是鲁迅在法律上根本没有起诉离婚的权利。

2014 年，孙永兴[②]从纯法律角度出发具体解答了这三个问题。他认为，判定鲁迅与许广平的婚姻关系是否合法的依据只能是当时有效的法律文件，也就是颁行于清末宣统二年四月的《大清律例》。根据《大清律例》的有关规定，鲁迅与许广平的婚姻关系是非法的。但是，这部《大清律例》却是一部"恶法"，其中关于婚姻的规定就存在着诸多反人性的糟粕。鲁迅与许广平之间的婚姻关系虽则不符合《大清律例》，却完全符合"自然法"关于公平和正义的基本要求。对于像鲁迅这样的一位历史人物在进行"合法性"判断时不能机械地适用制定法。按照自然法的基本观点，这些制定法（如《大清律例》）属于"恶法"，遭到了包括鲁迅在内的先进中国人的猛烈批判，最终在新中国成立后被完全废除。按照自然法，鲁迅和朱安都具有离婚的权利，鲁迅选择不与其离婚确实是为朱安考虑，体现了鲁迅和许广平高尚的人格。

七、鲁迅否定《鲁迅在广东》的真实动因何在？

1927 年 7 月，钟敬文编辑的《鲁迅在广东》一书由上海北新书局出版，书中收录了 12 篇时人关于鲁迅的评论，并附录了鲁迅在

① 以上文章具体参见张耀杰：《鲁迅与许广平的事实重婚》，《南方周末》2008 年 11 月 13 日。周楠本：《鲁迅触犯了〈婚姻法〉吗？》，《鲁迅研究月刊》2009 年第 3 期。葛涛：《回到历史语境审视鲁迅与许广平的关系——兼与张耀杰先生商榷》，《鲁迅研究月刊》2009 年第 5 期。周楠本：《论鲁迅婚姻所涉及的法律问题——驳"重婚"及"与人通奸者"说》，《中国文学研究》2010 年第 2 期。

② 孙永兴：《鲁迅与许广平关系的法律解读——对一桩学术公案的回顾与反思》，《前沿》2014 年第 5 期。

广东的一篇杂文和三篇演讲。2014 年，邱焕星[①]认为，该书真实记录了一个初到广东、积极参与和支持国民革命的激进鲁迅形象，但是随着清党之后鲁迅对国民革命和自身的批判，鲁迅否定了这个"革命鲁迅"，重叙出一个被革命绑架扭曲的坚持自我的鲁迅形象，更在 1934 年说该书"记的太失真，我自己并未改正"。这"两个鲁迅"的矛盾纠葛，其实是内因与外因、主动与被动交相混合的产物，它们凸显出鲁迅自身的复杂性和悖论性，以及二十世纪中国知识分子与革命的复杂关系。更值得关注的，是鲁迅对自我历史的遮蔽和重叙。它让我们看到了回忆的真实性问题，看到了回忆的建构性和历史的话语本质。所以，鲁迅研究决不能仅仅以鲁迅的自叙为基础，更不能只看鲁迅全集就进行研究。我们必须"化经为史"，只有这样，我们才能看到鲁迅的思想变化与社会历史的互动性和复杂性。

八、曹聚仁《鲁迅评传》是客观和公允的吗?

曹聚仁《鲁迅评传》[②]出版以后，坊间评价颇高，周作人说这是一部读来很有兴味，其中特见尤为不少的作品。2011 年刘家鸣[③]却认为，在对于史料的记叙和取舍上，曹氏并不是客观和公允的。曹氏既回避、少写甚或不写鲁迅参加政治斗争的史实，也回避、少写甚或不写鲁迅指导文学运动和文学思想斗争的史实。曹氏出于个人偏见，对史实进行恣意妄加挑选删削。其所描绘出来的鲁迅形象就已经不是鲁迅的本来面目，也就不是活在中国人心中的真实的鲁迅形象了。这部评传还有两个致命伤：一是删改原著，很不

① 邱焕星：《自我历史的遮蔽与重叙——鲁迅为何否定〈鲁迅在广东〉》，《鲁迅研究月刊》2014 年第 7 期。

② 曹聚仁：《鲁迅评传》，复旦大学出版社 2006 年版。

③ 刘家鸣：《评曹聚仁的〈鲁迅评传〉》，刘家鸣：《中国现代文学先驱者论集》，南开大学出版社 2011 年版。

尊重鲁迅作品，其删削鲁迅原作之处竟有102处之多。二是贬低别的鲁迅研究专家，对于许广平、冯雪峰、王士菁等诸位专家、教授，总是表现出轻蔑和贬斥的态度。无论如何这都是不应该的。关于此点，朱正亦曾发文《"史人""妄人"曹聚仁》[①]专门论及，读者可相互对读。

九、许广平《鲁迅回忆录》手稿本和修订本的基本立场和观点变化大吗？

2010年许广平《鲁迅回忆录》（手稿本）[②]出版之际，有学者这样预言：通过手稿本有可能看出作为"鲁迅的死敌"的周扬是如何指导许广平回忆鲁迅的，有可能看出"许广平的立场和视角"是否受到了"当时文化界领导人的暗示"。2011年，陈漱渝[③]将"手稿本"与"修订本"两相对照，却发现许广平的基本立场和观点并没有什么变化。在涉及鲁迅后期政治倾向的问题上，"修订本"的一些提法反比"手稿本"稳妥。要想通过阅读"手稿本"达到在鲁迅研究领域"去政治化"、"去意识形态化"的目的，看来是完全做不到的。手稿本之所以要进行修订，主要并非出于政治方面的原因，而是因为手稿本文字过于粗糙，在很多方面达不到出版的要求。论者继而指出，手稿本与修订本既然都是写作于特定时代，自然会受到那个时代环境的制约；如果单从"左"的思潮的痕迹来看，手稿本也许比修订本更为明显。这或许是一个意外的收获。

十、在鲁迅的日常交往中，廖立峨只是一个无足轻重的小人物吗？

长期以来，廖立峨对于鲁迅研究界和一般读者来说，只是一个

① 朱正：《"史人""妄人"曹聚仁——且说他〈鲁迅评传〉的硬伤》，《鲁迅研究月刊》2009年第3期。

② 许广平：《鲁迅回忆录（手稿本）》，长江文艺出版社2010年版。

③ 陈漱渝：《我读许广平〈鲁迅回忆录〉（手稿本）》，《上海鲁迅研究》2011年夏季号。

无足轻重的小人物，加上留下的作品极少，似乎他更多变成了一个无关紧要的谈资与证据。而实际上，在这个类型化乃至被忽略的形象背后自有其值得关注之处。为什么鲁迅如此善待廖立峨？作为鲁迅在厦门、广州、上海时期的亲历者和追随者，廖立峨呈现在鲁迅视野中是怎样的广东青年意义？廖的出现和鲁迅相关时期思想的发展关系如何？这是2014年朱崇科[①]所发出的三个疑问。

朱崇科主要从三个层面展开讨论：1. 鲁、廖的交往简史；2. 作为广东青年的廖立峨解读；3. 鲁迅如何迁就廖的立场探因。最终得出结论如下：将与广州鲁迅相当熟稔的廖立峨视作广东青年的“这一个”自然有其有效性，我们可以发现廖立峨事件其实反证了鲁迅进化论的复杂性和延续性，同时有助于我们从鲁迅的广州情结角度另辟蹊径。当然，我们可以从鲁廖二人内部的心态加以探研，考察前者的宽容心态与后者的人性弱点。当然，廖立峨作为广东符号的“这一个”既具有代表性，同时又具有个体的不可复制性，换言之，正是由于其经历的曲折性和复杂性，才让我们有了更清醒的认识，同时，也希望给小人物以客观评价和更大的展示空间。

四、其他层面争鸣

一、在对杨荫榆事件的再评价中，立场、观点、方法等治学之道是须臾可以偏离的吗？

长期以来，在几乎所有的中国现代文学史叙述中，杨荫榆一直被判定在恶人、反动派的位置上，用以反衬好人、革命派。2014年，陆建德[②]一反众议，认为从许广平童年所遭受的心理创伤来看，许

① 朱崇科：《鲁迅“义子”廖立峨：作为广东青年的“这一个”》，《鲁迅研究月刊》2014年第1期。

② 陆建德：《母亲、女校长、问罪学——关于杨荫榆事件的再思考》，《中国现代文学研究丛刊》2014年第8期。

广平厌恶杨荫榆以及随着女权意识高涨而起的"女人长校"理念，可能与她童年时期所遭受的母亲压迫的记忆有关。从许广平历年来所罗列的杨荫榆的种种罪行来看，并无固定说法，反杨倒杨，是其目的，其余则一概不论。从许广平所罗列的杨荫榆的最大罪状即不允许学生纪念孙中山来看，这一罪状有欠考证，似难采信。陆建德并对以鲁迅、许广平为代表的"问罪学"展开了猛烈的批判，认为鲁迅为了施痛于人，不惜采用"师爷气"与"流氓鬼"的手法，尽管在论辩中占尽上风，但却是应该怜悯的。综上所论，杨荫榆治校并无严重过失，今年是她诞生一百三十周年，中国的文化界、教育界应该为她恢复名誉。

陆文发表以后，随即引起学术界广泛争鸣。2015 年，陈漱渝发表文章[①]着重从治学之道：立场、观点、方法等三个方面对其提出了强烈批评。陈文认为，陆文常以臆想和编造代替事实，偏离了存真求实的基本学术立场。陆文认为"景宋"就是"景苏"，也就是仰慕苏联，实际上"景宋"表示的却是许广平景仰其母，这个号也并非鲁迅所取。在"三一八惨案"中，陆文的同情不仅在日本一方，而且也在北洋政府一方。陆文反对黑白分明的思维模式，试图将传统的二元对立颠倒过来，这当然有其合理因素，但无论如何都不能用小是小非来模糊大是大非。根据唯物主义的观点，陆文在研究女师大风潮时，过分夸大了鲁迅和许广平的个人作用。实际上，许广平虽然是女师大风潮的骨干之一，但女师大师生决定驱杨并不是她的扇动。鲁迅在女师大教职员中的影响也不像陆文想象的那么巨大。针对陆文所使用的西方的心理分析方法，陈文在肯定这一理论的基础之上，也指出这种理论毕竟只是一种假说，而不是业已

① 陈漱渝：《重提治学之道——从陆建德先生的两篇文章谈起》，《中国现代文学研究丛刊》2015 年第 1 期。

证明的科学。陆文根据许广平的两篇文章进而分析许广平的童年心理是并不完全准确的。概之，立场、观点、方法是治学须臾不可缺失的三个要素，其中立场问题尤为紧要。如果立场、观点、方法出现了偏离，学问越大则可能距离真理越远。

陈文发表以后，李春林随即发表文章[①]予以高度赞同。李文认为，陈漱渝先生在对陆建德先生关于鲁迅与女师大学潮所发表的文章进行批评时明确地提出了治学之道：必须讲求立场、观点和方法。陆建德种种谬误的发生，根本原因乃在于他采取了错误的立场，得出了错误的观点，使用了错误的方法。他"常以臆想和编造代替事实，偏离了存真求实的基本学术立场"。学术立场与政治立场紧密相关。正确的学术立场乃至政治立场必然会导致正确的学术观点或政治观点；错误的学术立场乃至政治立场必然会导致错误的学术观点或政治观点。无论是正确的观点抑或错误的观点的达成，都必然采取与之相适应的研究方法。正确的方法就是要坚持以唯物主义史观评说历史人物和历史事件，不是刻意以颠覆、解构为能事，绕开历史事件本身，在一些周边人物身上大做文章，旁敲侧击，东拉西扯，云山雾罩，借以达到自己的某种诉求。

二、许广平《风子是我的爱……》当年没有在《国民新报副刊》发表吗？

许广平《风子是我的爱……》是许广平与鲁迅爱情生活见证的重要文献。朱正在谈到这篇文献时说，许广平于 1926 年初投寄给《国民新报副刊》，但是没有刊出。此后这一说法持续发酵，胡尹强据此作出进一步推测，说是这份"手稿"虽然没有发表，但是此后在 10 余年相濡以沫的动荡生涯中，他俩始终珍藏着这篇手稿。由此

① 李春林：《立场·观点·方法——陈漱渝先生对陆建德先生的批评中所表现出来的治学之道》，《文化学刊》2015 年第 6 期。

可见这篇文章在他们心目中的分量。而这篇文章也在珍藏了近 60 年后，才得以在 1985 年 1 月发表于《鲁迅研究动态》。[①] 经笔者查阅，朱正在其近年来的著作《一个人的呐喊：鲁迅 1881—1936》中，再次确认了该文没有在《国民新报副刊》发表这一说法。[②]

但事实却并非如此，2012 年经孙玉石[③]查证，许广平《风子是我的爱……》当时投寄给《国民新报副刊》是很快就发表了的，它即刊登于《国民新报副刊(乙刊)》1926 年 2 月 23 日第 70 号上，署名平林。孙玉石进一步细致比较了 1926 年初版本《风子是我的爱……》和 1985 年再版本《风子是我的爱》(该再版文于 1998 年 1 月又收于《许广平文集》第一卷)，发现两者在文字上有许多修改的差异。由此，孙玉石得出了一个十分重要的结论：我们作鲁迅、许广平爱情关系方面的研究，特别是涉及对于鲁迅与许广平之间爱情关系发展过程的研究，应该依据的是 1926 年 2 月 23 日《国民新报副刊(乙刊)》第 70 号所发表《风子是我的爱……》原文，而不应该依据后来 1985 年第 1 期《鲁迅研究动态》发表，收入 1998 年 1 月出版的《许广平文集》里的《风子是我的爱》一文。

三、《中国小说史略批判》中的"批判"对吗？

2008 年欧阳健写了一本《中国小说史略批判》[④](以下简称《批判》)，对鲁迅的《中国小说史略》(以下简称《史略》)提出了众多不同的见解。笔者曾经予以专门评述[⑤]，以期引起人们的注意。2011 年，吴作桥[⑥]对此作出回应，认为《批判》以妄图撼动《史略》为己任，

① 胡尹强：《鲁迅：为爱情作证——破解〈野草〉世纪之谜》，东方出版社 2004 年版，第 279—280 页。

② 朱正：《一个人的呐喊：鲁迅 1881—1936》，十月文艺出版社 2007 年版，第 167 页。

③ 孙玉石：《许广平〈风子是我的爱……〉初刊及修改》，《鲁迅研究月刊》2012 年第 9 期。

④ 欧阳健：《中国小说史略批判》，山西人民出版社 2008 年版。

⑤ 崔云伟、刘增人：《2008 年鲁迅研究综述》，姜振昌、刘增人主编：《鲁迅新论》，中国社会科学出版社 2009 年版。

⑥ 吴作桥：《〈中国小说史略批判〉的批判》，《民族魂》2011 年夏季号。

却未能达此目的，反而证明了《批判》是一本悖论迭出、指谬有误、处心攻鲁、胡乱推理并学识多舛的书。在“悖论迭出”中，吴文指出，《批判》对于《史略》的总体评价是自相矛盾的。一方面说《史略》是经典性的学术杰构，一方面却判定《史略》是一门探讨小说起源问题的伪科学，其“谬误”与“不当”之处竟有157处之多。在“指谬有误”中，吴文指出在这157个指谬中，鲁迅其实并未全错。如：《批判》指责《史略》对晚清小说是排斥和忽略的。这与事实并不相符。《史略》讲清代小说已不少了，而且总体讲清代小说经《红楼梦》之后已呈滑坡之势，这类小说只概括一下就可以了。鲁迅其实并未为了突出五四，而刻意遮蔽晚清。在“处心攻鲁”中，吴文指出，《批判》说鲁迅之所以用文言写作《史略》，是因为鲁迅上北大课底气不足，用文言以装潢壮胆。这显然是诬蔑。对于胡适有关小说的话语，鲁迅在行文中有时提及，有时未提及。若是未提及，《批判》便说是鲁迅有意避忌胡适；不涉胡适，以显示自己见解之高超。这也纯属无中生有。论者最终判定，《批判》是鲁迅学史上的在新世纪贬损鲁迅的又一曲狂躁、杂乱的奏鸣，个中是非曲直是应当予以辨明与澄清的。

四、光明日报出版社隆重推出的《鲁迅全集》质量可靠吗？

2012年，光明日报出版社隆重推出一部《鲁迅全集》。2013年，刘运峰[①]尖锐指出它的缺陷：残缺与凌乱。据他统计，这部“光明版”《鲁迅全集》所删除的鲁迅作品以及应收未收的鲁迅作品加在一起，大概超过了200万字。显然，这与“全集”的名称是不相符合的。“全集”的特征就是“全”，否则只能是“选集”。这部《全集》在书信编排上存在着严重缺失：在目录和正文中没有任何编号，通篇找不到一个完整的日期。该集将鲁迅逝世之后出版的著作和陆

① 刘运峰：《残缺与凌乱：“光明版”〈鲁迅全集〉》，《中国图书评论》2013年第5期。

续发现的佚文重新编排为《人海杂言》和《荆天丛笔》。这种编排方式看似新颖，实际毫无道理，且与鲁迅的初衷大相径庭。该集还提出“皆从原刊”原则。这种处理方式看似严谨，但值得商榷。以何种版本为主，如何取舍，恐怕还是要以作者生前亲自校订过的最后的版本为依据。总而言之，这部《全集》给人的印象就是，这是一部虚张声势、粗制滥造，对读者极不负责任的全集。这样的全集，最好还是不出。因为，图书出版绝不仅仅只是一个商业行为，更是一种文化的传承。尤其是像《鲁迅全集》这样的皇皇巨著，无论是编排还是体例，乃至细微的文字校勘，都是需要一番慎重的斟酌和考量的。

五、《〈新青年〉编辑部与上海发行部重订条件》是鲁迅的手迹吗？

2011 年，周楠本在《一篇新发现的鲁迅手稿：〈〈新青年〉编辑部与上海发行部重订条件〉》[①]中，认为《〈新青年〉编辑部与上海发行部重订条件》，尽管由于其合同性质不好归入鲁迅文稿，但是可以归入鲁迅手稿，因为这是鲁迅的手迹。

2012 年，叶淑穗[②]对此提出质疑，认为仔细审视这件手迹的用笔风格和常用字写法，可以发现它和鲁迅手迹是有很大差异的。论者将六位《新青年》编委的字迹一一进行排查、对照，发现胡适的手迹酷似这页《〈新青年〉合同书》的手迹。为了证实这种说法，论者搞了一个《〈新青年〉合同书》手迹对照表，一边是鲁迅的手迹，一边是胡适的手迹，中间是《〈新青年〉合同书》手迹，三方对照，最终证实此《〈新青年〉合同书》应为胡适先生所书。至此，这一疑案得以告终。该文令人感佩之处在于：1. 敢于大胆质疑，对前人说法进

① 周楠本：《一篇新发现的鲁迅手稿：〈〈新青年〉编辑部与上海发行部重订条件〉》，《鲁迅研究月刊》2011 年第 12 期。

② 叶淑穗：《对〈一篇新发现的鲁迅手稿〉一文的质疑》，《鲁迅研究月刊》2012 年第 4 期。

行适时纠正，进一步制止了以讹传讹；2. 采用了实证手法，以事实胜于雄辩的力量，使得这一考证再无疑义；3. 尽管失之东隅，却收之桑榆，此手稿尽管并非鲁迅所为，却系胡适所书，无形中为胡适研究提供了又一则具体可感的史料。

六、鲁迅关于自己写作方法的阐释是受到了丘浅次郎描写方法的启示吗？

2012 年，李冬木在其文章《鲁迅与丘浅次郎》[①]之第七部分：《〈人之历史〉以外的〈进化论讲话〉》中，认为《进化论讲话》初版《序言》中的一段关于该书写作方法的阐述对于鲁迅的写作方法产生了重要启示。他还特意在《序言》中“要点”和“眉毛”两个词上做了标记，以示重要。鲁迅关于自己写作方法的阐释就是广为大家所熟知的“忘记是谁说的了，总之是，要极省俭的画出一个人的特点，最好是画他的眼睛”，“倘若画了全副的头发，即使细得逼真，也毫无意思”[②]。李冬木认为这里“忘记是谁说的了”中的“谁”更接近于丘浅次郎，“拿东汉（笔者注：原文如此，实际应是东晋）顾恺之来做参照未为不可，只是舍近求远了。如果把丘浅次郎说的‘要点’，置换为鲁迅话里的‘特点’和‘眼睛’，再把丘浅次郎说的‘眉毛’置换为‘头发’，那么两者不论在表达的意思还是表达的方式上都是完全一致的。可以说这已经超过了进化论本身而成为一种写作方法的启发。也就是说，鲁迅受到了丘浅次郎描写方法的启发，并且在小说创作实践中试图学习这方法。”

2013 年，崔云伟[③]撰文指出这种说法实在让人难以认同。理由如下：第一，在鲁迅所说的这一段话里，“眼睛”是一个非常重要的关键词，是不能随便将之置换为“要点”的。这里的“眼睛”是和

① 李冬木：《鲁迅与丘浅次郎》（上）（下）《东岳论丛》2012 年第 4 期、第 7 期。

② 鲁迅：《南腔北调集·我怎么做起小说来》，《鲁迅全集》第 4 卷，第 527 页。

③ 崔云伟、刘增人：《2012 年鲁迅思想研究中的几个焦点》，《民族魂》2013 年秋季号。

下文的“头发”相对立的，这是一组非常形象的说法，绝不是可有可无、随意置换的。第二，接下来，从“眼睛”出发，即使是一个普通的中国文人，也会马上想到东晋顾恺之的典故。这个典故在中国不是僻典，而是一个很常见的典故。鲁迅如此倾心魏晋文学、魏晋风度、魏晋文人，他首先想到这个典故一点都不奇怪。他之所以说忘记是谁说的了，是因为他只记得大意，而忘记其确切出处了。这种事在鲁迅也常有。因此，《鲁迅全集》中的注释是非常对的，以丘浅次郎为参照才让人觉得是舍近求远呢。再说，一个中国人他首先想到的不是本国的典故，而是他所见到的一本出版于 29 年之前的日本书中的一段话（鲁迅写下这段话的时间是在 1933 年，丘著初版于 1904 年），这是不是有点匪夷所思呢？第三，如果第一、二条成立的话，那接下来论者的结论：鲁迅向丘浅次郎学习写作方法的说法，也就不能成立了。采用实证的方法和以小见大的方法都是好的，但是也要重视基本的逻辑，从“小”中所见到的“大”也还要服人才行。

第五辑

述评

第十章　1981—2011："鲁迅与美术"研究的历史与现状

"鲁迅与美术"研究无疑是整个鲁迅研究家族中的重要成员。然而，在百年鲁迅研究中，偏偏以这一块的研究最为薄弱。笔者曾阅彭定安先生所著《鲁迅学导论》[①]，竟未能发现有关于"鲁迅与美术"研究的片言只语。其中的原因可能是多方面的，文学与美术两大媒介的人为隔绝、互不相通可能是最主要的原因。已有评论者就鲁迅逝世以后至1980年代中后期的"鲁迅与美术"研究作出了如下判断："几十年来，虽然谈论'鲁迅与美术'研究的文章林林总总，但绝大多数停留在对事实的追忆、对现象的描述和对资料整理汇编的平面上。一些专门的研究著述也往往局限于对鲁迅美术思想、美术活动的分类和介绍，难以见到有深度和力度的分析。"[②]进入新时期即1981年以后很长一段时间以来，这种现象才逐渐发生改观，越来越呈现出生机勃勃的发展态势。面对"鲁迅与美术"研究领域中的诸多专题，越来越多的鲁迅研究者表现出了浓厚的研究兴趣，并产生出了一批具有较高质量的学术成果。但是，毋庸讳言，相比于鲁迅研究其他领域（尤其是鲁迅作品研究和鲁迅思想研

① 彭定安：《鲁迅学导论》，中国社会科学出版社2001年版。

② 王颖：《美术视野中的鲁迅——鲁迅美术活动研究述评》，《鲁迅研究月刊》1993年第1期，第106页。

究)中的丰硕成果,鲁迅与美术研究成果仍较薄弱,仍然存在着这样那样的不足。这一切都需要在今后的研究中加以补足,并予以不断的拓展和深化,才能渴望达致较为理想的境地。总体而言,1981—2011年这三十年的“鲁迅与美术”研究主要体现为以下八个方面:

一、鲁迅与版画(木刻)研究

鲁迅与版画(木刻)研究是鲁迅与美术研究中的老话题,这与鲁迅作为中国现代木刻之父的身份是分不开的。新时期以来,鲁迅与版画(木刻)研究继续受到研究者的重视,凡是涉及鲁迅与美术领域的学人几乎无不对此有所论说。鲁迅与版画(木刻)研究亦由此取得了较为丰硕的成果[①]。这些成果大致可以分为以下几个方面:

(一) 史料方面:

1981年,内山嘉吉与鲁迅研究者奈良和夫合写了《鲁迅与木刻》[②]。这是继陈烟桥发表《鲁迅与木刻》[③]之后又一部研究鲁迅与版画关系的学术专著,也是海外研究“鲁迅与美术”的第一部专著。它以翔实的资料第一次完整而系统地介绍了鲁迅与中国现代版画运动的联系,并深入研究了鲁迅的版画思想,从而提出许多富有建设性意义的观点。

1985年、1986年,马蹄疾和李允经共同合作出版了《鲁迅与新

---

① 这里之所以说鲁迅与版画(木刻)研究取得了较为丰硕的成果,是相对于鲁迅美术世界中的其他遗产的研究成果(即下节所述)而言的。同时,相对于鲁迅研究中的其他领域,尤其是鲁迅作品研究和鲁迅思想研究,鲁迅与版画(木刻)研究仍显薄弱。

② 内山嘉吉、奈良和夫:《鲁迅与木刻》,日本研文出版社(山本书店出版部)1981年版。该书于1985年由韩宗琦译成中文,人民美术出版社出版。

③ 陈烟桥:《鲁迅与木刻》,上海开明书店1949年版。

兴木刻运动》《鲁迅木刻活动年谱》[1]，亦对鲁迅与木刻相关资料作出了系统梳理。《鲁迅与新兴木刻运动》共有六个部分：1. 鲁迅——中国新兴木刻运动的导师；2. 鲁迅与木刻社团；3. 鲁迅与木刻青年；4. 鲁迅与木刻书刊；5. 鲁迅与木刻展览；6. 鲁迅所评论的中国木刻作品图文并读。书中收集了极为丰富可贵的文字和图片资料，比较全面地研究了鲁迅的木刻活动。

进入1990年代以来，在鲁迅与版画（木刻）基本资料的搜集与整理方面作出突出贡献的是《版画纪程——鲁迅藏中国现代木刻全集》、《寒凝大地——1930—1949国统区木刻版画集》《明朗的天——1937—1949解放区木刻版画集》[2]等大型画集的出版。

《版画纪程》共收鲁迅所藏中国现代版画1700余幅。全书收入《现代版画》18册，连续画14部，《木刻界》4册，个人专集21册，多人合集12册，单幅作品350余幅。按类分为5册。此书资料珍贵，内容丰富，比较完整地反映了鲁迅与新兴木刻运动、现代版画家和现代版画史的关系，具有里程碑式的文献学意义和价值。与《版画纪程》堪称姊妹篇的是《鲁迅收藏外国版画全集》。1990年代，上海古籍出版社将此书列入出版计划，委托李允经、徐梵澄等学者和版画家李平凡编辑完成，后因涉及外国版画家的版权等问题未能出版。由于此书甚为重要，故亦简介如下：《鲁迅收藏外国版画全集》不但囊括了鲁迅生前自费出版的九种外国版画集，而且包括了鲁迅去世后出版的《拈花集》，以及他所收藏而从未与我国读者见面的大量欧美及日本版画和部分苏联版画原拓。作品总量

① 马蹄疾、李允经：《鲁迅与新兴木刻运动》，人民美术出版社1985年版；《鲁迅木刻活动年谱》，上海人民美术出版社1986年版。

② 上海鲁迅纪念馆：《版画纪程——鲁迅藏中国现代木刻全集》，江苏古籍出版社1991年版。李小山、邹跃进编：《明朗的天——1937—1949解放区木刻版画集》，湖南美术出版社1998年版。李树声、李小山编：《寒凝大地——1930—1949国统区木刻版画集》，湖南美术出版社2000年版。

达2000多幅，共分五卷，依次为：1.欧美画卷；2.苏联画卷；3、4、5.日本版画卷。这是一部对于研究鲁迅与外国版画关系有着极大便利的重要学术参考资料，希望能够尽快出版，最终完成鲁迅生前未竟的遗愿。①

《寒凝大地》收集了国统区各个时期具有代表性的作品和其他文献资料，比较全面、系统、集中地展示了从1930年到1949年国统区木刻艺术发展的全貌。它和1998年出版的《明朗的天》可称是具有里程碑意义的姊妹篇。这两本画集中所有的作品均一律四色印刷，完整清晰地还原了这些在动乱和战争年代创作并幸存下来的画作原貌。《寒凝大地》中的国统区木刻共分两个阶段，1931—1937年是它的萌芽时期，1937—1949年是它的成长时期。其中的萌芽时期就包含了由鲁迅所提携的诸多早期木刻家的作品，这些作品本来就是在鲁迅的直接引导下创作出来的。《明朗的天》中解放区的木刻系指1937—1949年的木刻，此时鲁迅虽然早已逝世，不可能对他们进行指导，但是这些版画艺术继承和发扬了由鲁迅培育起来的新兴木刻的传统，这些版画家们亦直接奉鲁迅为自己的精神导师，则是无疑的。《寒凝大地》较之《明朗的天》，还进一步增多了文献和史料，甚至于还没有忘记前辈们一边捏刀向木一边哼唱的《木刻运动歌》，这实在是研究、欣赏和领略那战斗的版画岁月的极好的经典文献。这两本画集是对解放前我国新兴木刻艺术的总检阅，对于我国现代美术（特别是革命美术运动）的研究也具有不可替代的文献价值和历史意义。

---

① 或许是为了弥补未能出版《鲁迅收藏外国版画全集》的遗憾，2011年北京图书馆出版社出版了一本《鲁迅藏外国版画百图》（北京鲁迅博物馆编），其中包括：德国版画、自画像、《德国的孩子们饿着》（珂勒惠支作品）、《席勒剧本〈强盗〉警句图》、《你的姊妹》插图、《静静的顿河》插图、《城与年》插图等。但相比较于鲁迅收藏外国版画作品达2000多幅的总量，100幅显然是远远不够的。

论文方面对于鲁迅与版画(木刻)相关史料进行系统整理的还有张树云、谢国桢、李允经、王士让、王士菁、马蹄疾、江小蕙、夏晓静、李淑丽等①。前辈学人在史料的搜集与整理方面所作的工作总是令人心仪的,他们为后世学人在资料使用方面所提供的巨大便利是怎么评价都不会过分的。

(二) 史论方面:

李允经的《中国现代版画史》②是自建国前唐英伟的《中国现代木刻史》③出现以来在新时期所撰写的又一部版画史著作。它以中国新兴版画的萌芽期、成长期、发展期、灾难期及繁荣期等五个时期作为总纲和经,以版画运动、版画家和他们的作品、中外版画交流、版画理论建设为纬来结构全书,分别阐述了不同时期的中国新兴版画的活动和发展。其中第二章"中国现代版画萌芽期创作评价"④与鲁迅所倡导的新兴木刻运动密切相关。该章共分三部分:1. 概况和特点;2. 革命现实主义诸家;3. 表现主义倾向诸家,对处于萌芽期的中国现代版画作了较好的理论概括,对中国现代版画家作了清晰的类型划分。专著方面对"鲁迅与版画"做出史的概括

---

① 这批论文主要包括:1. 关于鲁迅与版画(总体方面)。张树云:《鲁迅与中国现代版画》,《南京艺术学院学报》1981 年第 3 期。谢国桢:《鲁迅与中国版画——纪念鲁迅先生百年诞辰》,《文献》1981 年第 3 期。李允经:《鲁迅和中国新兴木刻运动》,《鲁迅研究年刊》(西北大学鲁迅研究室编)1984 年。林溪(李允经):《鲁迅的版画理论和中国新兴版画运动》,《鲁迅研究动态》1989 年第 7 期。王士让:《鲁迅在新兴木刻运动中的伟大贡献》,《宁夏艺术》1986 年第 2 期。2. 关于鲁迅与苏联木刻。王士菁:《〈鲁迅珍藏苏联木刻画集〉前言》,《鲁迅研究动态》1985 年第 6 期。马蹄疾:《鲁迅和苏联木刻》,《美苑》1987 年第 1 期。3. 关于鲁迅与日本浮世绘。江小蕙:《从鲁迅藏书看鲁迅——鲁迅与日本浮世绘》,《鲁迅研究动态》1988 年第 3 期。江小蕙:《从鲁迅藏书看鲁迅(续)——鲁迅与浮世绘》,《鲁迅研究动态》1988 年第 4 期。4. 关于鲁迅与藏书票。夏晓静:《鲁迅珍藏的中国第一批藏书票》,《鲁迅研究月刊》1998 年第 6 期。李允经:《鲁迅和藏书票艺术》,《鲁迅研究月刊》1998 年第 8 期。5. 关于鲁迅与儿童美术。李淑丽:《鲁迅与日本儿童版画》,《鲁迅研究动态》1988 年第 10 期。

② 李允经:《中国现代版画史》,山西人民出版社 1996 年版。

③ 唐英伟:《中国现代木刻史》,桂林木合社出版 1944 年版。

④ 该章亦曾以论文形式单独发表于《鲁迅研究月刊》1995 年第 9 期。

和梳理的还有齐凤阁的《中国新兴版画发展史 1931—1991》、范梦的《中国现代版画史》、王伯敏的《中国美术通史》[①]等。齐著以作品为中心,以史论评结合的方法直接切入版画艺术本体,范著简略、概括、通俗,具有趣味性。从整体上看,中国现代版画史研究仍重史料的详实,偏于叙述而缺少判断,忽视规律的探讨与学术的深刻。但他们在史料上的贡献则是无疑的。

论文方面在“鲁迅与版画”史论方面作出突出贡献的文章较多,质量较高。按时间顺序略述如下:

1980 年代,李允经、张树云、谢国桢、王士让、王士菁、马蹄疾、江小蕙等的文章,主要侧重于鲁迅与版画史料的搜集与整理,在鲁迅与版画史论方面较少注意。他们在进入鲁迅与美术研究论域之始,即着手于基本史料的搜集与整理,这种做学问的路径既有利于自己,又有利于他人,是极其正确的。

1991 年、1994 年,王颖、刘开明共同合作发表文章[②]高度评价了中国现代版画的历史品格,并就鲁迅在中国现代版画运动中的巨大影响和作用作了具体而详尽的论述。论者指出,中国现代版画是作为左翼革命艺术的一翼崛起的。每一个版画团体、版画家都与鲁迅保持着紧密的联系。可以说,鲁迅的艺术观念、审美意识即是当时版画创作的指导理论。鲁迅那种“直面惨淡人生,正视淋漓鲜血”的现实主义忧患意识的写实态度,“横眉冷对千夫指”的坚韧战斗精神和“俯首甘为孺子牛”的人道主义思想,由此亦成为中

① 齐凤阁:《中国新兴版画发展史 1931—1991》,吉林美术出版社 1994 年版。范梦:《中国现代版画史》,中国青年出版社 1997 年版。王伯敏主编:《中国美术通史》,山东教育出版社 1988 年版。在王伯敏的这部书中有关“鲁迅与版画”一块具体参见:《中国美术通史》之第十编《近现代美术》(李树声主编)之第五章《版画》(李树声编著)。全章共分三节,分别为:1. 鲁迅与新兴版画;2. 新兴版画社团;3. 版画家及其作品。

② 王颖、刘开明:《中国现代版画的历史品格》,《齐鲁艺苑》1991 年第 4 期;《强劲的黑白风——中国现代版画(1929—1949)史论》,《山东师范大学学报》1994 年第 4 期。

国现代版画艺术的主题指向。

1997 年，李树声发表《中国新兴版画在现代美术史上的突出贡献》[①]，继续肯定了鲁迅在中国新兴版画运动中的作用。同年，齐凤阁发表《二十世纪中国版画的语境转换》[②]，则在指出世纪初的本体切换改变了版画的创作方式和视觉形态，使中国现代版画既获得了新型话语，又铸就了现代魂魄的同时，又指出，由于创作的动因不光缘于艺术自身，还出于强烈政治使命感，所以中国现代版画虽然超常地实现了功利目标，在启蒙与救亡的伟业中取得了其他画种无法比拟的成绩，但在艺术自身建设方面也付出了不可忽视的代价。而鲁迅在其中则发挥了一些好的作用，如规劝木刻青年对于艺术规律的重视，但是由于其自身局限，如他过于重视版画的功利目的，加之本身缺少版画的专业技能，无法进行具体指导等，也产生了一些不好的作用。

2001 年是鲁迅诞辰 120 周年，新兴版画诞生 70 周年。为纪念这一盛事，美术界配合两大画集《寒凝大地》和《明朗的天》的出版，发表了一系列纪念文章。李树声、王琦、刘曦林[③]集中论述了 1930—1949 年国统区木刻。邹跃进、李小山、朱为民、蔡若虹[④]论述了 1937—1949 年的解放区木刻。刘新[⑤]则对国统区木刻和解放区木刻均有所论述。虽然论域都已经超出了萌芽期现代新兴木刻

① 李树声：《中国新兴版画在现代美术史上的突出贡献》，《文艺研究》1997 年第 6 期。

② 齐凤阁：《二十世纪中国版画的语境转换》，《文艺研究》1997 年第 6 期。

③ 李树声：《现代社会的魂魄——试论国统区的木刻版画艺术》，《美术》2001 年第 9 期。王琦：《〈寒凝大地——1930—1949 国统区木刻版画集〉序》，《美术》2001 年第 9 期。刘曦林：《不应该忘记的一首歌——〈寒凝大地·国统区木刻版画集〉读后》，《美术观察》2001 年第 4 期。

④ 邹跃进、李小山、朱为民：《试论解放区的木刻版画艺术》，《美术》2001 年第 10 期。蔡若虹：《〈明朗的天——1937—1949 解放区木刻版画集〉序》，《美术》2001 年第 9 期。

⑤ 刘新：《与左翼木刻面对面——1930 年至 1940 年代中国木刻的再发现》，《美术》2001 年第 10 期。

的范围，但不论国统区木刻还是解放区木刻均受鲁迅美术思想的巨大影响，则是毋庸置疑的。以上论者也多指出了此点。李树声即认为，国统区木刻自始至终都是以鲁迅的艺术观作为自己的指导思想，鲁迅是木刻家的精神支柱。蔡若虹、邹跃进、李小山、朱为民则再次肯定了鲁迅在发展新兴木刻运动方面的功绩，并指出解放区的木刻版画艺术所继承和发扬的正是由鲁迅培育起来的新兴木刻的传统。

2002 年、2010 年，冯汉江、周爱民[①]撰文分别强调了新兴版画的战斗性和革命性。李允经[②]则再次延续了其在《中国现代版画萌芽期创作评价》中的基本观点。强调指出中国新兴木刻艺术，是一种以真实性为基础、以功利性为特点、以独具民族特色的审美性为归宿的革命现实主义的艺术。

2004 年冯绪民撰文《中国“现代版画”的特殊历程及其他》[③]，则是对于齐凤阁《二十世纪中国版画的语境转换》的一个呼应。文章认为，中国现代版画的某些情况总令人感到是一个特殊的事业。如果说，过去革命斗争与革命战争年代，确实不得已而为之，也就是说版画的艺术性需建立在民族正义与民族历史责任基础上是正当的，哪怕直接参加战斗，那么，版画作为艺术的、不过是一种普通的美术形式和手段，在和平年代，特别是在中国逐步建立政治理性、经济理性和文化理性的转型时期，仍然浮于某种偏执而空洞的说教，恐怕再不能说是一种正常现象。

2011 年，蔡拥华撰文[④]则将 20 世纪 30 年代鲁迅与新兴木刻运

---

① 冯汉江：《中国新兴版画的发展与嬗变》，《荆州师范学院学报》2002 年第 4 期。周爱民：《革命的号角：从新兴木刻到延安美术》，《荣宝斋》2010 年第 10 期。

② 李允经：《鲁迅对我国萌芽期木刻的评议》，《鲁迅研究月刊》2002 年第 10 期。

③ 冯绪民：《中国“现代版画”的特殊历程及其他》，《新美术》2004 年第 1 期。

④ 蔡拥华：《知识分子的觉醒与现代追求——20 世纪 30 年代鲁迅与新兴木刻运动》，《新美术》2011 年第 5 期。

动和中国现代知识分子的觉醒与现代追求联系起来，认为中国的版画家在借鉴各种经验和探索各种技巧、语言发展的可能性的同时，更进行对社会苦难根源执着的追问和维护人性尊严的抗争过程中，无论是版画风格的选择还是版画题材的选择，都渐已呈现出知识分子追求现代化的自觉独立的一面。新兴木刻的艺术家们在这历史的关键时刻自愿为公众利益而独立思考甚至牺牲，使得这一次运动也可视为是为了保持生机勃勃的革命理想和改造中国的乐观主义的一次尝试。正因如此，它便成为"烽烟四起"的民国美术史中的一朵葩。

与蔡拥华对于知识分子和现代性的关注不同，同年度段保国[①]关注的则是鲁迅与美术研究中的两大关键词：文学性与绘画性。他指出，中国绘画史的发展证明，"文学性"对绘画的创作与发展一直存在着一种潜移默化的影响。"文学性"与"绘画性"之间不仅存在着显著的差异，同时这一差异又是绘画借助"文学性"这一文学表达模式的优势来发展自身的重要手段。据此，他认为，由鲁迅所倡导的"新兴版画运动"不但改变了中外美术史上"文学性"与"绘画性"相互割裂的偏向，而且探索到了"文学性"与"绘画性"要素合理配置的理想方法，并进而创造出了一种蕴含着深刻的文化内涵、时代精神、时代主题，崭新的审美趣味、形式风格的新兴版画风格。

（三）深入拓展方面：

2003 年，沈刚发表《生命力度与历史理性——由新兴版画的形式意味看鲁迅的文化性格》[②]，认为鲁迅对版画问题的关注和论述集中体现了鲁迅的美术思想，同时也是鲁迅文化思想的重要组成

① 段保国：《对"文学性"与"绘画性"的探究——以鲁迅先生倡导的"新兴版画运动"为例》，《石河子大学学报》2011 年第 3 期。

② 沈刚：《生命力度与历史理性——由新兴版画的形式意味看鲁迅的文化性格》，《江西社会科学》2003 年第 5 期。

部分。鲁迅的艺术观不同于“直接”的反映论模式，其深刻性在于从新兴版画特有的形式意味中体味、张扬了人的生命力度，并渗透在文学创作的基调之中，共同构成了对传统文化的批判维度。

2009 年，方麟撰文《鲁迅的版画情结》①，首次将版画的风格特征与鲁迅的思想特质一一对应，认为版画的风格化与鲁迅“人各有己”的思想紧密相连，版画的复数性、大众化暗合了鲁迅的民间视野、民本思想，而版画的间接性则吻合了鲁迅对于创作过程的重视，这种对过程的执迷即为鲁迅的“中间物意识”。

同是对于“情结”的关注，2011 年李波②关注的则是木刻家的鲁迅像艺术情结。他认为，木刻鲁迅像是中华民族在近现代崛起与复兴的一个象征，其精神气质则是激发民族奋斗精神的时代文化纪念碑。鲁迅作为文化符号和民族魂，其文化价值得到了全民族的认可，这是产生如此众多的木刻鲁迅像的重要因素。另外一个原因则是，木刻的黑白效果与鲁迅像作品主题及鲁迅的战斗精神相吻合，从而更加凸显鲁迅的伟大气势，给人以视觉与心灵的冲击。

珂勒惠支、梅斐尔德、麦绥莱勒、蒙克、毕珂夫、陈洪绶、李桦、力群、刘岘等是鲁迅所非常喜欢的中外版画（木刻）艺术家。关于鲁迅与上述诸位版画（木刻）艺术家之间的比较研究，亦是鲁迅与版画（木刻）深入拓展研究中的重要组成部分。拟在第三节“鲁迅与中外美术家比较研究”中予以详论。

在鲁迅与版画（木刻）深入拓展研究中，还有一批文章试图将鲁迅作品与版画（木刻）创作联系在一起进行考察，如江弱水的《论〈野草〉的视觉艺术及其渊源》、崔云伟的《论鲁迅作品中的表现主

---

① 方麟：《鲁迅的版画情结》，《语文建设》2009 年第 11 期。

② 李波：《木刻家的鲁迅像艺术情结》，《解放军艺术学院学报》2011 年第 4 期。

义版画(木刻)感》、顾晓梅的《仿佛是木刻似的——鲁迅小说艺术形象的造型特色及其成因》等,皆属于"鲁迅作品的美术形式语言分析",拟在第四节予以详论。

这些研究专著和论文的出现均使鲁迅与版画(木刻)研究这一专题在"鲁迅与美术"研究中仍然处于领先地位。

二、鲁迅美术世界中的其他遗产研究

在新时期之前几十年的鲁迅研究史中,研究者主要将焦点集中在鲁迅与版画(木刻)的关系上,这一方面和鲁迅作为中国现代木刻之父的身份有关,另一方面也和撰稿人主要来自版画(木刻)界有关。新时期以来,研究者开始发现鲁迅美术世界的博大精深,除版画(木刻)外,鲁迅还在汉画像、中国文人画、现代派美术、书籍装帧、民间美术(包括年画)、连环画、漫画、书法、篆刻、人体艺术、插图艺术、风俗画、明信片、儿童美术、美术思想和美术理论等方面留下丰富而宝贵的遗产。但是,令人遗憾的是,新时期以来有关这些方面的研究,尽管均有所触及(从这一点上来看,在鲁迅与美术研究领域中,当前几乎很少或很难有所谓需要填补的空白点了),并呈现出两大不良状况:一是,从整体上看,目前各个专题的发展呈现出很不均衡的状态。有的专题,发展较为前进,取得了一定的成绩。如鲁迅与书法、鲁迅与书籍装帧。但是,有的专题,发展却较为迟缓。如鲁迅与中国文人画,本来在鲁迅丰富的美术世界中居于重要的位置,现却基本上还停留在初级阶段的水平,也远未能取得令人欣羡的成果。鲁迅与连环画、漫画、民间美术等的研究,亦未取得应有的进展。二是,就目前各个专题的最高发展水平而言,始终没有出现大的重量级的论文(现有论文还远远不能够代表本专题本应具有的最高水准),始终无法与鲁迅研究其他领域(尤其是鲁迅作品和思想研究领域)中的最高水平相媲美。这都是非常可惜的。同时,这也表明,关于鲁迅丰富的美术世界中的其他遗产的研究,还有着极为广阔的论述空间。对于鲁迅与美术研究的后来者而言,这又是非常幸运的。

1. 鲁迅与汉画像

新时期以来,关于鲁迅与汉画像的研究,有少量文章触及,取得了一定程度的进展。主要集中为以下三组文章:

张望、李允经、顾农是新时期以来最早研究鲁迅与汉画像的三位专家。他们的文章①发表的时间较早,均集中在上个世纪 80 年代。它们共同的价值在于:一是最早提出这一专题,以期引起后来者的注意,起了开风气之先的作用;二是在基本史料的搜集和整理上均作出了独特的贡献,这也是前辈学人们所共有的特长。90 年代继续在史料方面作出贡献的是曾宪波②,他的文章不但对鲁迅与汉画像资料研究,而且对于鲁迅生平史料汇编亦具有一定的意义。

牛天伟、戴晓云、卜友常③等则直接对鲁迅所藏汉画像进行了研究。他们的文章或者集中于对于鲁迅所藏汉画像中的某一形象或意象的考证或释读,或者集中于对于鲁迅所藏汉画像中的某一社会活动或游戏娱乐的文化阐释,均取得了一定的成绩。鲁迅所藏汉画像中的形象、意象、符号、纹饰和活动、游戏委实太多,这些文章也只是就其中的某一二个方面谈了自己的看法,这当然是远远不够的,就我们的目前所得而言,我们也仅仅只是得到了汉画像

---

① 张望:《鲁迅与汉画像——兼谈〈俟堂专文杂集〉的古画砖》,《美苑》1984 年第 3 期。李允经:《鲁迅和南阳汉画像》,《鲁迅研究动态》1985 年第 8 期。顾农:《鲁迅与汉画像》,《美术史论》1988 年第 3 期。

② 曾宪波:《鲁迅收集南阳汉画拓片始末》,《中州今古》1997 年第 3 期。

③ 牛天伟:《鲁迅藏南阳汉画像中的独角神兽考》,《鲁迅研究月刊》2005 年第 8 期。戴晓云:《鲁迅藏汉画像中伏羲女娲形象释读》,《鲁迅研究月刊》2009 年第 1 期。戴晓云:《鲁迅藏汉画像中方位四神形象释读》,《湖南人文科技学院学报》2010 年第 5 期。卜友常:《鲁迅藏汉代斗牛角抵戏画像浅议》,《湖北美术学院学报》2010 年第 1 期。卜友常:《鲁迅藏汉代伏羲女娲画像浅议》,《新美术》2010 年第 5 期。

的一鳞半爪而已。并且，这些看法还不能贸然拿来就用，也还有待进一步的论证。这些文章所起的亦是先导性的作用，即是在鲁迅与汉画像研究中，又开辟出一个小的分支：对于鲁迅所藏汉画像的研究。有关这一小块的研究仍然是大有可为的。

与上述文章不同，彭小燕、赵献涛、黄宛峰的文章[①]则尽皆致力于汉画像之用。彭小燕认为，从鲁迅的汉画收藏中，可以看到鲁迅反击生命虚无、实施自我救赎的可能性，所展现的是"沉默鲁迅"内心依然猛烈、激昂的生命创造意志。论者将鲁迅视为一个典型的存在主义者，鲁迅的所作所为即无不打上了存在主义的色彩。论者亦正是在这个意义上理解鲁迅的汉画收藏的。赵文论述较为全面，从鲁迅的小说、杂文、文学史一直到鲁迅所钟爱的猫头鹰图案，可以说开了将鲁迅作品与汉画像相互比照，力图发现其相通或相异的先河。黄文则只集中于一个方面，专门从图案设计入手，探讨了鲁迅对汉画艺术的传承和发扬。其对《桃色的云》封面插图上的云纹羽人图来自于山东嘉祥武氏祠画像石的认定是相当准确的。由以上文章可知，汉画像对于鲁迅作品、思想乃至装帧设计的作用及其影响，均已有所论述。但从整体看来，汉画像对于鲁迅书籍装帧、图案设计的影响，是最好把握的。这一块的研究也是实证性最强的。然而，对于鲁迅作品和鲁迅思想的影响，则是最为捉摸不定的。赵文及彭文所作探讨也仅是一些初步的尝试，他们的许多看法亦有待进一步的论证。

2. 鲁迅与中国文人画

鲁迅与中国文人画，这是一个相当宏阔的题目，在鲁迅与美术

① 彭小燕：《从"沉默鲁迅"(1909—1917)的日记和汉画收藏看鲁迅反击生命虚无、实施自我救赎的可能性》，《宝鸡文理学院学报》2006年第3期。赵献涛：《鲁迅与汉画像新论》，《石家庄学院学报》2008年第4期。黄宛峰：《鲁迅对汉画艺术的传承与发扬——从〈桃色的云〉封面插图谈起》，《鲁迅研究月刊》2011年第10期。

研究中亦处于相当重要的位置。但是,令人遗憾同时也令人深感困惑的是,新时期以来有关这一专题的研究仅有少量文章触及[①]。这些文章皆发表于上个世纪 80 年代,李允经、任秉义仅是简单重复了鲁迅对于文人画的评议,周积寅亦只是将鲁迅画论单独抽出并给以社会学的简单阐释,而均未能进一步作出富有深度和力度的分析。由是观之,这一专题仍然有着极为广阔的论述空间。后来者由此出发,或可进入鲁迅精神的深层。

3. 鲁迅与现代派美术

鲁迅与现代派美术,亦是一个相当宏阔的题目,不但在鲁迅与美术研究中处于极其重要的位置,而且还具有极其强烈的当代价值和现实意义。

新时期以来,关于鲁迅与西方现代派美术家珂勒惠支、凡·高、蒙克、比亚兹莱、蕗谷虹儿、麦绥莱勒等的比较研究,已经取得了较为长足的进展。但是,关于鲁迅与中国现代派美术家林风眠、刘海粟、常书鸿等的比较研究,却仍然停留在事实铺排的层面,仍然只是在试图拉近鲁迅与他们之间的联系,而没有将笔墨放在鲁迅与他们在精神上的最为相异之处。[②]

表现主义美术(又称表现派美术)是现代派美术中的一个重要分支。新时期以来,关于鲁迅与表现主义的探讨亦是鲁迅与美术研究中的一个突出热点和亮点。在这方面作出突出贡献的是李欧梵、魏韶华、崔云伟、徐霞、严家炎、徐行言等。[③]

从总体而言,关于这一专题的研究正方兴未艾,呈现出生机勃

---

① 周积寅、马鸿增:《鲁迅与中国画遗产》,《新美术》1981 年第 3 期。任秉义:《浅析鲁迅杂文中对文人画的论述》,《美苑》1983 年第 4 期。李允经:《鲁迅对中国文人画的评议——兼论中国画的推陈出新》,《鲁迅研究动态》1987 年第 2 期。

② 具体参见下文:鲁迅与中外美术家比较研究部分。

③ 具体参见下文:鲁迅与中外美术家比较研究、鲁迅作品的美术形式语言分析、鲁迅与美术综合透视研究部分。

勃的发展态势，其未来发展前景是不可限量的。

4. 鲁迅与书籍装帧

鲁迅是我国现代书籍装帧艺术的开山人。新时期以来，关于鲁迅与书籍装帧的研究，有多篇文章、专著触及，取得了较大程度的进展。这些成果可以大致分为三组：

邱陵的文章[①]发表于1981年，是关于鲁迅与书籍装帧艺术的资料汇编。他也是新时期以来最早对鲁迅与书籍装帧资料进行整理的研究者之一，此文就是这一方面的一大贡献。同年，由上海人民美术出版社出版的《鲁迅与书籍装帧》[②]，则为进一步的研究提供了更为丰富翔实的资料。近年来，仍有学人继续从事这一方面的资料整理工作，吴中杰[③]就是其中的一个杰出代表。

进入90年代以来，杨永德发表系列文章[④]直接面对鲁迅的书籍装帧，从各个角度细致剖析了鲁迅书籍装帧之“美”，并从中提炼出两大关键词：“东方的美”和“民族性”[⑤]。这批文章的最大亮点在于对每一个具体的书籍装帧所做的个案分析。这些分析相当准确到位，非常精妙地传达出了鲁迅装帧作品的艺术之美。如论者对于《桃色的云》的封面设计所作的分析：“1923年，鲁迅翻译的童话集《桃色的云》出版，鲁迅自行设计封面，在白色封面纸上，在书

---

① 邱陵：《鲁迅与书籍装帧艺术》，《美术》1981年第8期。

② 上海鲁迅纪念馆、中国美术家协会上海分会编：《鲁迅与书籍装帧》，上海人民美术出版社1981年版。

③ 吴中杰：《鲁迅与书籍装帧》，《美术教育研究》2010年第5期。

④ 杨永德：《鲁迅·现代书籍装帧艺术·贡献》，《鲁迅研究月刊》1997年第2期。《“东方的美”——鲁迅书籍装帧简析》，《鲁迅研究月刊》1997年第9期。《“民族性”与书籍装帧——鲁迅与书籍装帧“民族性”初探》(上)(下)，《鲁迅研究月刊》1998年第5、6期。

⑤ 其实这两个关键词，本来就是一个概念，和文中所提“新的形”、“新的色”、“书卷气”内涵所指是一致的。

的上半部分，印上由汉画的人物、禽兽及流云组成的带状装饰，这个红色不同于《呐喊》那样沉重，像朝霞，像流云，像舞台上挂的幕布，不仅点明‘桃色的云’这个主题，而且暗示读者，这是一本富于想象的童话剧，这个纹饰的选择是有其寓意的。下面用铅字排的书名和作者名，印成黑色，清新简练，上下呼应，还像舞台上活动的人物。这种带状装饰在书籍封面上使用，好像是从这一时期开始的。鲁迅研习汉画，又不拘泥旧形式，创造性地运用在封面设计上，这是翻译书在封面设计上‘民族化’的成功的尝试。”[①]近年来，对于鲁迅的书籍装帧艺术进行分析的还有凌夫[②]等。

张素丽、祝帅的文章[③]则属于鲁迅与书籍装帧的纵深拓展之作。张文联系鲁迅“全人”，就鲁迅书籍封面画的风格特征（静雅蜕变、汉画遗韵、现代追寻、装饰哲学、连环版画）与其美学趣味、文学创作、启蒙思想、文化理念之间的联系进行了精审的分析，发现鲁迅一生的美术行为与其文学创作的实践构成了相互解释、相互渗透的互文关系。祝文则将鲁迅的书籍装帧进一步提高到艺术设计的学术层面上来进行研究，同样取得了较为新颖的结论。其对当前的鲁迅研究还无法深入到鲁迅灵魂的整体，并与其进行对话的判断亦是相当准确的。作为一个鲜活的主体，鲁迅确有很多更为日常的兴趣等待着研究者们去发现。

5. 鲁迅与民间美术（包括年画）

民间美术作为“俗”文化的代表，与普通民众的生活息息相关，它所独具的原始性、通俗性及朴素、幽默、鲜活的艺术性使它与正

---

① 杨永德：《“民族性”与书籍装帧——鲁迅与书籍装帧“民族性”初探》（下），《鲁迅研究月刊》1998 年第 6 期，第 52 页。

② 凌夫：《鲁迅：中国现代书籍装帧的开拓者》，《寻根》2010 年第 1 期。

③ 张素丽：《鲁迅书籍封面装帧艺术新论》，《洛阳师范学院学报》2011 年第 3 期。祝帅：《鲁迅的艺术设计研究及其学术品格》，《美苑》2007 年第 5 期。

统文化互相交合，在中国绘画史上占据着重要的位置。新时期以来，关于鲁迅与民间美术的研究只有少量文章触及[①]。毛晓平认为，民间美术对鲁迅有着潜移默化的影响，同时鲁迅对民间美术又有着极深的认识与研究，这一认识与研究使鲁迅将民间美术与现代美术完美地加以结合，促进了中国新兴木刻运动的发展。该文所指民间美术主要包括年画、连环画、旧笺纸等三大部分。其对《老鼠嫁女》的分析亦颇为引人入胜。王树村则概述了鲁迅对于年画的收集和研究，指出鲁迅关于年画的珍重教言，即是鲁迅一生对民间年画收集、研究的结晶。同时也使我们得知，鲁迅收集年画的目的就是为了"匡谬正俗"，向民族、民间好的传统艺术学习。

6. 鲁迅与连环画

新时期以来，关于鲁迅与连环画研究亦只有少量文章触及[②]，从整体上看，仍然有待进一步的加强。宋益乔、刘东方提出了一个极富生长性和启发性的概念：美术启蒙，认为鲁迅的启蒙理念是在文学启蒙（精英文化）和美术启蒙（大众文化）两个层面运行推进的，两者呈现出互相弥补、互相促进的态势和局面。鲁迅之所以重视连环画，为连环画辩护，其意即在于通过连环画实施美术启蒙。这对于以往的启蒙理念不啻为一个有力的补充。

7. 鲁迅与漫画

与鲁迅与连环画研究相似，新时期以来，关于鲁迅与漫画的研

① 这方面的文章主要有：毛晓平：《鲁迅与民间美术》，《鲁迅研究月刊》2000 年第 9 期。王树村：《鲁迅与年画的收集和研究》，《美术研究》1982 年第 1 期。艾平：《鲁迅与邵阳隆回滩头年画》，《邵阳师专学报》1996 年第 3 期。余望杰、任鹤林：《鲁迅、刘岘与朱仙镇年画》，《鲁迅研究月刊》1990 年第 12 期。

② 这方面的文章主要有：李允经：《鲁迅与连环图画》，《鲁迅研究动态》1987 年第 11 期。宋益乔、刘东方：《重估鲁迅为"连环画"辩护的价值》，《鲁迅研究月刊》2010 年第 9 期。郑蕾：《〈阿 Q 正传〉连环画研究》，《文艺争鸣》2010 年第 9 期。

究亦只有少量文章触及①。李允经的文章发表较早，在史料的搜集与整理上发挥了独特的价值。陈星和肖振鸣都谈到了鲁迅和丰子恺，可惜没有将此专题深入探讨下去。崔云伟则在郑家建的基础上，进一步借助于丰子恺关于漫画的定义及其论述，具体分析了鲁迅作品中浓郁的漫画感。他指出，鲁迅作品的漫画感写实与表现特征兼具，其艺术创造更在后者。这就从一个崭新的角度刷新了对于鲁迅作品中漫画感的传统理解。

8. 鲁迅与书法、篆刻

新时期以来，鲁迅与书法研究取得了一定程度的进展。这批成果大致可以分为三组：

汤大民、蔡显良、胡卓君②主要探讨了鲁迅书法的主要特点及其成因。汤大民指出，鲁迅无心作书家，保住审美的自由和个性，这大概可以说是鲁迅书法精神的第一义。鲁迅书法的特色是本色自然，大朴大雅。其书艺正是其现实主义战斗风格的艺术写照。鲁迅重视"抄古碑"，博采深取各种碑帖，无意之中使其"无心"之作成了精美的"苦闷的象征"。夏晓静③则进一步探讨了鲁迅书法与碑拓收藏之间的关系，对鲁迅书艺的形成作了更为详尽细致的探讨。

---

① 这方面的文章主要有：李允经：《鲁迅与漫画》，《鲁迅研究动态》1987年第10期。郑家建：《论〈故事新编〉的绘画感》，《中国现代文学研究丛刊》2000年第1期。郑文包含关于鲁迅与漫画的论述。崔云伟：《写实与表现：论鲁迅作品的漫画感》，《山东科技大学学报》2005年第1期。陈星：《丰子恺与鲁迅二题》，《鲁迅研究月刊》1990年第4期。肖振鸣：《丰子恺漫画与鲁迅小说》，《鲁迅研究月刊》2001年第10期。

② 汤大民：《鲁迅书法的特质和渊源》，《南京艺术学院学报》（美术与设计版）2001年第3期。蔡显良：《融冶篆隶于一炉　听任心腕之交应——鲁迅书法的主要特点及其成因》，《荣宝斋》2008年第6期。胡卓君、章剑深：《鲁迅书法风格与成因探究》，《绍兴师专学报》1991年第3期。

③ 夏晓静：《鲁迅的书法艺术与碑拓收藏》，《鲁迅研究月刊》2008年第1期。夏晓静：《鲁迅与魏碑》，《鲁迅研究月刊》1997年第10期。

张树天、李继凯[1]则将鲁迅书法分别与新文化、传统文化联结起来。张树天指出，鲁迅的书法特色，与他自觉追求新文化是和谐统一的。李继凯则指出，作为文化象征性人物，鲁迅对书法文化的创化亦代表着“弘扬优秀传统文化的方向”。

与上述几位论者相比，肖振鸣、江平[2]更多地强调了鲁迅作为书法大家的地位。肖振鸣高度评价鲁迅书法为“民国第一行书”。江平则指出，鲁迅书法在20世纪书坛自成一体、品位很高，完全应当跻身十大书家之列。

孙玉石、孙郁、朱正、张恩和、张杰、刘涛等亦对鲁迅书法作出了精彩的解读[3]。他们的评论皆以观点、摘要的形式出现，限于综述文体的限制，未能进一步展开，但议论却相当精彩，给人留下了极其深刻的印象。论文方面对于鲁迅书法作出解读的还有赵雁君、赵英等[4]。

专著方面对于鲁迅书法作出解读的则是陈新年的《鲁迅书法探略》[5]。该著是笔者所见到的国内第一本系统评述鲁迅书法的著作。共分九章：第一章对鲁迅的书法进行了系统的编年略考。第二章探索了鲁迅书体的形成。第三章点明了鲁迅书法与郑板桥书法之间的师承渊源及其不同。第四章指出了鲁迅书法的种类。第五、六、七章分别探讨了鲁迅文稿书法、诗稿书法、日文书法的艺术特征。第八章集中探讨了鲁迅书法的篆法基因、隶法基因、章草基因和真书基因。第九章指出鲁迅书法的历史地位就是实用的文人

---

① 张树天：《鲁迅的书法与新文化》，《内蒙古社会科学》2000年第5期。李继凯：《论鲁迅与中国书法文化》，《华中师范大学学报》2010年第3期。

② 肖振鸣：《鲁迅与民国书法》，《鲁迅研究月刊》2007年第7期。江平：《作为书法大家的鲁迅》，《鲁迅研究月刊》2003年第6期。

③ 具体参见陈洁：《“鲁迅与书法”学术研讨会综述》，《鲁迅研究月刊》2008年第1期。

④ 赵雁君：《鲁迅书法艺术论》，《绍兴师专学报》1991年第3期。赵英：《鲁迅手稿书法艺术雏议》，《鲁迅研究月刊》1996年第10期。

⑤ 陈新年：《鲁迅书法探略》，中国窗口出版社出版2011年版。

书法家。

陈朴、金学智[①]则集中论述了鲁迅的篆刻。关于这一部分的研究尚待进一步的拓展。

9. 鲁迅与人体艺术

1986年，李欧梵发表文章[②]认为可以从鲁迅在客厅和卧室中所悬挂(摆设)的美术作品的差异来分析鲁迅的现代艺术意识。李文发表以后，李允经、凌月麟、张代敏等亦发表相关文章[③]，共同将这一话题推向一个新的阶段。张代敏的解释仍然过多地强调了鲁迅的社会层面，对于其私人层面未能充分涉及。关于此专题仍然有待深入挖掘。

10. 鲁迅的美术思想和美术理论

作为思想家的鲁迅，其美术思想同样是丰盈的、深刻的。新时期以来，关于鲁迅的美术思想和美术理论的探讨，均有文章触及[④]。但从整体观之，仍然缺乏富有深度和力度的文章。

邱陵《书籍装帧艺术简史》[⑤]、罗小华《中国近代书籍装帧》[⑥]、毕克官《中国漫画史》[⑦]分别介绍了鲁迅在书籍装帧史和漫画史上的成就，高度评价了其历史地位。这是继1944年唐英伟著《中国现

---

① 陈朴：《鲁迅与篆刻》，《鲁迅研究月刊》1995年第7期。金学智：《鲁迅论印章艺术美》，《鲁迅研究》第11辑，中国社会科学出版社1987年版。

② 李欧梵：《鲁迅与现代艺术意识》，《鲁迅研究动态》1986年第11期。

③ 这组文章包括：李允经：《鲁迅和裸体画艺术——兼与李欧梵先生商榷》，《鲁迅研究动态》1987年第4期。凌月麟：《鲁迅评人体美术》，《美苑》1989年第4期。张代敏：《鲁迅与人体艺术》，《成都大学学报》1991年第2期。在李文发表之前，还有一篇朱国荣的《鲁迅与人体美术》(《美术史论》1986年第4期)。

④ 这组文章包括：张学军：《鲁迅美育思想略论》，《理论学刊》2001年第5期。向思楼：《论鲁迅的美术教育思想》，《四川师范大学学报》2002年第4期。吕明涛、宋凤娣：《论鲁迅美术介入的启蒙思想》，《泰安师专学报》2002年第4期。凌继尧：《对鲁迅"美术之类别"的阐释》，《扬州大学学报》2002年第4期。

⑤ 邱陵：《书籍装帧艺术简史》，黑龙江人民出版社1984年版。

⑥ 罗小华：《中国近代书籍装帧》，人民美术出版社1990年版。

⑦ 毕克官、黄远林：《中国漫画史》，文化艺术出版社2006年版。

代木刻史》之后,鲁迅在美术的各个领域中受到史家重视的标志。

对于鲁迅美术世界中的其他遗产进行研究的还有夏晓静、张云龙、黄可、萧萍等[①]。

三、鲁迅与中外美术家比较研究

(一) 鲁迅与外国美术家比较研究

在鲁迅与外国美术家比较研究中,首当其冲的是鲁迅与珂勒惠支研究,主要论者有崔云伟、夏晓静、李允经、杨燕丽等[②]。崔文认为鲁迅与珂勒惠支在三个层面发生了全面遇合:在现实层面,珂勒惠支适应了战斗功利的现实需要;在审美层面,珂勒惠支与鲁迅"力之美"的审美观豁然相通;在哲学层面,鲁迅与珂勒惠支都执著于对绝望的反抗,具有共同的精神原型——西西弗斯。鲁迅对珂勒惠支的垂青表明,珂勒惠支是鲁迅试图结合私人世界和公共空间、现代艺术欣赏趣味和启蒙功利历史使命的一个典范。尽管此前已有多人进行过鲁迅与珂勒惠支的比较研究,但从各个层面全面论述鲁迅与珂勒惠支的精神相遇,该文还是第一篇。

葛红兵、魏韶华、古大勇[③]均注意到了鲁迅与西方现代派美术大师——凡·高和蒙克的关系。葛文毋宁说是对于鲁迅和凡·高

---

① 夏晓静:《鲁迅藏明信片概述》,《鲁迅研究月刊》2006 年第 11 期。张云龙:《鲁迅与插图艺术》,《鲁迅研究月刊》1998 年第 11 期。黄可:《鲁迅与儿童美术》,《美术史论》1989 年第 4 期。萧萍:《鲁迅与风俗画》,《团结报》1981 年 8 月 1 日。

② 崔云伟:《现实的·审美的·哲学的——鲁迅与表现主义的同路人凯绥·珂勒惠支》,《鲁迅研究月刊》2006 年第 7 期。夏晓静:《"有力之美"——鲁迅对珂勒惠支版画的审美选择》,《鲁迅研究月刊》2005 年第 8 期。李允经:《珂勒惠支和中国现代版画运动》,《鲁迅研究月刊》1991 年第 9 期。杨燕丽:《鲁迅为什么编印〈凯绥·珂勒惠支版画选集〉》,《鲁迅研究月刊》2008 年第 6 期。

③ 葛红兵:《殉道者 伟人 狂人——关于鲁迅与凡高的一种主观阐释》,《鲁迅研究月刊》1994 年第 5 期。魏韶华:《抑郁的艺术精灵——鲁迅与爱德华·蒙克》,《东方论坛》1996 年第 4 期。魏韶华:《鲁迅的"呐喊"与蒙克的"呼嚎"——纪念鲁迅先生诞辰 120 周年》,《兰州大学学报》2001 年第 5 期。古大勇:《狂痛"呐喊":在表现主义的潜法则下——画家蒙克与作家鲁迅比较论》,《伊犁师范学院学报》2004 年第 2 期。

的一种主观性阐释，如文章副标题所言。但鲁迅和凡·高的精神联系是有现实根据的，早在1912年8月16日，鲁迅就托时在日本的周作人购买过德文凡·高《书信集》。1927年到上海后，鲁迅又集中购买过有关凡·高的绘画作品，如：1930年10月19日得诗荃寄《文森特·凡·高画帖》；1931年4月11日去内山书店买《凡·高画集》，7月25日从丸善书店寄来《文森特·凡·高》；1933年5月8日、7月8日、9月13日、10月6日去内山书店分别购买《凡·高大画集》(一)(二)(三)(四)。可惜葛文没有进行细密扎实的史料考证，仅就印象、感觉而论，尽管其中并不乏精妙之论，但也同样难免疏漏，这不能说不是一个缺憾。

相比较而言，魏的这两篇文章均集中笔墨论述鲁迅与蒙克的精神联系，已经具有了较强的自觉性和针对性。这两篇文章从西方现代派美术这一视角研究鲁迅的艺术趣味(精神品格)，通过对于鲁迅与蒙克的个案比较研究，终于找到了一条进入鲁迅心灵世界的精神通道。由此，我们还可进一步发现：在一个被鲁迅深深隐藏起来的私人世界里，鲁迅与他所深深喜爱的画家(如凡·高、蒙克)进行着密切的精神交流和"我与你"的对话沟通。作为一个一生独战多数的"孤独者"，鲁迅的内心世界其实并不怎样孤独，而恰恰是丰富的、博大的。一方面，鲁迅在欣赏凡·高、蒙克的画册时有着一种心灵上的享受，在战斗之余获得了一种暂时的解脱和憩息；另一方面，鲁迅也在与凡·高、蒙克的对话交流中，获得了一种巨大的精神资源和动力支持。

比亚兹莱、蕗谷虹儿、梅斐尔德、麦绥莱勒、毕珂夫、格罗斯、法复尔斯基、克拉甫兼珂也是鲁迅所非常喜欢的画家。在关于鲁迅与上述几位画家的比较研究中，鲁迅与比亚兹莱、麦绥莱勒的研究在近年来取得了较大程度的进展，徐霞、阿部幸夫的文章则为其中代表。徐霞《"比亚兹莱"的中国旅程》[①]关注的是鲁迅选编《比亚兹莱画选》背后的有关文化、翻译、艺术的诸多问题。文章指出,从鲁迅选译硬译《〈比亚兹莱画选〉小引》到选取12幅比亚兹莱的代表性作品,我们并没有发现鲁迅如何沉醉在西方世纪末的颓废唯美中,反而是从文化艺术交流的角度,加上个人对书籍装帧艺术的喜爱,鲁迅为1920年代的中国引入西方最具代表性的艺术作品。阿部幸夫《从组画到版画小说》[②]则由偶然买到麦绥莱勒的木刻连环图画故事《城市》联想到六十七年前鲁迅策划出版麦绥莱勒的另一版画集《一个人的受难》的深远构想,进而论述了鲁迅的又一新的创作理念以及为此进行的有益探索——用绘画故事来表现文学作品,从组画到版画小说,并努力使普通大众理解和接受这一艺术新尝试。

其他论述鲁迅与外国美术家比较研究的论文还有张望、王观泉、张铁荣等[③]。

(二)鲁迅与中国美术家比较研究

新时期以来,有关鲁迅与中国美术家的比较研究相当薄弱,一直没有取得突破性的进展。这一块的研究主要集中为以下几个专题:

1. 鲁迅与陈师曾、陈洪绶

陈师曾是鲁迅青年时代的同窗好友,也是鲁迅交往的画家中

① 徐霞:《"比亚兹莱"的中国旅程——鲁迅编〈比亚兹莱画选〉有关文化、翻译、艺术的问题》,《鲁迅研究月刊》2010年第7期。

② [日]阿部幸夫:《从组画到版画小说——兼论鲁迅、罗兰、麦绥莱勒》,《绍兴文理学院学报》2001年第3期。

③ 张望:《鲁迅和麦绥莱勒》,《美苑》1987年第2期。张望:《鲁迅与蕗谷虹儿的画》,《美术研究》1985年第2期。王观泉:《麦绥莱勒在中国》,《鲁迅研究月刊》2004年第7期。王观泉:《关于麦绥莱勒在中国》,《鲁迅研究月刊》2004年第10期。张铁荣:《麦绥莱勒的木刻连环画》,收张铁荣《比较文化研究中的鲁迅》,南开大学出版社2003年版。

认识最早、友情最深的一位。但是，令人遗憾的是，新时期以来关于鲁迅与陈师曾的研究却一直没有出现重量级的论文。淦小炎的文章[①]谈的只是鲁迅与陈师曾的艺术交往。考虑到该文发表的时间较早，在史料的搜集与整理方面，该文尚具有一定的价值与意义。邓云乡、刘以焕的文章[②]，侧重点在陈师曾，对于鲁迅与陈师曾的关系仅只约略一提，这显然是不够的。刘晓路的文章[③]亦概述了鲁迅与陈师曾的艺术交往。与淦小炎不同的是，该文指出了鲁迅与陈师曾在传统文化观点上的差异，尤其是他们在文人画上的分歧是显而易见的。令人遗憾的是，该文只是提出这个观点而已，并没有深入展开。由以上文章可见，关于鲁迅与陈师曾的研究，几乎还没有真正展开过，其论述空间是相当大的。

陈洪绶是鲁迅非常喜欢的一位版画家。鲁迅曾对编印他的人物画册表现出极大的热情。新时期以来，关于鲁迅与陈洪绶的研究只有两篇文章，一篇为宋志坚的《鲁迅与陈洪绶的版画》[④]，一篇为李允经的《鲁迅和陈洪绶》。显然这是远远不够的。有关这一方面的研究，尚待更加有力的拓展。

2. 鲁迅与陶元庆、司徒乔

陶元庆是鲁迅非常喜欢的一位艺术家。但是令人遗憾的是，新时期以来关于鲁迅与陶元庆的研究却一直未能取得较大程度的进展。邱陵、凌夫、章容明的文章[⑤]，重点在于描述陶元庆的装帧艺术。它们均引用了鲁迅对于陶元庆的评价，但也仅此而已，并未做

---

① 淦小炎：《鲁迅与陈师曾及其艺术交往》，《九江师专学报》1985 年第 4 期。

② 邓云乡：《记陈师曾艺事——兼谈与鲁迅的友谊》，《文献》1982 年第 2 期。刘以焕：《鲁迅早年的挚友——陈师曾》，《鲁迅研究月刊》1998 年第 6 期。

③ 刘晓路：《君子之交——从陈师曾送鲁迅的十幅画谈起》，《美术观察》1999 年第 4 期。

④ 宋志坚：《鲁迅与陈洪绶的版画》，《福建艺术》2010 年第 2 期。

⑤ 邱陵：《陶元庆生平及其装帧艺术》，《美术》1993 年第 11 期。凌夫：《陶元庆：东西方融成特别的风神》，《寻根》2010 年第 2 期。章容明：《鲁迅作品与陶元庆的装帧艺术》，《浙江工艺美术》1995 年第 2 期。

进一步的论述。宋志坚的文章[①]概述了鲁迅与陶元庆一生的艺术交往，但就整篇文章而言，还是介绍的多，而论述的少，对于鲁迅与陶元庆之间深层次的精神联系仍未有所触及。由此可见，关于鲁迅与陶元庆的研究，起点几乎为零，后来者完全可以在此有所作为。

司徒乔亦是鲁迅非常喜欢的一位艺术家。新时期以来，在关于鲁迅与司徒乔的研究中，刘新的文章[②]是最为突出的。该文抓住鲁迅与司徒乔在精神上密切相关的一个关键词：平民性。文章据此展开论述，得出了诸多令人信服的结论。如论者这样认为，由于司徒乔在艺术思想和阶级立场上都选定了鲁迅的方向，故而在很多没有鲁迅的日子里，司徒乔照例把眼睛、画笔始终对准社会民间的下层人物和景象，担当了朴素的"文明批评"和"社会批评"的角色，毫无顾忌地向社会表达自己的声音，这种声音的基调就是平民性。对之于司徒乔的作品，这一评价是非常准确的。凌夫的文章[③]集中论述了司徒乔的艺术风格。这篇文章虽则引用了鲁迅对于司徒乔的评价，但是亦仅此而已，并未做进一步的论述。

3. 鲁迅与林风眠、刘海粟、徐悲鸿

鲁迅一生只参加过陶元庆、司徒乔、林风眠这三位中国画家的个人画展，对于前两位，鲁迅写过热情洋溢的评论，对于林风眠，鲁迅却始终没有发表任何感想。熟悉美术史的人，自然都知道，林风眠在美术史上的地位，较之于陶元庆与司徒乔，要高出很多。那么，鲁迅为何特意垂青于地位较低的人，而对于地位较高的人却采

① 宋志坚：《鲁迅赏识与推崇的青年画家——纪念陶元庆逝世八十周年》，《福建艺术》2009 年第 2 期。

② 刘新：《司徒乔与鲁迅及平民性——为纪念司徒乔百年诞辰而作》，《美术研究》2003 年第 2 期。

③ 凌夫：《司徒乔："狂飙"风格》，《寻根》2010 年第 3 期。

取了一种置若罔闻的态度。这是一个很有意思的课题。但是，对于这样一个问题，鲁迅界与美术界却至今没有给出一个合理的回答。裘沙的文章[①]也只是就鲁迅与林风眠的艺术交往补充了诸多以往人们所没有注意到的史料，只是在试图拉近鲁迅与林风眠的联系，而没有将笔墨放在鲁迅与林风眠在精神上的最为相异之处。

与林风眠在美术史上的地位相似，刘海粟亦是中国现代美术界中的一位重量级人物。鲁迅曾经以调侃的语气称其为“刘大师”，并对画展由他个人“包办”提出异议，个中含义确实耐人寻味。鲁迅为何对刘海粟采取了这样一种近乎嘲讽的态度，这同样是一个很有意思的课题。可是，对于这个问题，如同对于上一个问题一样，都没有在鲁迅界与美术界得到重视。有意思的是，张望的文章[②]与裘沙的文章一样，亦是在试图拉近鲁迅与刘海粟的联系，同样没有将更多的笔墨放在鲁迅与刘海粟在精神上的最为相异之处。

在鲁迅所提到的中国现代美术界的人物中，还有一个顶尖级的重要人物，他就是徐悲鸿。但是，令人遗憾的是，新时期以来关于鲁迅和徐悲鸿的研究还没有一篇文章。有关这一专题的研究，亟须引起鲁迅界与美术界的重视。

以上所谈皆为鲁迅与中外美术家比较研究论文。在鲁迅与中外美术家比较研究专著方面，则首推李允经的《鲁迅与中外美术》[③]。该书其实亦是一部论文集。所收论文，与外国美术家相关的论文有：鲁迅和珂勒惠支、梅斐尔德、格罗斯、麦绥莱勒、法复尔

---

① 裘沙：《鲁迅和林风眠》，《美术》1994 年第 8 期。裘沙：《再谈林风眠和鲁迅》，《新美术》2000 年第 3 期。

② 张望：《鲁迅与刘海粟》，《美苑》1988 年第 4 期。

③ 李允经：《鲁迅与中外美术》，陕西人民出版社 1992 年版。

斯基、克拉甫兼珂、毕珂夫、路谷虹儿、比亚兹莱、高更、戈雅、杜米埃、里维拉等；与中国美术家相关的论文则有：鲁迅和顾凯之、陈洪绶、吴友如、李毅士、陈师曾、陶元庆、司徒乔、李桦、力群、刘岘等。该书最大特色诚如王士菁所言，即是著者据以立论的材料非常之扎实与准确。该书之所以能够成为一部研究鲁迅与中外美术关系的重要参考书目，其原因正在于此。

四、鲁迅作品的美术形式语言分析

鲁迅如此酷爱美术，必然会在他的作品中留下或多或少的视觉印痕。运用美术形式语言，切入鲁迅的具体作品，进行大规模的分析论证，并作出较为出色的成绩的是郑家建、江弱水和崔云伟。

郑家建《论〈故事新编〉的绘画感》[①]集中论述了《故事新编》与绘画之间的关系。他分别从美术的色彩、线条、明暗对比、漫画等四个方面透彻分析了《故事新编》中的视觉美感。该文在具体解读过程中，始终存在着两大难点：一是，由于文学与美术在表现媒介上的不相通性，所以，它首先要求论者在解读过程中，必须能把文本从文学语言转换成绘画语言。这就与我们所习惯的从文学语言直接去把握主题、意义的阅读方式相比，要曲折、复杂得多。二是，这种解读方式，也对论者的想象力提出了很高的挑战，它不仅要求论者对文学语言中所呈现出来的色彩感、线条感、明暗对比感能够有一种细致、丰富的揣摩、品味，而且，还要求论者对这些色彩、线条和明暗对比，能够加以构图化。尽管这一切看起来是如此的困难，但论者却在自己的文章中将之一一化解，从而发出了诸多丰富而新颖的议论。

---

① 郑家建：《论〈故事新编〉的绘画感》，《中国现代文学研究丛刊》2000年第1期。

江弱水、郭运恒、王新、地山、庆余、安危①则集中论述了鲁迅《野草》与美术的关系。江文认为《野草》在视觉艺术上的诸多特色及其形成的原因主要有三：受木刻艺术影响而造成强烈的明暗对比与精劲的线条造型，与陈师曾长期交往而形成设色与构图上的水墨意味，以及与李贺诗境相通的既凝重又流动的奇异意象。该文在论述鲁迅与陈师曾的交往时，从吴昌硕、胡佩衡关于陈师曾的画论中挖掘出两个关键词："雄丽"与"厚郁"，指出鲁迅《在酒楼上》中的废园一景，真当得起这两个形容词。并认为，鲁迅写冬天的花儿总是特别出色，是最好的文人画，气骨遒劲，精力饱满，而又色彩明艳，大红大绿适成大俗大雅。这大红大绿、大俗大雅亦是陈师曾的绘画特色，在绘画界中亦只有他敢使用大红大绿。论者在这里还特意暗示出这废园一景与陈师曾赠与鲁迅的作品："冬华四帧"之间的关系。但是论者并不知道这"冬华四帧"是怎样的。现已查明，它们分别是：《牡丹》、《红梅》、《水仙》、《天竹》。尽管所写并非废园中的"山茶树"，但是这几幅绘画作品所流露出来的孤高清傲的精神气质，与鲁迅作品中的这一段描写确实是极其相似的。

崔云伟的系列论文则集中论述了鲁迅作品中表现主义美术感②。以《论鲁迅作品中的表现主义油画感》为例。文章认为，鲁迅作品中的油画线条充满力量之感，它和强烈的笔触、绚烂的色彩共

---

① 江弱水：《论〈野草〉的视觉艺术及其渊源》，《浙江学刊》2002年第6期。郭运恒：《〈野草〉中红色与青色意象的审美解读》，《河南师范大学学报》2005年第1期。王新：《大地与天空的永恒争执——从蒙克的波荡意象读解鲁迅的〈野草〉》，《名作欣赏》2006年第4期。地山：《谈〈野草〉的绘画美》，《大学文科园地》（郑州）1985年第4期。庆余：《从〈野草〉中的色彩描写谈起》，《美苑》1986年第4期。安危：《论〈野草〉的色彩美》，《鲁迅研究动态》1989年第4期。

② 这批论文包括：崔云伟：《论鲁迅作品中的表现主义油画感》，《山东师范大学学报》2006年第2期；《论鲁迅作品中的表现主义版画（木刻）感》，《沈阳师范大学学报》2004年第4期；《写实与表现：论鲁迅作品的漫画感》，《山东科技大学学报》2005年第1期。

同构成了“漩涡”意象。鲁迅作品中的色彩具有鲜明冷暖对立特征，两大色系相互争夺，几成鼎立，与鲁迅“反抗绝望”的精神哲学确有相通之脉。鲁迅创造了生命与死亡两大意象群落（生命意象与凡·高相比，死亡意象与蒙克相比），还创造了类似罗丹雕刻中的“行者”意象，这一意象是对生命意象的升华，对死亡意象的超越。通过运用美术形式语言：线条、笔触、色彩（包括黑白）、视觉意象对鲁迅作品进行细致分解后发现，鲁迅的创作来源不仅汲取了文学资源、历史资源、思想资源，同样包括了美术资源等其他艺术资源，鲁迅是综合了各种资源来进行他的极富个性的文学创作的。在把鲁迅和西方表现主义美术大师的作品共同放在一起进行审美阐释和比较研究中，我们同样发现了鲁迅作品的现代性和世界性。

其他运用美术视角对鲁迅作品进行分析的文章还有许祖华、顾晓梅、刘艳、李宁、贺智利、朱锋、潘宝泉等[①]。以上文章对鲁迅作品的独特解读，均创造了一个极富生长性的领域。

五、鲁迅藏画研究

对于鲁迅美术藏品的研究亦是鲁迅与美术研究中的应有之义。在这方面作出突出贡献的是李允经的《鲁迅藏画欣赏》[②]和孙郁的《鲁迅藏画录》[③]。

---

① 许祖华：《鲁迅小说的叙述空间与绘画》，《山东师范大学学报》2011年第4期。顾晓梅：《仿佛是木刻似的——鲁迅小说艺术形象的造型特色及其成因》，《山东师范大学学报》1999年第4期。刘艳：《鲁迅小说的绘画效果及其成因探寻》，《文艺理论研究》1993年第2期。李宁：《热红冷青自啮时——浅析鲁迅作品中的一对色彩意象》，《海南大学学报》2005年第2期。贺智利：《木刻艺术对鲁迅创作的影响》，《陕西师范大学继续教育学报》2001年第3期。朱锋：《鲁迅文学创作对书画技法的借鉴》，《宁夏师范学院学报》2008年第4期。潘宝泉、尹成君：《论绘画精神对鲁迅小说的影响和渗透》，《吉林大学社会科学学报》，1998年第4期。

② 李允经：《鲁迅藏画欣赏》，西北大学出版社1999年版。

③ 孙郁：《鲁迅藏画录》，花城出版社2008年版。

孙著认为，绘画之于鲁迅，不都是美学层面的话题，那里存在着不是宗教的宗教，不是诗的诗，不是哲学的哲学。研究鲁迅的人，懂其文字仅得一半，画里有他精神世界的另一半。画家谈画，往往就画言画，没有别的因素的暗示。鲁迅多的是文学与哲学的东西，目光就带了杂然的亮度，射着美妙的光束。

鲁迅没有美术创作的实践，却做了新兴版画的领袖，没有用笔墨色彩写生做画，却以文字让画家们看到了艺术的高境界。看鲁迅的书，他对光线、文字、音韵颇为敏感，文字透出木刻式的幽远气。《呐喊》、《彷徨》里的意象说其是一种木刻式的表达，也未尝不可。鲁迅无意之间，打通了美术与诗、小说的通道。

读鲁迅的小说《补天》，看到起笔中对天地之色的描写，有着色欲的美，则仿佛是印象派手段的移植。女娲的形象，也让人想起凡·高笔下的女子，耀眼的光有着性感的充实。蒙克的作品则让人想起鲁迅译的安德莱夫、迦尔洵、阿尔志跋绥夫等人的小说，它们在神韵上是相近的。美术创作和小说写作大约是一样的，越是个性的话语，越有精神的深。有人说鲁迅的前后期思想变化很大，比如前期热爱摩罗诗人，后来则倾向无产者的艺术了。年轻时主张个人主义，晚年却倾向了左翼文学。这是不错的。但从其藏画的爱好里，我们却发现表现主义与梦幻般的绘画，延续了《文化偏至论》里的基本思路，即是“张个性而扬精神”。

针对时人强加于鲁迅身上的暴力美学，著者举出了鲁迅所钟爱的珂勒惠支的版画。指出珂勒惠支的作品背景都是灰暗的，人的挣扎、不安、苦痛占据着大幅空间。作品的线条、色彩是朗照的，有飞瀑般的颤动。好像也有台风样的伟力，满面的屈辱、哀凉、不满乃至愤怒，并不给人绝望灰色及颓废之感。她的画布满了反抗绝望的冲荡之气。人性爱的火闪闪传递着，似乎随时可以汇成巨大的光，从中喷吐出来。鲁迅在那些图景里，先看到了母爱，后是仇恨。由爱而憎的艺术，是不能以暴力美学喻之的。

对鲁迅藏画作出解读的还有胡兆铮、刘玉凯等[①]。

六、美术家的鲁迅论

在“鲁迅与美术”研究中，有一批论者的身份是极为特殊的，即他们本身即为著名的美术家或美术评论家，如前所述张望、裘沙、王琦、蔡若虹、刘曦林、邹跃进、李小山、朱为民、刘新、李树声、齐凤阁、范梦、王伯敏等。作为中国当代知识分子群落中极其重要的一部分，他们发表了大量与鲁迅相关的言论，从中都可以看到他们对于鲁迅的深沉景仰。陈丹青、吴冠中、许江即为其中的杰出代表。

陈丹青近年来发表了大量与鲁迅相关的文章，这批文章后来集结为一部专著《笑谈大先生》[②]。在这部著作中，最为著名的是《鲁迅与死亡》。该文首先从鲁迅临终前的名篇《死》谈起，对于鲁迅遗言“让他们怨恨去，我也一个都不宽恕”表示了激赏，并谓鲁迅是一个描写死亡的高手。鲁迅一写到死亡，便即文思泉涌，大见笔力，大显骨格，不单是人格力量的显现，更是高妙的文学功力的成功施展。鲁迅就在这一系列的死亡中不断经验、不断体味，这一切都对他构成了刺激至深的创痛。陈氏坦言对于教科书的憎恨，以及对于鲁迅的欢喜。他认为鲁迅作为一个异端，其特质即在于不苟同和大慈悲。鲁迅的不苟同，是不管旧朝新政、左右中间，他都有不同的说法和立场，只是教科书单捡他左倾的言论；鲁迅的大慈悲，说白了，就是看不得人杀人，只是教科书单说他死难的朋友都

① 胡兆铮：《鲁迅手绘“猫头鹰”图析》，《宁夏社会科学》2000 年第 3 期。刘玉凯：《看懂鲁迅手绘的猫头鹰》，《新文学史料》2004 年第 3 期。

② 陈丹青：《笑谈大先生》，广西师范大学出版社 2011 年版。这部著作主要包括七篇谈论鲁迅的文章：《笑谈大先生》、《鲁迅与死亡》（又刊载于《鲁迅研究月刊》2006 年第 7 期）、《鲁迅是谁?》（又刊载于《南方人物周刊》2006 年第 27 期）、《上海的选择》、《民国的文人》、《文学与拯救》、《鲁迅与美术》等。

是左翼。鲁迅对历届政权从希冀、失望而绝望，从欢欣、参与而背弃，就为他异端。论者并一再宣称鲁迅对于死亡的兴趣："书写死亡，正是鲁迅的灵感与快感。就我所见，从中国古典作家直到五四作家群，几乎找不出一位像鲁迅那样，一再一再书写死亡，为死亡的意象所吸引。"这其实正是鲁迅自己的死亡美学。

吴冠中[①]是中国当代著名画家，他对鲁迅的激烈赞赏震惊了整个艺术界。他说：三百个齐白石，比不上一个鲁迅。因为在他看来，三百个齐白石也抵不上一个鲁迅的社会功能，多个少个齐白石无所谓，但少了一个鲁迅，中国人的脊梁就少半截。其实，与其说吴冠中有意贬低齐白石，倒不如说他从中表达的是对自己、对绘画的深切不满。吴冠中自觉地将鲁迅作为自己的精神导师，一辈子遵循着鲁迅精神去奋斗、去奉献。他对鲁迅的理解就是："生于野草时代，一生斗于野草，最后葬身于野草。"他说他到晚年越来越强调鲁迅，因为他所生长的时代就是鲁迅的时代，而我们现在仍然需要鲁迅，永远需要。他深深赞同于鲁迅要讲真话，要看到本民族缺点的精神，认为如果看不到自己民族的缺点，那么这个民族就是落后的。可以说，这是真正抓住了鲁迅精神的基本要义的。因为对于真正的知识分子来说，批判与反思正是其首要的和必需的职能。吴冠中之所以在艺术实践的道路上不断前行，从不满足于既有的成绩，不断地在艺术上实现巨大的突破，显然是与鲁迅精神的浸润作用密不可分的。

2011 年是鲁迅诞辰 130 周年，这一年美术界亦发表了诸多

---

① 吴冠中谈鲁迅的具体言论，散见于各报刊、电台、网站、博客中，笔者所搜集的资料主要有：吴冠中：《我的作品是给国家和人民的》，《美术报》2009 年 3 月 30 日；《名人面对面　走近吴冠中》访谈节目，凤凰宽频 2008 年 3 月 16 日；黄乔生：《吴冠中的"鲁迅论"》，《鲁迅研究月刊》2010 年第 12 期；张梦阳：《吴冠中眼中的鲁迅》，《辽沈晚报》2010 年 7 月 27 日；吴红林：《吴冠中：下辈子想当鲁迅》，《广州日报》2009 年 1 月 17 日等。

纪念文章，其中尤以许江《一个人的面容》[①]最为突出。许文指出，鲁迅的面容高悬于20世纪中国文化的天空之上，天然地具有被鲁迅本人所积极倡导的新兴木刻刀削斧劈一般的刻勒效果。20世纪，鲁迅的面容是中国最熟悉的大众面容，也是被中国艺术描绘刻画最多的公共面容。与毛泽东相比较，鲁迅的面容带着更多的精神的建构和象征。“文革”期间，这张面容成为神，鲁迅的名字成了那场声势浩大、触及灵魂的大批判运动的符码。改革开放后，鲁迅的面容渐渐地从神坛上走下来，带着他曾具有的批判和反省的本色，重回学界，重回民间。接着，随之而来的某些大众阅读、娱乐阅读、浅表化阅读，又突然将这尊面容从他应有的高度上拉下来，几乎拉入犬儒的泥沼。鲁迅的面容时而在云端，时而在深潭。这是鲁迅的自况，同时是中国文人们无一幸免的悲哀。

陈丹青、吴冠中、许江都不是鲁迅研究专家，他们只是喜欢说起他。相对于他们所精通的美术专业来说，对于鲁迅研究，他们是“外行”。但从一个“外行人”的眼光来看鲁迅，或许会有别样的眼光和独特的思路，甚或是为内行人所忽略甚至全然没有想到的。鲁迅不仅仅是文学界的鲁迅，他还是艺术界、社会各界乃至世界各国的鲁迅。只有大家共同言说鲁迅，才能真正构成一个生生不息的鲁迅研究的繁荣格局。

七、鲁迅与美术资料的系统梳理

资料研究是鲁迅研究中的重要一环，并且是最为基础的一环。与鲁迅研究其他领域中的资料研究相比，鲁迅与美术资料的系统整理，亦引起了相当程度的重视，并取得了相应的成果。萧振鸣

① 许江：《一个人的面容》，《中华读书报》2011年9月7日第111期，第13版。

《鲁迅美术年谱》[①]、杨永德《鲁迅最后十二年与美术》[②]、王锡荣《画者鲁迅》[③]则是继1979年王观泉《鲁迅美术系年》《鲁迅与美术》[④]之后近年来在鲁迅与美术资料研究方面又作出卓越贡献的三部著作。

萧著以鲁迅生平及重要著译活动贯穿编年，谱录了鲁迅从出生至逝世的全部美术活动，并按照鲁迅在《拟播布美术意见书》中对于"美术"一词的阐释，举凡有关建筑、考古、碑拓、雕塑、绘画、书籍装帧、书法、雕版诸项均收入谱中。凡鲁迅所论美术文章、演讲、书信均按首发时间选录或作提要收入谱中。重要著作、译作均以出版时间编年入谱。由于鲁迅早期日记已佚，存世的日记是从1912年5月5日至1936年10月18日，故而对于鲁迅早期美术活动的记述是以鲁迅自述、现存鲁迅遗物及同时代人回忆录为主要参考史料。民国元年以后则以鲁迅日记、现存鲁迅遗物、同时代人回忆录及鲁迅研究成果为基本史料。以上记录均以"存其信而缺其疑"为收录原则。该著中"本事"均作笺释，笺释紧随"本事"之后。书籍、碑拓、美术藏品亦均作笺释并注明存佚情况。存佚情况不明者不注。存佚根据鲁迅博物馆、上海鲁迅纪念馆及国家图书馆馆藏目录。这就为读者的进一步查找提供了方便。该著还引录了大量图片，主要包括：重要生平史料、鲁迅书法墨迹、绘画、封面设计、所评书画、重要著译版本封面、友人所赠书画等。这亦为读者阅读提供了丰富的兴味。

杨著共分上、下两编。上编是有关鲁迅美术（包括装帧）活动

① 萧振鸣：《鲁迅美术年谱》，国家图书馆出版社2010年版。

② 杨永德、杨宁：《鲁迅最后十二年与美术》，文化艺术出版社2007年版。

③ 王锡荣选编：《画者鲁迅》，上海文化出版社2006年版。

④ 王观泉：《鲁迅美术系年》，人民美术出版社1979年版；《鲁迅与美术》，上海人民美术出版社1979年版。

的史料长编，时间自1924年2月2日至1936年10月19日，共12年8个月又18天。编时根据《鲁迅日记》将鲁迅的美术活动及书信等资料按日期编入，同时插入其他人的回忆、评述等；每年年终有本年出版的单行本的装帧、出版概况及重要美术活动的简介。下编是著者研究鲁迅一生特别是最后12年的美术活动和思想理论的文章，共有11篇，另有附录1篇。主要集中于鲁迅与碑拓、书籍装帧艺术、插图、连环画、木刻等，主要是对于鲁迅与美术相关资料的整理汇编，其中尤以著者对于鲁迅与书籍装帧艺术的论析最为精到深刻，这与著者本人即为资深美编、装帧艺术家是分不开的。鲁迅与美术研究正是在诸多美术界专家学人的积极参与、共同促进下才日益生动活泼起来的。

王著则将鲁迅所藏美术作品大致分为五类：国画、篆刻、平面设计、线描、书刊之部，并对每一部中每一件作品都进行了详细的解说。以著者对鲁迅《心的探险》封面设计的解说为例。著者首先附上印制精美的插图，以给读者留下极为直观的视觉印象。然后作出文字说明：先是从《〈乌合丛书〉和〈未名丛刊〉》中找出"鲁迅自述"，继之在《〈心的探险〉目录页注》中列出"相关链接"，最后再在此基础作出"编者解说"。在进行解说时，不但准确、细致描述出该项设计的基本内容，而且对其设计的来源出处作了大致的推测性说明。如此一来，读者对于该项设计的基本情况就了解得较为全面了。[①]

《中国新兴版画五十年选集》[②]《版画纪程》《明朗的天》《寒凝大地》《鲁迅藏外国版画百图》《鲁迅藏汉画象》[③]《鲁迅珍藏汉代画像

---

① 王锡荣还作有《鲁迅美术作品》(《新文学史料》2006年第1期)，亦是对于鲁迅美术作品的系统整理和介绍。

② 中国新兴版画五十年选集编辑委员会：《中国新兴版画五十年选集》(上、下)，上海人民美术出版社1981年版。

③ 北京鲁迅博物馆、上海鲁迅纪念馆编：《鲁迅藏汉画象》(一)(二)，上海人民美术出版社1986年版、1991年版。

精品集》[①]《鲁迅与书籍装帧》等直接把鲁迅的美术收藏和鲁迅参与制作的美术作品展现在读者面前，为鲁迅与美术的研究提供了极大的方便。人民美术出版社、张望、张光福、马蹄疾、杨永德、王颖、崔云伟等[②]亦对鲁迅与美术资料进行了系统整理。

八、鲁迅与美术综合透视研究

当“鲁迅与美术”研究中各个领域的研究均已得到了细致深入的研究之后，就可以进一步从整体上把握“鲁迅与美术”研究，从而搞清楚这些与鲁迅相关的各种美术类别，究竟在“鲁迅与美术”的复杂结构中处于何种位置，发挥着何种作用，起着核心作用的又是哪一种。而且，还可以进一步从整体出发，研究美术对于鲁迅的文艺思想、美学思想、艺术精神、艺术趣味、创作思维、行为方式等的影响。这对于研究者的认识水平和审美能力均构成了有力挑战。

刘再复《鲁迅和绘画艺术的写实主义》[③]、任秉义《浅析鲁迅杂文中对文人画的论述》[④]、郭道晖《鲁迅的伟美观》[⑤]，是对“鲁迅与美术”综合透视研究的最初尝试。刘文认为，鲁迅对于我国绘画艺术的伟大贡献，从艺术思想和方法的角度说，就是他坚定地引导美术走上写实主义的创作道路。鲁迅美学观的根本点，就是美术品要

---

① 鲁迅博物馆编：《鲁迅珍藏汉代画像精品集》，百花文艺出版社 2005 年版。

② 人民美术出版社：《回忆鲁迅的美术活动》(续编)，人民美术出版社 1981 年版。在这本书出版之前，1979 年人民美术出版社曾出过一本《回忆鲁迅的美术活动》，故而这本同名作被命名为续编。张望：《鲁迅论美术》，人民美术出版社 1982 年版。张光福：《鲁迅美术论集》，云南人民出版社 1982 年版。马蹄疾：《鲁迅绘画、书法、装帧作品系年》(上、下)，《鲁迅研究资料》第 18、19 辑，中国文联出版公司 1987 年版。杨永德：《鲁迅装帧系年》，人民美术出版社 2001 年版。王颖：《美术视野中的鲁迅——鲁迅美术活动研究述评》，《鲁迅研究月刊》1993 年第 1 期。崔云伟：《新时期“鲁迅与美术”研究述评》，《东岳论丛》2004 年第 5 期。崔云伟：《鲁迅对西方现代表现主义美术的理解和接受》，《东方论坛》2005 年第 3 期。

③ 刘再复：《鲁迅和绘画艺术的写实主义》，《浙江学刊》1981 年第 4 期。

④ 任秉义：《浅析鲁迅杂文中对文人画的论述》，《美苑》1983 年第 4 期。

⑤ 郭道晖：《鲁迅的伟美观》，《文艺研究》1985 年第 4 期。

称得上美，应当是坚实的、真挚的，而不应是空灵的、怪异的，也就是应当是写真实的，而不应是纯“写意”的、纯象征的。任文认为，鲁迅对文人画既有过严厉的批评，也有过热情的赞誉。鲁迅的方针——“弃其蹄毛，留其精粹，以滋养及发达新的生体”，或许就是我们今天正确对待文人画的态度。郭文则从鲁迅的审美爱好、时代精神的影响、战斗的审美观等三个方面，论述了鲁迅崇尚“力之美”，即“反抗挑战”之美的伟美观。这几篇文章皆未能摆脱那种内容复述式的、简单的社会学诠释式批评的影响，但它们所显示出的综合分析的态势却开辟出一条更为广阔的道路。

1986 年 9 月在纪念鲁迅逝世五十周年之际，北京召开了“鲁迅与中外文化”的大型学术研讨会。会上，美国著名学者李欧梵做了题为《鲁迅与现代艺术意识》的发言[①]。他从鲁迅在上海故居中客厅和卧室所悬挂(摆设)的美术作品的差异[②]来分析鲁迅的现代艺术意识，认为鲁迅一生中在公和私、社会和个人两方面存在了相当程度的差异和矛盾，如果说鲁迅在为公、为社会的这条思想路线上逐渐从启蒙式的呐喊走向左翼文学和革命运动的话，那么鲁迅在个人的内心深处，甚至个人的艺术爱好上，似乎并不见得那么积极，那么入世，甚至有时还带有悲观和颓废的色彩。在接下来的阐

① 李欧梵：《鲁迅与现代艺术意识》，《鲁迅研究动态》1986 年第 11 期。后此文作为附录又收入其著作：《铁屋中的呐喊——鲁迅研究》中。该著由尹慧珉译，岳麓书社 1999 年出版。

② 在上海大陆新村鲁迅的故居里，客厅里悬挂的美术作品为较具社会意义的油画《读呐喊》、剪纸和木刻《太阳照在贫民窟上》；二楼鲁迅卧室里北墙上挂着日本友人秋田义画的油画《海婴生后十六日》，镜台上放着三幅颇具现代艺术审美风格的以三个女人(其中两个还是裸体)为主题的木刻：苏联毕珂夫的《拜拜诺瓦画像》、德国两幅人体版画——《入浴》和《夏娃与蛇》。关于鲁迅客厅与卧室所悬挂(或摆放)美术作品的具体情况，可参见张望《鲁迅与蕗谷虹儿的画》，《美术研究》1985 年第 2 期，第 7 页。在这篇文章中，张望引用了来自上海鲁迅纪念馆的两位负责人凌月麟、杨蓝的信。在凌、杨二人的信中，即详细描绘了鲁迅客厅与卧室所悬挂(或摆放)美术作品的具体情况。

释中，他分别论述了“鲁迅的艺术观和艺术感”、“影响鲁迅的几位人物”、“《野草》的特色”、“写作形式突破传统框框”等四个方面，广泛涉及了鲁迅的美术活动、文学创作、审美情趣、文化心理结构等。他完全放弃了就事记事的传统方法，而是超越客体的局囿，站在新的历史和理论的高度，以一种西方式的思维方法，从各侧面切入客体、审视对象。而在这种别具一格的细致剖析和审视中，也充分展露出了论者本人不俗的艺术感悟能力。例如，他在读到《颓败线的颤动》中有关出走的“老女人”的一段精彩的描写时，就认为这是一幅给人以鲜明印象的黑白木刻，指出这个老女人的样子，即仿佛出自珂勒惠支的《牺牲》。这首散文诗所展露的艺术感，和德国表现主义非常相似。继而进一步推进到鲁迅的其他作品，“读《野草》中的散文时，时常使我想到画和木刻，这恰好印证了鲁迅文字中丰富的视觉感，所以在鲁迅的创作中文学和美术毕竟还是有相通之处。”应当说，他的这种感觉还是相当敏锐的。

李欧梵之后，对于鲁迅与美术研究始终保持着浓厚的研究兴趣，并做出极大成绩和贡献的是魏韶华。他的《论鲁迅的艺术趣味》[①]，回避了“风格”等黑格尔主义式的概念而选择了“趣味”为论题，从鲁迅“这个人”“平日喜欢吃什么”这个貌似调侃实则大有意味存焉的问题出发，论述了在鲁迅的艺术趣味中存在着一种尚苦涩、反甜腻的完全属于现代的“嘎嘎作响”的充满着生命情感爆发力（“生命的沉酣”和“生命的飞扬”）的审美倾向。这种独特的艺术趣味对于以宋代和明代文化为代表的过于熟而精的中国传统软性文化和以萎顿、沉静、细密、精雅、熟巧为特征的中国人特有的精神气质均构成了强有力的反拨。他的《鲁迅与表现主义》[②]则接触到

① 魏韶华：《论鲁迅的艺术趣味》，《东方论坛》1994 年第 2 期。

② 魏韶华：《鲁迅与表现主义》，《兰州大学学报》1995 年第 2 期。

了鲁迅艺术观(艺术精神)的深层,挖掘了鲁迅与西方表现主义艺术大师(塞尚、凡·高、高更、蒙克、珂勒惠支、尼采、易卜生、斯特林堡、邓肯、波特莱尔、陀思妥耶夫斯基)和具有表现主义色彩的中国画家(陶元庆、司徒乔)之间的精神上的内在联系,指出鲁迅的作品和个性,受表现主义影响很大,他们在思想上有共鸣之处,在创作上有相通之脉。鲁迅的艺术精神是躁动的、倾斜的、焦灼的、反古典美学趣味的,这种现代艺术精神与西方表现主义的美学追寻是相通的。他的《鲁迅审美风格的艺术学阐释》①则再次从美术的视角重新论证了鲁迅的艺术趣味和艺术精神,并以鲁迅和蒙克为例集中探讨了他们之间的精神相遇,从而凸现了鲁迅艺术心灵的一个侧面。王彬彬在评价《多维视野中的鲁迅》这一部书时,就对此文表示了特别的留意和浓厚的兴趣,认为:"鲁迅研究作为一门'显学',投身者甚众,在有些问题上,我有时甚至感觉到出现了某种程度的'过度阐释',而之所以有些领域还存在着'荒芜'现象,不是人们无力顾及,而是并未想到这些领域也有深入开垦的价值,换言之,并未对这些领域产生'问题意识'。当《多维视野中的鲁迅》对这些问题进行深入系统的探讨后,我们才感到这确实是一个值得探讨的问题,在耳目一新的同时,也深受启发。例如第七章《鲁迅审美风格的艺术学阐释》,着重探讨了鲁迅在美术上的审美嗜好与其生命感知和文学风格之间的内在联系,就令我大为受益。"并指出把鲁迅的"意象营造"与他所喜爱的凡·高、蒙克等西方表现主义美术大师联系起来进行思考是令人信服的。②

---

① 魏韶华:《鲁迅审美风格的艺术学阐释》,冯光廉、刘增人、谭桂林主编《多维视野中的鲁迅》之第七章,山东教育出版社 2002 年版。

② 王彬彬:《开放、敏锐而又切实的"问题意识"——读〈多维视野中的鲁迅〉》,《文学评论》2002 年第 5 期。

许祖华、崔云伟近年来亦一直致力于鲁迅与美术研究，且在鲁迅与美术的综合透视研究中颇多创获。许祖华《构筑精神世界的另一半》[①]指出，在鲁迅的文化活动中，最重要的两个活动一个是文学，一个则是绘画，或称美术，他的精神世界，也就一半在文字中，一半在画中。在鲁迅的精神世界里，一半内容是理性的，一半内容是感性的。理性的追求，更多地表现在文学创作中，感性的追求，更多地表现在其绘画活动中。这就将鲁迅的绘画活动提高到了一个很高的位置，成为与鲁迅的文学活动同等重要的文化活动。崔云伟《作为美术酷嗜者的鲁迅》[②]则首次提出了一个重要说法：作为美术酷嗜者的鲁迅，这是对于毛泽东针对鲁迅所提出的“三大家”，即：文学家、思想家、革命家之外的又一个重要补充。鲁迅一生的美术活动相当复杂，很长时间以来人们只是有一个大体的模糊的印象。该文进行了汇总整理，第一次使得鲁迅的这一重要特征变得一目了然。

凌承纬、赵辉、陈茜、张树天、张云龙等[③]亦对鲁迅与美术的综合透视研究作出了相关解读。与上述论者相比较，这一组论者的研究则难称优秀。凌承纬《中国现实主义美术的拓路人》发表于2006年。众所周知，这是一个非常特殊的年份。按说在新世纪以来的这样一个特殊的年份里，是不应该发表一些质量平庸之作，而

---

① 许祖华：《构筑精神世界的另一半——鲁迅绘画活动的精神意义》，《山西大学学报》2011年第2期。

② 崔云伟：《作为美术酷嗜者的鲁迅——略论鲁迅的美术活动》，《沈阳师范大学学报》2010年第4期。

③ 凌承纬：《中国现实主义美术的拓路人——纪念鲁迅先生逝世七十周年》，《美术》2006年第10期。赵辉：《鲁迅艺术之痕——从鲁迅收藏看他的艺术世界》，《美术》2011年第8期。陈茜：《文艺结合，相互惠泽——论鲁迅与我国传统美术》，《文艺理论与批评》2011年第5期。张树天、杨树夏：《鲁迅的新艺术思想与新文化运动》，《内蒙古师大学报》2001年第5期。张云龙：《论鲁迅的美学思想——“力之美”》，《东岳论丛》1997年第4期。

应该着重推出一些能够代表21世纪以来鲁迅与美术研究的出类拔萃之作的。然而遗憾的是，凌文的识见实在是太一般了。尤其令人遗憾的是，这篇文章还发表在了美术界的权威刊物《美术》杂志中。这就不能不给人造成这样一种印象，即鲁迅研究界和美术界相互之间重又出现了一种比较隔膜的状况。当鲁迅研究界中关于鲁迅与美术的研究已经进展到一个较高的阶段，即开始着重探讨鲁迅与现代艺术的精神联系时，目下的美术界对于鲁迅与美术的理解竟然还停留在1981年刘再复写作《鲁迅和绘画艺术的写实主义》的水平。值得注意的是，刘再复当年写作此文是颇具学术价值与意义的，他达到了在他那个时代所能达到的最高水平。但是，时间已经过了二三十年之久，如果我们还是在一味地重复刘再复当年的观点，那么就只能说明我们的观念至今还停留在新时期初的水平，而没有丝毫的长进与发展。从学术增长的角度而言，这无疑是十分可悲的。赵辉、陈茜的文章，尽管发表于2011年（这也是一个非常特殊的年份），且分别发表于两个权威性的学术杂志（赵文发表于《美术》，陈文发表于《文艺理论与批评》），给人的印象却是仿佛又回到了三十年前那种内容复述式的、简单汇总式的、社会学诠释式的批评方式，其文章当然就很难提出具有原创性、穿透性的观点，当然也就难称优秀了。这似乎又表明了，尽管时间在流逝，时代在发展，但这却并不意味着学术一直在不断前进。后来的文章未必就一定比之前的文章好，有时候反而会出现各种各样的停滞和逆流。其实这在学术研究中可能也是正常的。学术研究本来就不像某些人所主观想象的那样，一直呈线性向上发展趋势的。

在对“鲁迅与美术”的综合透视研究中，有关“鲁迅与表现主义”的探讨由于广泛涉及鲁迅的艺术精神、艺术趣味、文艺思想乃至创作手法等，故而成为其中的一个焦点问题。所发表的重要文章除上述李欧梵、魏韶华、崔云伟等的论文之外,还有两篇文章须重点提及,即严家炎的《鲁迅与表现主义》①和徐行言的《论鲁迅艺术趣味与文艺思想的多元性》②。严文最早发表于1993年11月在汉城召开的"鲁迅的文学与思想国际讨论会",是国内最早将"鲁迅与表现主义"作为一个专题进行研究的论文。但是从严格意义上讲,这篇论文并不仅仅属于"鲁迅与美术"研究。因为此处严氏所涉及的表现主义,主要是作为一种文艺思潮,而不是仅仅作为一种美术思潮出现在论文中。他的对于《故事新编》的艺术特征的分析,也是从整个表现主义的文艺思潮来着眼的。严氏的基本理路是:"表现主义,就是鲁迅自二十年代中期起曾经密切注视、认真思考并受过影响的一种文艺思潮。它濡染过鲁迅的创作思想,使之发生重大的变化,并直接体现到小说创作上,构成了《奔月》《铸剑》及其后那些以神话、传说和史实演义为题材的新的篇什。"这种表现主义的文艺思潮自然也涵盖了美术思潮在内。严文在论证鲁迅所受表现主义文艺思潮的影响时,其中也包括了鲁迅所受表现主义美术思潮的影响。查鲁迅在二十年代中后期的购书目录可知,鲁迅购买了大量有关表现主义的美术作品及理论著作,如《表现主义》《表现主义的雕刻》《表现派图案》《表现派的农民画》《康定斯基艺术论》等。这就为接下来的论证提供了有力的证据。徐文与严文相同的一个地方,也是将表现主义主要是作为一种文艺思潮来把握。他所提出的核心论点是:鲁迅的艺术趣味倾向于表现主义,而鲁迅的文艺思想却更多地倾向于写实主义,在表现主义与写实主义的二难抉择中,充分体现了鲁迅艺术趣味与文艺思想的多元

① 严家炎:《鲁迅与表现主义——兼论〈故事新编〉的艺术特征》,《中国社会科学》1995年第2期。

② 徐行言:《论鲁迅艺术趣味与文艺思想的多元性——在表现主义与写实主义的二难抉择中》,《文艺理论研究》1997年第6期。

性以及其中所蕴含着的不可调和的矛盾和悖论。这种冲突在视觉艺术领域中也有突出表现。如果说鲁迅对珂勒惠支作品和苏联版画的介绍还带有较明显的政治倾向性的话，那么他对于凡·高、蒙克、格罗斯等人的由衷喜爱就很难完全用阶级政治的观点来解释了。这不能不被视为鲁迅对以表现主义为代表的现代思潮有着艺术趣味上强烈认同的最无可辩驳的说明。联系到西方表现主义文学和戏剧的兴起均曾得力于美术运动的启发和推动，鲁迅在文学创作中借鉴表现主义方法便是顺理成章的了。这在某种意义上再次回应了严文。论者并对哈佛大学哈南教授所认为的“鲁迅艺术趣味的一个方面可以说是现在所谓的表现主义”的说法表示了高度的赞同和认可。这些文章较之单论鲁迅与凡·高、蒙克等某个西方表现主义美术大师之间的关系更加综合、深入，也更加容易把握到鲁迅的艺术趣味、艺术精神和文艺思想等。这种很强的研究导向已经引起了有关“鲁迅与美术”研究者对于这方面的浓厚兴趣。

总之，1981—2011 年这三十年的“鲁迅与美术”研究，在鲁研界与美术界的共同努力下，已经取得了较为突出的成绩，涌现了一批具有较高质量的研究成果，并出现了一批专门从事此项研究的年轻学人，从而预示了鲁迅与美术研究的美好前景。但是从整体观之，“鲁迅与美术”研究虽然已经开始逐步走出资料整理汇编的基本框架，可是却仍未能就鲁迅与美术何以发生如此密切的精神联系做出更深更细更广的研究和探讨。在鲁迅与美术研究的众多领域中，如鲁迅与中国文人画，尚还缺乏更具说服力的论证；鲁迅与汉画像，亦只是进行了一些初步的尝试；鲁迅与林风眠、刘海粟、徐悲鸿等的比较研究，几乎还没有真正展开；即使是发展较为充分的鲁迅与版画（木刻）研究，其成果亦无法与鲁迅作品与思想研究领域中的成果相媲美。这就意味着鲁研界和美术界尚需进一步的交流，以相互弥补各自的知识缺陷。未来鲁迅研究可能会于此发生意义转折。这里仍然是一块较为宁静的原野，呼唤着越来越多的后来者前去开拓。

第十一章　2000—2010：鲁迅与当代中国研究述评

一、鲁迅的当代价值与意义

21 世纪以来，有关鲁迅的当代价值与意义一直存在着两种不同的声音。一种认为鲁迅已经过时，已经不再适应当下中国的发展态势和现实要求，理应退出现实和主流，回归历史和边缘。一种认为鲁迅与当下生活和当代社会仍然具有血肉般的精神联系，鲁迅已经成为一种“精神资源主体”，永远具有当下的现实意义。作为“现代中国的圣人”，鲁迅并未远离我们而去。只要是中国人，鲁迅就永远是一个不能被忽视的巨大存在。

历史进入 21 世纪初，对于鲁迅的否定和消解、颠覆和挑战之声就摆在了鲁迅研究者面前。根据李新宇[①]的分类，这些挑战大致来自于两大思潮：一是新保守主义的挑战。告别 80 年代以后，弘扬传统成了时代的最强音，民族主义浪潮一浪高过一浪，新国学成为热门，旧传统闪闪发光。与此同时，像李泽厚、王元化等这样一些本来以鲁迅精神传人自居的所谓启蒙知识分子也开始反思并指责激进主义思潮。“五四”切断了民族文化的血脉，造成了民族文

① 李新宇：《直面真正的挑战者》，《鲁迅研究月刊》2000 年第 7 期。

化的断裂，导致了20世纪中国的一系列灾难，这似乎已经成为某种时代的共识。在这样一种文化背景上，鲁迅如何逃避审判？二是有中国特色的后现代主义的威胁。在90年代中国式的后现代主义者眼里，鲁迅启蒙主义者的形象是荒唐可笑的。因为按照后现代主义的逻辑，鲁迅是启蒙主义者，而启蒙主义本身就充满罪恶；鲁迅以人为目的，而人本身就是一个神话，人已经死了，还有什么目的？鲁迅努力于现代性，而现代性早已过时，正需要深入反思和批判。在这种情况下，鲁迅就变成了一个他者化了的文化典型，一个地地道道的文化臣属者，一个帝国主义文化侵略的代言人，一个专门出中国人的洋相而讨好洋人的角儿。在多数国人眼里，这是不可原谅的。

关于文化保守主义，张福贵[①]亦发表过颇为精彩的观点。他认为，文化保守主义对于鲁迅文化选择的怀疑和曲解主要是从以下三个方面进行的：第一，从文化观念、心理个性乃至人格境界诸方面直接对鲁迅的人文价值产生怀疑，将其视为文化激进主义的主要代表进行或明或暗的批判；第二，从一种功利性的实用主义观点出发，淡化鲁迅反传统的整体性、根本性特征，极力寻找鲁迅文化选择中肯定传统文化的细枝末节，塑造所谓文化折中论的典范；第三，以高扬当年鲁迅思想对立面的一些国学家的方式来暗示鲁迅的文化批判和社会批评的偏颇与失误，从而达到否定鲁迅文化选择和新文化方向的目的。

近年来，对于鲁迅的当代价值与意义提出强烈质疑，并理应引发鲁研界充分注意的是阎真的《鲁迅：不同历史现场的价值错位》[②]。该文所关注的问题是：在具体历史条件已经发生变化的今

---

① 张福贵：《"活着"的鲁迅：鲁迅文化选择的当代意义》，社会科学文献出版社2010年版。

② 阎真：《鲁迅：不同历史现场的价值错位》，《天津社会科学》2010年第3期。

天，鲁迅主要的价值表达有没有超历史的普适性意义，还能不能够与当下现实进行有效的接轨，并进行有效的描述？与大多数鲁迅研究专家的期待相反，阎真的回答是否定的。他认为，任何价值表达作为一种“理论思维”，其合理性和有效性都不能脱离具体的历史背景。用这种观点来看鲁迅，他最富个人创意的主导思想，即对中国传统文化的决绝性否定和对国民性的反思批判，在发生的历史现场和当下的历史现场，有着不同的价值意义。按照生存和发展的标准，传统文化对于今日中国，有着巨大的甚至生死攸关的意义。鲁迅当年对中国传统文化的决绝性否定，尽管有着最充分的历史合理性，但在总体格局上，这种否定已不再适应今日中国的历史要求。对于国民性，由于鲁迅给予其太多的负面影响和评价，在今天已经不能够再从宏观上准确描述中国人的精神面貌。这在当年是有意义的反思，在今日则是无意义的自虐。鲁迅的文化姿态尽管有着最充分的历史合理性，但与今日中国的历史要求即生存利益之间，已经产生了深刻的裂痕，或者说历史性的价值错位，不再能够与当下现实有效接轨，并进行有效描述，因此在相当大的程度上失去了历史的依据。鲁迅主要的价值表达并不具有超历史的普适性意义，其有效性不能够脱离具体历史条件而绝对化。

十年来，尽管对于鲁迅的否定和消解之声一直不绝于耳，但是在中国文化界中占据主流位置的还是对于鲁迅的肯定和张扬。李新宇[①]指出，在这个世纪之交的中国文坛上，一方面出现了一股告别鲁迅、否定鲁迅，甚至猛烈攻击鲁迅，使鲁迅面临空前挑战的现象，但是，另一方面，在另外一些人那里，鲁迅不但没有被告别和否

---

① 李新宇：《雾海中的灯塔——鲁迅在世纪之交的中国文坛》，《西南民族大学学报》2006 年第 8 期。

定，而且受到了空前的尊崇。这些人带着前所未有的情感凝望鲁迅，追寻他的足迹，走上他的道路，把他当作精神的灯塔，不约而同地向他聚集。他们不仅倾听鲁迅的声音，同时也向鲁迅倾诉，对鲁迅表现出一种前所未有的感情。他们往往以鲁迅的弟子自居，甚至在文章中直呼“先生”，表现了一种空前的亲近感。他们就是张承志、张炜、李锐、韩少功、王敦洲、王彬彬、萧夏林、摩罗、余杰、王开岭、谢有顺等。这样，鲁迅对于他们而言，就成了一种安慰，一种支撑，成了虚无之海里的一座灯塔。他们从鲁迅那里所获得的，主要是人格力量和精神支撑，是独立人格和斗士风骨，是直面苦难与鲜血而决不闭上眼睛麻醉自己的精神，是毫不妥协的斗争精神，以及坚定、执著地为人的价值和尊严而奋斗的精神。但作者也坦率地指出，鲁迅对民族性格和文化传统的反省仍然没有得到应有的继承。在狭隘的民族主义已经给人类带来灾难并威胁着世界安全的时候，在某些政治力量往往以民族文化、民族传统之名为维护自身特权而抵抗文明潮流的时候，鲁迅的文化努力对各民族都有着巨大的启示意义。

关于鲁迅与当代中国的精神联系，是否真像阎真所说的那样，在具体历史条件已经发生变化的今天，鲁迅主要的价值表达已经没有超历史的普适性意义，已经不能够与当下现实进行有效的接轨，并进行有效的描述，绝大多数鲁迅研究者的回答是否定的。要想搞清楚这一问题，首先必须明了鲁迅的思想本质与价值核心是什么。张梦阳[①]对之作了有效的回答，这就是在20世纪中国从封建专制向现代文明转型的历史时期，对几千年来封建禁锢下的中国人的精神进行彻底的根柢性的反思，敦促中国人冲出思想的牢笼，获得精神的解放，达到精神的独立和思想的自由，从而正确地

① 张梦阳：《鲁迅与当代中国》，《兰州大学学报》2003年第5期。

认识自己、认识世界。显然，这一任务较之数千年来的封建专制，还远未完成，鲁迅的当代价值与意义又怎能完结。张梦阳[①]进一步细致考察了以鲁迅为代表的左翼文学资源，认为它对于当代中国也有着极为重要的意义。在他看来，左翼文学拥有平民意识，具有独立品格。它对于鲁迅研究者和继承者的启示，就是：高举左翼文学的旗帜，为社会正义而斗争。

鲁迅毕生致力于中国人、中国文化、中国社会的系统改造，彭定安将之命名为“中国文化—心灵工程”。通过对它的考察，彭定安[②]认为鲁迅在当代中国的意义就是：围绕“历史主题”与“民族母题”，为创获中国文化现代性和建设中国现代文化而奋战终身，以及在这些方面所做出的巨大、深邃、久远、为别人所不可企及的建树和贡献；在这种奋战中所表现的崇高的思想品性和人格魅力。张福贵[③]在论及鲁迅文化选择的当代意义时，则指出当我们把当年鲁迅的文化批判和社会批评的基本思想移入今天中国文化与社会状态之中，就会发现二者之间有着惊人的对应关系，批判者与批判对象似乎共存于同一时空。这一现象表明两种意义：第一，它表明鲁迅思想的博大精深。这，令我们高兴。第二，它表明中国文化与社会思想发展的迟滞或重复性。这，令我们悲哀。这两点使我们明白，鲁迅的选择与当代文化保守主义的基本选择是相对立的。这也正是当代新文化保守主义之所以反对、攻击鲁迅的深层原因。

在众多鲁迅研究者看来，毫无疑问，鲁迅是具有当代性的文学大师，这同时意味着鲁迅自我生命的延续和对当下文化创造的参

---

① 张梦阳：《左翼文学资源对当代中国的意义》，《中国现代文学研究丛刊》2002 年第 1 期。

② 彭定安：《鲁迅：对于当代中国的意义》，《鲁迅研究月刊》2002 年第 1 期。

③ 张福贵：《“活着”的鲁迅：鲁迅文化选择的当代意义》，社会科学文献出版社 2010 年版。

与。在接受中生成的“鲁迅文化”，在文化积累、文化再生及针砭时弊诸方面，都具有不可忽视的当代价值与意义。[①] 这种意义甚至表现在距离日常生活较远的“鲁迅学”研究领域中。姜振昌[②]指出，新时期鲁迅研究的突出成果，几乎都是以“当代”社会中的文化与文学的“现代化”作为基本的价值立场和内在驱动力的。新时期以来整个国家在现代化进程中所凸显的种种社会文化思潮，鲁迅研究都与之构成了相互感应、相互影响、相互促动的关系。鲁迅事实上已经成为中国文学和文化现代化的精神源头和现实生活的批判性力量。

二、鲁迅的当代命运

1936 年，鲁迅在逝世前夕留下遗言，希望“赶快（将自己，笔者加）收敛，埋掉，拉倒”，而且“不要做任何关于纪念的事情”。至于自己的文字，鲁迅早就希望随着时弊的灭亡偕同消失。然而历史的发展总是不能够拒绝鲁迅，遗忘鲁迅，作为历史文化巨人的鲁迅，总是在各种重大场合尤其是在社会剧变中被不断提及。鲁迅已经成了一个无法绕开的存在，一个各方各界都在努力言说的对象。远行以后的鲁迅仍然具有如此巨大的魅力，而其在当代中国的命运也注定是多舛的。

钱理群[③]指出，建国伊始鲁迅就面临着一个被毛泽东思想彻底改造的命运。毛泽东与党的意图是：一方面，以鲁迅作为“活人”——现实的中国知识分子进行思想改造的榜样；另一方面，作为“死人”的鲁迅本人，他的作品、思想、人格、精神，也要进行改造，

① 李继凯：《论鲁迅与茅盾的当代性》，《唐都学刊》2001 年第 2 期。

② 姜振昌：《“当代性”与鲁迅研究三十年》，见姜振昌、刘增人主编：《鲁迅新论》，中国社会科学出版社 2009 年版。

③ 钱理群：《鲁迅：远行以后（1949—2001）》，《文艺争鸣》2002 年第 1、2、3、4 期。

也要纳入毛泽东思想体系。在这种思想改造中,一方面,接受者对鲁迅的接受确实从一开始就受到了国家意识形态的引导与控制;另一方面,他们也因此得到了某种自由阅读鲁迅的保护。由此就形成了这一代人对于鲁迅的接受:他们在将"党"、"毛泽东"与"鲁迅"当作三位一体的崇拜对象的同时,心中又涌动着鲁迅的批判、怀疑精神,为鲁迅的独立、自由、反抗意志所吸引:心灵的迷失与觉醒就这样奇异地交织一起,相互交战,扭成一团。

"文革"期间,鲁迅再次被毛泽东引为同调。那时人们对鲁迅的批判的革命精神的理解与实践,仍然受到权力中心的引导与控制,因而不免充满"误读"与"扭曲"。但另一方面,正是在"文革"期间,鲁迅的思想得到了空前的大普及,给饥渴中的中国知识分子和青少年带来了雨露甘霖。"文革"后期是人们最容易接近鲁迅的时刻。鲁迅开始从被强制纳入的毛泽东思想体系中剥离出来,开始摆脱"党的鲁迅"、"毛泽东的鲁迅"的外加形象,恢复了他的独立的、自由的、批判的、怀疑的、创造的本性,并且参与到"文革"后期全民性的民间独立思考中,成为新的探索的重要思想资源。

80 年代中国思想文化学术界喊出两个最为响亮的口号:回到"五四"与回到鲁迅。鲁迅研究竟成为一时之显学。一方面,鲁迅研究依然"担负着党和国家的意识形态规范的沉重任务",另一方面,它又要满足包括鲁迅研究者在内的知识分子思想解放与思想启蒙的欲求。对于当代大学生而言,他们对于鲁迅的阅读与接受,已经重新还原为个人行为:人们按照各自所处的时代与个人的思想情感、人生体验、心理素质、审美要求,从不同的角度、侧面去接近"鲁迅"本体,有着自己的发现、阐释与再创造。而对于当代中学生而言,他们却被鲁迅所累,由此导致的是他们对于鲁迅的疏离乃至拒绝。

进入 90 年代,鲁迅突然变得不合时宜,遭到了各式各样的嘲讽和批判，然而这本身即证明了鲁迅的存在。90年代的年轻一代开始以“平常心”来看待鲁迅，和他进行自由、平等的对话与心灵碰撞。90年代的鲁迅研究也进入了“平常”心态，失去了显学的轰动，也减少了许多浮躁，视野则变得更加开阔。在苦苦的挣扎中，90年代的中国学院与民间的思想者，突然发现，鲁迅就生活在现实的中国，面对形形色色的新的奴役、压迫，面对重新泛起的光怪陆离的思想文化垃圾，发出他的强有力的批判的声音。这是又一次历史的相遇：如果说成长于五六十年代的那一代人，是在“文革”“十年浩劫”的绝望中与鲁迅相遇的；现在，七十至九十年代的年轻人中的愿意思考者，经历了“并不亚于浩劫的种种震撼”，又与鲁迅的心灵沟通了。

近年来，李新宇一直致力于鲁迅与当代中国研究，发表的文章主要有：《1949：进入新时代的鲁迅》、《鲁迅的遗产与胡风的悲剧》、《1955：胡风案中的鲁迅》、《1961：周扬与难产的电影〈鲁迅传〉》、《1978：“拨乱反正”中围绕鲁迅的纷争》。

李新宇认为，进入新时代之后鲁迅一直被写在旗帜上，但也仅此而已。因为就他的思想遗产而言，并不完全符合新时代意识形态的要求。鲁迅无法认同文学必须为政治服务，作为一生致力于化大众的他，也无法完全认可文学大众化的道路。他与新时代文坛掌控者如郭沫若、周扬等的历史恩怨也是他进入新时代必然要面临的障碍。由此，我们不难得出这样的结论：如果没有特别因素，鲁迅其实是很难进入新时代的。鲁迅之所以被新时代接纳，主要是由于毛泽东对他的推崇。但是，领袖的推崇带有领袖各种各样的目的和条件，并不能在深层次上解决鲁迅的思想实际与新时代意识形态的要求之间的矛盾。因此，进入新时代之后，鲁迅必然要面对一个复杂而微妙的环境，其形象必然要被有选择地改造。其中最为重要的有两项：一是努力把鲁迅与革命拉近，二是努力使鲁迅思想与毛泽东思想完全一致。[①]

作为20世纪中国思想文化史上的事件,胡风的悲剧与鲁迅的遗产密切相关。鲁迅生前结怨甚多,胡风承载了许多恩怨。在鲁迅的遗产中,包含了太多不利于政治意识形态进行全面整合的因素,所以就要对它进行必要的选择和改写。可是胡风却站在一个尴尬的位置上,在做着一个捍卫鲁迅传统的梦。在鲁迅精神已经不合时宜的时候,胡风执著地继承着鲁迅精神;在文学的发展日益远离鲁迅的时候,胡风执意坚持鲁迅的方向,这就严重威胁了左翼文化对于当代文化的整合。由于一厢情愿,胡风没有看到左翼文化与鲁迅精神、五四理想之间的矛盾,也就看不清自己所处的位置。在知识分子独立人格日益失去生存空间的时候,胡风仍然试图像鲁迅那样立足于文坛。所有这一切构成了胡风与时代环境的矛盾,从根本上决定了他的悲剧命运。[②]

在1955年对于胡风的批判中,鲁迅成了一个缺席的被批判者。胡风的问题与鲁迅的问题其实是同一个问题。时代最终作出了富于智慧的选择:清除胡风而保留了鲁迅。继而,当时理论界和学术界所面临的一个重大任务,就是划清胡风与鲁迅的界线。在这方面,唐弢的《不许胡风歪曲鲁迅》可谓代表。根据唐文推导,鲁迅的言行无不符合时代的政治要求;胡风对鲁迅的言说无一不是对鲁迅的歪曲。通过这样的努力,在把胡风打入地狱的时候,鲁迅似乎被解脱了出来。但结果是可悲的:鲁迅思想和创作中那些不符合时代要求的东西都被判给了胡风,那个真实而完整的鲁迅在遭到粗暴的阉割之后不再进入传播,它使鲁迅的许多遗产在此后相当长的一段时间里与胡风一起被监禁。[③]

---

① 李新宇:《1949:进入新时代的鲁迅》,《齐鲁学刊》2007年第3期。
② 李新宇:《鲁迅的遗产与胡风的悲剧》,《齐鲁学刊》2008年第3期。
③ 李新宇:《1955:胡风案中的鲁迅》,《文史哲》2009年第1期。

1961年前后，曾经花费大量人力物力拍摄电影《鲁迅传》，但最后却胎死腹中，留给历史的，只是反复修改的电影文学剧本、一次次的修改记录和各方面的修改意见。透过剧本的描写，可以看到那个年代为了迎合政治的需要，剧本不能不对历史事实有所选择、有所遮蔽和改造，因而对鲁迅的活动也不能不有所选择和改写。因此，即使这部《鲁迅传》拍了出来，给予观众的也是一个片面而虚假的鲁迅。更加耐人寻味的是周扬的修改意见。周扬在歌颂毛泽东的同时把鲁迅与毛泽东进行比较，含蓄而明确地指明了鲁迅的位置：他只是革命的民主主义者，无论多么伟大，都比共产主义者和真正的马克思主义者低了一个层次。从中我们既可以感受到那个时代的意识形态的力量，又可以体会到周扬个人面对鲁迅时的复杂心理。①

1978年围绕鲁迅发生了一场重评"两个口号"的论争。沙汀、荒煤、茅盾、夏衍批判的矛头直接针对的是冯雪峰、胡风，间接针对的是鲁迅。这就引起了李何林、楼适夷、吴奚如的猛烈反击。李何林不仅细致批驳了茅盾、夏衍，还直接给周扬写信，痛陈了自30年代以来就一直存在的"鲁迅派"与"国防文学派"的尖锐对立。矛盾的发生是必然的：一段荒谬的历史结束了，适应新的时代要求，思想文化界也需要"拨乱反正"。但是，人们对"正"的认识并不一致。周扬派所要极力恢复的是十七年惨淡经营所造就的那个鲁迅，而冯雪峰、胡风的追随者和同情者则显然不能接受周扬等人的这个历史叙述。虽然他们的言说阻力重重，得不到及时的传播，但毕竟为我们留下了时代矛盾的面影。②

对鲁迅的当代命运作出精彩解读的还有高旭东的《鲁迅传统

① 李新宇：《1961：周扬与难产的电影〈鲁迅传〉》，《东岳论丛》2009年第3期。

② 李新宇：《1978："拨乱反正"中围绕鲁迅的纷争》，《东岳论丛》2010年第10期。

的形成及其当代命运》[1]。文章认为，鲁迅的理论倡导与文学创作共同造就了一种不同于传统文学的新传统，这种传统后来被乡土文学、社会批判文学乃至关注个人命运与内在精神的文学等几个不同流派的作家共同承传着，但是这一文学传统却在大抬鲁迅文化地位的语境中，在一个关于鲁迅的冬天的神话的建构中，被毛泽东及其《讲话》高贵地悬置起来，而那些试图延续鲁迅传统的作家、批评家如胡风、冯雪峰、萧军等则无一例外地遭到了批判或批评。到了改革开放的新时期，鲁迅的文学传统才得以延续，但鲁迅仍然未能走下神坛。20 世纪 90 年代以后，鲁迅研究越来越被边缘化，离主流文化与权力话语也越来越远。鲁迅作为一个杰出的解构大师还遭到了解构主义思潮的颠覆，这是完全文不对题的，因为迄今为止对中国主流文化最具有破坏性与颠覆性的思想就来自鲁迅。有趣的是，恰恰是这些颠覆鲁迅的人往往比那些吹捧鲁迅的作家更多地传承了鲁迅文学的传统。

三、鲁迅与中国当代知识分子

(一) "贬抑"与"抗争"：当代知识分子之于鲁迅的两种态度

新世纪以来，鲁迅主要遭受了三大思潮即新文化保守主义思潮、自由主义思潮和世俗文化思潮的否定与攻击。中国的人文知识分子于此也大致划分为两类：一类对鲁迅进行了疯狂的贬抑，一类对鲁迅进行了义正辞严的抗争。站在抗争的立场上，具体而言，主要是：

1. 积极应对新文化保守主义思潮的挑战

新文化保守主义是以一种相当偏激的姿态出现的，中国文化优越论是新文化保守主义的基本特征。在新文化保守主义者看

① 高旭东：《鲁迅传统的形成及其当代命运》，《社会科学战线》2008 年第 4 期。

来，中国文化与西方文化不仅只是相通或是可以互补，而且优于西方文化并将在21世纪引导世界的未来。名牌大学的几个老牌教授（如季羡林、庞朴）及海外的华人学者（如余英时、杜维民），是这一思潮的代表人物；有的西方汉学家也持同样的看法。新文化保守主义者最为放肆的言论，乃是非议五四，以为五四新文化运动"偏激"地斩断了传统文化，要为中国今天的信仰危机和精神危机负责，郑敏、余英时、杜维民、林毓生等皆持此种观点。[①] 他们对于鲁迅的批判可以冯骥才、余英时、林毓生等为代表。

冯骥才认为，鲁迅之所以伟大，是由于他那独特的文化视角，即国民性批判。继之，他抛出一个石破天惊的观点：鲁迅的国民性批判来源于西方人的东方观，他的民族自省得益于西方人的旁观。"鲁迅在他那个时代，并没有看到西方人的国民性分析里埋伏着的西方霸权的话语。"鲁迅那些非常出色的小说，不自觉地把国民性话语中所包藏的西方中心主义严严实实地遮盖了。"我们太折服他的国民性批判了，太钦佩他那些独有'文化人'形象的创造了，以至长久以来，竟没有人去看一看国民性后边那些传教士们陈旧而又高傲的面孔。"[②]其实，冯骥才的这一观点并不新鲜，也并非空穴来风，而是来源于刘禾的国民性神话理论。刘禾在她那本《语际书写——现代思想史写作批判纲要》[③]中，认为鲁迅的国民性理论受蔽于美国传教士明恩溥的殖民霸权话语，进而全盘否定了中国国民劣根性的客观存在。由此可以看出他们之间的相承脉络。

冯骥才的文章发表以后，在鲁迅研究界引起了轩然大波。陈

① 高水皮：《"新文化保守主义"评析》，见中评网—人文中国—思想广场，2004年5月21日发布。

② 冯骥才：《鲁迅的功与"过"》，《收获》2000年第2期。

③ 刘禾：《语际书写——现代思想史写作批判纲要》，上海三联书店1999年版。

漱渝、刘玉凯、闵抗生、竹潜民、杨曾宪、余杰等皆发表了精妙之见。[①] 此处仅略述陈漱渝的观点,以略见一斑。

针对冯骥才的观点,陈漱渝认为,鲁迅改造国民性思想的形成有着更为深广的中外文化渊源,有着特定的历史背景和时代氛围。从根本上说,所反映的是当时先进中国人拯救民族危机的迫切愿望。此外,鲁迅对待史密斯的著作始终持有科学分析的态度。鲁迅选择国民性批判的文化视角,并不是糊里糊涂套用和延续西方人的东方观,而是有其历史背景和现实需求,表现出鲁迅直面人生的勇气,对人性的忠诚,以及对中国社会和中国文化的准确感受。从美学上看,这是一种文学审丑行为。鲁迅展示中国人的丑陋面,并非印证西方侵略者征服东方的合理性和合法性,而是在展示种种丑陋的过程中渗透了作家的忧患意识和否定性评价,使读者在否定性的体验中获得审美愉悦。

余英时是研究中国文化的著名学者,但是一说到鲁迅,便乱了方寸,毫无历史感起来。据袁良骏[②]考察,鲁迅在余英时心目中的形象主要集中为四点:一曰"高度的非理性",鲁迅"不但是反中国的传统,也反对西方的东西","他没有正面的东西,正面的东西什么也没有","他没有一个积极的信仰,他要代表什么,他要中国怎么样,他从来也没说过,尽是骂这个骂那个的"。二曰"很悲观"、"很世故"、"很复杂","一天到晚跟人家闹,心高气傲,但当时他又没有那个本钱斗得赢人家,所以转而与反抗势力结合在一起,所谓

---

① 陈漱渝:《挑战经典——新时期关于鲁迅的几次论争》,《文学评论》2001 年第 5 期;刘玉凯:《鲁迅国民性批判思想的由来及意义——兼评冯骥才先生的鲁迅论》,《鲁迅研究月刊》2005 年第 1 期;闵抗生:《对鲁迅的误读与妄评》,《淮阴师范学院学报》2003 年第 3 期;竹潜民:《评冯骥才的〈鲁迅的功和"过"〉》,《浙江师范大学学报》2002 年第 3 期;杨曾宪:《质疑"国民性神话"理论——兼评刘禾对鲁迅形象的扭曲》,《吉首大学学报》2002 年第 1 期;余杰:《鲁迅中了传教士的计?》,《同舟共进》2001 年第 1 期。

② 袁良骏:《为鲁迅一辩——与余英时先生商榷》,《鲁迅研究月刊》1995 年第 9 期。

变成‘青年导师’，其实他对青年人也不信任，他根本也不相信青年人的纯洁。”三曰“在文体风格上，表现出一种流氓的风格，就是乱骂人，骂人骂得刻薄，越刻薄越好”。四曰“不深刻”，“光看到坏处，那是尖刻。陈寅恪和鲁迅，到底哪个深？纯负面的东西不可能是深刻的。”总之，鲁迅是中华民族、中华文化的罪人，一无足取。

余英时的谈话发表以后，也引起了房向东的奋力反击。房向东[①]指出，鲁迅与陈独秀、胡适等“五四”先哲，他们之于现代中国的意义不亚于孔孟之于春秋战国的意义。五四运动是以其彻底的反传统而开创了中国历史的一个新时代的。余英时要否认鲁迅的反传统，从某种意义上说就是要否认“五四”新文化运动。针对关于鲁迅“非理性”的指责，房向东认为，鲁迅既是反传统的，又是反西方的，但鲁迅不是极端的非理性，而是极端的理性，因为鲁迅所反对的传统，正是中国文化中最为丑陋的那部分；鲁迅所反对的西方，也是西方最为蛮横的那部分。鲁迅肯定了所应该肯定的，鲁迅反对了所应该反对的，这就是鲁迅的深刻理性与伟大的批判精神的高度统一。

其实，余英时的这个观点，林毓生早在其《中国意识的危机——五四时期激烈的反传统主义》[②]中即提出了。在这部引起广泛争议的著作中，林毓生以胡适、陈独秀和鲁迅为个案分析和思想批判，对五四新文化运动提出了两点批评：“全面反传统”和“借思想文化以解决问题”，认为20世纪中国思想史的最显著特征之一，就是对于中国传统文化的全盘性、持续性否定和毁灭性破坏，由此造成了20世纪中国的文化危机，一直延续到了60、70年代的“文革”灾难。由此亦可看出，在中国反鲁迅与反五四往往是相互纠结

① 房向东：《情急失态——余英时对鲁迅的咒骂》，《鲁迅研究月刊》2000年第6期。

② 林毓生：《中国意识的危机——五四时期激烈的反传统主义》，贵州人民出版社1988年版。

在一起的，而且也逐步形成了一种新的传统。

2. 积极应对自由主义思潮的挑战

20世纪末自由主义成为中国思想论战中最为尖锐的场域。当代自由主义的推进者以李慎之、徐友渔、朱学勤等为代表。朱学勤《1998，自由主义的言说》指出：1998年中国思想学术界最值得注意的景观之一，是自由主义作为一种学理立场浮出水面。关于自由主义的定性问题："它的哲学观是经验主义，与先验主义相对而立；它的历史观是试错演进理论，与各种形式的历史决定论相对而立；它的变革观是渐进主义的扩展演化，与激进主义的人为建构相对而立。它在经济上要求市场机制，与计划体制相对而立；它在政治上要求代议制民主和宪政法治，既反对个人或少数人专制，也反对多数人以'公意'的名义实行群众专政。"①

从中国当代自由主义者的基本立场和观点来看，在中国倡导自由主义并不是一件十分容易的事情。因为在中国，封建专制主义的传统源远流长，生活在现实生活中的人们很容易为其所困，受其所制。同时也正因如此，在中国倡导自由主义又很有必要。但是，奇怪的是，一些学人在阐述自由主义的精义时，极为讲究学理性，同时也颇为重视风度，可是在谈及鲁迅时，却就不那么平和，不那么宽容，也不那么讲究学理了。朱学勤、李慎之、韩石山、李敖就是其中的几位。

朱学勤在《鲁迅的思想短板》②（以下简称朱文）中提出一个惊世骇俗的观点："鲁迅是专制主义的精神同盟"。文章首先对鲁迅进行了有限度有保留的肯定，说"鲁迅精神不死，能够活到今天的遗产只有一项：对当权势力的不合作。"应当说，不管鲁迅精神遗产

① 朱学勤：《1998，自由主义的言说》，《南方周末》1998年12月25日。
② 朱学勤：《鲁迅的思想短板》，《南方周末》2006年12月14日。

留给我们多少有价值的东西，似乎都没有引起朱文的重视，但其对“鲁迅对当权势力的不合作”的这一把握至少还是准确的。可是在接下来的对于鲁迅诸如经济学、教育史、社会学，尤其是政治学的解释中，却逐步引出了一个对于鲁迅的诘问：五四那一辈他（指鲁迅）有很多同道（如胡适、陈独秀），为什么其他人的民主追求不可能被利用，唯独鲁迅能？继而在“思想史解释”中指出“作为‘空前思想家’的鲁迅，短板恰在思想，而不在其他”，这个思想短板就是鲁迅的“无政府主义”。它不但存在于鲁迅，也存在于鲁迅生前身后诸多信徒和欣赏者当中，如毛泽东。于是，在接下来的分析中，朱文有意将左联时期的鲁迅和发动文化大革命的毛泽东相提并论，并耐人寻味地指出“无政府主义调动的是反专制情绪，反专制未必是反过来的民主，很可能是专制之候补”，这就分明已经暗示出鲁迅与毛泽东两人的精神同盟关系。在文章最后“国民性改造”中，更是将鲁迅的“国民性改造”思想，与日本、德国法西斯、红色高棉等联系在一起，从而使得鲁迅加入到了世界法西斯、专制主义的精神谱系中。分析至此，朱文最先提出的鲁迅能够唯一流传下来的精神遗产也遭到了否决，因为有了这个鲁迅的思想短板，一切的努力全都白费，鲁迅的思想贡献于是最终归结为零甚至是可憎的负数。

朱文发表以后引起学术界强烈反响，姚新勇《鲁迅岂是专制主义的精神盟友》[①]（以下简称姚文）即是其中之一。姚文在概述了朱文基本内容后，首先批驳了朱文荒谬的论证逻辑，认为中国现代以来的历史，很难说存在过一个绵延数十年的报人知识者的阵线，鲁迅是不是属于他们中的一员，可不可以作为他们的象征，都是很值

① 姚新勇：《鲁迅岂是专制主义的精神盟友——与朱学勤先生商榷》，《粤海风》2007 年第 1 期。

得怀疑的。朱学勤的论证，根本就是缺乏逻辑的，是建立在偷换概念、编造历史的基础上的，而这类手法恰恰是朱学勤所深恶痛绝的"文革"专制主义者们常用的手段。文章继之发问："一个标榜理性精神的自由宪政知识分子，却与'文革'专制主义者们乘上了同一思维的危险快车，岂不发人深醒？"

姚文进一步针对"鲁迅是无政府主义者"的说法做出分析，认为鲁迅之所以像无政府主义者一样终生好战，是因为他熟知了中国历史上明君、圣人、替天行道者们与专制、黑暗的一体性，看够了多年以来革命者相互陷害、自相残杀，也看穿了民国政府和国民政府，打着宪政、训政的旗号，实行暴政的现实。尤为难能可贵的是，姚文反戈一击，将论辩的矛头指向自由主义："为什么只见反思革命、反思社会主义、反思鲁迅，却不见反思自由主义学说呢?"作者继而分析出了隐藏在朱文这种混乱思维、语言暴力背后的逻辑内涵，认为从中暴露出来的是：朱学勤等所谓自由主义的拥护者们，不仅常常生搬硬套西方外来的思想，而且其追求自由与反抗的动机，常常演变成现行压抑体制的帮衬或辩护。这或许正是他们的思想短板吧。

韩石山近年来一直致力于他的扬胡反鲁事业，其《少不读鲁迅，老不读胡适》①被号称为"新文化运动以来对鲁迅最不认同的声音"。在这本著作中，他提出了一系列匪夷所思的观点，如："鲁迅是个旧文人，他的用语与文风，都是旧的；胡适是个新时代的知识分子，他的用语与文风，都是新的，文是全新的文，人是全新的人。尤其是他对中国社会改造的理念，是向上的，是建设性的。没有偏狭，没有仇恨，只有诚恳的劝导，切实的擘划。鲁迅则不然，气愤、怨恨、诅咒、嘲讽，无所不用其极，偶尔也会说些'光明'一类的词

① 韩石山：《少不读鲁迅，老不读胡适》，中国友谊出版社 2005 年版。

儿，不是言不及义，就是大而无当。在他那里，是看不到什么建设性的改造社会的建言的。”“中国若不打算走向现代化则罢，若打算走向现代化，又要在文化上选择一个从旧时代到新时代的传承式的人，只能是胡适而不能是鲁迅。”加上他以前的论点：“读胡适的书是让人长见识的，读鲁迅的书是让人长脾气的”[①]，都让人觉得韩石山的这种扬胡反鲁心态已经发展到了一种严重的偏执状态，即一说到胡适，那就是全好，而一谈到鲁迅，就这不好，那也不好，连鲁迅的长相也要挖苦。

对于韩石山的系列批判，鲁研界用力甚多，尤以房向东的《著名作家的胡言乱语——韩石山的鲁迅论批判》[②]为最。该书前面还附有袁良骏所作的序：《“反鲁英雄”韩石山、苏雪林比较论》[③]，其中亦多精妙之见，痛快淋漓之至。此外，郜元宝的《又一种破坏文化的逻辑——评〈少不读鲁迅老不读胡适〉并论近年“崇胡贬鲁”之风》[④]也很值得一读。读者亦可相互参看，兹不详述。

3. 积极应对世俗文化思潮的挑战

从上个世纪 90 年代开始，随着国家政治、经济政策的调整，中国逐渐步入一个以市场消费为主体的时代。市场就像一柄双刃剑，一方面带给了人们丰厚的物质利益和舒适的生活水平，另一方面也使得一切都变得世俗化、功利化和平庸化了。80 年代所曾经崇仰的理想主义和作家主体性，突然之间消失得无影无踪。当社会开始以金钱为中心，社会上的一切也无不质化的时候，一切属于个体的、精神的、心灵的东西，就不可避免地遭到了被贬抑乃至被

---

① 韩石山：《在复旦中文系的演讲》，《文学自由谈》2002 年第 3 期。

② 房向东：《著名作家的胡言乱语——韩石山的鲁迅论批判》，上海书店出版社 2011 年版。

③ 袁良骏：《“反鲁英雄”韩石山、苏雪林比较论》，《民族魂》2011 年春季号。

④ 郜元宝：《又一种破坏文化的逻辑——评〈少不读鲁迅老不读胡适〉并论近年“崇胡贬鲁”之风》，《南方文坛》2006 年第 4 期。

摒弃的命运，鲁迅自然也在其中。

王朔、王蒙、葛红兵堪称世俗文化中的典型代表。他们是世俗文化中的既得利益者，他们在其中左右逢源，如鱼得水。但是，一旦当他们以世俗意义上的所谓成功者的姿态面对鲁迅时，鲁迅在精神上和人格上的伟大立刻映衬出他们的“渺小”来。这使他们感到刺目，感到不适，必欲除之而后快。在这种情况下，他们对于鲁迅的攻击也就完全可以理解了。他们之中，尤以王朔对于鲁迅的攻击最为癫狂。

王朔[①]咒骂鲁迅的观点林林总总，不一而足，主要有以下四点：(1)鲁迅的白话文字有些疙疙瘩瘩，读起来有些含混。(2)《阿Q正传》是一部非常概念化的小说，这就影响了其审美性和可感性。(3)鲁迅没有写过长篇小说，光靠一堆杂文和几个短篇是立不住的。(4)鲁迅没有什么思想，没有给国家民族指条明道。

关于鲁迅的语言文字问题，高旭东[②]认为，假定鲁迅用很顺、很直露的文笔写作，那么，鲁迅就不成其为鲁迅而会成为冰心、朱自清或其他作家，中国文学史就会失去一种极有个性的文体。语言是存在的家园，鲁迅文笔的不顺、苦涩、含混，是与他境遇的不顺、心情的悲凉、思想的复杂密切相联的。对“此在”没有深刻的洞悟，没有相当的人生阅历与中西文化的知识，是很难在鲁迅的文字中找到好的语感的。

关于《阿Q正传》的概念化问题，张梦阳[③]认为，阿Q是一个蕴含深厚哲学意味、思想性很强的艺术典型，但绝不是“概念的产物”。阿Q是中国文学为世界文学贡献出的唯一一个堪与堂·吉诃德等人物相媲美的进入高深境界的艺术典型。鲁迅第一个发现

① 王朔：《我看鲁迅》，《收获》2000年第2期。
② 高旭东：《不废江河万古流——对颠覆鲁迅者的颠覆》，《齐鲁学刊》2000年第6期。
③ 张梦阳：《我观王朔看鲁迅》，《文学自由谈》2000年第4期。

和概括出“精神胜利法”并成功地塑造出阿Q这一艺术典型，仅此一点，即毫不逊色于那些诺贝尔文学奖的得主。

关于鲁迅没有写过长篇小说的问题，陈漱渝[①]认为，如果这个论点能够成立，不仅鲁迅在文坛将无立锥之地，而且中国唐代之间就几乎无人能称作家。如果以篇幅长短判定小说的价值，那么蒲松龄的艺术成就将位居夏敬渠之下。在世界文豪排行榜上，契诃夫、莫泊桑一类作家也会通通被除名。张梦阳[②]也认为，长篇固然重要，短制也自有其不可替代的价值，中短篇小说完全可以造就大作家，散文随笔也可以创造文字的奇迹。关键在于有无独特、深刻、丰富的思想内容和艺术形式。关于鲁迅的杂文问题，姜振昌[③]认为，在鲁迅的性情和艺术趣味中，始终有一种不受压抑而强烈地希望自由地“发议论”的内在要求。这是一种极为深重的议论情结。王朔的这一结论不仅源于他一贯的“玩世不恭”和“看人低”的习惯，而且真切地反映出他对鲁迅和以鲁迅为代表的中国新文学传统的极端隔膜。

关于鲁迅有什么思想的问题，张梦阳[④]认为，鲁迅的思想就是其“立人”思想，王朔不清楚鲁迅有什么思想并完全怪他，他能提出这一问题就是一大贡献。责任在于鲁迅研究者忽视了普及工作，没有把最新的研究成果及时传布到群众中去。关于鲁迅的思想没有给国家民族指条明道的问题，陈漱渝[⑤]指出，王朔所说的这种思想属于社会政治思想。如果不能达到王朔这种期待值的人就不是思想家，那么从亚理士多德到黑格尔、康德都称不上思想家了。如

① 陈漱渝：《挑战经典——新时期关于鲁迅的几次论争》，《文学评论》2001年第5期。

② 张梦阳：《我观王朔看鲁迅》，《文学自由谈》2000年第4期。

③ 姜振昌：《鲁迅的真诚与明智》，《文艺报》2000年5月30日。

④ 张梦阳：《我观王朔看鲁迅》，《文学自由谈》2000年第4期。

⑤ 陈漱渝：《挑战经典——新时期关于鲁迅的几次论争》，《文学评论》2001年第5期。

果必须有严格逻辑体系的理论专著才称得上思想家，那么春秋战国的诸子百家也都称不上思想家了。

从总体而言，批驳王朔言论的学人们，其实都已经抓住了王朔言论背后的实质。即王朔作为一个所谓自由作家，他的文化思想有其一贯性，即亵渎神圣，消解崇高，反叛权力，颠覆传统。他对鲁迅进行酷评也是服从于这一总的目标。他对鲁迅的解构，其实是一种伪解构操作，即对于包括解构主义在内的西方后现代主义的庸俗滥用。[①]

那么，在当下世俗文化的整体语境中，鲁迅和世俗文化之间究竟是一种什么关系？对此王富仁[②]有过极为精辟的论述。他在和梁鸿对话时认为，文化总是在一种博弈之中进行，必须有其对立面。当今社会流行的是一种世俗文化，它永远以消费和金钱为主体。鲁迅已经是中国雅文化的一部分，与屈原、司马迁共同属于学院派知识分子所要承传的主要内容，他们所体现的是人类精神中最为根本的东西。学院派知识分子与大众之间永远是一种互补关系。越是高等教育传承的东西越是在日常生活中得不到传承，并且很可能是被排斥的东西。当鲁迅越来越在当下世俗文化中遭到遗忘、淡化，甚至污蔑、攻击，学院派知识分子就越是要传承这种精神，因为一个民族的文化核心就在这里。在当下世俗文化的洪流中，王富仁甚至发出这样的警告：永远不要把社会当中主流的、最有力量的东西就当做真理的东西。如果说社会世俗文化是一个导弹的话，那么，知识分子就是一个反导弹，起一个拦截的作用，尽管力量可能微小，但是它会发生作用。否则的话，世俗文化就会长驱直入，整个时代精神就会变得完全世俗化，而一个完全世俗化的社

---

① 陈漱渝：《挑战经典——新时期关于鲁迅的几次论争》，《文学评论》2001 年第 5 期。

② 王富仁、梁鸿：《大众文化视野中学术与知识分子》，《渤海大学学报》2008 年第 1 期。

会，像《阿Q正传》中的未庄、《祝福》中的鲁镇一样，是一个没有希望的社会。

（二）精神的仰望与守护：鲁迅与中国当代作家、美术家

21世纪以来，鲁迅与中国当代作家之间的精神联系的典型案例，主要有：

1. 鲁迅与张承志

张承志是新时期文学中性格最鲜明、立场最坚定、风格最极端的作家。在他的著名的《清洁的精神》中，他将鲁迅列为他的思想和反抗的重要资源。他认为："所谓鲁迅，就是被腐朽的势力，尤其是被他即使死也'一个都不想饶恕'的智识阶级、即中国知识分子的前一辈们逼得一步步完成自我，并濒临无助的绝境的思想家和艺术家。"[①]在《再致先生》中进一步指出："鲁迅象征着一种不签订和约的、与权力的不休止争斗。"[②]这就是张承志独一无二的鲁迅研究。在旷新年[③]看来，张承志就是继鲁迅之后的一位作家。他们是20世纪两位交相辉映的文学大师和"真的勇士"，不仅在对待文学的态度上，而且在社会时代的处境上，他们两人都极为相似。更重要的是，他们最终同样因为"直面惨淡的人生"而放弃了虚构性的文学创作。张承志不断转移自己描写的对象，不断地变化表现的内容，不断地更新表达的形式。他以文学的方式向这个世界和时代挑战，呈现了另一种不同的价值与意义。而这一切与他对于鲁迅资源的撷取与参照都是密不可分的。

古大勇[④]关注的是张承志"后《心灵史》"阶段的鲁迅"参照"。

---

① 张承志：《清洁的精神》，选自《中国当代作家面面观》，华东师范大学出版社2002年版。

② 张承志：《再致先生》，《读书》1999年第7期。

③ 旷新年：《张承志：鲁迅之后的一位作家》，《读书》2006年第11期。

④ 古大勇：《张承志"后〈心灵史〉"阶段的鲁迅"参照"》，《民族文学研究》2007年第1期。

他认为，鲁迅之所以成为张承志后《心灵史》阶段的重要“参照”，是因为：一、“寻父”之旅的必然选择；二、“无援”中救援；三、“反智”的“参照”；四、汉民族文化批判中的认同。正由于此，张承志才深情地说：“冥冥中信任的只有鲁迅”，“先生回到了向他求学的后辈之中”。

2. 鲁迅与莫言

莫言在谈到自己的小说写作与鲁迅的关系时，曾直言自己受到了鲁迅的影响，并且对鲁迅一直恭恭敬敬。孙郁[①]认为，鲁迅之于莫言，是一个巨大的存在。这存在完全是精神气质上的。莫言的赞叹鲁迅，其根本点是人生境界的渴望，比如直面惨淡的人生、独立的个人立场、非道学的无拘无束的游走，还有那些骇世惊俗的想象。中国文化到了鲁迅这里，才有了对于存在的本然的追问。相比于明清文人士大夫的形象，鲁迅已经完全形成了个人的气质，和儒释道的渊源没有任何本质的联系了。莫言欣赏的恰是这一传统。莫言这种对于鲁迅独行精神的选择是自愿的。他是与鲁迅相逢的人，而非亦步亦趋的鲁迅族。鲁迅那一代人背负着更为沉重的东西，因袭的重担和反叛的怒吼，使其文字流动着无尽的意象。莫言这一代人，抉心自食的惨烈被新的东西置换了，历史咀嚼的长度超出了自我拷问的长度。他穿越了鲁迅的影子，将一个被简约的、混沌的世界明晰化了。

张清华[②]在论及莫言时，亦十分强调与鲁迅的精神关联，认为《檀香刑》重现了鲁迅式的“血的历史”的主题，具有文化反思与启蒙的双重意义，因而又可以看成是“重返历史主义”的叙事典范。这与孙郁的见解是相得益彰的。

---

① 孙郁：《莫言：与鲁迅相逢的歌者》，《当代作家评论》2006 年第 6 期。

② 张清华：《莫言与新历史主义文学思潮——以〈红高粱家族〉、〈丰乳肥臀〉、〈檀香刑〉为例》，《海南师范学院学报》2005 年第 2 期。

3. 鲁迅与韩少功

20 世纪 90 年代出现了一种知识分子应该“集体自焚，认同市场，随波逐流，全面抹平”的论调。在这样的文化背景中，我们依然可以看到坚守人文立场、发扬人文传统的知识分子。韩少功正是其中的卓越代表。陈润兰[①]认为，怀疑和警觉是用理性烛照一切，是通向真理的必由之路，也是连接“五四”与当代人文知识分子的精神脐带。在现代化的探索中，鲁迅与韩少功的怀疑与警觉均是异常突出的。正是由于韩少功此类作家的存在，以及他们对当下所持的激烈批评，在某种意义上阻止了 90 年代在文化上向平庸的过于倾斜。鲁迅与韩少功之间有着非常直接的精神血缘关系：其一，都有启蒙的立场；其二，都关注心性层面和灵魂问题；其三，都具超前意识和思想者气质；其四，都能冷静反思与执着批判；其五，生存感都偏于悲观、绝望且人生态度都近于“绝望的抗战”或“悲观进取”等等。但鲁迅的绝望是生命哲学、存在论意义上的，而韩少功的悲观则停留在经验层次上。

其实，怀疑与警觉不仅是连接鲁迅与韩少功的精神脐带，而且也是连接所有真的知识阶级的精神脐带。鲁迅与韩少功关于知识分子的这个基本立场，完全符合赛义德关于知识分子的定义：“知识分子不是专业人士，为了奉承、讨好极有缺憾的权力而丧失天性；而是具有另类的、更有原则立场的知识分子，使得他们事实上能对权势说真话”。知识分子就是要站在强权的对立面，“代表着穷人、下层社会、没有声音的人、没有代表的人、无权无势的人”。[②]

---

① 陈润兰：《怀疑与警觉：两代知识分子的精神脐带——论韩少功与鲁迅的现代性探索》，《西南民族大学学报》2006 年第 4 期。

② ［美］爱德华・W. 萨义德：《知识分子论》，单德兴译，陆建德校，北京生活・读书・新知三联书店 2002 年版，第 82、95 页。

4. 鲁迅与王小波

鲁迅与王小波同是自由撰稿人，前者以犀利的杂文著称，后者以富于批判意识的小说名世。他们都对中国文化的走势产生了巨大的影响。房伟认同于姜振昌对于《故事新编》的命名“杂文体的历史小说”①，并将之与王小波的历史小说进行了比较②。他认为鲁迅与王小波都存在着“杂文化历史小说”的内在文化逻辑和文体追求。批判现实性、历史叙事和民族主义的多重悖论诉求，构成了《故事新编》的特殊形态，而20世纪90年代后文化语境的复杂生成，为王小波继承并发展这种历史小说文体提供了契机。王小波“唐人故事”系列历史小说，在精神内涵上，将鲁迅“悲喜”交织的精神，强化为一种游戏的民族自信心的狂欢。二人的不同在于，鲁迅通过“历史深度”的追求实现民族主义，而王小波则更多表现出对“自由想象力”的书写重构民族浪漫恢宏的魄力，鲁迅的“重写”带有现代主义绝望的怀疑，而王小波的“重写”却有更多黑色幽默的后现代色彩。

在中国当代作家群中，以鲁迅为师，以鲁迅的精神为旗，自觉地承担起鲁迅直面现实、毫不妥协的批判和斗争精神的人，为数还很不少。除以上所列的几位作家外，还有李锐、张炜、余华等。

李锐对于鲁迅的论述是相当深刻的，他说：“先生以一人之勇和整个中国作对。先生以一人之识和五千年的传统作对。”③“如果先生能够‘宽容’一点，能够‘现代’一点，‘先锋’一点，也许就真的不至于被往日的而且是他人的血埋得这样深；如果先生能够沉静

① 姜振昌：《〈故事新编〉与中国新历史小说》，《中国社会科学》2001年第3期。
② 房伟：《杂文历史小说：穿越历史和现实悖论的一种可能——论鲁迅〈故事新编〉与王小波的历史小说》，《东岳论丛》2006年第6期。
③ 李锐：《虚无之海，精神之塔——对鲁迅先生的自白》，贺雄飞编：《守望灵魂》，中华工商联合出版社2000年版。

下来,‘回到个人’和‘世俗’,多考虑一点自己的身心健康,也许先生就真的可以再多活几年。可是先生却不。先生一丝一缕一点一滴把别人的、社会的、民族的、国家的、历史的、世界的,所有的苦难所有的鲜血都记在自己心里,而且是刻骨铭心地记在自己的心里,一任自己被这些苦难煎熬到只能借着‘忘却’的‘小孔’‘延口残喘’。”①李锐进一步表达了对于鲁迅的深沉热爱和仰慕:“有人死了之后,又有人出生,长大,成熟。终于,又有人劈荆斩棘,九死而不悔地向先生走来。”“因为有先生在,他们时时会感到那灯塔的亮光;因为有先生在,他们时时会听到那虚无之海的阵阵涛声,先生留下的遗产不是学位和奖学金,不是暖人的鼓励和保护。先生留下的是冰冷不屈的怀疑,是至死不移的燃烧。”②

写过鲁迅、赞颂过鲁迅的作家有很多,但真以鲁迅的精神作为自己榜样的作家并不多,张炜即是其中的一位。张炜站在鲁迅的价值立场上,主张“道德理想主义”与“人文关怀”,“坚持操守”,“抵抗投降”③,对知识分子中的“伪士”表达了深恶痛绝的感受。他说:“‘智识’者是批判的;伪‘智识’者反对批判。‘智识’者是抗争的;伪‘智识’者反对抗争。伪‘智识’者往往挖空心思解释和诠释世俗的合理或必然,顶多也只是让人去弥补和顺从。”④张炜亦对鲁迅的批判精神发出了深切的呼唤:“现在特别需要学习鲁迅。鲁迅是民族之魂。没有忧虑、批判,没有哀其不幸怒其不争,没有对国民性的针砭疗救,哪里还有鲁迅?”⑤

先锋作家余华对于鲁迅的评价也很高,他认为鲁迅不属于现

---

① 李锐:《为了不再忘却的纪念》,愚士编:《以笔为旗》,湖南文艺出版社1997年版。

② 李锐:《虚无之海,精神之塔——对鲁迅先生的自白》,贺雄飞编:《守望灵魂》,中华工商联合出版社2000年版。

③ 李洁非:《张炜的精神哲学》,《钟山》2002年第6期。

④ 张炜:《荒漠之爱》,《葡萄园畅谈录》,作家出版社1996年版。

⑤ 张炜:《“多元”与学习鲁迅》,《张炜文集·六》,上海文艺出版社1997年版。

代文学史，他一个人构成他自己的文学史。对于《孔乙己》，余华尤为赞赏，认为在这么短的一个小说中，却有一种非常大的力量在。鲁迅可以说是我们中国甚至是世界上最简单的作家，但是他的细部又是最为丰富的。[1]

可惜的是，在新世纪以来有关鲁迅与李锐、张炜、余华等一大批鲁迅精神的仰望者之间的精神联系，还没有得到更为深入透彻的研究。这是在今后的研究中所必须引起注意的。

在中国当代知识分子群落中，还有一批特殊知识分子：中国当代美术家，他们也发表过大量与鲁迅相关的言论，从中可以看到他们对于鲁迅的深沉景仰，其实是并不亚于当代作家们的。他们之中最有代表性的是陈丹青和吴冠中。

陈丹青近年来发表过大量与鲁迅相关的文章，如《鲁迅与死亡》、《鲁迅是谁?》、《以私人的方式想念鲁迅》等[2]，其中最为著名的是他的《鲁迅与死亡》。

作为著名的美术家，陈丹青的鲁迅论自有其独到的眼光及发现。他的《鲁迅与死亡》，首先从鲁迅临终前的名篇《死》谈起，对于鲁迅遗言“让他们怨恨去，我也一个都不宽恕”表示了激赏。并谓鲁迅是一个描写死亡的高手，鲁迅一写到死亡，便即文思泉涌，大见笔力，大显骨格，不单是人格力量的显现，更是高妙的文学功力的成功施展。鲁迅就在这一系列的死亡中不断经验、不断体味，这一切都对他构成了刺激至深的创痛。陈丹青坦言对于教科书的憎恨，以及对于鲁迅的欢喜。他认为鲁迅作为一个异端，其特质在

① 余华：《余华谈鲁迅》，《当代作家评论》1997 年第 6 期。

② 陈丹青：《鲁迅与死亡》，《鲁迅研究月刊》2006 年第 7 期；《鲁迅是谁?》，《南方人物周刊》2006 年第 27 期；《鲁迅先生是怎样一个人》，《同舟共进》2006 年第 10 期；《以私人的方式想念鲁迅》，《文史博览》第 23 期；《鲁迅是百年来中国第一好玩的人》，《基础教育月刊》2005 年第 7、8 期。

于:"一是不苟同,一是大慈悲——鲁迅的不苟同,是不管旧朝新政、左右中间,他都有不同的说法和立场,只是教科书单捡他左倾的言论;鲁迅的大慈悲,说白了,就是看不得人杀人,只是教科书单说他死难的朋友都是左翼。鲁迅对历届政权从希冀、失望而绝望,从欢欣、参与而背弃,就为他异端。而鲁迅的大诚恳,是他能超越不苟同与大慈悲,时常成为他自己的异端。"作者并一再宣称鲁迅对于死亡的兴趣:"书写死亡,正是鲁迅的灵感与快感。就我所见,从中国古典作家直到五四作家群,几乎找不出一位像鲁迅那样,一再一再书写死亡,为死亡的意象所吸引。"这其实正是鲁迅自己的死亡美学。可是,最残酷和最荒诞的事实是,古往今来不知死掉了多少有价值有意义的人,然而显露在鲁迅笔下的人却只有这少之又少的几个人。作者面对鲁迅之死发出了深切的哀痛,但同时也发出了对于鲁迅周围的人的死亡的吁请和呼唤:"刘和珍在哪里?柔石在哪里?瞿秋白在哪里?要不是鲁迅的文章,如今谁还认真说起这些被子弹穿过脑袋的人……"

吴冠中①是中国当代著名画家,他对鲁迅的激烈赞赏震惊了整个艺术界。他说:三百个齐白石,比不上一个鲁迅。因为在他看来,三百个齐白石也抵不上一个鲁迅的社会功能,多个少个齐白石无所谓,但少了一个鲁迅,中国人的脊梁就少半截。与鲁迅从事文学相比,吴冠中甚至看轻了自己所从事的绘画职业。他说他下辈子不想再当画家了,因为他觉得绘画的能量有它的局限。具体即体现为,在对于社会功能的强调上绘画远远不如文学来得更直接、

① 吴冠中谈鲁迅的具体言论,散见于各报刊、电台、网站、博客中,笔者所搜集的资料主要有:吴冠中:《我的作品是给国家和人民的》,《美术报》2009 年 3 月 30 日;《名人面对面　走近吴冠中》访谈节目,凤凰宽频 2008 年 3 月 16 日;黄乔生:《吴冠中的"鲁迅论"》,《鲁迅研究月刊》2010 年第 12 期;张梦阳:《吴冠中眼中的鲁迅》,《辽沈晚报》2010 年 7 月 27 日;吴红林:《吴冠中:下辈子想当鲁迅》,《广州日报》2009 年 1 月 17 日等。

更有力，要想在美术上搞出像鲁迅那样伟大的工作来，几乎是不可能的。也正是在这一点，吴冠中高度赞赏了鲁迅，而有意贬低了齐白石。其实，与其说吴冠中有意贬低齐白石，倒不如说吴冠中从中表达的是对自己、对绘画的深切不满。他甚至说他不该搞美术，而应该搞文学，成为像鲁迅那样的文学家。

吴冠中自觉地将鲁迅作为自己的精神导师，一辈子遵循着鲁迅精神去奋斗、去奉献。他对鲁迅的理解就是："生于野草时代，一生斗于野草，最后葬身于野草。"他说他到晚年越来越强调鲁迅，因为他所生长的时代就是鲁迅的时代。而我们现在仍然需要鲁迅，永远需要。"鲁迅告诉我们要讲真话，要看到自己民族的优点，也要看到本民族的缺点。只有看到自己民族的缺点，才能发展。如果看不到自己民族的缺点，那么这个民族就是落后的。看不到缺点还能改造、进步吗?!"这个质疑是有力的，也是真正抓住了鲁迅精神的基本要义的。因为对于真正的知识分子来说，批判与反思正是其首要的和必需的职能。吴冠中之所以在艺术实践的道路上不断前行，从不满足于既有的成绩，不断地在艺术上实现巨大的突破，显然是与鲁迅精神的浸润作用密不可分的。

陈丹青与吴冠中都不是鲁迅研究专家，他们只是喜欢说起他。相对他们所精通的美术专业来说，对于鲁迅研究，他们是"外行"。但从一个"外行人"的眼光来看鲁迅，或许会有别样的眼光和独特的思路，甚或是为内行人所忽略甚至全然没有想到的。记得张爱玲曾经赞扬过门外汉的议论，说是"比较新鲜戆拙，不无可取之点"[①]。对比陈吴之论，岂只如此，甚至在很多方面为鲁研界中的人士所不及，更何况鲁迅也不仅仅是文学界的鲁迅，他还是艺术界、

① 张爱玲：《洋人看京戏及其他》，见金宏达、于青编：《张爱玲文集》第4卷，安徽文艺出版社1992年版，第22页。

社会各界乃至世界各国的鲁迅。只有大家共同言说鲁迅，才能真正构成一个生生不息的鲁迅研究的繁荣格局。

四、鲁迅与当代中学语文教育

(一) 关于“当代中学生和鲁迅”的状况调查

钱理群[①]对“当代中学生和鲁迅”之间的关系作了一个细致的资料汇总。从他的第一个调查：《我对鲁迅的最初印象》中，可以发现导致鲁迅和中学生之间产生隔膜的原因大致有以下几种：

1. 鲁迅作品语言本身的晦涩阻碍了中学生的理解。巩纾纾同学这样认为，“至今我仍被那种想走近鲁迅的渴望和对他晦涩的语言而却步的心情所困扰。”

2. 鲁迅作品本身所散发出的压抑气氛超过了中学生的心理承受能力。李羽佳同学在读《秋夜》时，被字里行间的压抑气氛牢牢摄住，最终迫使她放弃了对于此文的阅读。

3. 长期以来对于鲁迅过于政治化的解读影响了中学生的阅读口味。塔拉托妮同学谈到由于自己厌恶政治，所以对于鲁迅产生了偏见。

4. 中学语文教育对于鲁迅的硬性规定和强化灌输，使得中学生对于鲁迅的理解主要是来源于老师，而没有也无法形成自己的鲁迅观。而老师的观点又主要来源于教材，教材中所宣扬的鲁迅又主要是政治化了的鲁迅。所以，归根到底，中学生的鲁迅观(当然是强加的)还是深受政治意识形态的影响。陈迪同学和张宇炎同学都谈到了老师的重要影响。

5. 以往塑造的鲁迅形象过于高大，更像一位神而不像一个活

---

① 钱理群：《当代中学生和鲁迅——〈鲁迅作品选读〉课的资料汇集》，《鲁迅研究月刊》2009年第7期。

生生的人，这就让涉世未深的中学生们难免产生畏惧情绪。李兮同学在谈到鲁迅时认为他与牛顿、爱因斯坦等世界大科学家并列，因而在他的心目中鲁迅是严肃而神秘的。

6. 中学生自身由于各方面的欠缺也造成了对于鲁迅的误读。寇昕同学对于鲁迅的婚姻发表了并不符合实际的言论，而一位未署名的同学则对鲁迅与日本人的交往发表了过激之谈。

钱理群还布置了一个作业：我之鲁迅观，意即当代中学生是怎样看待鲁迅的。略记如下：

鲁迅的语言不再只是使人感到单纯的晦涩，而是有了更深入的理解。左方指出鲁迅的语言极其犀利，让人读完不禁有寒气彻骨的感觉。鲁迅的文章是绝对不可以用来消遣的。这就已经逐步意识到了深深隐藏在鲁迅思想内部的那种透彻骨髓的悲凉和沉重。而牛耕则对鲁迅的《野草》情有独钟，发表了这样精彩的见解：读《野草》里那些不解的文字，略过语义的纠缠，聆听那一个个方块字最原始的声响，在恍恍惚惚之间，仿佛就听到真实的鲁迅的语言，不是斯文的人的软语，却极像野性的兽的呼喊。作者继而这样描述自己的阅读体验，说他可以在喧嚣退去的夜里，听鲁迅在旷野中的呐喊，听绝望而震悚的"真的恶声"，借此挣脱灵魂的枷锁，把握住一些生命中最本质的东西，哪怕只是一点点，也是莫大的收获与幸福。这些感悟对于一名中学生来讲，都是相当超前的。其中的许多体悟都是可以深深思味之的。

黄山同学则具体联系自己的实际生存状况，表达了一代青年对于鲁迅的深深渴望。他说："我在生活中有强烈的压抑感，主要不是来自学习的压力，而是一种被操纵感，我们一直按照别人设计好的路线走自己的人生之路，想要寻找自己的一片天空需要绕开太多的陷阱。我非常不甘愿，我不愿意随波逐流，我要对自己负责。这时候，我遇到了鲁迅。我觉得鲁迅最伟大之处，就在于他对自己的怀疑，因此，他从‘推己及人’的教育模式中脱离出来，不以自己为榜样，允许和希望别人（包括学生）的思想和自己不同。真希望有鲁迅这样的‘老师’。”这表明尽管鲁迅一再地说不愿意做青年的导师，也一再地表明自己的作品三十岁以下的年轻人读不懂，但在当下的中国，仍然有很多苦闷的，困惑的，彷徨的青年渴望得到他的指引，并希望通过读懂他的作品来改变自己在现实生活中的境遇。

（二）关于中学语文教材减少鲁迅作品篇目的争鸣

2009、2010年鲁迅研究中的一大热点和亮点，就是有关人民教育出版社中学语文教材减少鲁迅作品入选篇目的讨论。据考察，目前人教版的初中语文课本共收录了8篇鲁迅文章，和课改前没有多大变化；高中语文教材中，保留了《记念刘和珍君》、《祝福》、《拿来主义》3篇，去掉了《药》和《为了忘却的记念》，即由原先的5篇减少到了现在的3篇。对此，各大报刊和网站展开了激烈的论争，产生了一批异彩纷呈的文章。为叙述方便起见，可以将这些文章大致分成三类：反对减少的，同意减少的，和持建设立场的。

在反对减少的文章中，王铁仙[①]认为中学语文教材中不能没有鲁迅作品，“一怕文言文，二怕写作文，三怕周树人”的说法是没有根据的。不是鲁迅需要我们宣传，而是我们需要鲁迅的支撑。鲁迅的精神文化遗产，对于中国人的人文素养的提高、现代性观念的形成，是至关重要的。我们不但要继承古代的优秀文化传统，还要继承和发扬五四以来的现代文化传统。而鲁迅，正是五四以来中国现代文化传统的最杰出的代表。周南焱[②]认为从中学教材到知识精英的“去鲁迅化”，其根本原因在于鲁迅的“战斗精神”在今天

① 王铁仙：《中学语文教材中不能没有鲁迅的作品》，《中华读书报》2009年8月26日。

② 周南焱：《以“时代”为由是误读鲁迅》，《北京日报》2009年8月17日。

已经成为笑话。显然，这是对于鲁迅真正的文学及其思想价值的抛弃，无异于一种新的误读。胡印斌[①]认为“去鲁迅化”是隔一阵就爆发一次的瘾症，这本身就预示着我们社会的教育或者说教化出了问题。

在同意减少的文章中，张梦阳[②]认为语文教材中鲁迅作品的更换，是“调整”，而不是“撤退”。这是为了适应时代的需要，更加符合语文教学的要求。在语文教材问题上，我们应当尽可能遵循语文教学的自身规律，摆脱意识形态的局限。同时，鲁研界应该致力于还原鲁迅原貌的事业，使鲁迅重新具有原有的亲和力。钟德涛[③]认为，关于鲁迅，从来都是一个重大而严肃的话题。但即便鲁迅是一座无法绕开的山峰，也并不需要少不更事的青年学生对鲁迅的每一篇文章都耳熟能详。中学阶段少学几篇鲁迅的文章并非远离先生的精神，也并不真的就会丢掉“民族魂”。有时候，适当的退却是为了更好地前进，今天让鲁迅和学生一起“减负”，未必不是一件好事。于德清[④]认为语文教材削减鲁迅作品，无论对鲁迅还是对社会，都是一件好事。最起码，有利于避免对鲁迅的误读。此事与民族、国家等宏大而抽象的概念无关。

与上述文章只是进行简单地表态“同意”或者“反对”不同，冯光廉[⑤]进一步提出了更为切实和细致的意见。他认为，关于中学鲁迅作品经典性的理解和篇目的选择，要注意的问题有：有突出疑问的篇目是否应该入选；选篇的类型可否再多样一些等。继之，论者分析了造成鲁迅作品难懂难学的几大原因，其中笔者最感到兴味

① 胡印斌：《“去鲁迅化”是隔一阵就爆发一次的瘾症》，《中国青年报》2009 年 8 月 12 日。

② 张梦阳：《“调整”不等于“撤退”》，《中华读书报》2010 年 9 月 29 日。

③ 钟德涛：《关于鲁迅，从来都是重大而严肃的话题》，《光明日报》2009 年 8 月 18 日。

④ 于德清：《鲁迅作品与民族脊梁无关》，《中国青年报》2009 年 8 月 13 日。

⑤ 冯光廉：《中学鲁迅作品选篇及编排问题之切磋》，《鲁迅研究月刊》2010 年第 10 期。

的是：教学观念、教学方法不恰当。论者认为，中学生通过自己的阅读和老师的讲解，只要能够大体理解鲁迅作品的大意，能够把握鲁迅作品的基本内容要点，能够熟悉鲁迅作品中最深刻、最精炼、最重要的句子段落，就可以了。关于中学鲁迅作品编排的原则和方法，论者认为应当注意以下二点：初中与高中选篇的比例应该如何掌握；如何编排各类文体的结构系统。其中第二点涉及到了文体问题。这正是当代中学生最为匮乏和薄弱之处，理应引起充分注意。在此基础之上，论者提出了他对于中学鲁迅作品选篇的设想，并对新增篇目《立论》、《过客》、《娜拉走后怎样》等作了具体而细致的讲解。文章在当下有关鲁迅作品教学的激烈论争中，增添了一种来自学界的理性和平和的声音，其所具有的学理性和建设性的思考都是可以引起鲁研界与教育界的密切关注的。

五、当代鲁迅研究之研究

(一) 当代鲁迅研究之研究之批判

1. 对于鲁迅研究者自身的批判

王富仁认为中国现代文化的绅士化的发展、才子化的发展、流氓化的发展，已经达到了从中国文化诞生以来从未达到的最高点，这就使中国的鲁迅研究遇到了中国文化诞生以来从未遇到过的最大的危机。在《我看中国的鲁迅研究》[①]中，通过细致比较中、日、韩三国知识分子在鲁迅研究上的异同，指出当日本学者带着一种反思精神来接受鲁迅、韩国学者带着一种反叛精神来接受鲁迅的时候，中国学者在鲁迅研究中缺少了什么？假如反思我们自己，反思我们的文化，与其说鲁迅研究中的我们比日本、韩国知识分子少了什么，不如说中国知识分子比日本、韩国的知识分子多了什么。这

---

① 王富仁：《我看中国的鲁迅研究》，《社会科学辑刊》2006 年第 1 期。

多出的东西就是在中国文化包括作者自己的内心当中都有的三样东西：绅士意识、才子意识、流氓意识。正是因为多出这三样东西，中国知识分子比起日本知识分子和韩国知识分子，就复杂了一点，中国的文化成果比他们就多出了许多，但是文化中生命的含量，真正精神性的东西，反而显得更少。置此危机之中，中国鲁迅研究者自身应该反思自己。通过自我反思，把处在这样最困难时候的鲁迅研究坚持下去。中华民族需要鲁迅，不能没有鲁迅。即，中华民族不能光有一些绅士、才子、流氓，鲁迅也要发出自己的声音。

作为中国最优秀的鲁迅研究专家之一，王富仁的批判更多地指向了自身，这恰恰在一定程度上反映出了一个真正的现代知识分子的自我反省精神。在将他自己和鲁迅进行比较时，王富仁这样说："每当我重读我写的鲁迅研究的文章，我就更深切感到，在我的鲁迅研究文章里躺着的是一个软绵绵的我，而不是一个铁骨铮铮的鲁迅。我丧失了我喜欢的鲁迅的那种大气和壮气，丧失了鲁迅那种俯瞰人寰的思想高度。鲁迅是站在高处看世界的，我是站在低处看世界的。鲁迅富有战斗精神，而我却没有这种战斗精神。"[①]值得注意的是，王富仁的这种痛彻反省并非个案，而是在学界中拥有众多同道的。孙玉石在谈到20世纪80年代以来的鲁迅研究者自身时，认为包括他自己在内，都或多或少地存在着一种"古之逸民气"。"在理论思考所赋予的空间里，我们似乎很深刻、很强大、很清高、很陶醉，而在权力、利益、传媒力量以及其他世俗精神和物质引诱的挤压中，我们又非常的脆弱、无能、躁动、自私和冷漠，甚至于无耻。"我们在鲁迅研究中反思自己就会痛楚地发现：我们所蔑视的有时正是我们所追求的。"提倡学习先进人物精神却反先进人物精神之道而行，倡导鲁迅精神却在物欲世俗的大潮

① 王富仁：《我和鲁迅研究》，《鲁迅研究月刊》2000年第7期。

中沉溺，从昏聩的权势者到清醒的知识分子，从反对者到被反对者，有的时候似乎走的是一条同样的道路。"[①]

2. 对于"神化"鲁迅的批判

鲁迅逝世以后，由于现实斗争的需要，马上被赋予了"民族魂"的含义。从此以后，造神运动不断升级，鲁迅逐渐被抬到了一个吓人的高度。在不正常的政治岁月里，鲁迅更被进一步扭曲，不但被异化为打人的棍子，而且被赋予了和政治领袖一样高的位置，使人对之只能顶礼膜拜，而不敢有丝毫的质疑和反抗。新时期以来，毛泽东、周恩来等政治领袖逐步走下神坛，作为文化偶像的鲁迅也理应走下神坛。但是实际情况却是：我们在颠覆了一个"文化革命伟大旗手"神像的同时，又在一步一步塑造出一个终身坚持个人独立精神和自由主义思想的偶像。无论研究者如何有一个真诚的愿望，学术上如何的严肃与超越，鲁迅已经又成为一面旗帜，一个符号，一个寓言，一个不同社会思潮之间对抗的工具。我们在恢复历史面貌的同时又塑造了自己的历史想象物。"神化"被置换为"神话"。在捍卫偶像与破坏偶像的运行中，潜在的"造神"影响下的学术思潮如此诠释鲁迅的同时，不能不使反对神化而要求认识真实鲁迅的愿望受到了压抑和遮蔽。[②]

古大勇[③]亦认为，文学批评界一直在为反对"神化鲁迅"、还原"人间鲁迅"而不懈努力，可是并没有真正彻底去除"神化鲁迅"的倾向，而是对鲁迅进行了另一种形式上的"附魅"与"神化"。主要表现为：(1)批评鲁迅的文章大多缺少严肃认真的学理性，呈现出非学理化倾向，而反批评也不能够进行平和通达的理性商榷，也表

① 孙玉石：《鲁迅：深化研究与自我调整》，《学术研究》2001 年第 9 期。

② 孙玉石：《反思自己，走近真实的鲁迅》，《鲁迅研究月刊》2000 年第 7 期。

③ 古大勇：《附魅与神化——对新时期"鲁迅研究"的反思(一)》，《甘肃社会科学》2007 年第 6 期。

现出了一定程度的非学理化倾向;(2)现行大学文学史教材,没有对鲁迅创作不足作出辩证评价,这是写作者有意识或无意识"神化"鲁迅的一个表象;(3)当前鲁迅研究刻意夸大了鲁迅思想家的一面,这种先入为主的"思想家"的期待视野其实妨碍了对鲁迅的正确认识;(4)和其他经典作家相比,学术界不谈或少谈鲁迅文学创作的不足。

从总体而言,反对"神化鲁迅"的声音在鲁研界占据了主流位置,但是在反对神化时,也有一些可注意之处,即:公允的提法不一定出自公允的目的,概念与事实之间有时会存在很大的差异。在反对神化历史人物的同一旗号下,有人在用放大镜从伟大的完美之处寻找疵点,在伟人的高大身躯上挑剔微不足道的灰尘,对伟人进行酷评苛责。与此同时,这些人又为那些大节有亏的人曲意辩解,绞尽脑汁从阴暗处寻觅亮点,极力用人性的普遍弱点来抹杀是非,混淆黑白。他们对待鲁迅和周作人的不同态度就是明证。[①]

3. 对于"世俗化"鲁迅的批判

与"神化"鲁迅相对应的是对于鲁迅的"世俗化",这同样是值得警惕和注意的。勿庸置疑,我们当今社会所流行的主要是一种世俗文化,它以消费和金钱为主体,主要满足的是大众的需要和想象。大众看鲁迅和精英看鲁迅,审视主体不同,视角不同,关注点自然也不同。这种视角自有其合理性,但是鲁迅毕竟不是一般的人,而是一个真正的人,伟大的人。他代表了一个民族的精神和灵魂所能够达到的最高水平和最深程度,这个高度和深度又是一般人所难以望其项背的。故而,罔顾鲁迅的精神光芒,一味地对其进行"世俗化"的消解和颠覆,其危害是相当大的。新世纪以来,对于鲁迅研究中的"世俗化"现象,周楠本、陈漱渝等皆进行了有力的反

① 陈漱渝:《鲁迅研究断想》,《学术研究》2001 年第 9 期。

思与批判。具体如下：

近年来有关鲁迅的婚姻问题一直不断被人提起，先后出现了张耀杰的“重婚说”和葛涛的“与人通奸说”。对此，周楠本[①]认为，鲁迅与朱安的婚姻源自封建时代的包办婚姻，这本身就是对于鲁迅婚姻自由的一个侵犯，而鲁迅与许广平的婚姻则是建立在“五四”时代个性解放、婚姻自主的基础上的，这是一个历史的基本事实。但一些研究者却无视历史，不尊重天赋人权，滥用法律，或以当代《婚姻法》认定鲁迅“重婚”，或以“民国法律”诬其为“与人通奸”，这种炒作性质的“鲁迅研究”是极其失范、非学术化的，是对现代人权和法制的嘲弄与践踏。

鲁迅与许广平是在上海开始同居生活的，可是偏偏有好事者，考证出他们同居的时间是在北京女师大学潮时期，地点是在北京西三条鲁迅故居的南屋，并特别引用《魔祟》一剧，认为此剧记录的即是鲁迅与许广平的第一次性爱生活。此论一出，舆论大哗。陈漱渝[②]随之展开批评，认为《魔祟》剧情发生在上海，而不是北京，地点也绝不是鲁迅北京家的南屋，而且当学潮之时，许广平是与许羡苏一块同住在鲁迅家的。这就澄清了一个基本事实：鲁迅没有趁人之危，更没有金屋藏娇，所有的只是一个老师的正义之举，对于学生的关心和爱护之举。

在鲁迅日记中经常出现一位名叫羽太重九的人。他是周作人的妻舅，一个地地道道的日本男人。鲁迅在日记中简略称之为“H君”。陈漱渝[③]指出，一位研究者不顾鲁迅日记已经注明“H君”即

---

① 周楠本：《论鲁迅婚姻所涉及的法律问题——驳“重婚”及“与人通奸者”说》，《中国文学研究》2010年第2期。

② 陈漱渝：《鲁迅研究断想》，《学术研究》2001年第9期。

③ 陈漱渝：《如此“私典探秘”——从鲁迅日记中的“羽太”和“H”君谈起》，《书屋》2002年第11期。

羽太重九的事实，竟然将之妄加推断，硬当成一名新女性，认为她出现在了鲁迅的生活中，和鲁迅保持了神秘的联系，当许广平真正介入鲁迅生活之后，就不辞而别了。这种“私典探秘”之法，意在制造鲁迅绯闻，满足和投合大众的窥视欲，在着力将鲁迅还原为一个俗人和凡人的同时，也在一定程度上取消了鲁迅的精神价值。

4. 对于“过度阐释”鲁迅的批判

2000 年李天明出版《难以直说的苦衷——鲁迅〈野草〉探秘》[①]，2004 年胡尹强出版《鲁迅：为爱情作证——破解〈野草〉世纪之谜》[②]。针对以上两部著作，尤其是后者，鲁研界展开了一场较为持久的关于“过度阐释”问题的反思和批判。

孙玉石[③]认为，在最近几十年文学研究的发展进程中，诠释者的权利被强调得有点过了火，以致使得诠释成了无限的东西。胡尹强以无数似是而非的考证索隐，脱离文学创作特点的过分大胆的臆想假说，缺乏从事实出发的内在根据的主观推论，将随性猜谜当成科学认知的快意和武断，和轻率否定此前学术历史成果的绝对性思维，用来诠释《野草》中隐含的所谓鲁迅和许广平的一段“至关重要的恋爱进程”，认为“直到现在，还很少有人真正读懂《野草》，真正走入《野草》的艺术世界”，直到他的这本“为爱情作证”的书的出现，才算真正地“破解”了“《野草》的世纪之谜”。《野草》各篇中一些象征隐喻性的意象，也一一不漏地被贴上坐实鲁迅与许广平爱情的索隐揭密的标签。这部爱情“大揭密”的书的产生，在当今“市场”、“趣味”与追求“轰动”效应大潮冲击学术的背景中，可谓提供了何谓鲁迅研究“过度阐释”的一个很好的文本。

---

① 李天明：《难以直说的苦衷——鲁迅〈野草〉探秘》，人民文学出版社 2000 年版。

② 胡尹强：《鲁迅：为爱情作证——破解〈野草〉世纪之谜》，东方出版社 2004 年版。

③ 孙玉石：《谈谈鲁迅研究中的“过度阐释”问题》，《鲁迅研究月刊》2006 年第 6 期。

刘进才[①]认为，胡尹强把《野草》看作鲁迅的爱情诗集，其分析路径不是从《野草》文本中自然引申出结论，而是通过鲁许日常生活中的交往和爱情历程去比附或臆测文本，牵强地认为既然鲁许日常生活中有爱情的纠葛与苦恼，就必然会在《野草》中呈现出来，遂带着“泛情”的有色眼镜在每一个文本中寻找隐喻的解说或进行“个人私典”的过度阐释。他一开始就陷入了自己预设的陷阱而不自知，正是文本研究的方法论缺陷使他走向研究的偏至。这就促使我们必须重新思考文本阐释的有效性及其限度问题。即任何开放性的阅读都必须从作品文本出发，也必然会受到文本的制约。我们必须在作者意图、文本意图和读者意图之间保持一种必要的张力，尽量在多向度的思考中获得较为客观的结论。

刘继业[②]对李天明、胡尹强的学术研究方法和学术态度提出批评，认为李天明用“私典”来进行“《野草》探秘”，胡尹强用“障眼法”之类来“破解《野草》世纪之谜”，都是在用一种极端主观的方式刻意求新，是当前《野草》研究中主观臆测学风发挥到极端的表现。他们是在专门研究《野草》，也在批评孙先生，但他们并没有认真阅读《〈野草〉研究》和《现实的与哲学的——鲁迅〈野草〉重释》这两本《野草》研究中最重要的著作，批评极为随意，显示出对学术史的不尊重，也暴露出行文的草率。

其实“过度阐释”问题并不单单存在于《野草》研究之中，在鲁迅研究的其他领域中亦同样存在，只不过不像在《野草》研究中这样集中和频繁而已。古大勇[③]认为，当前对于鲁迅的“过度阐释”主要体现为：“索引派”研究的“死灰复燃”；脱离文本的“自说自话”式

① 刘进才：《文本阐释的有效性及其限度》，《鲁迅研究月刊》2006 年第 6 期。

② 刘继业：《论孙玉石先生的〈野草〉研究》，《鲁迅研究月刊》2007 年第 8 期。

③ 古大勇：《“过度阐释”与“偏离鲁迅”——对新时期“鲁迅研究”的反思（二）》，《甘肃社会科学》2008 年第 4 期。

的“伪创新”；涂敷在鲁迅脸上的各种“他者”话语的“雪花膏”；低水平的重复阐释。这在一定程度上造成了“阐释鲁迅”与“本真鲁迅”之间的偏离。“过度阐释”现象的产生并非偶然，其深层次的原因主要表现为：与鲁迅研究面临“无处阐释”和亟待寻找新的“学术生长点”的困境和危机有关；与现行的形式主义学术评价体制有关；与当下学术界存在的浮躁学风有关；与当下文学研究方法的过分泛化有关。

（二）当代鲁迅研究之研究之建设

1. 对于主体性原则的强调

新世纪以来，鲁迅一直遭受着来自新文化保守主义思潮、自由主义思潮和世俗文化思潮的合力围剿。反鲁言论甚嚣尘上，鲁迅研究仿佛已经四面楚歌，面临着被彻底颠覆的命运。置此困境之中，诸多鲁迅研究者没有放弃研究，更没有放弃对于鲁迅的敬仰，而是将反思和批判的目光首先指向了自身，对鲁迅研究中的主体性原则提出了更高的要求，即我们的鲁迅研究应是有“我”的，是“连自己也烧在这里面的”，而绝不是无“我”的，绝不是隔岸观火、无关痛痒的。

王富仁[①]认为，现代社会科学意义上的研究，首先必须是有主体性的，而不是没有主体性的。不论在什么情况下，我们都必须知道，周围的人在我们的研究中首先感受和了解到的是我们这些人，是我们这些人的真实的而非虚拟的社会愿望和要求。如果我们根本感受不到鲁迅在《记念刘和珍君》等大量杂文中所体现出来的中国现代知识分子的崇高的社会责任感，反而有意与无意地表现出对这样一些文章的恐惧、拒绝乃至抵抗心理，广大的社会公众是有

---

① 王富仁：《当代鲁迅研究漫谈——朱崇科〈1927年广州场域中的鲁迅转换〉序》，《鲁迅研究月刊》2010年第11期。

理由怀疑我们都是一些像陈西滢那样的缺乏起码的社会良知、专门向权贵们暗送秋波的无能、无聊乃至无耻的文人的。任何研究活动都是自我的一种呈现方式，不能只想获取学术荣誉而丧失了中国知识分子所应有的学术人格。

王富仁在谈到鲁迅对他的影响时，说正是鲁迅的小说好像给他打开了天灵盖，使他开始看清了整个中国，看清了中国人和中国文化。在过去，鲁迅杂文和外国文学、哲学，使他知道了很多以前不知道的东西，但有些连不成片，倒是鲁迅的小说一下使这些都连了起来。他觉得，“我们中国人到现在都还是鲁迅小说里的人物。它们很小，地盘却很大。容纳了我们全部的中国人，当然也包括鲁迅自己。我活的年岁越多，越觉得自己就是一个孔乙己，到忘乎所以的时候，则像阿 Q。”①

2. 对于学术性原则的坚守

鲁迅研究发展到今天已经成为一门专门的学问：鲁迅学。鲁迅也同庄子、屈原、李白、杜甫一样进入大学校园，成为学院文化(雅文化)的一部分。但是，我们不能不面对的却是：当今之时，大众文化日益盛行，消费理念大行其道，世俗准则深入人心，学院文化(雅文化)的空间已经越来越小，鲁迅研究的影响力不但在民众的实际生活中越来越弱，而且还面临着被进一步束之高阁的危险。然而，反过来讲，正因如此，我们才更应加强学院文化建设，将世俗文化反对的、大众心理排斥的精英文化更好地传承下来，这其中当然包括鲁迅研究。这就对学院内部的鲁迅研究中的学术性原则提出了更高的要求。

冯光廉②认为，要实现并提高鲁迅研究的学术化，必须注意以

---

① 王富仁：《我和鲁迅研究》，《鲁迅研究月刊》2000 年第 7 期。

② 冯光廉：《论鲁迅研究的学术化》，《东方论坛》2000 年第 4 期。

下几点：(1)确立独立自主的学术意识。鲁迅研究者应该增大自己的胆识，坚定自己的信念，自觉抵制各种解构和颠覆思潮的袭扰，牢固地确立独立自主的学术本位意识，通过潜心的研究，建构自己的学术观念和学术品格。(2)创建坚实严谨的科学品格。这就要求我们：一，必须在史料的搜集整理考订上下功夫；二，必须保持研究主体同研究对象之间的恰当距离。(3)坚持整合创新的学术道路。这同样要求我们：一，必须拥有宽阔宏大的视野，全面开放的心态，把民族的观念、阶级的观念、全人类的观念，恰当地结合起来；二，必须以科学的态度，潜心于发现以往诸位学人的观点主张中的合理因素，作为学术创新的参照；三，必须大胆地吸收、整合古代与现代中国与外国的理论和方法论的积极成果。

关于鲁迅研究的学术化，冯光廉不但提出了根本性的指导原则(如上所述)，而且针对鲁迅研究中的新方法与人文学科理论问题，提出了更为切合实际的具体意见。他认为，新方法对鲁迅研究的作用和意义主要体现在：能不断地激发革新创造的热情，促进方法论意识的觉醒；能积极地开辟新的研究领域，丰富研究课题内容；能有效地更新思路，对创作文本作出新的解读。① 当今学人也应以广远的开放眼光和自觉的谦逊态度，积极吸纳姊妹学科的优长，以增强各自学科的创新机制和生命活力。人文学科的相关学术成果和经验智慧，有助于拓展鲁迅研究的思维空间，开掘鲁迅研究的思想深度，丰富鲁迅研究的学术术语。②

3. 对于现实性原则的呼吁

鲁迅研究是一门鲜活的学问，其特殊性决定了它不可能是一种关起门就可以进行研究的学问，因此在鲁迅研究中，必须遵循现

① 冯光廉：《新方法与鲁迅研究》，《山东师范大学学报》2001 年第 2 期。

② 冯光廉：《人文学科理论与鲁迅研究》，《沈阳师范学院学报》2001 年第 5 期。

实性原则。鲁迅的生命就在于他和人民群众始终保持血肉般的联系，其作品的价值也在于其植根现实社会，我们今天研究鲁迅，也是因为今天的社会现实还需要鲁迅。[①]

但是，现实的情况却是：我们研究者对于中国社会，中国民族文化的历史和现状，特别是对于仍然处于物质与精神新旧交替状态的广大的人民群众，对于仍然处于温饱尚未完全解决的边缘状态的劳动民众，可以说是了解甚微；就是对于社会各种知识分子群体，包括广大的青年学生的心态脉搏，他们应该以怎样的姿态融入民族和社会，又以怎样的姿态对传统或世俗的势力保持清醒与抗争，也很难谈到真正的理解和把握。[②] 这就表明，尽管我们都承认现实性在鲁迅研究中的重要性，但是我们却仍然囿于自己的一方小天地，不能或不愿去接触现实。

王富仁亦谈到这种可怕的心态，他说："我们在青年时期热情过，追求过，但现在我们成了教授，成了研究员，有了一个稳定的生活环境，虽无高官厚禄，但也满足，中国社会的发展、中华民族的前途、中国国民性的改造我们仍然是关怀的，但总觉得那是一些与己无关的社会问题，有些空洞，有些不着边际，对于自己更重要、更迫切的是个人平静生活的维持。我们缺乏鲁迅那种把社会和个人揉为一体、把社会追求同精神自由熔为一炉的感觉。""在我们的文化环境中关心社会不如关心自己，只要有了一个稳固的噉饭的位置，少管一些'闲事'对自己是有好处的。"[③]正是在这种情况之下，鲁迅的重要意义才呈现出来。当绝大多数人沉醉于日常生活的庸俗中时，鲁迅却依然像一只恶鸟一样猛不丁地来一声哇的大叫，以期唤醒人们的现实感觉。

---

① 张恩和：《谈新世纪的鲁迅研究》，《学术研究》2001 年第 9 期。

② 孙玉石：《鲁迅：深化研究与自我调整》，《学术研究》2001 年第 9 期。

③ 王富仁：《我和鲁迅研究》，《鲁迅研究月刊》2000 年第 7 期。

“不满是向上的车轮”，只要鲁迅研究者勇敢地面对现实，直面现实生活中的种种不公平和非正义，进而参与到对于现实生活的改造中来，鲁迅研究就一定还是一门鲜活的学问，就一定还会生生不息下去。

附录一　一部生命铸造的高度浓缩的鲁迅学断代文本

——评崔云伟、刘增人著《2001—2010：鲁迅研究述评》

李春林

一

依照旧习，得到崔云伟先生惠寄的大作《2001—2010：鲁迅研究述评》（中国社会科学出版社 2014 年 12 月初版。以下简称《述评》），首先看了作者的《后记》。其中写道：

> 这本书对于 21 世纪第一个十年的鲁迅研究进行了整体性的概括与描述。全书共有十章，一年一章，而写作时间也正好有十年之久。俗语云：十年磨一剑。我不知道我这把剑磨得怎么样，是闪着锐利的寒光，还是愚钝得连一块木头也砍不断。我只知道在这十年中，我已经倾尽了我几乎全部的心血。每次写作述评之先，我都感到一股沉甸甸的重压；每次写作完毕，我总感到像是解脱了一项极为沉重的劳役。[①]

① 崔云伟、刘增人：《2001—2010：鲁迅研究述评》，中国社会科学出版社 2014 年版，第 361 页。

作者下面还说到为从一年两千篇论文中如何选取述评对象而周折，为怎样评说而焦虑，“有时甚至为了一段评论的准确与否数月难决。”[①]

我读了这些文字和全书之后，脑海里居然出现了鲁迅《铸剑》中的场景，觉得那本书的撰写委实蕴含着一种牺牲精神：显而易见，若不是十年间一心经营此述评，以作者之才力，是可以另写出几部鲁迅学专著来的！我在拜读全书时，是可以感觉或触摸到字里行间的作者的艰难、困苦、汗水和心血的。因之，这绝非仅是一部通常的学理性著作，而更是一部洋溢着血光和生命力的书！就其科学性而言，是“闪着锐利的寒光”的剑，就其将来在鲁迅学乃至整个中国文学研究史上的地位而言，则是一块不可多得的质量密实的玉——一部高度浓缩的鲁迅学断代文本。

二

该书的结构很令人称许。鲁迅曾说过：“凡有文章，倘若分类，都有类可归，如果编年，那就只按作成的年月，不管文体，各种都夹在一处……分类有益于揣摩文章，编年有利于明白时势，倘要知人论世，是非看编年的文集不可的。”[②]该书可谓编年与分类并举互补：从纵的方面而言，它带有编年史的质素；但在每年的下面，并不按照时序叙述，而是分成若干研究类别，从而将十年间鲁迅研究成果经过作者的慧眼筛选后一网打尽，同时经过分类、浓缩和精加工（“述”与“评”），再呈现于读者面前。这样，读者可以大体了解十年之间鲁迅学走过的轨迹（“明白时势”），又可以查找和掌握某一类别的研究线索和成果（“揣摩文章”）。事实上它具有工具书的性

① 崔云伟、刘增人：《2001—2010：鲁迅研究述评》，第 361 页。

② 鲁迅：《且介亭杂文·序言》，《鲁迅全集》第 6 卷，第 3 页。

质。这部书对于任何一位鲁迅学者都是不可或缺的案头必备书：在从事某一课题研究之前，必然要把握有关此一课题此前的研究态势，而成果辉煌的2001—2010年这十年由于近在咫尺，更是不容放过的。阅读此书，就可了解大致状貌及进一步深入考察的线索，也就是帮助研究者解决冯光廉先生在本书序言中所提出的避免“重复说”、如何“接着说”的问题。倘若没有此书，那么我们势必要去自己翻检，消耗大量的时间和精力（此书作者却替我们消耗了。这种奉献精神值得我们致敬！）。对于鲁迅学和拟写鲁迅方面论文的研究生们，此书也是必读书。他们与他们的导师们一样，是无法离开此书的。

此书又绝非仅仅是一部工具书，由于其比较充沛的理论含量和作者在述评时所发表的大量对于某一课题乃至鲁迅学的整体态势的评说，使得此书在某种程度上可以作为一部理论著述来读。

我们曾经用伟大的民主主义者乃至共产主义者等等名号概括过鲁迅。但此书作者（此文中，本书的作者称为“作者”，而研究成果的作者则一律称为“论者”——这是依从本书的行文方式），在述评关于鲁迅与启蒙主义的关系时，却高度认同于李新宇在《鲁迅：启蒙路上的艰难持守》中的观点，认为：“鲁迅是20世纪中国最具代表性的启蒙主义者。他的文学创作用任何一种主义进行概括都不如用启蒙主义更为准确。”[①]从中显示出作者旗帜鲜明的启蒙主义立场。

对于鲁迅与中国传统文化的关系，作者也有精湛的论说。作者这样写道：“读鲁迅的《青年必读书》，震撼于鲁迅对中国传统文化（中国古书）的态度，是那样的决绝和无情。鲁迅不但背离了他所属于的阶级，也背离了他所属于的文化。在迄今为止中国文化

① 崔云伟、刘增人：《2001—2010：鲁迅研究述评》，第113页。

的发展过程中，鲁迅是一个否定性的环节，中国传统文化在鲁迅这里发生了根本性的转折。这种否定和转折，与其说是针对整个传统文化，不如说是针对鲁迅自身。因此，有关鲁迅与中国传统文化的探讨，就充满着复杂的矛盾和纠葛，既要不断地深入传统文化的内核，也要不断地深入鲁迅的精神世界。二者互为表里，不可偏废。”①此处文字虽然不多，但内涵却很丰赡，既写出了自己对鲁迅的感受，又写出了对鲁迅的判断（“不但背离了他所属于的阶级，也背离了他所属于的文化”），并且指出了鲁迅与中国传统文化的正确研究方向。感受真挚，判断新颖，对研究态势和走向的把握和预测都很到位，显示出一位鲁迅学者对鲁迅和鲁迅研究的烂熟于心和深切会心。

在对卿希泰《重温鲁迅先生“中国根柢全在道教”的科学论断》进行评说时，作者一方面肯定了论者的某些正确论述，同时对于其提出的鲁迅“中国根柢全在道教”并无贬义的说法进行商榷，明确指出鲁迅此说的贬义性。作者就此进行了深刻发挥，认为儒家文化代表社会上层文化，道教文化则与普通民众的日常生活紧密地交融在一起，更为严重地影响了中国人的国民性。中国人仍是“食人民族”，既与儒家文化有关，也与道教文化有关。人们较多地注意到了儒家文化的负面影响，“但对于道教文化的负面影响则还没有予以更多的关注和更为透彻的研究（其实在这一点上，鲁迅做的也是远远不够的）。而根据鲁迅的初步判断和深切感悟，与儒家文化相比较，道教文化或许更是造成中国国民劣根性的元凶。”②此种论说，恐怕基于作者对于中国传统文化的整体性及各个方面的长久深思，其论断令人耳目一新，不独是对鲁迅研究而且是对整个中国传统文化的研究均具有重要的启迪意义。

---

① 崔云伟、刘增人：《2001—2010：鲁迅研究述评》，第 225 页。

② 崔云伟、刘增人：《2001—2010：鲁迅研究述评》，第 65 页。

以上是作者从宏观层面对鲁迅和鲁迅学发表的部分理论性见解。

作者认为今后鲁迅研究的努力方向应是“作为翻译家、学者、艺术家、教师、编辑、医者的鲁迅”。① 这些都被作者视为鲁迅研究的薄弱环节,因而也是学术增长点之所在。作者尤对周楠本“以原始资料为据、让史料来说话的治学态度和行文方式”②表示深切的赞赏。类似此种中观或微观意义上的对鲁迅研究现状及走向的评判与指引,更是俯拾即是,往往在每一项论题的后面均有阐发。

所有这些,业已使得本书超越了一般工具书的内涵,而使得其兼备了类似彭定安《鲁迅学导论》的学理性著作的特质。

三

《述评》还有以下特点。

首先是鲜明的当代意识,本书不独是为鲁迅学服务,也是直接针对当下的社会现实的。

一切历史都是当代史。作为带有史的质素的《述评》同样也是为当代所作——鲁迅本来也是属于当代的。作者对鲁迅学人关于鲁迅的当代意义的论说特别关注。鲁迅毕生致力于中国人、中国文化、中国社会的系统改造,彭定安将之命名为“中国文化—心灵工程”。张梦阳则认为左翼文学拥有平民意识,具有独立品格。它对于鲁迅研究者和继承者的启示就是:高举左翼文学旗帜,为社会正义而斗争。作者对于这些都极为赞许。这都是《述评》本身所体现出来的当代性。作者高度评价了王铁仙《鲁迅的现代性思想与现代文学精神》所流淌着的现实批判精神,认为此文“无异于给当

---

① 崔云伟、刘增人:《2001—2010:鲁迅研究述评》,第125页。

② 崔云伟、刘增人:《2001—2010:鲁迅研究述评》,第173页。

下那些痴迷于理论概念、忙于建构庞大的理论体系，甚至以‘思想界权威’自居的‘知识精英’们泼了一瓢冷水。其实，这些所谓的知识精英们也只是一些缺乏精神信仰的‘伪士’而已。”①对于当下所谓“知识精英”的整体性堕落刺向一枪。在对某些研究成果的述评中如此顺笔对于当下社会的“刺枪”还有很多。这也就同时昭示了鲁迅研究的当下意义。

其次，重视论者和论著的学术立场和政治立场。

陈漱渝先生最近写了一篇文章《重提治学之道》，强调学人立场的重要性，它决定着研究成果的真伪高下优劣。《述评》作者亦然。在评说郝庆军《两个“晚明”在现代中国的复活——鲁迅与周作人在文学史观上的分野和冲突》时，作者写道：“鲁迅与周作人对于晚明的不同想象，其实根源于他们不同的立场和不同的现实态度。这同样启示了我们，今天我们对于鲁迅与胡适的不同想象，其实也根源于我们不同的立场和对于现实的不同态度。”②人们关于鲁迅的种种论争，有许多是由于基本学术立场乃至政治立场不同引起的。立场问题对于研究鲁迅这样的始终鲜明地站在弱者的一边而与权力疏离乃至对抗的立场的思想家和文学家尤为重要。因此，作者对于那些肯定鲁迅政治立场的研究成果总是非常欣赏，给予介评。对于景凯旋《鲁迅：一个反权力的离群者》就是如此。对于李新宇的相关系列文章及专著《愧对鲁迅》亦如是。这些成果所昭示的事实上不仅是学术立场，也是政治立场：在弱势群体被强势群体欺凌、压榨、剥削、掠夺、伤害、吞吃之际，你站在哪一边？“该著对于‘回到鲁迅的精神’表现出了强烈的渴望，尽管在这一路向上的同路人数量有限，但它使我们看到了鲁迅研究者的良心，看到

---

① 崔云伟、刘增人：《2001—2010：鲁迅研究述评》，第 273 页。

② 崔云伟、刘增人：《2001—2010：鲁迅研究述评》，第 241 页。

了鲁迅精神传承下去的希望。”①作者在注释中说明，他的评说参考了吕周聚的相关文章（这表明《述评》作者治学的严谨，绝不掠人之美）；然而，我却觉得，其中所流荡的激情既是李新宇的，也是吕周聚和崔云伟的，他们的心在与鲁迅同一脉搏跳动。而对于那些明确地站在反对鲁迅，尤其是对鲁迅“对当权势力的不合作”予以嘲讽的政治立场的所谓研究，则予以批判，对朱学勤《鲁迅的思想短板》一文即如是，认为朱文“强加在鲁迅精神上的妖魔化屏障和诡异性烟幕”②必须予以去除。

再次，重视鲁迅的人格精神研究。

《述评》作者不独高度评价鲁迅的人格精神，认为“鲁迅的人格是20世纪中国现代文化史、思想史、革命史上的杰出典范”③，并将鲁迅的人格研究列为鲁迅思想研究类别的一个子项，在鲁迅传记研究中对于涉及鲁迅人格论说的著述如李书磊的《一九三五年一月的鲁迅》，陈漱渝的《鲁迅研究断想》等都予以介评。有人“考证”出鲁迅与许广平在北京女师大学潮期间开始同居，陈漱渝在文中给予了有力的驳斥。作者就此写道：“这就澄清了一个基本事实：鲁迅没有乘人之危，更没有金屋藏娇，所有的只是一个老师的正义之举，对于学生的关心和爱护之举。”④《述评》作者对于某些人对鲁迅的污蔑和亵渎充满了愤懑，因此才写出了这几句对于鲁迅人格的赞赏之语⑤。

---

① 崔云伟、刘增人：《2001—2010：鲁迅研究述评》，第121页。

② 崔云伟、刘增人：《2001—2010：鲁迅研究述评》，第225页。

③ 崔云伟、刘增人：《2001—2010：鲁迅研究述评》，第18页。

④ 崔云伟、刘增人：《2001—2010：鲁迅研究述评》，第28页。

⑤ 遗憾的是，老谱被不断地袭用，在陈漱渝上文发表后的十余年，一位研究英国文学的专家，再次重复着早已被批驳的谬说，展开了关于许广平在学潮期间在鲁迅处留宿的“轻佻”的想象，而同样的仍是陈漱渝来批驳（《重提治学之道——从陆建德先生的两篇文章谈起》，《中国现代文学研究丛刊》2015年第1期）。看来，历史不仅是往往惊人的相似，而且是惊人的重复。诚可哀也！

复次，强调研究主体人格精神及学风的重要性。

与上述相联系，《述评》也十分重视鲁迅学人自身的人格和学风建设。作者比较详细地引述了孙玉石在为张杰、杨燕丽选编的《鲁迅其书》所作之序中所提出的鲁迅研究者自身的主体性建设方面所存在的问题，如与劳动民众的隔膜，对于自己的历史使命没有真正的理解和把握，"古之逸民气"的存在，思行不一，等等（《述评》原引文很长，我在这里只是根据自己的理解所作的概要复述）。同时还引用了林非的相关论说。如此为之，自然显示出《述评》作者对于研究主体自身人格建设和学风的高度重视。在具体评说中，这一点不断地显现出来。在评说孙玉石《野草》研究时，对于像孙玉石这样的蜚声中外的鲁迅学大家对于其他学者的研究成果的尊重，赞不绝口。作者完全认同于张梦阳的见解，认为孙玉石所获得的成功，所取得的"世所公认的学术高境"，"正是尊重学术史，尊重别人的结果"①。在评说潘世圣关于鲁迅留日时期思想研究的论文时，指出论者"以实证的态度如实描述了鲁迅思想史中的一个侧面，从而得出了准确而又切实的结论。此种实证学风，值得大力倡导。"②对于不良的学风，作者也给予严肃的批评。赵小琪和李朝明的关于《野草》的超现实主义倾向研究，较有成就，《述评》作者认为其"论述都是非常尖锐、深刻而准确的"。但也有问题，作者指出："在具体行文过程中，论者有一些说法则完全不能使人认同，如论者这样说：'《过客》中，在性本能的驱使下，鲁迅对成为自己性满足的障碍的朱安表现出了极端的不满和仇恨：'我就要像兀鹰看见死尸一样，在四近徘徊，祝愿她的灭亡。''这段话说得太突兀，太出人意料，完全缺乏必要的论证，使人不知其所以然。我们认为，类似

① 崔云伟、刘增人：《2001—2010：鲁迅研究述评》，第7页。

② 崔云伟、刘增人：《2001—2010：鲁迅研究述评》，第66页。

这样的建立在想当然基础上的‘诛心之论’，不但不会加强论证，反而大大削弱了论证的可信性，所以还是没有的好。”[①]从作者行文的语风中不难看出，他不但是将此判作学风问题，也视为与人格建设不无关系。事实上，所谓学风本来就是与人格相统一乃至互为表里和因果的。

第五，对于研究方法高度重视。

作者不独重视研究结论，而且重视研究方法。在对于张铁荣关于鲁迅与翻译的研究时，认为其研究成就的取得，与其在日本讲学五年大有关系，接着写道："没有对于另一国度中的语言、文学或文化上的相当程度的了解，要想做好鲁迅与翻译研究，恐怕是并不那么容易的。”[②]其实，此处所提，既是研究方法（要对研究对象有长期浸渍功夫），同时也是对学人素质的要求。作者既重视论点的正确性，也重视论证过程的科学性，有时甚至特别重视某些论说的论证过程。他对葛涛关于《故事新编》与《神曲》比较研究的评说即如此。作者对于论者的语言也很重视，在评说江弱水的《故事新编》研究时，就说“江文的语言清灵透脱”[③]看来，作者是对论者其人其文做出了全方位的要求的。文学是语言的艺术，研究语言的艺术的论著文本的语言，理应不仅是科学的，也是艺术的。对于陈平原的治学方式与方法更是给予了较为完整的评价，期望鲁迅学人效法。

第六，浓烈的感情色彩。

作为一位十分崇敬鲁迅的学者，在直面鲁迅研究成果并对之进行评说时，作者首先是要有冷静的、客观的审视与考察，这是衡量一部学术著作是否具有科学性的第一标准和起码要求。然而，

① 崔云伟、刘增人：《2001—2010：鲁迅研究述评》，第 49 页。
② 崔云伟、刘增人：《2001—2010：鲁迅研究述评》，第 98 页。
③ 崔云伟、刘增人：《2001—2010：鲁迅研究述评》，第 211 页。

作为研究文学—人学的研究成果，往往也蕴含感情，有时这也是必要的。例如，我们读别林斯基对果戈理的评论，帕乌斯托夫斯基对俄罗斯和苏联作家的评说，李健吾对于中国现代作家的论说，钱理群、王富仁等的学术著述时，往往就会感到理论分析文字后面的激情、忧思或忧愤。那么对这些著述进行评说时，也就无法与感情完全绝缘。我们对感情产物的研究不可能与感情绝缘，同样，在对感情产物的研究成果进行再评说时同样如此。作者在评说彭小燕关于鲁迅与存在主义的研究时指出：她的成就的取得“与著者所具有的丰富的西方哲学素养有关，更与著者与她的研究对象——鲁迅之间那种生命与生命之间的高度融合大有关系”。[①] 我以为，那些认真研究鲁迅的著述往往蕴有激情，就因为鲁迅那种“无穷的远方，无数的人们，都与我有关”的大情怀浸染和裹挟了鲁迅研究者，也裹挟了鲁迅研究之研究者。《述评》使我明确地感受到了这一点。在那些对于王富仁、李新宇的著述的评说中，均有着突出的表现。

四

《述评》在具体运作层面亦有可圈可点之处。

《述评》作为一部学术著作，有着非常严谨、严肃的科学性。

在关于2001年《呐喊》研究的述评中，详介了李铁秀的成果，而对朱寿桐这一名家则一语带过。在对于2001年鲁迅与中国传统文化的研究述评中，相当详细地介评了哈迎飞的三篇文章，而对温儒敏、李书磊两位大家的文章仅在注释中点明。对于述评对象的选取与详略，不以论者的身份而是以成果的质量为定夺。

同时，对于评述对象，始终坚持鲁迅所提出的批评中应“好处

① 崔云伟、刘增人：《2001—2010：鲁迅研究述评》，第233页。

说好，坏处说坏”的原则。例如，在评说严家炎先生一篇论说鲁迅复调小说的文章时既肯定其学术成就，同时又指出：“严先生的文章没有涉及音乐本体，这相对来说，也是一个不小的缺憾。因为即如复调本身而言，就是一个音乐术语，故而不从音乐上加以论证，则无论如何是说不透彻的。”[①]而对张箭飞的《鲁迅小说的音乐式分析》则在与严文的比较中给予了高度肯定。作者在这里是不根据是名家抑或新秀而做出评判，而唯一根据者即是论著（文）文本。

作者的评文本身亦多种多样，摇曳多姿。

最突出的特点就是或繁或简，详略得当。有时仅有四字：如“独辟蹊径”、“令人信服”或“精彩解读”之类，可谓言简意赅；有时评文则稍长，如对于胡群慧《论〈伤逝〉文本对五四文化运动进行全面反省的隐喻性》的评说：“该文立论大胆，构思巧妙，联想丰富，将〈伤逝〉这一爱情文本巧妙地与五四新文化运动建立起同构性的隐喻性关联，不但突破了以往人们仅仅把〈伤逝〉看作爱情文本的局限，极大地拓展了〈伤逝〉的阐释空间，而且促使人们对于五四新文化运动中的诸多矛盾和悖论也有了一个更为感性和新颖的理解。”[②]论文的主要内容、创新之处、学术意义乃至表达特点等，都予以判明。其实，以如此字数阐明偌多内容，应说仍属言简意赅。言简意赅应说是整本《述评》的本质性特点之一。有时又在评说中对对象略作补充，评说李欧梵的《鲁迅与现代艺术意识》时最后写道：“该文尚有一点史料缺失，亦可补足，即陈师曾赠鲁迅之‘冬华四帧’分别是：《天竹图》《牡丹图》《水仙图》《红梅图》。”[③]作者似与论者对话，共同最后完成着论著；读者也会产生阅读中的停顿与休息，发出会心的一笑。全书的活泼气亦每每由这样的行文而发生。

---

① 崔云伟、刘增人：《2001—2010：鲁迅研究述评》，第 6 页。
② 崔云伟、刘增人：《2001—2010：鲁迅研究述评》，第 45 页。
③ 崔云伟、刘增人：《2001—2010：鲁迅研究述评》，第 49 页。

在“述”与“评”的文字比例的掌握上亦比较灵活，有时“述”多于“评”，如在对于冯光廉、刘增人、谭桂林主编的巨著《多维视野中的鲁迅》即是“述”多于“评”，因为该书体例宏大，文字浩繁，即便仅是总体描摹一下，也使人震撼。将其完整、准确地“述”出来，其地位与价值自见。所以作者将更多的文字给予了“述”。而对于汪毅夫《北京大学学人与厦门大学国学研究院》则是“评”多于“述”，因为汪文颇有谬误，作者不得不以较多文字予以辩驳。有时则述而不评，如对于陈留生《鲁迅〈伤逝〉创作动因新探》即是述而不评，论者所言鲁迅写《伤逝》乃是出于对许羡苏的愧疚的观点是否正确，留给读者去自行评判[①]。作者此种述而不评，带有明显的“立此存照”之意。

另外，在具体评说时还比较注意不同学术成果之间的关联，如在述评俞兆平的《科学与人文：鲁迅早期的价值取向》时即指出该文可以视为对王富仁《由法布尔的〈昆虫记〉引发的一些思考》的呼应，并由此得出“看来对于如何促进科学、人文、艺术三者之间的共容互动已经引起了学术界的注目”[②]的结论。作者又很重视某个研究成果在整个鲁迅学中会起何种导向作用，如在评说皇甫积庆的《人生最苦痛的是梦醒了无路可走》时，肯定了论者在鲁迅研究越来越理论化的时候所作出的靠拢文本/作者的努力，认为这是传记学鲁迅解读的正确方向，可以起到纠偏作用。无疑这些会加强《述评》的“史”与“论”的质素。在述评时还不时引入他者对述评对象的评价，如对于孙玉石的《野草》研究的评说，就引用了张梦阳的论说。又如，引用朱正之言评论周海婴的《鲁迅与我七十年》。再如，在评说藤井省三的《鲁迅〈故乡〉阅读史：近代中国的文学空间》时

① 许羡苏之子余锦廉曾就鲁学界有人编造鲁迅与二许的三角关系撰有长文予以批驳。笔者(李)还见到过余锦廉就此写的公开信。

② 崔云伟、刘增人：《2001—2010：鲁迅研究述评》，第87页。

引用了作者本人以及译者董炳月对于该书文本的自评。如是为之,一方面增大了评说的力度,同时又扩大了本书的信息量。

灵活多变的叙事策略,使得这部厚重的书读起来没有疲倦感。

《述评》还很重视鲁迅研究中的论争。对于鲁迅这样一位世界伟人,其巨大的精神遗产丰富复杂,人们由于种种原因,认识与评判的差异难免发生,正是通过论争,方可使得某些问题愈益清楚。如《述评》以相当多的篇幅介绍了李慎之与林贤治之间关于鲁迅与五四问题的论争,虽说作者并未明显选择站在哪一边,但你还是可以感觉到作者的支持是在林贤治方面,在"述"中既已暗示出自己的观点,同时也并未全然否定李文,指出李文中某些提法的正确性。在有些论争中,作者则是明显地介入,甚或成为论争的一方。如对于汪卫东的《野草》研究,作者一方面予以很高评价,同时也指出其不足乃至错误之处。如汪卫东认为《死火》的背后还有一个故事:鲁迅仿佛是"死火",在婚姻的古墓("冰谷")中行将冻灭。许广平仿佛是作品中的"我",用对于鲁迅的浓烈的爱情使鲁迅(死火)在爱情中得以苏醒(重燃)。作者就此写道:"这种心解乍听起来饶有趣味,也给人以无限的遐思,却有着很大的缺陷,就是难以证实"。[①] 并指出,汪卫东在论述中说鲁迅使用了"障眼法",这也是一个有待论证的问题,将此作为论证的始基,其危险性犹如沙上建塔。此种述评方式,使得作者既成为客体(述评对象)描述者,又成为主体介入者,为述评注入了生机,并且会引发读者一起参与的兴味。

以上种种,对于鲁迅学人乃至其他领域的学人治学,都不无裨益。

作者确实对鲁迅十分崇敬,但对于那些完全从科学的角度批

---

① 崔云伟、刘增人:《2001—2010:鲁迅研究述评》,第259页。

评鲁迅某一方面的文字，也纳入自己的学术视野，并给予恰切的评说。如王齐洲探讨了鲁迅《中国小说史略》的失误，作者对王文给予肯定，认同于王文这种“无愧于学术良心，也无愧于前人”的做法，并认为这是“热爱鲁迅、维护鲁迅的人”[①]所应持有的学术态度。作者还这样写道：我们不断地注释鲁迅的伟大和正确，“这对于保护一个民族的伟大人物来说，其重要性自不待言。但对于鲁迅的过度崇仰，又不可避免地造成了‘神化鲁迅’的倾向。对于鲁迅的反思和质疑——在鲁迅与学术研究中主要是针对鲁迅的学术观点而言，是很有必要和亟须进行的。至于论者学术观点的是与非，自然可等待学术界的学理化的进一步检验。”[②]此处作者事实上表达了对于鲁迅和鲁迅学的基本态度：鲁迅不能过度崇仰，但必须保护民族伟大人物；鲁迅可以反思和质疑，但必须是学理性的，是一种不断探讨的学术研究，而绝非是对鲁迅的贬损和亵渎。

① 崔云伟、刘增人：《2001—2010：鲁迅研究述评》，第 283 页。

② 崔云伟、刘增人：《2001—2010：鲁迅研究述评》，第 287 页。

附录二　近年来学者走向荧屏所引发的学术问题分析

近年来，以《百家讲坛》为代表的很多充满文化色彩、传播文化知识的电视栏目受到大众的追捧。在这种背景下，越来越多的文化学者开始进入到电视栏目中，深入浅出地为大众讲述历史、评析经典或者传授技能。由此，学者走向荧屏遂成为一个盛行的文化现象。但是，这种盛行的文化现象却并不是学术繁荣的表现，相反，学者走向荧屏引发了一系列学术问题。学术娱乐化、学术浅薄化、学术媚俗化和学术功利化即为其突出表征。下文试详述之。

一、学术娱乐化

学术娱乐化问题，指的是电视媒体对于学术严肃性的解构，即学者将学术变成娱乐的工具，观众把学术看成是娱乐的对象，在荧屏上，学术的严谨性遭到破坏，学术价值遭到贬低。

当学者走向荧屏，在电视上向民众传播文化知识的时候，学术的严肃性首先就会遭到破坏。因为电视的基本性质不是教育，观众喜欢的是在电视节目中体验娱乐的快感，娱乐性是电视节目的基本属性。以《百家讲坛》为例，它最早出现于央视的科教频道。为了符合科教频道“文化品位、科学品质、教育品格”的频道定位，节目内容涵盖自然科学、人文学科、饮食起居等各个方面，但是这种对于“品位、品质、品格”的追求却使得节目的收视率十分低迷，甚至出现了零收视率。后来，制片人聂丛丛调整节目形态，将《百家讲坛》定位为“一所汇集名家名师的开放大学”，注重主讲人的“名”，确保节目的学术品位。但这些努力同样没有改善节目的收视状况，低收视率成为节目生存面临的难题。当时的《百家讲坛》坚守着自己的文化品位，但是这样的文化品位并不被大众所接受，大众口味与文化品位的冲突，成为《百家讲坛》低收视率的主要原因。在持续了很长时间的低收视率之后，《百家讲坛》的收视率终于出现了转折点。黄振伟在《〈百家讲坛〉财富缔造秘密》中写到，“当时清宫戏火爆荧屏，以此为契机，《百家讲坛》的编导们策划了‘清十二帝疑案’的系列节目，让阎崇年一个人把《清十二帝疑案》讲完。该节目自 2005 年 5 月开播以后，共播出了 37 期，最高收视率达到 0.57％，平均收视率也在 0.17％以上。该系列一度将《百家讲坛》推向了 CCTV－10 收视率的‘冠军宝座’”。[①] 由这段材料可以看出，当学者以“文化、科学、教育”的角度讲述文化知识的时候，无法得到观众的认同，而当学者在文化知识的传播中加入娱乐色彩时，节目就会受到观众的欢迎，获得较高的收视率。正因如此，学者在荧屏上传播文化知识的时候，首先要考虑的是如何制造娱乐效果，满足观众的娱乐需求。为了达到娱乐性的目的，学者们会抛弃学术的严谨性，开始在讲述的内容中加入一些轻松搞笑的元素，制造娱乐的氛围，满足电视观众对于娱乐快感的追求。《百家讲坛》制片人万卫曾透露，不少主讲人刚上节目都不合要求，经过培训后，他们逐渐悟出，在电视上讲课和在学校讲课完全不同。在电视上讲课就像说单口相声，三五分钟就要抖个包袱。当荧屏学

① 黄振伟：《〈百家讲坛〉财富缔造秘密》，《财经时报》2006 年 6 月 12 日，第 H01 版，前沿生活。

者以“单口相声”的方式向大众传播文化知识的时候，就意味着学者在以娱乐化的方式调侃学术。因为学术本应是严谨的，但是“单口相声”却是充满了搞笑的娱乐色彩，它不仅需要学者向观众传达能够提供娱乐快感的信息，而且要求学者的讲述方式要具备娱乐感觉。荧屏学者想要达到“单口相声”的要求，必须要忽略学术的严谨性，将娱乐化放在第一要位。当学者像相声演员一样在荧屏上进行表演时，他们所传播的文化知识已经丧失了最本真的内涵，学术已经沦为了娱乐的奴隶。电视媒体为了满足娱乐性的要求，传播的是具有娱乐性的文化知识，选择的是具有娱乐精神的学者。“娱乐性”成为电视学术与荧屏学者的首要要求。

荧屏上的学术是具有娱乐性的学术，电视荧屏发展的是学术的娱乐性。学者走向荧屏，就是将学术变成娱乐的工具，是大众对于学术的娱乐。于丹在向记者“揭秘”她讲《论语》的诀窍时说：“我是研究传播的，在传播学上有一个原则，就是你要永远保持它那种特别简单甚至是傻傻的笨笨的样子，这才易传播，你把它整得特别深邃的话，就传不出去了。再传播的前提就是使它简单、傻瓜。”[1]于丹的这番话，反映了她对于学术在荧屏上发展的态度。她认为电视媒体不接受深邃的内涵，有内涵的东西无法在电视上进行传播。所以，她采用“傻傻的笨笨的样子”，选择娱乐化的方式在电视媒体上传播文化知识，学术的娱乐性是她承认并且刻意追求的东西。当学者为了适应电视媒体的娱乐要求，以一种娱乐化的态度对待学术时，学术的严肃性会遭到彻底的破坏，大众会把学术当成是娱乐的对象，以娱乐的态度嘲弄庄严的学术知识。不得不说，学者走向荧屏引发了学术的娱乐化问题，而且这个问题十分地深刻和严重，值得我们对此进行反思。

① 谭璐、于丹：《大众传播之“傻瓜原则”》，《北京青年报》2006 年 11 月 27 日。

二、学术浅薄化

当学者在电视媒体上传播学术知识的时候，由于电视媒体不适合深邃思想的表现，所以，学者所传播的知识都是浅显易懂的，完全不能体现学术思想的深奥，电视上的学术发展普遍呈现出浅薄化的特点。因此，学术浅薄化成为学者走向荧屏引发的另外一个学术问题。

所谓学者，就是指那些拥有渊博的学识和深厚文化知识的学问家。他们讲述的内容是专业性的、富有深度的文化知识以及能够给人以启发和引导的人生哲理。即使专家学者走上荧屏，在电视讲坛类节目中向大众传播文化知识，其专业性和深刻性也是应该保留的。但是，现实情况却不是如此，中国的电视观众70%以上是只有初中文化水平的普通大众，他们无法理解如此专业而富有深度的文化知识，也不能明白专家学者的研究成果。电视荧屏只是他们娱乐消遣的工具，即使他们想要通过电视荧屏增长文化知识，他们也是选择以轻松的心态、半娱乐的方式进行了解，而且他们能够理解的文化知识必定是浅显易懂、毫无深刻内涵的。为了适应大部分电视观众的文化水平，《百家讲坛》的学者在节目中讲述的文化知识不能太过高深，要通俗易懂。所以说，《百家讲坛》等电视讲坛节目在向大众传播文化知识时，并没有保持学术的专业性和深刻性，只是帮助很多只有初中文化水平的普通大众了解各类文化知识，只是为普通大众提供一个“了解”中国优秀传统文化的机会。而“了解”优秀传统文化，就是不需要观众对优秀传统文化进行深入理解和研究。这种做法和学术发展的要求是背道而驰的，因为学术研究需要深入理解，刻苦钻研，不能有丝毫的放松。当电视荧屏只是向大众传播浅显易懂的知识，当电视观众抱着“了解”的态度去对待历史文化时，学术思想的深奥已经荡然无存，学术应有的深刻内涵也消失殆尽。荧屏学术，本质上是被浅薄化了的畸形学术。

学术的浅薄化问题还存在于荧屏学者的身上，因为大部分电视观众没有较高的文化水平，所以电视荧屏并不会对学者的学识有所要求，甚至可能会刻意降低学者的学术素养，要求学者放下学术品味，将学术由“高深”变“浅显”，向观众传播简单的文化知识。如果一个学者丢掉原来的学术研究方式，长期在荧屏上传播学术知识，那么他的学术素养肯定就会降低。长此以往，学者自身对于学术的理解也会变得浅薄，甚至会跟普通大众并无差异，再也无法领悟学术的精深之处。而且，学者通过电视媒介传播学术，其所拥有的学术严谨性会变得可有可无，最后可能会在荧屏上彻底消失，这使得荧屏学者的学术再也没有了原先的格调。荧屏学者学术素养的降低，代表的是学术的简单与浅薄，会引发学术的浅薄化问题，最终使学术丧失其精深厚重的底蕴。

荧屏上的学者之所以被大众认为是“专家”，被信奉为“权威”，主要是因为他们讲述的文化知识是大家不了解不熟悉的，或者说是人们并没有过多关注的。所以，这些栏目中的学者被公认为是“文化大师”。但是，这些学者真的能够被称为“文化大师”吗？他们真的拥有高深的学术思想吗？以《百家讲坛》走红的学者阎崇年、易中天、王立群分析，三人“从其专业背景、学术旨趣、研究路径等方面看，他们都是学问型学者，而不是思想型学者。学问型学者重知识的累积，重史实的考辨；他们经过长年累月的积淀或许可以成为某一领域的专家，但其学术研究却并不具有生成思想的功能，或者毋宁说他们的学术研究路径已经掐断了学术生成思想的可能性”。[①] 由此可见，电视媒体上那些所谓的“大家”并不一定真的拥

① 赵勇：《学者上电视与知识分子的缺席——以〈百家讲坛〉为例》，《学术前沿论丛》2007年第12期。

有高深的学术思想。受此影响,荧屏上的学术更加呈现出浅薄化的特点。此外,这些荧屏学者有时也会在文化知识方面出现失误,例如 2007 年 2 月 23 日于丹在《百家讲坛》讲《〈庄子〉心得》时用成语"美轮美奂"来形容舞蹈《千手观音》之美,这就属于一个知识上的错误。因为"美轮美奂"一般只用来形容建筑,而不会用来形容舞蹈。这种知识上的错误并不存在于于丹一个人身上,很多荧屏学者都出现过这种知识上的错误。当被电视观众称为"文化大师"的学者出现这种知识上的错误时,更能说明电视知识的浅薄,学者走向荧屏引发的学术浅薄化问题也表现得更加明显。

三、学术媚俗化

学术的媚俗化,指的是荧屏学者为了追求高的收视率,一味迎合观众的文化品味和文化追求,抛弃了原有的学术品味,使得学术变成没有思想、失去自身特点的东西。

学术的媚俗化问题,首先体现在荧屏学者用现代社会的实用主义观点曲解优秀的传统文化。以荧屏学者易中天为例,他在向观众讲解三国故事时完全打破了学者讲学的方式。他丢弃专业性的学术词汇,不断融入很多现代生活化的语言,以新奇趣味的词语吸引观众的眼球;他解构了严肃的历史,将意蕴浓厚的三国解读为浅显的"人际关系学",将高山流水的学术变成观众喜闻乐见的娱乐材料;他以现代市场价值为核心,采用全新的叙事方式满足现代人对于历史阴暗面的窥探以及对别人生存竞争分析和指教的需求。也就是说,易中天解析三国时采用了现代社会实用主义的做法,将严肃的历史变成了现实生活的教材,教授人们如何从历史中学习人物生存竞争的法则,为大众的日常生活提供借鉴意义。为了迎合当下很多人的功利心态,他可以赋予三国新的时代内涵,彻底颠覆三国的文化价值,将三国变成学习生存发展的教科书,让观众在里面学到“有用”的东西。因为这种实用主义观点的盛行，使得大众对于优秀的传统文化缺乏正确的认识，传统文化中蕴含的深邃内涵被荧屏学者赋予的实用性所压倒，这种实用性使得学术变成人们市侩生活的工具。易中天用如此实用主义的态度解读优秀的传统文化，不仅是对历史的曲解，更是学术媚俗化的表现。这样不仅使得学术成为实用主义的附庸，使其自身的文化价值和深刻内涵遭到忽略和破坏，而且还会使得学术越来越媚俗，失去自身的文化品格。

其次，学术的媚俗化还体现在荧屏学者对于观众的迎合。易中天品读三国“把严肃的历史文化变成花花绿绿的‘鸡尾酒’，把高雅的‘天下第一才子之书’搞成‘职场求职指南’和‘为人处世’的葵花宝典”。[①] 这都是他迎合当下大众心理的表现。因为现代电视观众喜欢的是具有娱乐性的东西，只有充满娱乐趣味的内容才能够吸引观众的眼球。因此易中天在严肃的历史中加入娱乐的元素，营造轻松活泼的感觉，无论是使用很多现代流行词汇还是在讲解时抛下一个个好玩儿的段子，其实都是为了使讲演更加搞笑，为了给观众提供足够多的娱乐材料。因为只有让观众体验到娱乐的快感，观众才会喜欢这个节目，才会耐心听完自己的讲解。易中天对于娱乐元素的运用，表现了他对于观众心理趣味的迎合，是学术媚俗化的表现。除了娱乐效果，电视观众追求的还有标新立异、追求新鲜的感觉。易中天讲解三国时就满足了观众追求标新立异的要求，他不仅在内涵上赋予三国全新的解释，更以一种说相声的方式将历史讲述出来，本来严肃深刻的三国历史在一个又一个抖落的包袱中变成了轻松幽默的漫画。易中天用这种十分独特的方式讲解三国，就是为了能够吸引电视观众的视线，满足他们的猎奇心

---

① 张鹏：《反思“易中天现象”》，《人民论坛》2006 年 11 月 16 日，第二十二期。

理，最终赢得较高的收视率。当荧屏学者为了追求较高的收视率，以满足观众欣赏趣味为目的时，恰恰是学术俯下头颅，露出媚态的表现。总之，荧屏学者迎合观众文化心理的做法是学者文化操守的缺失，也是引起学术媚俗化的重要原因。

最后，学术的媚俗化问题还与学者的媚俗化行为密切相关。有报道说，“百家讲坛”栏目的制片人，现在成了学者们追逐攀附的对象，不断有学者向其示好，而且是一大群一大群的，尽管电视台给演讲人的报酬不高，合作条件还很苛刻，但找他的人还是越来越多。在原本需要平等合作的媒体和学者之间，似乎出现了学者向媒体示好的偏斜。[①] 学者向电视栏目示好，是因为他们想借助电视栏目实现自己对于经济利益和名声效益的追求，希望能够成为下一个荧屏“文化名人”。这些学者的做法，是他们对于自己尊严的践踏，是他们文化操守的丧失，是其对于社会流行风气的附和和对学者独立性的斫伤。正因为作为学术守护者的学者们进行了如此媚俗化的行为，才导致了学术媚俗化问题的出现。

四、学术功利化

学者走向荧屏与其说是学术繁荣的表现，倒不如说它真实的反映了当今某些学者的功利心，反映了学者以“学”谋私、把学术当做自己获利手段的学术问题。

学术的功利化是指学者利用学术追求经济利益和名声效益，使得学术充满了功利性的特征。对于学者们来说，参加电视栏目有许多益处，首先是取得名声效益。学者走向荧屏，在电视上向大众讲述历史、评析经典、传授技能。在这个过程中，电视媒体将学

① 刘后滨：《“专家学者”正作场，图书电视讲史忙——“学者说史”现象的学术尴尬》，《社会观察》2007 年第 1 期，第 24—25 页。

者推广给广大受众，使原本并不出名的学者被许多人认识和了解，大大提高了学者的知名度。同时，学者在电视上向观众教授某方面的学术知识或者技能，这些知识大多是观众不了解的东西。因此，这就为学者建构了一种“学识渊博”的形象，电视上的学者成为大众心目中的“专家”。这样，荧屏上的学者不仅是被很多人认识和了解，同时还成为大众心目中的专业人士，成为最具有权威性的发言人。以荧屏学者易中天和于丹为例，这两个人原来只是普通的大学老师，认识他们的人并不多。但自从他们录制了《百家讲坛》节目之后，知名度迅速提高，他们成为众所周知的学者，成为大众眼中的“文化大师”。根据资料显示，截至 2013 年 12 月，于丹新浪微博的粉丝数量高达三百一十万人左右，易中天新浪微博的粉丝数量也超过了两千九百万人。由此可见，学者走向荧屏的确取得了显著的名声效益，而这样的名声效益是吸引越来越多的学者走向荧屏的动力，也是荧屏学者功利心的体现。荧屏学者追求名声效益的举动，直接导致了学术功利化的问题。

除扩大知名度之外，学者走向荧屏的另外一大益处就是经济利益的取得。电视台聘请学者录制节目需要向其支付酬劳，这些酬劳就是学者利用学术谋取得来的。除了电视台支付的报酬以外，学者利用已经积累起来的知名度，通过出书、参加各种类型的活动赚取经济利益。以《百家讲坛》的学者易中天为例，黄振伟在《〈百家讲坛〉财富缔造秘密》中分析道，“2005 年 4 月，易中天在央视《百家讲坛》开讲‘汉代人物风云’后，他妙语连珠的说史风格，迅速掀起民间‘汉风’热潮。而《汉代风云人物》的讲稿结集，起印数量就达到了惊人的 15 万册。上市两个月后，稳坐全国各大书店销售排行榜之中。而《易中天品读三国》书稿的第一部更是拍出了近 200 万元的天价，有出版界专业人士估计，如果三部书稿出齐的话，易中天的个人收入将达到500万元以上”。[①] 这些数据充分表明了学者在走向荧屏后获得了丰厚的经济利益，正是这些丰厚的经济利益鼓动着越来越多的学者走向荧屏。走向荧屏可以取得丰厚的经济利益，可以摆脱“两袖清风”的清贫生活，但是走向荧屏更是学者学术操守的降低，是学者利用学术谋求个人利益的体现。越来越多的学者走向荧屏，表现了学者们对于经济利益的追求，体现了他们的功利之心，也引发了学术功利化的问题。

纵观以上几个学术问题，无论是学术的娱乐化、学术的浅薄化还是学术的媚俗化，它们的出现全都与荧屏学者的功利之心息息相关。学者想要在荧屏上向大众传播学术知识，必须考虑到电视媒体的传播特点以及广大电视受众的艺术喜好和文化水平。为了符合电视媒体传播的要求以及广大电视观众的收视需要，荧屏学者在传播学术知识时要采用娱乐化的讲述方式，要选择浅显易懂的学术知识，要放弃学术的尊严与品格，这就相应引发了学术娱乐化、学术浅薄化和学术媚俗化的问题，这些学术问题都是学者为了在荧屏上传播学术知识导致的。如果说荧屏学者真的是为了学术发展而走上荧屏也无可厚非，但是他们之所以会现身荧屏传播学术知识却是因为荧屏带给他们的益处。做一个荧屏学者可以得到经济利益与名声效益，可以获得在传统学术中永远无法触及的荣光。学者们走向荧屏，他们的目标不是发展学术，因为电视荧屏不仅不会使学术得到滋养，反而会使学术更加衰败。利用学术满足个人需要，利用学术追求想要的利益才是荧屏学者的目标。学者走向荧屏，是学者功利化追求的体现。学者的功利之心，不仅引发了学术功利化的问题，同时也是其他学术问题产生的根源。

---

① 黄振伟：《〈百家讲坛〉财富缔造秘密》，《财经时报》2006年6月12日，第H01版，前沿生活。

学者走向荧屏所引发的一系列的学术问题，直接影响到了未来学术的发展，使得学术的未来发展面临两大难题。一是学术未来发展的方向问题。随着越来越多的学者走向荧屏，电视媒体越来越成为讲授文化知识、评析历史的主要载体，成为学术发展的崭新领域。但是，如上所述，“电视学术”的问题又是有目共睹的。如果任凭学者肆意走向荧屏，放任“电视学术”的蔓延，那么未来的学术研究恐怕将会陷入一个更深的泥潭，学术问题不但更加严重，而且也会失去明确的目标和正确的发展方向。二是学术未来发展中的力量问题。许多走向荧屏的学者取得了经济利益和名声效益，成为大众心中的“文化大师”，收获了未曾预料的“成功”。这对于其他仍旧在默默无闻地研究学术的学者或许是一个强烈的刺激，促使他们耐不住寂寞，也希望走入到荧屏中去。当许多学者开始产生走向荧屏的念头的时候，就不仅意味着学者内心的浮躁，同时也意味着严谨治学之人的减少。如此一来，研究和发展真正有内涵的学术的学者将会越来越少，学术的发展力量就会缺失，从而构成未来学术发展中的一大困境。为了使学术有一个健康良好的发展未来，我们必须正视学者走向荧屏这个文化现象，想出切实可行的解决办法，改善荧屏学者带来的学术问题，为学术的未来发展创造一个良好的环境和条件。

附录三 仰望父亲

——写在父亲崔传滨先生画展之际

一

父亲于1942年出生于山东省邹平县一个贫穷的人家。整个家族中几乎没有读书人，基本上都是农民，以耕种土地为生。后来他之所以能够走出乡村，到达另一个更为广阔的天地，完全是出于自己的悟性和对于绘画的天然喜好。

从我有印象起，父亲就一直是辛苦的，脸上时常带着生活的重压。父亲兄弟姐妹共五人，他在其中排行老二，在男孩中他是老大。在兄弟姐妹中，也属他最有出息，凭借一个人的力量考到省城读完大学，因此自从爷爷过世以后，整个家族的重担也就理所当然地压在了他的身上。

父亲于1964年考入山东师范学院艺术系(今山东艺术学院前身)绘画本科，这在他那个时代还属凤毛麟角。大学毕业之后，由于成绩优异，父亲本可以留在济南继续发展。但是为了家庭，父亲还是毅然选择了回到本地发展。父亲最先是在地区中学担任美术教员，几年之后调回了老家县城，在县城文化馆一直从事群众艺术文化工作至今。父亲后来有了我们四个孩子，为了把我们抚养成人，父亲作出了巨大的牺牲。然而只有等到当我们都已成人之后，有了自己的事业和家庭，才切实体会到了父亲当年的艰难和不易。

希腊神话中有一个英雄，叫作西绪弗斯。他因为得罪了神，被罚以不断地推着一块巨大的石头上山，从早晨推到晚上，一直推到山顶。石头从山顶滚下来，他也带着疲惫的身躯走下来。第二天，再接着推。天天如此，直到世界的末了。父亲的情况约略近之。

二

父亲一生的酷爱，是他倾注了毕生精力与心血的绘画事业。考索父亲的绘画生涯，便会发现一个很有趣味的现象：46岁以前，父亲主要倾心致力于西方油画，功夫扎实不乏精品；46岁以后，开始致力中国画及书法创作，其艺术方向悄然转向了中国艺术研究领域。

父亲的中国画创作自由、率性，实为性格使然。若追本溯源，父亲的国画主要是受明清诸家，如徐渭、陈淳、八大、石涛、扬州八怪中之金农、郑板桥等的影响，在近代国画家中则独取海派大师吴昌硕。父亲学习众家之长，最终融会贯通，形成了属于自己的笔墨形式语言和卓越的艺术风格，这就是：雅洁恬淡而又不失生命活力，浓烈昂奋而又不失文人况味。父亲与众多文人艺术家之间的联系，具体而言，主要是：

从石涛处学习笔法。在具体的绘画实践中，父亲深知“墨法之妙，全从笔出”，为此尤重前人在用笔方面的成功经验。父亲千挑万选，看中的即是石涛。石涛画法千变万化，离奇苍古而又能细秀妥帖。其所画山水，笔意恣纵，淋漓洒脱，奇险中兼绕秀润。其所著《画语录》，独标“一画论”，常常置于父亲案上。这些对父亲的影响均尤甚。

从徐渭处学习墨法。“笔以立其形质，墨以分其阴阳。”父亲在用笔之外，亦重墨法，尤为关注用墨的浓淡干湿。徐渭以水墨大写意法作花卉，奔放淋漓，追求个性的解放，“无法中有法”，“乱而不乱”。其所作《墨葡萄图》笔酣墨饱，淋漓尽致，在墨法与水法上皆下足了功夫。这些皆引起了父亲的潜心研究，并在自己的画作中得到了明显的体现。

从八大山人处学习其高远意境、旷世情怀。八大山人所作山水浑朴酣畅而又明朗秀健，所作花鸟往往具有象征意味，一花一叶，一鸟一石，结构奇特，生意盎然。传说他从未为清朝权贵画过一花一草，而贫民求画，无不应酬。其所画鱼、鸭、鸟等，亦常做"白眼向人"状。这些形象塑造，皆是画家自己人格的写照，即所谓"愤慨悲歌，忧愤于世，一一寄情于笔墨"。这对父亲崇尚雅洁、遗世独立性格情怀的养成皆有着莫大的作用。

从吴昌硕处学习其昂扬热烈的构图。作为近代著名的海派绘画大师，吴昌硕的画作与传统文人画正相反调。他的画作，古而新，朴而雅，质而艳，犷而秀。构图则多丰实饱满，好作竖幅长屏，中间缭绕盘纡，得纵横气势，极富视觉张力。在设色上则喜欢厚重饱满，单纯朴厚，讲究谐调色、邻近色、互补色，讲究大块面的色块分布，有整体感。其重、拙、大、鲜，昂扬热烈的艺术风格，对父亲的画作产生了明显的影响。

如果再仔细观察一下，就会发现，父亲所欣赏的这些人物大都生平经历极为坎坷。即以吴昌硕而论，也是大半生穷困潦倒，直至晚年才声誉日隆，获得世人广泛认可。他们平日里眼中所见、心中所想，都充溢了太多的不满，积蓄了太多的愤怨，一旦于画室之中，沉下心来，品茗展素，挥毫泼墨，积郁之气随即喷薄而出，尽皆吐露于苔纸之上。无怪乎日本文论家厨川白村称艺术为"苦闷的象征"。

三

其实，对于父亲而言，他一生中最大的成就，还并不仅仅在于其出色的绘画艺术，而在于他拥有了一个和谐完美的家庭。在日常生活中，我的母亲是父亲一生中的最大依靠，难以想象，假如没有母亲的精心打理，父亲还会不会像现在这样安闲自在地生活。每当孩子们事业有成，学有所获，父亲总是充溢着满脸的骄傲。我出门在外求学多年，一直依靠父母的大力支持。父亲遗世独立的高洁人格，使得成年以后的我，在面对纷纭世事时，始终保持了一颗平和宁静的心。父亲做人做事的真诚坦率、质朴无华，也深刻影响了我。在我周围的朋友大多具有此类性格。最为重要和根本的，是父亲将他的那颗对于艺术的敏锐的心直接传递给了我们。这就是遗传的力量。目前我在文学与美术研究中有所收获，其最大功劳即归之于来自父亲的这种艺术直觉。但是多年来，对于父亲的诸多影响，我竟几乎毫无察觉。只有在我走出校门、步入社会之后，我才逐渐体会到了父亲之于我的精神印痕。2008 年我有了一个可爱的女儿，在累并快乐着的养育中更深切地体悟到了父亲的不易。

当前，父亲的艺术正处于一个蓬勃发展的时期，其未来正不可估量，这篇小文也只是涉及到了父亲艺术中的一个很小的方面。值此行文之际，祝愿父亲青春之树常青，祝愿父亲艺术再达一个崭新的境界！

附录四　三重镜像：一个70后学人的鲁迅观

如果说孔子是古代中国的圣人，那么鲁迅则是我们现代中国的圣人。他的《狂人日记》《阿Q正传》《记念刘和珍君》《为了忘却的记念》等文章，曾经而且继续代表了我们这个民族的最高良知和正义。鲁迅不愧为我们现代中国的"民族魂"。他的人格崇高、完整、纯洁、坚韧，始终如一。在我的心目中，鲁迅主要呈现为三重镜像，依次如下：

一、孤独的精神界之战士。鲁迅的一生是痛苦而悲壮的一生。这位喝过异域文化的"狼奶"的东方"莱谟斯"，终其一生，都是一位反抗绝望的精神斗士。面对内心，鲁迅和自身灵魂中的种种"鬼气"展开了决斗；面对外界，鲁迅始终没有屈从于任何一个党派、组织或团体。我常常着迷于鲁迅的个体。这是一个真正丰富和发展成熟了的个体。但是这样的个体，其命运注定是孤独的。尤其是在中国这样一个打着传统文化的幌子，时常干着打击个人、压抑个人的勾当的整体语境中，即使是像鲁迅这样的强者，也时常感到一种无边的寂寞和彻骨的悲凉。然而，"地球上至强之人，至独立者也！"[1]鲁迅独立的、反叛的精神却始终吸引着、鼓舞着我，并在这自

[1] 鲁迅：《摩罗诗力说》，《鲁迅全集》第1卷，第81页。

由的精神的感召下不断生长、发展、壮大。为此，我感谢鲁迅。

二、真的知识阶级的杰出代表。真的知识阶级是不顾利害的。他们坚守着自己的理想信念，“对于社会永不会满意的，所感受的永远是痛苦，所看到的永远是缺点”[①]，因而他们是永远的批判者，永远的不满家。鲁迅对于真的知识阶级的看法完全符合赛义德关于知识分子的定义，即：“知识分子不是专业人士，为了奉承、讨好极有缺憾的权力而丧失天性；而是——再次重申我的论点——具有另类的、更有原则立场的知识分子，使得他们事实上能对权势说真话”[②]。在我看来，知识分子就是要站在强权者的对立面，代表着穷人、下层社会、没有声音的人和无权无势的人。然而，对照今天，假的知识阶级依然横行于世，知识分子被豢养、被收买、被收编的现象屡见不鲜；真的知识阶级却仍如凤毛麟角一般，在权力、金钱、世俗的围追堵截中艰苦地生长着。在庙堂话语、民间话语依然占据主流话语的情势下，以鲁迅为代表的中国现代知识分子的话语体系却仍然未能建立起来。假如我还具有一个真的知识阶级的良心，我怎能不感到惭愧，怎能不奉鲁迅为精神上的导师，并继而奋起直追。

三、人类前行的精神导师。鲁迅说无穷的远方，无数的人们都和他相关。这表明鲁迅具有一颗博大的心灵，这心灵和全人类的命运紧密联结在一起。多年来，我的读书趣味始终在四个方向上展开，即：文学、艺术、宗教、哲学。近年来，基督教、佛教、克尔凯郭尔、海德格尔不断进入我的视野。为什么会发生这样的变化？一言以蔽之，主要就是为了解决我的精神苦闷。我的苦闷在于生命太匆促，时间太短暂，而我在这有限的生命之流中，却仍然寻找不

① 鲁迅：《集外集拾遗补编·关于知识阶级》，《鲁迅全集》第8卷，第227页。

② [美]爱德华·W.萨义德：《知识分子论》，单德兴译，陆建德校，生活·读书·新知三联书店2002年版，第82页。

到真正有价值和有意义的事情。耶稣使我感奋，佛教教我平和，克尔凯郭尔、海德格尔使我感到个体的、此在的存在，它们都在某种意义上抚慰了我的灵魂。然而，却始终不能取代鲁迅在我心目中的地位。在我而言，鲁迅就是我生活、生命中的精神导师，就是在茫茫雾海中不断指引我艰苦跋涉的精神灯塔。《鲁迅全集》之于我，则仿佛《圣经》之于基督徒。从某种意义上，我是将鲁迅、耶稣、佛陀等这些人类思想的先行者等量齐观的。或许有人说我将鲁迅推得太高，但在世俗文化长驱直入的今天，我们所需要的不正是这样一枚战无不胜、攻无不克的反导弹吗？

参考文献

著述

北京鲁迅博物馆编:《鲁迅年谱》,人民文学出版社 2000 年版。

北京鲁迅博物馆、上海鲁迅纪念馆编:《鲁迅藏汉画象》(一)(二),上海人民美术出版社 1986 年版、1991 年版。

北京鲁迅博物馆编:《鲁迅藏外国版画百图》,北京图书馆出版社 2011 年版。

北京鲁迅博物馆编:《鲁迅珍藏汉代画像精品集》,百花文艺出版社 2005 年版。

鲍诗度:《西方现代派美术》,中国青年出版社 1993 年版。

毕克官、黄远林:《中国漫画史》,文化艺术出版社 2006 年版。

曹聚仁:《鲁迅评传》,复旦大学出版社 2006 年版。

陈烟桥:《鲁迅与木刻》,上海开明书店 1949 年版。

陈丹青:《笑谈大先生》,广西师范大学出版社 2011 年版。

陈嘉明:《现代性与后现代性十五讲》,北京大学出版社 2006 年版。

崔云伟、刘增人:《2001—2010:鲁迅研究述评》,中国社会科学出版社 2014 年版。

冯光廉、刘增人、谭桂林主编:《多维视野中的鲁迅》,山东教育出版社 2002 年版。

房向东:《著名作家的胡言乱语——韩石山的鲁迅论批判》,上海书店出版社 2011 年版。

范梦:《中国现代版画史》,中国青年出版社 1997 年版。

郜元宝:《鲁迅六讲》,上海三联书店 2000 年版。

高宣扬:《福柯的生存美学》,中国人民大学出版社 2005 年版。

胡风:《胡风全集》,湖北人民出版社 1999 年版。

洪子诚:《1956 百花时代》,山东教育出版社 1998 年版。

洪子诚:《中国当代文学史》,北京大学出版社 1999 年版。

洪子诚:《问题与方法——中国当代文学史研究讲稿》,生活·读书·新知三联书店 2002 年版。

黄仁宇:《万历十五年》,生活·读书·新知三联书店 1997 年版。

韩石山:《少不读鲁迅,老不读胡适》,中国友谊出版社 2005 年版。

胡尹强:《鲁迅:为爱情作证——破解〈野草〉世纪之谜》,东方出版社 2004 年版。

贺雄飞编:《世纪论语:〈文艺争鸣〉获奖作品选》,吉林文史出版社 2000 年版。

贺雄飞编:《守望灵魂:〈上海文学〉随笔精品》,中华工商联合出版社 2000 年版。

金宏达、于青编:《张爱玲文集》,安徽文艺出版社 1992 年版。

靳新来:《"人"与"兽"的纠葛——鲁迅笔下的动物意象》,上海三联书店 2010 年版。

鲁迅:《鲁迅全集》,人民文学出版社 1981 年版、2005 年版。

鲁迅:《鲁迅译文全集》,福建教育出版社 2008 年版。

鲁原:《文学批评学》,山东文艺出版社 2002 年版。

林贤治:《人间鲁迅》,人民文学出版社 2010 年版。

李春林:《跋涉于文学高地:李春林文集》,社会科学文献出版社 2013 年版。

李新宇:《愧对鲁迅》,上海三联书店 2004 年版。

李允经:《中国现代版画史》,山西人民出版社 1996 年版。

李允经:《鲁迅与中外美术》,陕西人民出版社 1992 年版。

李允经:《鲁迅藏画欣赏》,西北大学出版社 1999 年版。

李小山、邹跃进编:《明朗的天——1937—1949 解放区木刻版画集》,湖南美术出版社 1998 年版。

李树声、李小山编：《寒凝大地——1930—1949 国统区木刻版画集》，湖南美术出版社 2000 年版。

李天明：《难以直说的苦衷——鲁迅〈野草〉探秘》，人民文学出版社 2000 年版。

刘增人、刘泉、崔云伟：《中国现代文学期刊史论》，新华出版社 2005 年版。

刘家鸣：《中国现代文学先驱者论集》，南开大学出版社 2011 年版。

刘春勇：《多疑鲁迅：鲁迅世界中主体生成困境之研究》，中国传媒大学出版社 2009 年版。

罗小华：《中国近代书籍装帧》，人民美术出版社 1990 年版。

马蹄疾、李允经：《鲁迅与新兴木刻运动》，人民美术出版社 1985 年版。

马蹄疾、李允经：《鲁迅木刻活动年谱》，上海人民美术出版社 1986 年版。

马蹄疾：《鲁迅绘画、书法、装帧作品系年》（上、下），《鲁迅研究资料》第 18、19 辑，中国文联出版公司 1987 年版。

聂绀弩：《聂绀弩全集》，武汉出版社 2004 年版。

欧阳健：《中国小说史略批判》，山西人民出版社 2008 年版。

彭定安：《鲁迅学导论》，中国社会科学出版社 2001 年版。

彭小燕：《存在主义视野下的鲁迅》，北京大学出版社 2007 年版。

钱理群：《1948：天地玄黄》，山东教育出版社 1998 年版。

钱理群：《学魂重铸》，文汇出版社 1999 年版。

钱理群：《走进当代的鲁迅》，北京大学出版社 1999 年版。

钱理群：《周作人传》，华文出版社 2013 年版。

钱理群：《周作人散文精编》，浙江文艺出版社 1994 年版。

齐凤阁：《中国新兴版画发展史 1931—1991》，吉林美术出版社 1994 年版。

邱陵:《书籍装帧艺术简史》,黑龙江人民出版社 1984 年版。

人民美术出版社:《回忆鲁迅的美术活动》,人民美术出版社 1979 年版。

人民美术出版社:《回忆鲁迅的美术活动》(续编),人民美术出版社 1981 年版。

司马迁:《史记》,韩兆琦评注,岳麓书社 2012 年版。

孙郁:《鲁迅藏画录》,花城出版社 2008 年版。

孙郁、黄乔生主编:《回望鲁迅》,河北教育出版社 2000 年版。

盛宁:《二十世纪美国文论》,北京大学出版社 1994 年版。

盛宁:《人文困惑与反思——西方后现代主义思潮批判》,生活·读书·新知三联书店 1997 年版。

圣严法师:《佛学入门手册》,厦门南普陀寺印赠。

上海鲁迅纪念馆:《版画纪程——鲁迅藏中国现代木刻全集》,江苏古籍出版社 1991 年版。

上海鲁迅纪念馆、中国美术家协会上海分会编:《鲁迅与书籍装帧》,上海人民美术出版社 1981 年版。

唐英伟:《中国现代木刻史》,桂林木合社出版 1944 年版。

王富仁:《中国文化的守夜人——鲁迅》,人民文学出版社 2002 年版。

王富仁:《中国鲁迅研究的历史与现状》,福建教育出版社 2006 年版。

王得后:《鲁迅与孔子》,人民文学出版社 2010 年版。

王世家、止庵编:《鲁迅著译编年全集》,人民出版社 2009 年版。

王观泉:《鲁迅与美术》,上海人民美术出版社 1979 年版。

王观泉:《鲁迅美术系年》,人民美术出版社 1979 年版。

王锡荣选编:《画者鲁迅》,上海文化出版社 2006 年版。

王晓明主编:《批评空间的开创》,上海东方出版中心 1998 年版。

王伯敏主编:《中国美术通史》,山东教育出版社 1988 年版。

王栻主编:《严复集》,中华书局 1986 年版。

汪晖:《反抗绝望——鲁迅及其文学世界》,河北教育出版社 2000 年版。

汪卫东:《现代转型之痛苦“肉身”:鲁迅思想与文学新论》,北京大学出版社 2013 年版。

汪卫东:《探寻“诗心”:〈野草〉整体研究》,北京大学出版社 2014 年版。

吴康:《书写沉默——鲁迅存在的意义》,人民出版社 2010 年版。

张铁荣:《比较文化研究中的鲁迅》,南开大学出版社 2003 年版。

魏韶华:《中国现代文学史论》,社会科学文献出版社 2007 年版。

魏韶华:《“林中路”上的精神相遇——鲁迅与克尔凯郭尔比较研究》,中国社会科学出版社 2004 年版。

许广平:《许广平文集》,海婴编,江苏文艺出版社 1998 年版。

许广平:《鲁迅回忆录(手稿本)》,长江文艺出版社 2010 年版。

薛绥之主编:《鲁迅生平史料汇编》,天津人民出版社 1981—1983 年版。

解志熙:《生的执著——存在主义与中国现代文学》,人民文学出版社 1999 年版。

谢冕主编:《百年中国文学总系》,山东教育出版社 1998 年版。

谢泳编:《思想的时代:〈黄河〉忆旧文选》,吉林文史出版社 2000 年版。

萧振鸣:《鲁迅美术年谱》,国家图书馆出版社 2010 年版。

杨永德:《鲁迅装帧系年》,人民美术出版社 2001 年版。

杨永德、杨宁:《鲁迅最后十二年与美术》,文化艺术出版社 2007 年版。

朱正:《鲁迅回忆录正误》(增订本),人民文学出版社 2006 年版。

朱正:《一个人的呐喊:鲁迅 1881—1936》,十月文艺出版社 2007 年版。

朱正:《鲁迅的人脉》,东方出版中心 2010 年版。

朱立元:《当代西方文艺理论》(第 2 版,增补版),华东师范大学出版社 2005 年版。

张炜:《张炜文集》,上海文艺出版社 1997 年版。

张望:《鲁迅论美术》,人民美术出版社 1982 年版。

张光福编注:《鲁迅美术论集》,云南人民出版社 1982 年版。

张福贵:《"活着"的鲁迅:鲁迅文化选择的当代意义》,社会科学文献出版社 2010 年版。

张克:《颓败线的颤动——鲁迅与中国文学的现代性》,上海三联书店 2011 年版。

张克、崔云伟主编:《70 后鲁迅研究学人论文集》,姜异新策划,上海三联书店 2014 年版。

张京媛编:《新历史主义与文学批评》,北京大学出版社 1993 年版。

张毓茂、阎志宏编:《萧红文集》,安徽文艺出版社 1997 年版。

宗白华:《美学散步》,上海人民出版社 1981 年版。

周海婴:《鲁迅与我七十年》,南海出版公司 2001 年版。

曾艳兵:《卡夫卡研究》,商务印书馆 2009 年版。

赵勤国:《绘画形式语言》,黄河出版社 2003 年版。

中国社会科学院文学研究所鲁迅研究室编:《1913—1983 鲁迅研究学术论著资料汇编》第 1—5 卷,中国文联出版公司 1987 年、1989 年版(第 1—4 卷为 1987 年版,第 5 卷为 1989 年版)。

中国新兴版画五十年选集编辑委员会:《中国新兴版画五十年选集》(上、下),上海人民美术出版社 1981 年版。

[德]海德格尔:《诗·语言·思》,彭富春译,戴晖校,文化艺术出版社 1991 年版。

[德]马丁·布伯:《我与你》,陈维纲译,生活·读书·新知三联书店 2002 年版。

[丹]勃兰兑斯:《十九世纪文学主流》,张道真、刘半九、徐式谷、江枫、张自谋、李宗杰、高中甫译,人民文学出版社 1997 年版。

[俄]康定斯基:《康定斯基:文论与作品》,查立译,中国社会科学出版社 2003 年版。

[法]米歇尔·福柯:《词与物——人文科学考古学》,莫伟民译,上海三联书店 2002 年版。

[法]米歇尔·福柯:《知识考古学》,谢强、马月译,生活·读书·新知三联书店 2007 年版。

[法]古斯塔夫·勒庞:《乌合之众:大众心理研究》,冯克利译,中央编译出版社 2014 年版。

[美]爱德华·W. 萨义德:《知识分子论》,单德兴译,陆建德校,生活·读书·新知三联书店 2002 年版。

[美]孔飞力:《叫魂:1768 年中国妖术大恐慌》,陈兼、刘昶译,上海三联书店 2014 年版。

[美]李欧梵:《铁屋中的呐喊——鲁迅研究》,尹慧珉译,岳麓书社 1999 年出版。

[美]刘禾:《语际书写——现代思想史写作批判纲要》,上海三联书店 1999 年版。

[美]林毓生:《中国意识的危机——"五四"时期激烈的反传统主义》,穆善培译,贵州人民出版社 1988 年版。

[美]鲁道夫·阿恩海姆:《艺术与视知觉》,滕守尧、朱疆源译,中国社会科学出版社 1984 年版。

[美]欧文·斯通、吉恩·斯通编:《凡·高自传——凡·高书信选》,澹泊等译,湖南文艺出版社 1991 年版。

[日]阿部正雄:《禅与西方思想》,上海译文出版社 1989 年版。

[日]内山嘉吉、奈良和夫:《鲁迅与木刻》,韩宗琦译,人民美术出版社 1985 年版。

[日]藤井省三:《鲁迅〈故乡〉阅读史:近代中国的文学空间》,董炳月译,新世界出版社 2002 年版。

[日]伊藤虎丸:《鲁迅与终末论——近代现实主义的成立》,李冬木译,生活·读书·新知三联书店 2008 年版。

[日]伊藤虎丸:《鲁迅与日本人——亚洲的近代与"个"的思想》,李冬木译,河北教育出版社 2000 年版。

论文

陈漱渝:《挑战经典——新时期关于鲁迅的几次论争》,《文学评论》2001 年第 5 期。

陈漱渝:《我读许广平〈鲁迅回忆录〉(手稿本)》,《上海鲁迅研究》2011 年夏季号。

陈漱渝:《重提治学之道——从陆建德先生的两篇文章谈起》,《中国现代文学研究丛刊》2015 年第 1 期。

曹振华:《关于从"左联五烈士"向"龙华二十四烈士"的还原——兼谈所谓〈为了忘却的记念〉的"叙述矛盾"》,《山东大学学报》2011 年第 1 期。

蔡若虹:《〈明朗的天——1937—1949 解放区木刻版画集〉序》,《美术》2001 年第 9 期。

蔡拥华:《知识分子的觉醒与现代追求——20 世纪三十年代鲁迅与新兴木刻运动》,《新美术》2011 年第 5 期。

陈润兰:《怀疑与警觉:两代知识分子的精神脐带——论韩少功与鲁迅的现代性探索》,《西南民族大学学报》2006 年第 4 期。

陈茜:《文艺结合,相互惠泽——论鲁迅与我国传统美术》,《文艺理论与批评》2011 年第 5 期。

丁辉：《鲁迅与辛亥革命的评价问题》，《湘潭大学学报》2011 年第 3 期。

戴晓云：《鲁迅藏汉画像中伏羲女娲形象释读》，《鲁迅研究月刊》2009 年第 1 期。

冯光廉：《论鲁迅研究的学术化》，《东方论坛》2000 年第 4 期。

冯光廉：《新方法与鲁迅研究》，《山东师范大学学报》2001 年第 2 期。

冯光廉：《人文学科理论与鲁迅研究》，《沈阳师范学院学报》2001 年第 5 期。

冯光廉：《中学鲁迅作品选篇及编排问题之切磋》，《鲁迅研究月刊》2010 年第 10 期。

冯光廉：《鲁迅与孔子研究的另一面》，《鲁迅研究月刊》2014 年第 8 期。

房伟：《杂文历史小说：穿越历史和现实悖论的一种可能——论鲁迅〈故事新编〉与王小波的历史小说》，《东岳论丛》2006 年第 6 期。

冯汉江：《中国新兴版画的发展与嬗变》，《荆州师范学院学报》2002 年第 4 期。

冯绪民：《中国“现代版画”的特殊历程及其他》，《新美术》2004 年第 1 期。

方麟：《鲁迅的版画情结》，《语文建设》2009 年第 11 期。

郜元宝：《又一种破坏文化的逻辑——评〈少不读鲁迅　老不读胡适〉并论近年“崇胡贬鲁”之风》，《南方文坛》2006 年第 4 期。

高旭东：《不废江河万古流——对颠覆鲁迅者的颠覆》，《齐鲁学刊》2000 年第 6 期。

高旭东：《鲁迅传统的形成及其当代命运》，《社会科学战线》2008 年第 4 期。

戈宝权:《史沫特莱回忆鲁迅》,《新文学史料》1980 年第 3 期。

戈宝权:《鲁迅病中珍爱的一幅画》,《人民日报》1986 年 3 月 13 日。

葛涛:《回到历史语境审视鲁迅与许广平的关系——兼与张耀杰先生商榷》,《鲁迅研究月刊》2009 年第 5 期。

葛红兵:《殉道者　伟人　狂人——关于鲁迅与凡高的一种主观阐释》,《鲁迅研究月刊》1994 年第 5 期。

顾晓梅:《仿佛是木刻似的——鲁迅小说艺术形象的造型特色及其成因》,《山东师范大学学报》1999 年第 4 期。

郭道晖:《鲁迅的伟美观》,《文艺研究》1985 年第 4 期。

郭运恒:《〈野草〉中红色与青色意象的审美解读》,《河南师范大学学报》2005 年第 1 期。

古大勇:《附魅与神化——对新时期"鲁迅研究"的反思(一)》,《甘肃社会科学》2007 年第 6 期。

古大勇:《"过度阐释"与"偏离鲁迅"——对新时期"鲁迅研究"的反思(二)》,《甘肃社会科学》2008 年第 4 期。

韩石山:《在复旦中文系的演讲》,《文学自由谈》2002 年第 3 期。

胡印斌:《"去鲁迅化"是隔一阵就爆发一次的癔症》,《中国青年报》2009 年 8 月 12 日。

黄宛峰:《鲁迅对汉画艺术的传承与发扬——从〈桃色的云〉封面插图谈起》,《鲁迅研究月刊》2011 年第 10 期。

姜振昌:《〈故事新编〉与中国新历史小说》,《中国社会科学》2001 年第 3 期。

江弱水:《论〈野草〉的视觉艺术及其渊源》,《浙江学刊》2002 年第 6 期。

江小蕙:《从鲁迅藏书看鲁迅——鲁迅与日本浮世绘》,《鲁迅研究动态》1988 年第 3 期。

江小蕙:《从鲁迅藏书看鲁迅(续)——鲁迅与浮世绘》,《鲁迅研究动态》1988 年第 4 期。
旷新年:《张承志:鲁迅之后的一位作家》,《读书》2006 年第 11 期。
李春林:《阿 Q、“狂人”与彼列多诺夫——鲁迅与索洛古勃比较研究之三》,《山东师范大学学报》2014 年第 4 期。
李春林:《立场·观点·方法——陈漱渝先生对陆建德先生的批评中所表现出来的治学之道》,《文化学刊》2015 年第 6 期。
李新宇:《直面真正的挑战者》,《鲁迅研究月刊》2000 年第 7 期。
李新宇:《雾海中的灯塔——鲁迅在世纪之交的中国文坛》,《西南民族大学学报》2006 年第 8 期。
李新宇:《1949:进入新时代的鲁迅》,《齐鲁学刊》2007 年第 3 期。
李新宇:《鲁迅的遗产与胡风的悲剧》,《齐鲁学刊》2008 年第 3 期。
李新宇:《1955:胡风案中的鲁迅》,《文史哲》2009 年第 1 期。
李新宇:《1961:周扬与难产的电影〈鲁迅传〉》,《东岳论丛》2009 年第 3 期。
李新宇:《1978:“拨乱反正”中围绕鲁迅的纷争》,《东岳论丛》2010 年第 10 期。
李欧梵:《鲁迅与现代艺术意识》,《鲁迅研究动态》1986 年第 11 期。
李欧梵:《“批评空间”的开创——从〈申报·自由谈〉谈起》,《二十一世纪》(香港),1993 年第 10 期。
李冬木:《明治时代“食人”言说与鲁迅的〈狂人日记〉》,《文学评论》2012 年第 1 期。
李冬木:《鲁迅与丘浅次郎》(上)(下),《东岳论丛》2012 年第 4 期、第 7 期。
李冬木:《芳贺矢一〈国民性十论〉与周氏兄弟》,《山东社会科学》2013 年第 7 期。

李洁非:《张炜的精神哲学》,《钟山》2002 年第 6 期。

李继凯:《论鲁迅与茅盾的当代性》,《唐都学刊》2001 年第 2 期。

李树声:《现代社会的魂魄——试论国统区的木刻版画艺术》,《美术》2001 年第 9 期。

李波:《木刻家的鲁迅像艺术情结》,《解放军艺术学院学报》2011 年第 4 期。

刘再复:《鲁迅和绘画艺术的写实主义》,《浙江学刊》1981 年第 4 期。

刘增人:《论鲁迅的人格范型》,《鲁迅研究月刊》2001 年第 9、10 期。

刘增人:《鲁迅系列文学期刊》,《鲁迅研究月刊》2005 年第 10 期。

刘家鸣:《鲁迅回顾和评议辛亥革命》,《鲁迅研究月刊》2011 年第 9 期。

刘曦林:《不应该忘记的一首歌——〈寒凝大地·国统区木刻版画集〉读后》,《美术观察》2001 年第 4 期。

刘运峰:《残缺与凌乱:"光明版"〈鲁迅全集〉》,《中国图书评论》2013 年第 5 期。

刘进才:《文本阐释的有效性及其限度》,《鲁迅研究月刊》2006 年第 6 期。

刘继业:《论孙玉石先生的〈野草〉研究》,《鲁迅研究月刊》2007 年第 8 期。

刘新:《与左翼木刻面对面——1930 年至 1940 年代中国木刻的再发现》,《美术》2001 年第 10 期。

刘新:《司徒乔与鲁迅及平民性——为纪念司徒乔百年诞辰而作》,《美术研究》2003 年第 2 期。

刘艳:《鲁迅小说的绘画效果及其成因探寻》,《文艺理论研究》1993 年第 2 期。

陆建德：《母亲、女校长、问罪学——关于杨荫榆事件的再思考》，《中国现代文学研究丛刊》2014 年第 8 期。

凌继尧：《对鲁迅“美术之类别”的阐释》，《扬州大学学报》2002 年第 4 期。

凌承纬：《中国现实主义美术的拓路人——纪念鲁迅先生逝世七十周年》，《美术》2006 年第 10 期。

龙永干：《鲁迅广州时期与“革命文学”的遭遇及其它》，《求索》2012 年第 9 期。

毛晓平：《鲁迅与民间美术》，《鲁迅研究月刊》2000 年第 9 期。

闵抗生：《对鲁迅的误读与妄评》，《淮阴师范学院学报》2003 年第 3 期。

彭定安：《鲁迅：对于当代中国的意义》，《鲁迅研究月刊》2002 年第 1 期。

彭小燕：《从“沉默鲁迅”(1909—1917)的日记和汉画收藏看鲁迅反击生命虚无、实施自我救赎的可能性》，《宝鸡文理学院学报》2006 年第 3 期。

潘世圣：《事实・虚构・叙述——〈藤野先生〉阅读与日本的文化观念》，《华东师范大学学报》2011 年第 1 期。

钱理群：《鲁迅：远行以后(1949—2001)》，《文艺争鸣》2002 年第 1—4 期。

钱理群：《当代中学生和鲁迅——〈鲁迅作品选读〉课的资料汇集》，《鲁迅研究月刊》2009 年第 7 期。

钱理群：《我们今天为什么需要鲁迅》，《社会科学论坛》2013 年第 4 期。

裘沙：《鲁迅和林风眠》，《美术》1994 年第 8 期。

裘沙：《再谈林风眠和鲁迅》，《新美术》2000 年第 3 期。

邱焕星：《鲁迅 1927 年的“国民革命文学”否定论》，《中国现代文学研究丛刊》2012 年第 2 期。

邱焕星：《自我历史的遮蔽与重叙——鲁迅为何否定〈鲁迅在广东〉》，《鲁迅研究月刊》2014 年第 7 期。

祁晓明：《〈狂人日记〉"吃人"意象生成的知识背景》，《文学评论》2013 年第 4 期。

齐凤阁：《二十世纪中国版画的语境转换》，《文艺研究》1997 年第 6 期。

孙玉石：《反思自己，走近真实的鲁迅》，《鲁迅研究月刊》2000 年第 7 期。

孙玉石：《鲁迅：深化研究与自我调整》，《学术研究》2001 年第 9 期。

孙玉石：《谈谈鲁迅研究中的"过度阐释"问题》，《鲁迅研究月刊》2006 年第 6 期。

孙玉石：《许广平〈风子是我的爱……〉初刊及修改》，《鲁迅研究月刊》2012 年第 9 期。

孙郁：《莫言：与鲁迅相逢的歌者》，《当代作家评论》2006 年第 6 期。

孙可为：《关于"鲁迅收受国民党津贴"的钩沉与论析》，《绍兴鲁迅研究 2011》，上海文艺出版社 2011 年版。

孙永兴：《鲁迅与许广平关系的法律解读——对一桩学术公案的回顾与反思》，《前沿》2014 年第 5 期。

沈刚：《生命力度与历史理性——由新兴版画的形式意味看鲁迅的文化性格》，《江西社会科学》2003 年第 5 期。

谭桂林：《如何评价"阿 Q 式的革命"并与汪晖先生商榷》，《鲁迅研究月刊》2011 年第 10 期。

谭桂林：《评汪晖近期的鲁迅思想研究》，《中国现代文学研究丛刊》2012 年第 8 期。

汤大民:《鲁迅书法的特质和渊源》,《南京艺术学院学报》(美术与设计版)2001年第3期。
王富仁:《我和鲁迅研究》,《鲁迅研究月刊》2000年第7期。
王富仁:《我看中国的鲁迅研究》,《社会科学辑刊》2006年第1期。
王富仁、梁鸿:《大众文化视野中学术与知识分子》,《渤海大学学报》2008年第1期。
王富仁:《语言的艺术——鲁迅〈青年必读书〉赏析》,《文艺争鸣》2013年第7期。
王观泉:《麦绥莱勒在中国》,《鲁迅研究月刊》2004年第7期。
王锡荣:《鲁迅美术作品》,《新文学史料》2006年第1期。
王铁仙:《中学语文教材中不能没有鲁迅的作品》,《中华读书报》2009年8月26日。
王彬彬:《开放、敏锐而又切实的"问题意识"——读〈多维视野中的鲁迅〉》,《文学评论》2002年第5期。
王彬彬:《鲁迅研究中的实证问题——以李冬木论〈狂人日记〉文章为例》,《中国现代文学研究丛刊》2013年第4期。
王宏甲:《在圣彼得堡怀想阅读》,《文艺报》2014年6月13日。
王琦:《〈寒凝大地——1930—1949国统区木刻版画集〉序》,《美术》2001年第9期。
王颖:《美术视野中的鲁迅——鲁迅美术活动研究述评》,《鲁迅研究月刊》1993年第1期。
王国杰:《衍太太是少年鲁迅的梦中"情人"吗?——与张显凤商榷》,《社会科学论坛》2014年第3期。
汪晖:《鲁迅与向下超越》,《中国文化》2008年第1期。
汪晖:《声之善恶:什么是启蒙——重读鲁迅的〈破恶声论〉》,《开放时代》2010年第10期。
汪晖:《阿Q生命中的六个瞬间——纪念作为开端的辛亥革命》,

《现代中文学刊》2011年第3期。

汪卫东：《21世纪，还需要鲁迅吗？》，《北京科技大学学报》2013年第4期。

魏建：《〈创造〉季刊的正本清源》，《文学评论》2014年第4期。

魏建、周文：《〈上海文艺之一瞥〉的谜团及其国外版本》，《鲁迅研究月刊》2014年第7期。

魏韶华：《论鲁迅的艺术趣味》，《东方论坛》1994年第2期。

魏韶华：《鲁迅与表现主义》，《兰州大学学报》1995年第2期。

魏韶华：《鲁迅的"呐喊"与蒙克的"呼嚎"——纪念鲁迅先生诞辰120周年》，《兰州大学学报》2001年第5期。

吴作桥：《〈中国小说史略批判〉的批判》，《民族魂》2011年夏季号。

许祖华：《构筑精神世界的另一半——鲁迅绘画活动的精神意义》，《山西大学学报》2011年第2期。

许江：《一个人的面容》，《中华读书报》2011年9月7日第111期。

许锡强：《"'左联'五烈士"案情新探》，《南京师范大学文学院学报》2005年第4期。

徐行言：《论鲁迅艺术趣味与文艺思想的多元性——在表现主义与写实主义的二难抉择中》，《文艺理论研究》1997年第6期。

徐霞：《"比亚兹莱"的中国旅程——鲁迅编〈比亚兹莱画选〉有关文化、翻译、艺术的问题》，《鲁迅研究月刊》2010年第7期。

严家炎：《鲁迅与表现主义——兼论〈故事新编〉的艺术特征》，《中国社会科学》1995年第2期。

袁良骏：《为鲁迅一辩——与余英时先生商榷》，《鲁迅研究月刊》1995年第9期。

袁良骏：《"反鲁英雄"韩石山、苏雪林比较论》，《民族魂》2011年春季号。

袁良骏：《驳世纪之交否定鲁迅的几个论点》，《辽宁大学学报》2014

年第 6 期。

阎真：《鲁迅：不同历史现场的价值错位》，《天津社会科学》2010 年第 3 期。

余华：《余华谈鲁迅》，《当代作家评论》1997 年第 6 期。

于德清：《鲁迅作品与民族脊梁无关》，《中国青年报》2009 年 8 月 13 日。

叶淑穗：《对〈一篇新发现的鲁迅手稿〉一文的质疑》，《鲁迅研究月刊》2012 年第 4 期。

杨永德：《"民族性"与书籍装帧——鲁迅与书籍装帧"民族性"初探》(上)(下)，《鲁迅研究月刊》1998 年第 5、6 期。

杨曾宪：《质疑"国民性神话"理论——兼评刘禾对鲁迅形象的扭曲》，《吉首大学学报》2002 年第 1 期。

姚新勇：《鲁迅岂是专制主义的精神盟友——与朱学勤先生商榷》，《粤海风》2007 年第 1 期。

张仃：《鲁迅先生作品中的绘画色彩》，《解放日报》(延安)，1942 年 10 月 18 日。

张梦阳：《左翼文学资源对当代中国的意义》，《中国现代文学研究丛刊》2002 年第 1 期。

张梦阳：《鲁迅与当代中国》，《兰州大学学报》2003 年第 5 期。

张梦阳：《"调整"不等于"撤退"》，《中华读书报》2010 年 9 月 29 日。

张梦阳：《琴姑的死与鲁迅的情感生活》，《武汉大学学报(人文科学版)》2011 年第 5 期。

张恩和：《谈新世纪的鲁迅研究》，《学术研究》2001 年第 9 期。

张福贵：《鲁迅研究的三种范式与当下的价值选择》，《中国社会科学》2013 年第 11 期。

张承志：《再致先生》，《读书》1999 年第 7 期。

张清华:《莫言与新历史主义文学思潮——以〈红高粱家族〉、〈丰乳肥臀〉、〈檀香刑〉为例》,《海南师范学院学报》2005 年第 2 期。

张全之:《对〈鲁迅〈故乡〉阅读史〉的阅读与思考》,《粤海风》2014 年第 4 期。

张耀杰:《鲁迅与许广平的事实重婚》,《南方周末》2008 年 11 月 13 日。

张显凤:《母亲的缺席与隐秘的伤痛——再读〈朝花夕拾〉》,《鲁迅研究月刊》2013 年第 3 期。

朱正:《"史人""妄人"曹聚仁——且说他〈鲁迅评传〉的硬伤》,《鲁迅研究月刊》2009 年第 3 期。

朱学勤:《鲁迅的思想短板》,《南方周末》2006 年 12 月 14 日。

朱崇科:《鲁迅"义子"廖立峨:作为广东青年的"这一个"》,《鲁迅研究月刊》2014 年第 1 期。

周南:《〈狂人日记〉"吃人"意象生成及相关问题》,《东岳论丛》2014 年第 8 期。

周楠本:《鲁迅触犯了〈婚姻法〉吗?》,《鲁迅研究月刊》2009 年第 3 期。

周楠本:《论鲁迅婚姻所涉及的法律问题——驳"重婚"及"与人通奸者"说》,《中国文学研究》2010 年第 2 期。

周楠本:《一篇新发现的鲁迅手稿:〈〈新青年〉编辑部与上海发行部重订条件〉》,《鲁迅研究月刊》2011 年第 12 期。

周南焱:《以"时代"为由是误读鲁迅》,《北京日报》2009 年 8 月 17 日。

周保欣:《"他者伦理"、"身体思维"和"三个鲁迅"——论〈示众〉》,《文学评论》2014 年第 3 期。

周仁政:《鲁迅与京派:一场论争的前后》,《鲁迅研究月刊》2013 年第 3 期。

郑家建:《论〈故事新编〉的绘画感》,《中国现代文学研究丛刊》2000年第1期。

钟德涛:《关于鲁迅,从来都是重大而严肃的话题》,《光明日报》2009年8月18日。

邹跃进、李小山、朱为民:《试论解放区的木刻版画艺术》,《美术》2001年第10期。

[美]史沫特莱:《论鲁迅》,黄源译,载1939年12月《刀与笔》月刊(金华)创刊号。

[日]阿部幸夫:《从组画到版画小说——兼论鲁迅、罗兰、麦绥莱勒》,《绍兴文理学院学报》2001年第3期。

[日]土方定一:《爱德华·蒙克——近代人类心灵的肖像画家》,毛良鸿译,《世界美术》1981年第2期。

[日]中岛长文:《羽太重久看见了什么?》,白海君译,《鲁迅研究月刊》2013年第5期。

后 记

本书共分5辑11章,连带附录,共计15篇文章。在具体写作过程中,不求涵盖现代中国文学史论中的各个专题,只求对于我所深深感到兴味的某几个方面,作出较为细致深入,又别具一格的解读。

在这五辑之中,较有价值和特色的有以下几点:

一、鲁迅研究极为突出。这在整部著作的目录中有着极为清晰的反映。统观全书,直接论述鲁迅的文章即有8篇,占了整部著作的三分之二。在这8篇文章中,属于作家作品研究的有2篇,史料研究、争鸣及述评的各有2篇。所涉及的视角主要有美术视角、佛学视角等。不但重视鲁迅的作品研究、精神研究、生平研究,而且兼顾到了鲁迅研究之研究。不但重视对于鲁迅的经典解读,而且特别关注到了鲁迅研究的当代价值与意义。不但重视鲁迅与西方现代文化、艺术之间的关系,而且重视对于鲁迅与中国传统文化的探讨。在其他并非鲁迅研究的各章中,亦流淌着浓郁的鲁迅精神及灵魂。如对于萧红存在之思的考察,就深受鲁迅存在之思的影响。

二、自觉地采用各种理论方法。综观全书,所涉及的理论资源及方法主要有:存在主义哲学、表现主义美术、比较文学、新历史主义诗学等。采用新的理论方法,不仅能够积极开辟出新的研究领域,丰富新的研究课题,而且能够有效地更新研究者的思路,对创作文本作出新的解读。以对新历史主义诗学的使用为例,在运用该方法细致比较比较钱理群的《1948:天地玄黄》和洪子诚的《1956:百花时代》之后,我发现这两部著作分别继承了《史记》的"历史的文本化"和"文本的历史化",在其背后则分别蕴藏了两种不同的文学史观:“新历史主义”历史观和传统历史观。可以说,如果没有对于这一理论资源的采用,这一发现的获得是根本不可能的。

三、重视史料及述评。史料研究在现代中国文学研究中处于基础性的地位,其重要性自不待言。林贤治作为当代著名的思想家,其《人间鲁迅》我是相当熟悉的。此次从史料的角度对于这部著作予以补正,并非刻意和他为难。相反地,恰是期望该书在下一次再版时能够予以及时修正,从而发挥出更大的社会效应和文化效应。述评学作为一门方兴未艾的新兴学科,在目前的学术界还远未受到应有的重视。专题中所写两篇文章皆是对于现代中国文学研究中的某一专题的系统描述及细致评论。在具体做法上与我的第一部书《2001—2010:鲁迅研究述评》(中国社会科学出版社2014年版)中的年度鲁迅研究述评有着诸多不同,两者完全可以构成相互补充、相互发现的格局。

四、不刻意回避争鸣。文学研究本来就允许诸多争鸣。许多问题也只有在进一步的争鸣中才会取得逐步完善的效果。本书所写两篇文章,一篇系指出国内某著名大刊所发表的某篇鲁迅研究文章在引文注释上的巨大缺陷。我将该文写出之后,没有发表在学术刊物上,此次收入本书,本着共同致力于学术事业发展的立场,想不致会引起文章作者的猜疑吧?另一篇系对2011至2015年间鲁迅研究中的一些争鸣予以较为详细的描述。大多数争鸣以述为主,限于篇幅略加点评,尚期待着读者自身的判断。

本书附录所收取的四篇文章,第一篇文章系著名鲁迅研究专家李春林先生为拙著《2001—2010:鲁迅研究述评》所写的书评,其中多有赞誉之词。我将之视为前辈学者对于后辈学人的鼎力支持。第二篇文章由我与我的学生卢文静女士共同合作完成,从中可以看到我们对于近年来学者走向荧屏所引发的诸多学术问题的深切忧思。第三篇文章是对于我的父亲崔传滨先生的一个纪念。父亲一生勤耕画坛，多所创获，在他所终生喜爱的艺术领域中达到了一个很高的境界。可惜对于父亲的艺术，我只写有这样一篇评论性的文字，实在惭愧。如今他老人家已经永离我们五年了，但是却仿佛仍然活在我们身边，愿地母永安他的灵魂。第四篇文章系我对于我的鲁迅观的一个集中表达，最先发表于我与张克先生主编的《70后鲁迅研究学人论文集》(上海三联书店 2014 年版)中。该文虽则很短，但从中确可看出我对于鲁迅的真实看法。我之从事学术研究、鲁迅研究的精神底蕴，其实亦在其中。

该书中的大部分文章在正式出版之前，曾发表于《中国现代文学研究丛刊》《鲁迅研究月刊》《新文学史料》《中国文学研究》《文艺争鸣》《东岳论丛》《山东社会科学》《山东师范大学学报》《中国海洋大学学报》《东方论坛》等重要刊物，谨此对于这些刊物的编辑致以诚挚的敬意，感谢他们在版面如此紧张的情况下，仍能辟出栏目发表我的文章。

这本小书的完成当然还要感谢许多的人。感谢我的妻子魏丽和我可爱的女儿阿宝，感谢她们给予我的浓浓爱意和一如既往的支持。感谢我的授业恩师冯光廉先生，我的研究生导师刘增人先生和博士生导师魏建先生，他们对我的鞭策和鼓励始终是我学术前行过程中的致胜法宝。感谢我的工作单位山东艺术学院刘晓静院长，艺术管理学院田川流教授、王凤苓院长，教务处刘家亮处长，科研处孔亮处长，感谢他们(她们)在本书出版过程中的大力支持。感谢本书的责任编辑张大伟先生，谢谢他紧张而又高效的劳动，使得这样一本小书得以适时地出现在读者面前。感谢我的学生孙绪波、宋法凯、王爱民、程学文、许成豪、尚小芳、谢珊珊、周敏、路杰、桑丽娜等，感谢他们(她们)在本书整理出版过程中的大力帮助。作为 2013 级文化遗产班的班主任，我真的感到十分高兴！

图书在版编目(CIP)数据

现代中国文学史论/崔云伟著. —上海：上海三联书店，2016.10

ISBN 978-7-5426-5400-7

Ⅰ.①现… Ⅱ.①崔… Ⅲ.①中国文学—现代文学史—文学史研究—文集 Ⅳ.①I209.6-53

中国版本图书馆 CIP 数据核字(2015)第 276423 号

现代中国文学史论

著　　者 / 崔云伟

责任编辑 / 张大伟
装帧设计 / 鲁继德
监　　制 / 李　敏
责任校对 / 彭　霞

出版发行 / 上海三联书店
(201199)中国上海市都市路 4855 号 2 座 10 楼
网　　址 / www.sjpc1932.com
邮购电话 / 021-22895557
印　　刷 / 上海展强印刷有限公司

版　　次 / 2016 年 10 月第 1 版
印　　次 / 2016 年 10 月第 1 次印刷
开　　本 / 640×960　1/16
字　　数 / 240 千字
印　　张 / 20
书　　号 / ISBN 978-7-5426-5400-7/I·1091
定　　价 / 58.00 元